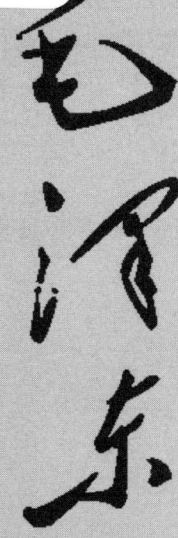

诗词精读

★ 珍藏版 ★

丁三省 编著

文化藝術出版社
Culture and Art Publishing House

图书在版编目（CIP）数据

毛泽东诗词精读（增订版）/ 丁三省编著.—北京：文化艺术出版社，2013.1（珍藏版，2017.1）
ISBN 978-7-5039-5491-7
Ⅰ.①毛… Ⅱ.①丁… Ⅲ.①毛主席诗词研究 Ⅳ.A841.4

中国版本图书馆CIP数据核字（2012）第255814号

毛泽东诗词精读（珍藏版）

编　　著	丁三省
责任编辑	帅　克　廖小芳
书籍设计	顾　紫
出版发行	文化艺术出版社
地　　址	北京市东城区东四八条52号（100700）
网　　址	www.caaph.com
电子邮箱	s@caaph.com
电　　话	（010）84057666（总编室）　84057667（办公室） （010）84057696—84057699（发行部）
传　　真	（010）84057660（总编室）　84057670（办公室） （010）84057690（发行部）
经　　销	全国新华书店
印　　刷	国英印务有限公司
印　　次	2017年1月第4版 2024年9月第9次印刷
开　　本	710毫米×1000毫米　1/16
印　　张	26.75
字　　数	450千字
书　　号	ISBN 978-7-5039-5491-7
定　　价	78.00 元

版权所有，侵权必究。如有印装错误，随时调换。

卷首语（珍藏版）

　　毛泽东诗词是毛泽东思想的艺术结晶，是中国革命和建设的光辉史诗。我是毛泽东诗词的爱好者，《毛泽东诗词精读》的写作，历经了半个世纪的岁月，凝结着本人半生的心血。苦在其中，乐在其中，初心不改。作为个人独自完成的一家之言，力求对毛泽东诗词的赏读精准透彻，向读者奉献自己的一孔之见，一见之得。

　　本书已先后印行三版，得到一些同行的认同和不少读者的喜爱。一些同行把本书作为自己论著的参考文献，或从本书得到启发，或采纳本书的一些见解。不少读者从赏读的审美愉悦中得到心灵的净化、情操的陶冶、人格的提升、精神的超越，坚定了理想信念，提高了思想品德。韶山毛泽东图书馆把本书放到推荐图书之列，使编著者感到欣慰喜悦。

　　在各地人民群众深情纪念毛主席逝世40周年的日子里，在举国上下隆重纪念红军长征胜利80周年之际，文化艺术出版社根据读者的需求决定出版《毛泽东诗词精读》的珍藏版，表达对这位伟大的人民领袖、民族英雄和民族诗人的深切缅怀。

　　珍藏版在增订版的基础上，增补了毛泽东痛悼夫人杨开慧的《蝶恋花·向板仓》。诗人恸声悲歌，一往情深，催人泪下，震撼人心。此外还补充了一些新看到的珍贵资料，也增加了些自己的新感悟和新见解，并根据朋友们的意见作了若干修改。

　　珍藏版的面世，与出版社领导的大力支持和责任编辑帅克女士的积极努力分不开,谨向他们表示诚挚的感谢。希望广大读者和同行专家继续提出宝贵意见,如有机会再做进一步修改。

编著者　丁三省

2016年11月

卷首语（增订版）

《毛泽东诗词精读》是一本毛泽东诗词解读赏析的书。力求全面、深入、透彻、具体，力戒印象式的抽象的简评或就其一点不着边际的发挥，希望给毛泽东诗词的爱好者一个充实完备、深浅适宜的读本。帮助读者朋友领会毛泽东诗词所展现的思想境界和艺术境界，从中获得精神的感悟和审美的愉悦。

前人说"诗无达诂"。对于同一首或同一句诗，人们常常是见仁见智。本书是编著者一家之言，重在阐发个人的见解，一般不对他人的论点多作驳斥。即使有所涉及，也是点到为止。说明每首诗词的写作背景，也不过多牵涉与诗词内容关系不大的人和事。字句的诠释不过多征引关系不大的前人的古文与诗句，以免本末倒置，节外生枝。

本书2008年问世以后，先后发行了两版。书中的一些见解得到同行的认同和读者的赞许。编著者得到过称赞，也受到过批评。有人说"如获至宝"，有人说"爱不释手"，有人说"受益匪浅"，有人说"获益良多"；也有人不同意书中某种看法，甚至要把书烧掉。称赞使人信心增强，批评使人头脑清醒，都对编著者有所裨益。谨表示诚挚的谢意。

随着时光的推移，编著者看到一些新资料，也有些新理解和新认识。这里对原书做了一些修订，力求内容更丰富充实，论述更充分周密，更有可读性和说服力，以期为读者奉献一个更加完备适宜的赏读本。

修订本附录了三首毛泽东诗词。一首是新近公开的五言绝句《赞功臣》，赞扬了在隐蔽战线上战斗的同志，并涉及解放宝岛台湾、实现祖国统一的重大主题。另一首是体制独特的四言诗《赠尼克松》，涉及对外开放和中美关系。两首诗各具一格，以补《毛泽东诗词集》未收五言绝句及四言诗之不足。还有一首附录在《渔家傲·反第二次大"围剿"》后边的《渔家傲·三次战争》是中央苏区反敌人第三次大"围剿"的雄壮史诗。这次修订还根据新的理解和认识，增删了一些片段和字句，改正了原书中若干错字。

毛泽东诗词是中华民族艺术宝库中的瑰宝，具有恒久的审美价值和艺术魅力，是我们战胜内外敌人的强大思想武器，也是我们取之不尽用之不竭的精神动力。毛泽东诗词是中华民族极其珍贵的精神财富，值得所有坚持真理、追求正义、向往光明、富有良知的中华儿女加倍珍惜。韩愈说："李杜文章在，光焰万丈长。不知群儿愚，那用故谤伤。蚍蜉撼大树，可笑不自量！"（《调张籍》）杜甫也说："尔曹身与名俱灭，不废江河万古流。"（《戏为六绝句》）那些伤天害理、丧心病狂的败类，那些用流言蜚语和污言秽语贬损抹黑毛泽东与毛泽东诗词的"苍蝇"和"鬼蜮"，正是韩愈所说的那种弱智。他们逃脱不了杜甫指出的那种命运的悲剧！

毛泽东诗词是毛泽东文艺思想最直接、最生动的体现。在全国各大媒体和各界人士广泛热烈地纪念毛泽东《在延安文艺座谈会上的讲话》发表70周年的活动中，在毛泽东120周年诞辰即将到来之际，文化艺术出版社决定出版《毛泽东诗词精读》的修订本，表现出了过人的胆识。责任编辑陶玮女士为修订本的面世做了大量的工作和不懈的努力，谨向他们致以崇高的敬礼和诚挚的谢意。同时欢迎广大读者朋友和同行专家继续提出批评和建议。

编著者　丁三省

2012年7月

前　言

毛泽东是中国人民的伟大领袖和导师,是伟大的革命家、思想家、政治家、军事家,也是伟大的民族英雄和民族诗人。前人说:"赋诗要有英雄气象:人不敢道,我则道之;人不肯为,我则为之。厉鬼不能夺其正,利剑不能折其刚。"①纵观古今诗人,唯毛泽东最足以当之。

"长夜难明赤县天,百年魔怪舞翩跹,人民五亿不团圆。""东海有岛夷,北山尽仇怨。荡涤谁氏子,安得辞浮贱。"毛泽东生于外患与内乱交加的民族存亡危急之秋和广大人民流离失所、水深火热的时代。他以天下为己任,从西方先进文化中找到了救国救民的真理,从中华民族悠久的历史文化中汲取了无穷的智慧,在最广大的人民群众中发现了改变中华民族命运的伟大力量,从而开辟了中华民族解放的道路,指明了中国革命胜利前进的方向。在毛泽东身上集中了有几千年文明和几万里国土的中华民族的大智大勇和浩然正气,体现了中华民族的生命力与创造力。毛泽东诗词是中华民族崇高的情怀、博大的精神和宏伟理想的闪光。

一、毛泽东诗词的特点

毛泽东是伟大的民族诗人。他的旧体诗词"最能反映中华民族和中国人民的特性和风尚"②。毛泽东继承并发展了"诗言志"的优良传统。毛泽东诗词是中国革命的光辉史诗,也是苦难深重的中华民族和中国人民愤怒、反抗和斗争的心声。毛泽东诗词展现了诗人"胸中日月常新美"的内心世界,记录了诗人"踏遍青山人未老"的心路历程;表现了"问苍茫大地,谁主沉浮"的以天下为己任的壮阔胸怀,表达了"太平世界,环球同此凉热"的宏伟理想和"敢教日月换新天"的壮志豪情。即使在他晚年仍然是"故国人民有所思",表现出对祖国人民的热爱与忠诚。毛泽东是个感情丰富性格鲜明的人,毛泽东诗词也洋溢着诗人热烈真挚的爱情、深厚诚挚的友情和浓烈深挚的亲情与乡情;展现出诗人光明正大、无私无畏、奋斗不息的精神品格和乐观自信、淳朴洒脱及幽默风趣的鲜明个性,充分地体现了毛泽东特有的精神美、人格美和人情美。毛泽东重视诗歌"兴观群怨"的社会功能。③毛泽东诗词在中国革命进程中发挥了不可替代与难以估量的启发感染、认识国情、团结集聚、呼号抗争的伟大作用,为中华民族的解放和中国革命的胜利提供了强大的精神动力。

毛泽东诗词深深地植根于中国革命的伟大现实之中,也深深地植根于中国古典诗词的艺术土壤里。作为一个伟大领袖,毛泽东领导中国人民进行了改天换地的伟大斗争。在炮火连天的革命战争年代,在社会主义建设的火红岁月里,毛泽东胸怀全局走遍了神州大地,有着极其深广的诗词创作的生活源泉。作为一个伟大的革命家,毛泽东既有远大的革命理想和政治眼光,又有对现实斗争敏锐深刻的洞察力,对社会现实与革命斗争生活有着更深刻的理解和感受。作为一个伟大的诗人,毛泽东有火一般的革命诗情和非凡的艺术想象力,有深厚的古典诗词的艺术修养,能纯熟地运用赋、比、兴等中国古代诗词的艺术表现方法,通晓诗词格律,使汉语汉字的奇妙功能得到充分发挥;并善于把诗情与画意融为一体,从而创造了鲜明突出的形象美、韵律美和意境美。毛泽东又是一个富有创新精神、挑战性格和超越情怀的人。敢于说前人没有说过的话,做前人做不到的事。在革命和建设上如此,在诗词创作上也是如此。毛泽东具有惊人的艺术创造力,他在诗词中创造的意境和意象是前无古人的,这就使毛泽东诗词既有博大精深的思想内容,又有无限的艺术生命力和恒久的审美价值,成为人类艺术宝库中的珍品。

毛泽东的文艺观和美学观是辩证的。在诗词创作上，他同时继承了中国诗歌史上由《诗经》和《楚辞》开创的现实主义和浪漫主义两大优良传统，并创造性地把二者完美地结合起来，用以反映革命现实、表现革命理想，形成一种全新的革命现实主义与革命浪漫主义相结合的创作方法。毛泽东诗词既有对革命现实斗争生活清醒深刻的反映和精确传神的描写，又有炽热的革命激情、光辉的革命理想、神奇瑰丽的想象和惊世骇俗的夸张，成为革命现实主义与革命浪漫主义相结合的典范。

在艺术风格和审美趣味上，毛泽东认为"词有婉约、豪放两派，各有兴会，应当兼读"。又说："我的兴趣偏于豪放，不废婉约。"并特别赞赏范仲淹"介于婉约与豪放之间"的两首词"既苍凉又优美，使人不厌读"④。毛泽东成功地把辩证法运用到艺术欣赏和审美创作中去，形成了毛泽东诗词以豪放为主，豪放与婉约统一的艺术风格和以壮美为主、壮美与优美统一的美学特色，使他的诗词兼具豪放与婉约之美。

壮美又称雄伟美或崇高美，是毛泽东诗词最基本、最主要的美学特征。毛泽东在长征的艰难岁月里写的《十六字令》《忆秦娥·娄山关》《七律·长征》《念奴娇·昆仑》《清平乐·六盘山》及初到陕北写的《沁园春·雪》和20世纪五六十年代国际敌对势力猖狂反华年代写的《七律·登庐山》《七律·和郭沫若同志》《满江红·和郭沫若同志》《念奴娇·鸟儿问答》等诗词，更是把崇高美推向了极致。这些气壮山河、放眼世界、高唱入云、昂首天外的豪放诗词，不仅描绘了无比高大庄严的自然与人文景观，更突出了抒情主人公顶天立地的英雄气概，表现了压倒一切艰难险阻的超越精神和充塞天地的浩然正气，表达了与天、与地、与人斗的挑战情怀和不达目的誓不罢休的坚强意志，讴歌了中国人民惊天动地的壮举与改天换地的伟力。既充满了激越昂扬的情感色彩，又闪耀着乐观开朗的理智的光芒。震撼人心，催人奋进，给人以无穷的勇气和力量，具有鲜明强烈的中华民族特有的崇高美。毛泽东诗词正是鲁迅在《摩罗诗力说》（见《坟》）中呼唤期盼的"伟美之声"。"美伟强力高尚"正是毛泽东诗词特有的审美品格。

除了以豪壮与崇高引人注目外,毛泽东诗词还有不少优美的篇章。早在战火纷飞的革命战争年代,诗人就写下了《采桑子·重阳》《如梦令·元旦》《菩萨蛮·大柏地》等节奏欢快、画面明丽的词作,使人感到赏心悦目、心旷神怡。新中国成立之初,毛泽东在杭州写了《五律·看山》《七绝·莫干山》和《七绝·五云山》等一组描写杭州周边风光的山水诗,表现了诗人热爱生活、热爱自然的情趣。这些诗写得轻快明丽、亲切风趣、活泼流动、柔婉飘逸。这些优美的诗章直接给人以审美愉悦,使人得到心灵的慰藉、精神的净化和性情的陶冶。

毛泽东更有不少诗词介于婉约与豪放、优美与壮美之间。这类诗词优美之中有壮美,壮美之中有优美,融二者为一体。其《水调歌头·游泳》《蝶恋花·答李淑一》《七律·答友人》《卜算子·咏梅》和《水调歌头·重上井冈山》都是介于婉约与豪放之间,融优美与壮美于一体的典范之作。其《水调歌头·游泳》中"才饮长沙水,又食武昌鱼"的叙写贴近生活,亲切有味;其"风樯动,龟蛇静"的描写景色如画,相映成趣。而"万里长江横渡,极目楚天舒"与"更立西江石壁""高峡出平湖"则又境界壮阔,气象宏伟。其《蝶恋花·答李淑一》既有"杨柳轻飏""吴刚捧酒""嫦娥献舞"的优美意象,又有"重霄九"和"万里长空"的壮阔境界;既有"我失骄杨君失柳"的无限痛惜的深情,也有"泪飞顿作倾盆雨"的悲壮淋漓。其《七律·答友人》写白云翠微,景色秀丽;帝子乘风,轻盈优美。"斑竹一枝千滴泪"情深而意婉;"红霞万朵百重衣"优美而壮丽。"连天雪"优美而壮阔;"动地诗"豪壮而优美。"芙蓉国里尽朝晖"更是意象优美动人,境界辉煌壮丽。其《卜算子·咏梅》以豪壮乐观的笔调写大自然的变化,以"悬崖百丈冰"写环境的严酷险峻,又以"花枝俏"写梅花不畏严寒险恶、妖娆俏丽的风姿;又用报春而不争春写梅花与百花同乐的坦荡胸怀和谦逊无私的崇高品质,融雄奇刚健与优雅俏丽于一体。其《水调歌头·重上井冈山》既有"到处莺歌燕舞,更有潺潺流水"的优美动人的景色,又有"风雷动,旌旗奋"的雄浑壮阔的气象;既有"可上九天揽月,可下五洋捉鳖"的豪壮气概,又有"谈笑凯歌还"的潇洒飘逸。就是他那些具有婉约特色、儿女情长的爱情词,也与传统的婉约词不同,绝无柔靡纤弱的气息。诗人以健笔写柔情,婉约中见豪放。其《虞美人·枕上》以"江海翻波浪"的壮阔景象形容离别相思愁苦的强烈与深长;用"寂寞披衣起坐数寒星"把自己孤苦寂寞的心境投射到无限遥远的星空。其《贺新郎·别友》的结尾,以"要似昆仑崩绝壁,又恰像台风扫寰宇。重比翼,和云翥"表达自己的决心意志和对未来的憧憬。一方面写得柔情百结,荡气回肠,另一方面又气象壮阔,豪气逼人。婉约中又显出豪放的本色,体现出优美与壮美的统一。毛泽东这些诗词"壮而不虚,刚而能润"⑤,壮美与优美相互融合渗透,化为一体。刚柔相济,相得益彰,美不胜收,光景常新,让"闻之者动心","味之者无极"⑥,"使人不厌读"。

二、毛泽东诗词读法

我们要像毛泽东读古诗词那样精读毛泽东诗词,那么又如何"精读"呢?

(一)要选读精品。毛泽东逝世后,一些热心人编出一些毛泽东诗词全集。这对我们了解毛泽东其人及毛泽东诗词的全貌颇有意义,但是所收的作品太庞杂。有些是明显地缺少诗意和诗味的应用文字,对一般读者来说,没有全读的必要。毛泽东对自己的诗词力求完美。如今收入《毛泽东诗词集》正编的42首诗词是毛泽东诗词的上乘之作,奠定了毛泽东在诗坛的地位。副编诸篇是作者没有最后定稿、不准备发表,有些还明确表示过拒绝发表的,可以推断作者对其中许多篇不是很满意。所以人民文学出版社1986年版《毛泽东诗词选》的"出版说明"特别强调:"这是一个重要区别,务请读者注意。"一般读者首先要精读的是编入《毛泽东诗词集》正编的精品,行有余力,再读副编中的作品。为了突出精品,本书采用《毛泽东诗词集》分正、副编的编排,而不采用按时间顺序正、副编作品混编的方式。

（二）要精细识读。前人提出读书要"细心而不师心"⑦。也就是对字词句子都要认真辨识,精细理解,不能主观臆断,想当然。我们读毛泽东诗词,一字一句都要认清读准,不错不漏;精心仔细,确实把握。曾在毛泽东身边工作过的张贻玖同志说,毛泽东读诗一丝不苟,特别不能容忍错别字。遇到版本中有错字,立即予以校正。毛泽东特别强调：读书的时候,一定要念得准确,记得精确,丝毫不能含糊。⑧如今出版的版本中,也仍有个别错字存在。据笔者所见,至少有两种版本把七绝二首《纪念鲁迅八十寿辰》其二中"鉴湖越台名士乡"中的"乡"错为"多"。⑨主观臆断想当然的情况也时有所见。最常见的是误读半边和望文生义。不是常有人把"百舸争流""岿然不动""成吉思汗""浣溪沙""舞翩跹""愚氓"的音义弄错吗？ 人们读毛泽东诗词最容易漏掉的是诗的篇名与词的词牌和标题。不少人能背得出毛泽东诗词的句子,却说不清出于何篇。人们常被一些粗心人的误读误记、张冠李戴弄得啼笑皆非。因而我们读毛泽东诗词一定要"一丝不苟",对毛泽东诗词字词的音义和诗词的篇名、词牌与标题,甚至写作年月都要"念得准确、记得精确、丝毫不能含糊"。

（三）要诵读精熟。前人读书很重视记诵。南宋朱熹说读书要成诵精熟。先读透正文,方能玩味品类。⑩清人唐彪说"微言精义,古人难以明言,而待人自悟者,可将其书熟读成诵,取而思之"⑪。张贻玖说,毛泽东主张背诵诗词,又说毛泽东能够随手拈来,脱口背诵古诗词,不仅靠他天赋的强于一般人的记忆力,更主要是靠他"三复四温",以超出一般人的努力,不断地强化记忆力。⑫毛泽东诗词多为旧体,多用比兴,精练含蓄,有着严密的韵律节奏,并和诗的意境浑然一体。熟读背诵是我们掌握毛泽东诗词的重要途径,更是我们理解消化和熟练运用的基础。只有背诵精熟，才能融会贯通，豁然开朗；只有反复朗读背诵，深入体味，才能透彻理解和把握毛泽东诗词所蕴含的思想感情和精神意趣，才能领略其音韵美和意境美。毛泽东诗词中蕴含的情志和神气才能深入于心，化为自己的血肉和灵魂。如前人所说"吾性灵与相浃而俱化，乃真实为吾所有而外物不能夺"[13]，也才能得心应手，运用自如。

（四）要思索精到。首先是思索要精深到位，也就是要达到一定的深度与高度。前人说："读书须知出入之法。始当求所以入，终当求所以出。见得亲切，此是入书法；用得透脱，此是出书法。盖不能入得书，则不知古人用心处；不能出得书，则又死在言下。惟知出知入，得尽读书之法也。"[14]张贻玖说，毛泽东主张读书要深入角色，钻进去，然后再爬出来。[15]入其内，才有深度；出其外，才有高度。毛泽东诗词内容博大精深，艺术表现多用比兴象征。我们读毛泽东诗词，首先要钻进去。"由表及里，求其精微"[16]，也就是要透过字面和表层物象，走进诗人创造的艺术境界，感受诗人创造的艺术形象，并进入角色设身处地地去体会玩味，从而透彻地去领会诗词蕴含的心志情怀和精神意趣，悟出诗人"似未说出却已透过他说出的内容而要在读者心中唤起的东西"[17]，然后出乎其外，以之与古今中外的名家名作相比较，从历史与现实的高度来考量它，来把握它的思想意义、艺术成就和审美价值，并通过比较来选择利用。精到还有精辟独到之意。前人强调读书要有"独见"和"特识"[18]，指出"人生读书，一面要埋头苦攻；一面要放开眼孔，方有出息"[19]。读书以有独特的眼光和独到的见解为贵。读毛泽东诗词也贵在有自己的理解、感悟和领会。毛泽东说自己读屈原的《离骚》"有所领会，心中喜悦"[20]。我们读毛泽东诗词，也只有有了自己的理解、感悟和领会，才能真正感受到审美的愉悦和满足。现在有不少注释、翻译、解析、鉴赏毛泽东诗词的书籍，对读者的阅读和欣赏有一定启发和帮助，但它们不能代替读者自己对毛泽东诗词的思考、理解、领会和欣赏。它们给我们提供的不是理解和欣赏的标准，而只是一个参照系。因为这些解读与鉴赏常常是见仁见智,甚至难免有某些误解。而人们的认识又是不断深化,不断发展,没有穷尽的。一位西方哲人说过:"对一文本或艺术品真正意义的发现是没有止境的,这实际上是一个无限的过程。不仅新(笔者按:原文如此。疑为"旧")的误解被不断克服,其真义得以从遮蔽它的事物中敞亮,而且新的理解也不断涌现,并揭示出全新的意义。"[21]读者要善于放出眼光,开动脑筋,充分发挥自己的理解、想象和联想能力,根据自己的知识背景、生活体验和情感经历,从不同的视角与层面,对毛泽东诗词作出自己的思考、理解、领会与赏析。只要自己读有所思、思有所得,哪怕是一点一滴、片言只语,甚至是一闪念,都是可贵的,都应及时记下来,或作出标记。这既可以作再读时进一步思考的基础,也可与别人的思考、理解、领会与赏析作比照。张贻玖说毛泽东从青年时代就养成了"不动笔墨不读书"的良好习惯,读书时常作批注和笔记。他"用动笔墨促使动脑筋,用动脑筋促使加深对诗的理解。批注是他读诗时心有所思,思有所得落实到纸上的心路历程,也是他在不断加深理解的基础上熟练掌握古诗词的途径"[22]。而这也是我们掌握毛泽东诗词的必由之路。毛泽东诗词光景常新,只要我们精读深思,每读一次都会有新的理解、新的领会和新的感悟。

三、几点说明

荀子说:"君子知夫不全不粹之不足为美也。"[23]在毛泽东诗词的诸多版本中,中央文献出版社编辑出版的《毛泽东诗词集》是较为完美的一部。除了正编收入诗人生前校订定稿的经典诗词外,副编还收入了诗人不同时期和年代、不同题材和体裁、不同风格和情调的具有代表性的25首诗词,体现了毛泽东诗词的丰富性和多样性。这些诗词大多有浓郁的诗意和情味,有鲜明的个性和意境,体现了毛泽东诗词的个性化和独特性。《毛泽东诗词集》只收毛泽东个人独创的诗词作品，不收改作与拟作；只收完整的诗词篇章，不收残章和断句；只收纯粹的诗词作品，不收对联和韵语；可说是应有尽有，应无尽无，全备而精粹。本书的毛泽东诗词正文大都采用《毛泽东诗词集》原文，只把副编中《六言诗·给彭德怀同志》的1935年与1947年两种版本并存，其说见本书《六言诗·给彭德怀同志》的解读赏析。《毛泽东诗词集》的注释也审慎适中，简明扼要，多为本书参用，谨向编者致谢。

本书的解读赏析，力求贴近历史、贴近事实、贴近诗人的原意，并力求向读者奉献自己的一见之的。特别希望能对毛泽东诗词研究中的疑点和难点提出自己的一孔之见。对诸如"枯木朽株""域外鸡虫""国有疑难""彩云长在"及"赫曦台""秋风吟""有所思"等何所指、有何深意的问题，作出合乎情理与历史真相，符合或接近诗人原意的解释。对于前人的成说不苟同，也不苟异，唯其当是取。在写作过程中参阅了一些毛泽东的传记、回忆录及诗词解读著作，从中得到不少有用的资料和宝贵启示。特别是郭沫若、臧克家、赵朴初、周振甫等前辈的专著和文章奠定了我们解读和鉴赏毛泽东诗词的基础。近年来解读赏析毛泽东诗词的新作日多，笔者参阅了一部分论著和文章，虽所见时有不同，仍然受益良多。谨向这些前辈和时贤表示敬意与谢意。书中附有《毛泽东诗词辅读图》与《旧体诗词基本知识》，以便于读者查找毛泽东诗词中有关地名所在的位置，系统学习旧体诗词的知识或查找有关词语的解释。

多年前，毛泽东《七律·答友人》的友人之一乐天宇老人，曾为笔者改订《七律·答友人》的解读赏析稿。看过本书最初的打印本，曾给予热诚的肯定与鼓励。乐老在信中说："尊著——诗解，十分透彻、全面。将对青年一代的教育收到很大的效果。佩甚！毛公有知，当含笑相迎也。解诗应如台端思路，面面周到，庶几发扬诗人幽思及其潜光也。"这个打印本也受到学生的热烈欢迎。此后还不断有人来信索取。有的学生告诉我，他们至今还珍存着。乐老的鼓励和同学们的热情，是笔者在疾病的困扰中重写本书的精神动力。谨以此书作为对乐老这位长者的纪念，也以此书作为对同学们热情的答谢。本书前言于2005年12月26日写定，适逢毛泽东102周年诞辰。2006年又是毛泽东逝世30周年，谨以此书纪念这位心系天下的人民领袖和最富于创造性的民族诗人。㉔

注：

① 谢榛：《四溟诗话》。

②③《与梅白谈诗》，载刘汉民编《毛泽东谈文说艺实录》，长江文艺出版社1992年版。

④ 参见毛泽东《读范仲淹两首词的批语》。

⑤ 杨炯：《王子安集·序》。

⑥ 钟嵘：《诗品·序》。

⑦ 梁绍壬：《寻常音误》。

⑧⑫⑮㉒ 参见张贻玖《毛泽东——中国古典诗词的伟大批判继承者》，载张贻玖编《毛泽东评点、圈阅的中国古典诗词》，中国工人出版社1992年版。

⑨ 如《毛泽东诗词鉴赏》，江苏古籍出版社2001年第1版；《毛泽东诗话》，河南人民出版社1999年第1版。

⑩ 参见朱熹《朱子语类》。

⑪ 唐彪：《读书作文谱》。

⑬ 况周颐：《蕙风词话》。

⑭ 陈善：《扪虱新话》。

⑯ 参见韩婴《韩诗外传》。

⑰ 狄尔泰：《哲学的本质》。

⑱ 程颢、程颐：《二程集·河南程氏粹言》卷一；郑燮：《范县署中寄舍弟墨第二书》。

⑲ 延君寿：《老生常谈》。

⑳《给江青的信》。

㉑ 伽达默尔：《真理与方法》。

㉓ 荀子：《劝学》。

㉔《1976年1月的毛泽东》一文说："几乎是四十年前，他站在陕北的黄土高坡上，对斯特朗说：'谁说我们这儿没有创造性的诗人？'他指着自己，声音提高一倍：'这儿就有一个。'"《大河文摘报》2005年10月27日。

目录

正 编

二　　贺新郎·别友
五　　算人间知己吾和汝
　　　　——读《贺新郎·别友》

一二　沁园春·长沙
一四　忆往昔峥嵘岁月稠
　　　　——读《沁园春·长沙》

二〇　菩萨蛮·黄鹤楼
二二　心潮逐浪高
　　　　——读《菩萨蛮·黄鹤楼》

二五　西江月·井冈山
二七　黄洋界上炮声隆
　　　　——读《西江月·井冈山》

三一　清平乐·蒋桂战争
三三　红旗跃过汀江
　　　　——读《清平乐·蒋桂战争》

三七　采桑子·重阳
三八　战地黄花分外香
　　　　——读《采桑子·重阳》

四三　如梦令·元旦
四四　风展红旗如画
　　　　——读《如梦令·元旦》

四七		**减字木兰花·广昌路上**
四八		风卷红旗过大关
		——读《减字木兰花·广昌路上》
五二		**蝶恋花·从汀州向长沙**
五四		六月天兵征腐恶
		——读《蝶恋花·从汀州向长沙》
五八		**渔家傲·反第一次大"围剿"**
六一		天兵怒气冲霄汉
		——读《渔家傲·反第一次大"围剿"》
六五		**渔家傲·反第二次大"围剿"**
六七		横扫千军如卷席
		——读《渔家傲·反第二次大"围剿"》
七一		**菩萨蛮·大柏地**
七二		今朝更好看
		——读《菩萨蛮·大柏地》
七六		**清平乐·会昌**
七七		踏遍青山人未老
		——读《清平乐·会昌》
八一		**十六字令三首**
八二		刺破青天锷未残
		——读《十六字令三首》
八五		**忆秦娥·娄山关**
八七		而今迈步从头越
		——读《忆秦娥·娄山关》

九一	七律·长征
九三	红军不怕远征难
	——读《七律·长征》

九七	念奴娇·昆仑
九九	环球同此凉热
	——读《念奴娇·昆仑》

一〇三	清平乐·六盘山
一〇四	不到长城非好汉
	——读《清平乐·六盘山》

一〇九	沁园春·雪
一一二	数风流人物，还看今朝
	——读《沁园春·雪》

一一八	七律·人民解放军占领南京
一二〇	人间正道是沧桑
	——读《七律·人民解放军占领南京》

一二五	七律·和柳亚子先生
一二九	风物长宜放眼量
	——读《七律·和柳亚子先生》

一三五	浣溪沙·和柳亚子先生
一三七	一唱雄鸡天下白
	——读《浣溪沙·和柳亚子先生》

一四一	浪淘沙·北戴河
一四三	换了人间
	——读《浪淘沙·北戴河》

一四七	**水调歌头·游泳**
一五〇	万里长江横渡
	——读《水调歌头·游泳》

一五五	**蝶恋花·答李淑一**
一五八	万里长空且为忠魂舞
	——读《蝶恋花·答李淑一》

一六二	**七律二首·送瘟神**
一六四	六亿神州尽舜尧
	——读《七律二首·送瘟神》

一六九	**七律·到韶山**
一七〇	敢教日月换新天
	——读《七律·到韶山》

一七四	**七律·登庐山**
一七五	跃上葱茏四百旋
	——读《七律·登庐山》

一七八	**七绝·为女民兵题照**
一七九	中华儿女多奇志
	——读《七绝·为女民兵题照》

一八二	**七律·答友人**
一八五	芙蓉国里尽朝晖
	——读《七律·答友人》

一九〇	**七绝·为李进同志题所摄庐山仙人洞照**
一九一	无限风光在险峰
	——读《七绝·为李进同志题所摄庐山仙人洞照》

一九四	七律·和郭沫若同志
一九六	今日欢呼孙大圣
	——读《七律·和郭沫若同志》
一九九	卜算子·咏梅
二〇一	她在丛中笑
	——读《卜算子·咏梅》
二〇五	七律·冬云
二〇六	梅花欢喜漫天雪
	——读《七律·冬云》
二一〇	满江红·和郭沫若同志
二一三	要扫除一切害人虫
	——读《满江红·和郭沫若同志》
二一七	七律·吊罗荣桓同志
二一九	国有疑难可问谁
	——读《七律·吊罗荣桓同志》
二二四	贺新郎·读史
二二六	一篇读罢头飞雪
	——读《贺新郎·读史》
二三一	水调歌头·重上井冈山
二三三	世上无难事,只要肯登攀
	——读《水调歌头·重上井冈山》
二三八	念奴娇·鸟儿问答
二四〇	试看天地翻覆
	——读《念奴娇·鸟儿问答》

副 编

二四六　　五古·挽易昌陶
二四九　　我怀郁如焚，放歌倚列嶂
　　　　　　——读《五古·挽易昌陶》

二五三　　七古·送纵宇一郎东行
二五五　　胸中日月常新美
　　　　　　——读《七古·送纵宇一郎东行》

二五九　　虞美人·枕上
二六〇　　堆来枕上愁何状
　　　　　　——读《虞美人·枕上》

二六三　　西江月·秋收起义
二六四　　霹雳一声暴动
　　　　　　——读《西江月·秋收起义》

二六七　　六言诗·给彭德怀同志
二六八　　惟我彭大将军
　　　　　　——读《六言诗·给彭德怀同志》

二七四　　临江仙·给丁玲同志
二七六　　昨天文小姐，今日武将军
　　　　　　——读《临江仙·给丁玲同志》

二八〇　　五律·挽戴安澜将军
二八一　　外侮需人御，将军赋采薇
　　　　　　——读《五律·挽戴安澜将军》

二八三	五律·张冠道中
二八四	踟蹰张冠道,恍若塞上行
	——读《五律·张冠道中》
二八六	五律·喜闻捷报
二八八	满宇频翘望,凯歌奏边城
	——读《五律·喜闻捷报》
二九一	浣溪沙·和柳亚子先生
二九三	最喜诗人高唱至
	——读《浣溪沙·和柳亚子先生》
二九八	七律·和周世钊同志
三〇〇	尊前谈笑人依旧
	——读《七律·和周世钊同志》
三〇四	五律·看山
三〇五	三上北高峰
	——读《五律·看山》
三〇七	七绝·莫干山
三〇八	回首峰峦入莽苍
	——读《七绝·莫干山》
三一〇	七绝·五云山
三一一	五云山上五云飞
	——读《七绝·五云山》
三一三	七绝·观潮
三一四	人山纷赞阵容阔
	——读《七绝·观潮》

三一七	**七绝·刘蕡**
三一八	中唐俊伟有刘蕡
	——读《七绝·刘蕡》

三二一	**七绝·屈原**
三二二	屈子当年赋楚骚
	——读《七绝·屈原》

三二七	**七绝二首·纪念鲁迅八十寿辰**
三二九	博大胆识铁石坚
	——读《七绝二首·纪念鲁迅八十寿辰》

三三三	**杂言诗·八连颂**
三三五	奇儿女,如松柏
	——读《杂言诗·八连颂》

三三八	**念奴娇·井冈山**
三四〇	飞上南天奇岳
	——读《念奴娇·井冈山》

三四四	**七律·洪都**
三四五	彩云长在有新天
	——读《七律·洪都》

三四九	**七律·有所思**
三五〇	故国人民有所思
	——读《七律·有所思》

三五六	**七绝·贾谊**
三五七	贾生才调世无伦
	——读《七绝·贾谊》

三六〇	七律·咏贾谊
三六一	少年倜傥廊庙才
	——读《七律·咏贾谊》

附 录

三六六	附录一 《毛泽东诗词集》外诗词三首
三六六	蝶恋花·向板仓
三六八	恸声悲歌催战鼓
	——读《蝶恋花·向板仓》
三七四	五绝·赞功臣
三七六	虎穴藏忠魂，曙光迎来早
	——读《五绝·赞功臣》
三七九	四言诗·赠尼克松
三八〇	老叟坐凳 嫦娥奔月
	——读《四言诗·赠尼克松》
三八二	附录二 毛泽东诗词辅读图
三八二	一、长沙老城图
	——五古《挽易昌陶》、七古《送纵宇一郎东行》、《贺新郎·别友》、《沁园春·长沙》、七律《答友人》、七律《和周世钊同志》示读

三八三	二、武汉形胜图
	——《菩萨蛮·黄鹤楼》《水调歌头·游泳》示读
三八四	三、湘赣边界图
	——《西江月·秋收起义》《西江月·井冈山》示读
三八五	四、闽西地区图
	——《清平乐·蒋桂战争》《采桑子·重阳》
	《如梦令·元旦》示读
三八六	五、中央苏区图
	——《减字木兰花·广昌路上》《蝶恋花·从汀州向长沙》《渔家傲·反第一次大围剿》《渔家傲·反第二次大围剿》《菩萨蛮·大柏地》《清平乐·会昌》示读
三八七	六、中央红军长征图
	——七律《长征》《十六字令三首》《忆秦娥·娄山关》《念奴娇·昆仑》《清平乐·六盘山》示读
三八八	七、陕北地区图
	——六言诗《给彭德怀同志》《临江仙·给丁玲同志》《沁园春·雪》示读
三八九	八、解放战争陕北战场图
	——五律《张冠道中》《喜闻捷报》示读
三九〇	九、古幽燕大地及北戴河海滨图
	——《浪淘沙·北戴河》示读
三九一	十、西湖群峰及杭州周边景观
	——五律《看山》、七绝《莫干山》、七绝《五云山》、七绝《观潮》示读
三九二	附录三　旧体诗词基本知识
四〇〇	后　记

正编

贺新郎

别　友

一九二三年①

挥手从兹去②。
更那堪凄然相向，
苦情重诉。
眼角眉梢都似恨，
热泪欲零还住。
知误会前番书语③。
过眼滔滔云共雾，
算人间知己吾和汝。
人有病④，天知否？

今朝霜重东门路⑤，
照横塘半天残月⑥，
凄清如许。
汽笛一声肠已断，
从此天涯孤旅。
凭割断愁丝恨缕⑦。
要似昆仑崩绝壁，
又恰像台风扫寰宇⑧。
重比翼，和云翥⑨。

注释：

① 贺新郎：词牌名，又名《贺新凉》《金缕曲》等。别友：题目。一九二三年：写作时间。篇首标明体裁、题目和写作时间为毛泽东诗词通例。本词最初发表时只标明词牌，后来据作者另一手迹，标题为《别友》。这首词是作者写给夫人杨开慧的。

② 挥手从兹去：本于李白《送友人》："挥手自兹去。"兹：此。去：离开。

③ "知误会"句：据谢柳青《毛泽东家书》，晓峰、明军《毛泽东之谜》及贺少华《骄杨》诸文，毛泽东曾手录元稹《菟丝》诗中"人生莫依倚，依倚事不成。君看菟丝蔓，依倚榛与荆。荆榛易蒙密，百鸟撩乱鸣。下有狐兔穴，奔走亦纵横。樵童斫将去，柔蔓与之并"几句诗赠给杨开慧，引起杨开慧的误会。按：贺文所引毛泽东所录无"荆榛"二句。"斫"误为"砍"，"去"误为"击"（疑误排）。又贺文似把毛泽东与杨开慧四月的分别与年底的分别混为一谈。书语：写的话。季世昌先生说他所见手迹，"书语"又作"诗句"，证明毛泽东与杨开慧的误会由赠诗引起。（见吴功正主编《毛泽东诗词鉴赏》）

④ 病：痛苦、忧患。

⑤ 东门路：古诗词中指离别之路，也指斗争之路。汉乐府《东门行》："出东门，不顾归。来入门，怅欲悲。盎中无斗米储，还视架上无悬衣。拔剑东门去，舍中儿母牵衣啼：'他家但愿富贵，贱妾与君共餔糜。上用沧浪天故，下当用此黄口儿。今非！''咄！行！吾去为迟！白发时下难久居。'"诗中男主人公的境遇与心情与当时的毛泽东颇有些相近之处。这里又双关通往长沙东门之一小吴门火车站的道路。

⑥ 横塘：古诗词中常借指妇女居住之地。唐代崔颢《长干曲》："君家何处住？妾住在横塘。"这里指毛泽东与杨开慧居住的长沙小吴门外的清水塘。

⑦ 凭：这里表希望、请求。包括双方，即"请让我们"。

⑧ "要似"二句：喻投身革命的豪情壮志及对未来的预想与期盼。另有作者手迹这二句作"我自欲为江海客，更不为昵昵儿女语"或作"我自精禽填恨海，愿君为翠鸟巢珠树"，均表革命的豪情壮志。后者还表达了希望杨开慧和孩子有个安宁良好的生活环境的心愿。

⑨ 重比翼，和云翥：指在将来的斗争中会晤时再在云霄中比翼双飞。翥（zhù）：鸟飞。

算人间知己吾和汝
—— 读《贺新郎·别友》

毛泽东这首《贺新郎·别友》是写给亲爱的夫人杨开慧的。杨开慧（1901—1930）又名霞，字云锦。她的父亲杨怀中先生是毛泽东在长沙湖南第一师范读书时的老师。当时毛泽东常和蔡和森等到"板仓杨寓"学习和讨论问题，因而与杨开慧相识。1918年杨怀中先生与毛泽东先后来到北京，毛泽东初到北京曾一度住在杨家。经过长期了解，他们开始相爱，1920年在长沙结婚。1921年毛泽东到上海参加了中国共产党第一次全国代表大会。会后到湖南建立党的第一个省委——中共湘区委员会并担任书记。杨开慧1921年冬加入共产党，成为中共建党后最早的党员之一。她同毛泽东一起住在长沙小吴门外清水塘湘区党委秘密机关里，担任机要和交通联络工作。她积极开展学生运动，大力协助毛泽东工作，与毛泽东艰危与共并肩战斗。他们不仅是生活的伴侣，更是革命的同志和知己的战友。这首词以"别友"为题，体现了他们相知相爱、人格平等、互相尊重的新型夫妻关系，并把夫妻间的儿女私情升华为为共同理想奋斗的崇高的同志和战友的情谊。

1922年10月24日，他们的长子毛岸英出生。1923年4月，毛泽东离开长沙去上海。6月在广州出席了中共第三次全国代表大会，当选为中央执行委员，并担任中央局秘书。大会通过了《关于国民运动及国民党问题的决议案》，决定同国民党合作，建立革命统一战线。9月毛泽东回湖南从事党的工作。11月次子毛岸青出生。年底奉中央通知由长沙去上海转广州，准备参加国民党第一次全国代表大会。这首词就是在与杨开慧分别之后在旅途中写的。

词的上阕写诗人与爱人杨开慧即将离别之际无限依恋的惜别之情，并由个人离别的痛苦想到广大人民的苦难。

"挥手从兹去"，诗人首先化用李白《送友人》中"挥手自兹去"的成句，点出离别的主题。"挥手"是人们离别时表示依恋不舍的举动，《孔雀东南飞》就用"举手长劳劳，二情同依依"来描写刘兰芝和焦仲卿被迫分离时的情景。这里诗人用生动的艺术形象写出爱人之间临别之际难分难舍的情景，把我们带进依依惜别的艺术境界。诗人在点明题意之后，就用精细的笔墨描绘同爱人话别的情景。"更那堪凄然相向，苦情重诉。眼角眉梢都似恨，热泪欲零还住。"诗人首先用"更那堪"三个字写自己在话别时难以忍受的痛苦心情。"凄然相向，苦情重诉"八个字写尽了双方话别的神态、心情和内容。他们的"苦情"真是太多了。结婚三年，离多聚少，环境险恶，亲老子幼。如今次子刚刚出生，诗人又要远行。古人说："悲莫悲兮生别离。"又说："多情自古伤离别。"可见离别，尤其是亲人骨肉之间的离别是人生最悲苦最伤感的事。"重诉"是一遍一遍地诉说。在亲人行将离别之际，双方该有多少苦衷要对亲人诉说，该有多少倾吐不尽的情思啊！"眼角眉梢都似恨，热泪欲零还住"，是特写杨开慧话别时的神情。"眼角眉梢"四字刻画入微。大约只有对爱人才能观察得这样细。不，这不是用观察，而是诗人用心神感受到的。这里的"恨"除了上文所说的"苦情"外，还有由"误会"而感到自尊心受到伤害的精神痛苦和委屈之情。她怎能不心碎神伤、百感交集呢？她的苦衷又哪能完全用语言来表达呢？于是无限的愁怨涌上心头，流露于"眼角眉梢"。情感的潮水啊汹涌激荡，眼看就要冲破理智的堤防，所以"热泪欲零"。可是杨开慧毕竟不是一般的女子，而是有革命觉悟的刚强的女性。革命的理智终于克制住个人感情的冲击，使欲零的热泪"还住"。"热泪欲零还住"，寥寥六字使一个有血有肉、有丰富热烈的感情又有强烈的革命责任感的女战士的形象跃然纸上。这里诗人用白描的手法，极其传神地刻画了杨开慧依依惜别、含情脉脉的神态，把她热烈而深厚的感情、离别的复杂心绪和温柔而理智的性格写得惟妙惟肖。

话别时的"苦情重诉"和依恋之情，增进了彼此的了解，加深了双方的感情，"知误会前番书语"。另有诗人手迹"书语"作"诗句"。关于"误会"，贺少华《骄杨》一文说，杨开慧是个极上进的女子，希望能随时伴在丈夫左右，为他的事业多尽一份心力。1923年4月，毛泽东离长沙去上海，杨开慧欲与同行。她对毛泽东说："去是可以，须带上我和孩子。"当时"二七惨案"刚过去两个月。林祥谦与工友的壮烈牺牲、施洋烈士的遇难，使毛泽东更深切地感受到敌人的凶残和革命斗争的巨大风险。因而毛泽东坚决不同意，二人发生争执。为了说服杨开慧，说明夫妻间过分依恋不利于革命事业，随行也不利于杨开慧母子的安全，毛泽东手录了元稹《菟丝》中的几句诗（见注释）赠给杨开慧。她见诗后产生了误会，感到自尊心受到莫大的伤害，因而耿耿于怀。因为手录的元稹的几句诗是4月间上一次离别时写给杨开慧的，所以说是"前番书语"。接着诗人就恳切地劝慰妻子："过眼滔滔云共雾，算人间知己吾和汝。"天大的误会也会像过眼烟云一样消散，我和你是真正的人间知己啊。"过眼"，飞快地从眼前掠过，形容短暂。"滔滔云共雾"天空翻滚的云雾，喻误会之大。诗人坚信自己与杨开慧这种真正的人间知己之间，再大的误会也是短暂的，一经沟通说明也就云开雾散。"算人间知己吾和汝"这极感人肺腑之言，充分表达了对杨开慧的理解和信任，也是诗人从内心深处发出的对杨开慧无限深情的赞许。

想到作为人间知己的爱侣马上就要离别了，诗人痛苦的感情达到高潮。俗话说"老天有眼"。《东门行》里的女主人公也对丈夫指天相劝。这里诗人不禁对天发问："人有病，天知否？"借以倾诉内心极度的痛苦。这里的人当包括诗人自己和夫人杨开慧，也包括千千万万妻离子散受苦受难的人民大众。这里所说的"病"指人们的痛苦和忧患。当包括诗人及夫人杨开慧离别的苦衷,也包括劳苦大众的苦难和忧患。诗人是"心忧天下"的革命者,他是把个人的悲欢与千百万劳苦大众的悲欢联系在一起的。自然会由自身的痛苦联想到人民大众的苦难与忧患。这里的"人有病,天知否?"同诗人后来在《沁园春·长沙》中"问苍茫大地,谁主沉浮"一样,表现了"心忧天下"的崇高情怀。

词的下阕写清晨分别时的情景,抒写了自己的离情别绪和投身伟大革命斗争的豪情壮志。

"今朝霜重东门路,照横塘半天残月,凄清如许。"清晨东门外的道路铺了厚厚的寒霜,一弯残月斜挂在天边,幽淡朦胧的月光照在清水塘上,景色是如此凄凉冷清。"霜重"是说霜很大、很厚、很浓。"东门路"一方面实指当时长沙东门之一——小吴门外通往火车站的道路;另一方面也是用汉代乐府民歌《东门行》的典故。诗人用《东门行》里的主人公为饥寒所迫,决心丢下妻儿,拔剑而去,走上反抗斗争道路的故事,暗示出自己离家投身革命斗争的决心。"横塘"在苏州城外,旧诗词里常用来指代女子居住的地方。这里是指诗人与杨开慧所住的清水塘。用"横塘"作清水塘的代称,更含蓄也更富有诗意。这里诗人用霜铺东门路、月照清水塘,点明了送别的时间和地点,把我们带进一个凄清朦胧的艺术境界中去。诗人从色和光来着笔,用寒霜和残月来点染"凄清"的环境,烘托出离别之际悲凉伤感的情怀,同时又用《东门行》的典故,暗示出投身革命的决心。

在这寒冬时节凄清的早晨,在对亲人无限留恋难分难舍之际,分手远行的时刻到了。"汽笛一声肠已断,从此天涯孤旅。"汽笛一声长鸣,分手的时刻来到,诗人内心离别的痛苦已到极点。从此诗人就要离开亲人,独自远行天涯异地了。汽笛长鸣是火车启动的信号,意味着亲人分手的时刻到来。古人说"恨别鸟惊心"。如今"汽笛一声",就更使离人

"意夺神骇，心折骨惊"（江淹《别赋》）了。"肠已断"，形容内心极度的痛苦。这里诗人从当时远别时特有的声响来着笔，用"汽笛一声"把离别的苦情推向极点，既有浓厚的诗意，又有鲜明的时代特色。至此，诗人已把爱人临别之际那种难舍难分的情意和分手时刻内心极度的凄苦写尽。诗人和夫人杨开慧可说是情深似海，可是诗人又是一个"心忧天下"关心人间病苦的革命家，和苦难深重的人民休戚与共。诗人不仅挚爱着自己的亲人，更关心着祖国的前途和人民的命运。他决心从个人的离愁别绪中解脱出来。所以接着写道"凭割断愁丝恨缕"，就是说请让我们暂时把个人感情上千丝万缕的牵挂割断，也就是要舍小家为大家，舍个人为人民。从儿女情长中超脱出来，投身到改天换地的伟大斗争当中去。这是诗人自己的决心，也是对夫人杨开慧的劝勉。与上阕的"热泪欲零还住"一样，表现了极其可贵的革命理智。最后诗人用比兴象征表达了革命的豪情壮志和对未来的预想与企盼。"要似昆仑崩绝壁，又恰像台风扫寰宇。重比翼，和云翥。"诗人预想正在兴起的革命运动，将要以昆仑山绝壁崩塌、台风席卷天下的气势，把旧社会打个天翻地覆。到那时我们将重新团聚，比翼双飞，高入云霄。"和云翥"也就是与彩云齐飞，乘着时代的风云高翔。这里诗人把个人的幸福与伟大的斗争和革命的胜利完全融合在一起。词的结尾高唱入云，表现了崇高的理想和改造世界的豪情壮志，闪耀着革命的乐观主义和英雄主义的光芒，具有振奋人心的力量，与上阕结尾表现的心忧天下的革命情怀遥相辉映。

　　这首词用精细委曲的笔墨抒写了诗人与夫人杨开慧离别时依依不舍的深厚情意，表达了对杨开慧的无限深情和热烈赞许。用豪壮的诗句抒发了心忧天下的高尚情怀和改造世界的雄心壮志。将夫妻的柔情和革命的豪情、个人幸福和革命事业融合在一起，展现出前所未有的思想境界和艺术境界。

　　毛泽东这首词采用革命现实主义和革命浪漫主义相结合的创作方法。

一方面用真切细致的白描,把夫妻间的离情写得细致入微、具体感人。通过典型环境中人物典型的心理活动表现了人物既热烈又理智的典型性格。另一方面又用大胆的艺术夸张,表达了强烈的革命激情、崇高的革命理想和改造世界的雄心壮志,具有震撼和鼓舞人心的艺术力量,并形成刚柔相济的艺术风格。诗人将婉约和豪放两种风格结合起来,既有"杨柳岸,晓风残月"式的浅唱,也有"大江东去,浪淘尽,千古风流人物"式的高歌,兼有婉约派的柔美和豪放派的壮美,体现了相反相成、相得益彰的艺术辩证法。

这首词结构谨严,表达含蓄。全篇始终围绕着一个"别"字铺写,从话别、送别写到别后,脉络分明,但全篇又不着一个"别"字,而完全让人们自己通过词的艺术形象和艺术境界去体味,全词情真意切,具有很强的艺术感染力,可说是爱情词的千古绝唱。

《贺新郎·别友》另一版本的结尾是:"我自精禽填恨海,愿君为翠鸟巢珠树。重感慨,泪如雨。"表明自己要以精卫填海的精神投身艰险的改天换地的伟大事业,而希望杨开慧和年幼的孩子有个美好安宁的生活环境,不要同自己一起去冒风险。这也是"前番书语"的本意。不想杨开慧却误解为批评她不够坚强、不能自立了,也就不能不使他们"重感慨,泪如雨"了。时过境迁,诗人又把词的结尾改为"要似昆仑崩绝壁,又恰像台风扫寰宇。重比翼,和云翥。"表达出投身革命事业、摧毁旧世界的坚强决心和重新团聚、比翼高飞的预想。气势更强烈豪壮,情调也更开朗昂扬,更富于鼓舞人心的力量。诗人对自己的诗作精益求精,在不断地加工修改中,使思想感情得到进一步升华。

毛泽东这首《贺新郎·别友》与辛弃疾的《贺新郎·别茂嘉十二弟》,从词牌、标题到内容、词语都有相同相近之处。二者都选用《贺新郎》这个词调,都以"别……"为题,内容都写离别的情怀。第二句都用了相同的词语"更那堪",而"算未抵人间离别"与"算人间知己吾与汝"也有相近的地方。所不同的是，辛词多用典故写离别之意，并借以曲折地抒写感伤失意苍凉悲壮的情怀。而毛词则多用白描写离愁别绪，更以比拟表达乐观自信及改天换地的豪情壮志。特别是辛词末句"谁共我，醉明月"，孤寂消沉；而毛词末句"重比翼，和云翥"则昂扬振奋，更呈现出完全相反的情调，也可以说是"反其意而用之"，从而表现出诗人学古能化，继承传统又超越前人，推陈出新的卓越才华。

近年来有人根据《贺新郎·别友》的标题，认为这首词不是写给杨开慧而是写给另一位"女友"的，有点望文生义。1937年初丁玲和美国记者史沫特莱都到了延安，她们常见到毛泽东，有时会谈到中国古典诗词和毛泽东自己的词。毛泽东曾把自己的几首词写给丁玲。史沫特莱在《中国的战歌》中有一段记述："有时他（指毛泽东）引述中国古代诗人的诗句，或者背诵他自己诗词。有一首是怀念他第一个妻子的，她已经由于是他的妻子被国民党杀害。"①史沫特莱提到的那首词，应该就是写给丁玲的这首《贺新郎》(手迹作《贺新凉》)。早在《古诗为焦仲卿妻作》中已有"结发同枕席，黄泉共为友"的说法。"在鲁迅存世的墨迹中，有一幅鲁迅抄录陶渊明的《归园田居》和《游斜川》两诗的字幅。它是'录应广平吾友雅鉴即请指正'的。"②鲁迅把夫人许广平称为"吾友"，毛泽东为什么不能把这首写给夫人杨开慧的《贺新郎》以"别友"为题呢？试想如果把标题改为"别妻"，那该有多俗气。以"别友"而不以"别妻"为题，也正是"不作俗人之举"。

注：

① 转引自萧永义《文图并说毛泽东诗词》，河南人民出版社2001年版，第41页。
② 转引自倪墨炎《鲁迅旧诗探解》，上海书店出版社2009年版，第408页。

沁园春

长　沙

一九二五年

独立寒秋，
湘江北去①，
橘子洲头②。
看万山红遍，
层林尽染；
漫江碧透，
百舸争流③。
鹰击长空，
鱼翔浅底，
万类霜天竞自由④。
怅寥廓⑤，
问苍茫大地，
谁主沉浮⑥？

携来百侣曾游，
忆往昔峥嵘岁月稠。
恰同学少年，
风华正茂；
书生意气，
挥斥方遒⑦。
指点江山，

激扬文字，

粪土当年万户侯⑧。

曾记否，

到中流击水⑨，

浪遏飞舟？

注释：

① 湘江：湖南省最大的河流，源出广西灵川县海洋山，向东北流贯湖南东部，经过长沙，北入洞庭湖。

② 橘子洲：一名水陆洲，是长沙城西湘江中的一个狭长的小岛，也称长岛。岛上产美橘，故称橘子洲。

③ 舸（gě）：大船。

④ 万类：各种生物。

⑤ 寥廓：辽阔，指广阔的宇宙。

⑥ 谁主沉浮：作者解释说："这句是指：在北伐以前，军阀统治，中国的命运究竟由哪一个阶级做主？"沉浮：升沉，兴衰。

⑦ 挥斥方遒：意为热情奔放，劲头正足。挥斥：奔放。《庄子·田子方》："挥斥八极。"郭象注："挥斥，犹纵放也。"遒（qiú）：强劲。

⑧ 万户侯：封地食邑有万户人家的侯爵。这里借指当时统治中国的大军阀、大官僚。

⑨ 击水：作者自注："击水：游泳。那时初学，盛夏水涨，几死者数，一群人终于坚持，直到隆冬，犹在江中。当时有一篇诗，都忘记了，只记得两句：自信人生二百年，会当水击三千里。"

忆往昔峥嵘岁月稠
——读《沁园春·长沙》

长沙为湖南省会,位于湘江下游,岳麓山下,山清水秀,人杰地灵。屈原、贾谊、王船山等一连串闪光的名字都同它联系在一起;地处南北要冲,水陆交通便利,铁路通北京、武汉、广州,水路达四川、南京、上海。既有丰厚的历史文化积淀,又能得时代风气之先,是一座古老的文化城,也是一座革命的英雄城。五四运动前后,这里活跃着一群时代精英,是毛泽东早期革命活动的中心。

1911年毛泽东来到长沙,1914—1918年在长沙湖南第一师范就学。当时正是五四运动前夜,一方面,帝国主义加紧了对中国的侵略,南北军阀勾结帝国主义互相混战,使广大劳动人民处于水深火热之中;另一方面,十月革命一声炮响,给中国送来了马列主义,新旧思想斗争十分激烈。毛泽东关心国家大事,立志追求革命真理,寻求"改造中国和世界"的道路。积极开展革命活动,创办工人夜校。1918年4月,与蔡和森、何叔衡、陈昌、陈书农、张昆弟、罗学瓒、罗章龙、萧子升等建立了新民学会,团结了一批青年,对黑暗反动势力进行了英勇的斗争,沉重地打击了当时的封建军阀。1918年8月毛泽东离开长沙,先后在北京、上海和湖南各地开展了更加广泛的革命活动。1921年7月,出席中共第一次全国代表大会。1924年国共合作以后,他被派到国民党上海执行部工作,同时还担任中共中央组织部部长。国民党右派常常借机挑起事端,他又在如何看待农民、如何对待国民党右派以及统一战线的领导权问题上,与党的主要领导人陈独秀意见不合,弄得心力交瘁。1924年底经中共中央同意回湖南养病。1925年春节后回到韶山,一边养病,一边在韶山一带建立党的组织和农民协会,把韶山地区的农民运动蓬蓬勃勃地开展起来。8月末毛泽东得知湖南军阀赵恒惕下令逮捕他的消息,就化装离开韶山,秘密来到长沙。9月转赴广州参加国民党第二次全国代表大会。在去广州之前重游了长沙故地,写下了《沁园春·长沙》这首词,热烈地赞颂了长沙生机勃勃的壮美景色,生动含蓄地表达了自己对现实社会的观察和思考。他回顾了在长沙度过的青春年华及峥嵘岁月,深沉地表达了对同学少年亲切的怀念和殷切的希望。

词的上阕记今日之游。"独立寒秋,湘江北去,橘子洲头。"写的是,在这带有寒意的秋日,诗人独自站在橘子洲上,看着清澈透明的湘江慢慢向北流去。开头三句交代了故地重游的时间、地点和境况,点明长沙本题。一个"独"字点明了今日之游的特点,表明了诗人游踪的隐秘,映衬出在军阀统治下社会现实环境的险恶。一个"寒"字,不但点明了季节特点,更多的是写出对当时长沙严酷的政治气候的心理感受。而诗人伫立橘子洲头的形象则表现出一种在艰险环境中的坚毅镇定的气度。接着以"看"字领起"万山红遍"以下七句,写出在橘子洲上独立眺望、仰观俯察所见的秋日的景色。"看万山红遍,层林尽染"写远望群山一片火红,一层一层的枫林都染上了红色。这两句是仰视所见,写山景。"漫江碧透,百舸争流"写满江的秋水碧绿透明,许多船只在江上飞驶竞渡。这两句为俯察所得,是江景。山上的红叶与江中的碧波交相辉映,构成一幅壮丽的江山秋色图。"鹰击长空,鱼翔浅底,万类霜天竞自由。"进一步描写雄鹰在广阔的天空里高飞,鱼儿在清澈见底的水中畅游,各种生物都在这天高气爽的秋天争着过自由自在的生活。"击"是拍打,这里形容雄鹰飞腾的矫健有力。"翔"是飞,这里形容鱼游得飞动活跃。诗人用空中的飞鸟和水里的游鱼对前面所描绘的绚丽壮阔的画面加以点染,使这绚丽壮阔的画面更加生机盎然。"万类霜天竞自由"是诗人在橘子洲头独立眺望所得到的总印象,也是对眼前这一派生机勃勃的秋景的赞叹。古代的诗人唱的大都是悲秋的调子,而诗人笔下的江南秋色却是如此绚丽多彩、生机勃勃,充分体现了对祖国山河的热爱和乐观主义的精神。同时,这壮丽的秋景也是当时革命形势的写照。中共一大前后毛泽东在各地从事学生运动、工人运动和农民运动,看到各革命阶层的群众都发动起来了,认为:"他们将冲决一切束缚他们的罗网,朝着解放的路上迅跑。"(《湖南农民运动考察报告》)最后三句写由眼前的景物引起的感触。江山如此多娇,万物欣欣向荣,但当时的长沙和中国还在军阀的统治之下,劳动人民还没有成为这壮丽山河的主人。诗人的青年战友夏明翰烈士就有过"鱼且能自由,人却为囚徒"的慨叹。这不能不引起诗人"心忧天下"的惆怅:"怅寥廓,问苍茫大地,谁主沉浮?"诗人不禁惆怅地对着辽阔的宇宙发问,在这旷远迷茫的大地上,是谁主宰着人间的兴衰呢?这里诗人提出了谁是大地的主人、世界应该由谁主宰的问题,其中包含着诗人对军阀统治的挑战和对革命领导权的关注。谁是大地的主人?世界该由谁主宰?早在1922年9月5日,诗人亲自筹建的长沙土木工会成立的时候就曾庄严地宣告:"我们是生产者,是创造世界的主人,应该是世界的主宰。"这里诗人以问作答,更深沉、更含蓄,也更发人深思。

　　词的下阕忆昔日之游。"携来百侣曾游,忆往昔峥嵘岁月稠。"当年诗人曾和许多友人一起到这里游览,回忆起过去,不平常的战斗的日子是很多的。"峥嵘"本来形容山势高峻,这里形容不平常的斗争生活。诗人在长沙湖南第一师范的时候，常和友人蔡和森、罗学瓒、张昆弟、罗章龙等到橘子洲一带游览锻炼，议论国家大事，畅谈革命抱负。罗学瓒烈士曾在"与诸友人雇舟畅游水陆洲"（原注：即橘子洲）一周后作的《咏怀诗》写下了"倾洋涤宇宙，重建此乾坤"的豪壮诗句，表达了他们畅游橘子洲时的豪情壮志。当时诗人和这些青年战友一起对校内外黑暗腐朽的旧势力进行了许多尖锐的斗争。下阕开头两句写旧地重游引起的对故人的怀念和对往昔不平常的斗争生活的回忆。接着以"恰"字领起"同学少年"以下七句，具体地描绘了同学少年才华横溢、意气风发的精神风貌和敢说敢干，敢于蔑视敌人的斗争精神。"恰同学少年，风华正茂"两句写同学们少年有为、才华出众。当时和诗人一起的蔡和森、罗学瓒、张昆弟等人都是"立志在匡时，欲为国之英"的有理想有抱负、朝气蓬勃的革命青年，都是群众斗争中的杰出人物。"书生意气，挥斥方遒。"这些革命青年的豪情奔放到了极点。"挥斥"见《庄子·田子方》"挥斥八极"。这里是奔放的意思。"方遒"是正强劲有力。这两句写同学少年意气风发，奔放豪迈。我们从蔡和森烈士"虽无鲁阳戈，庶几挽狂澜"和罗学瓒烈士"将肩挑日月，天地等尘埃"（《自勉》）的诗句中可以想见当年他们奔放豪迈的气概。"指点江山，激扬文字，粪土当年万户侯。"他们评论国家大事，发表揭露社会黑暗和宣扬革命真理的文章，把当时有权有势的军阀政客看得如粪土一般。"万户侯"，汉代封地食邑有万户人家的列侯，是侯爵中地位最高的一级。这里指权势很大的军阀政客。这三句从言行方面写同学少年关心国家大事、疾恶如仇、敢于蔑视封建军阀的斗争精神，也是"书生意气"的生动表现。当年诗人和他的战友们发表了许多诗文抨击"龙蛇争大地，虎豹满寰瀛"的现实，揭露封建军阀的丑态。诗人的友人夏明翰烈士《为军阀画像》一诗生动描画了军阀"眼大善观风察色，嘴阔会拍马吹牛，手长能多捞名利，身矮好屈膝磕头"的丑恶嘴脸和肮脏灵魂，表现了对那些"万户侯"的憎恶和蔑视。在诗人和他的战友看来，那些不可一世的封建军阀"不过是历史舞台上匆匆来去的过客,是一些被抛进历史垃圾堆的社会残渣,是一堆不齿于人类的狗屎堆"。最后三句再现了当年百侣同游、中流击水的壮举与豪情,表达了对同学少年的深情怀念和殷切希望。"曾记否,到中游击水,浪遏飞舟?"诗人深情地向当年同游的伴侣发问:大家可曾记得那时我们到湘江游泳,奋力击打江水,激起的波浪把飞快行驶的船只都阻挡住了。诗人自注击水指游泳。当年诗人常和蔡和森、罗学瓒、张昆弟等到橘子洲一带游泳,在大风大浪中锻炼身体,磨炼意志。后来诗人回忆说,"那时初学,盛夏水涨,几死者数。一群人终于坚持,直到隆冬,犹在江中"。当时诗人还写下了"自信人生二百年,会当水击三千里"的豪壮诗句,表现了诗人和他的战友们不怕牺牲、勇敢顽强、坚持不懈的斗志与豪情。这里诗人特别提到当年畅游湘江、中流击水一事,就是勉励战友牢记当年的豪情壮志,担负起"主沉浮"的重任。最后以问作结,像是和友人谈心,更加亲切动人,同时也和上阕的结尾遥相呼应。

这首词上阕即景抒情,下阕忆事言志。通过对眼前壮丽景色的描绘和对过去峥嵘岁月的回忆,表现了对祖国大好河山的热爱和乐观向上的精神,抒写了"心忧天下"的崇高情怀和扭转乾坤的宏伟抱负。既是祖国山河和同学少年青春的赞歌,也是呼唤工农大众起来争取自由解放当家做主;勉励战友共同投身革命大潮,引领革命洪流,在革命的大风大浪中搏击的战斗号角。

毛泽东这首《沁园春·长沙》最突出的成就在于意境的创造。意境,又称"境界",是中国诗学一个重要的美学范畴。王国维说:"词以境界为最上。有境界则自成高格,自有名句。"毛泽东则进一步讲:"诗贵意境高尚,尤贵意境之动态。"(《毛泽东诗话》)《沁园春·长沙》正是其意境说的具体实践。词的上阕写景抒怀。诗人用"红遍""尽染""碧透""争流"及"击""翔""竞"等动化形容词和动词,给我们创造了一个五光十色、缤纷绚丽而又极富动感、充满活力的艺术境界,体现出蓬勃向上、积极奋发和以天下为己任的崇高精神。词的下阕记事写人。诗用"指点江山，激扬文字，粪土当年万户侯"和"中流击水""浪遏飞舟"来突出意境之动态，来表现同学少年昂扬的精神风貌和高尚的思想境界。既引人入胜，又发人深思；既给人以审美愉悦，又使人受到感染、启迪和鼓舞，使人在审美体验中得到思想精神境界的净化和提升。

  毛泽东早年熟读古典诗词，有很深的古典诗词修养。萧永义先生谈到《沁园春·长沙》文字表现力极强时说："词中不露痕迹地引用、化用前人佳作的地方甚多。"并具体地列举了不少词中引用、化用《诗经》《楚辞》和杜诗、辛词中的词语的例子。而从整体来看，则显然是受到了南宋辛派爱国词人刘克庄《沁园春·梦孚若》的启发和影响。刘克庄的《沁园春·梦孚若》上阕记梦。写梦中与友人相聚中原、以英雄自许、尽收燕赵豪杰的情景，表达了与友人共同恢复中原的强烈愿望和以天下为己任的豪情。这和毛泽东的思想感情是相通的，自然会引起他的共鸣。刘词的下阕写梦想破灭的深沉感慨。其中"叹年光过尽，功名未立；书生老去，机会方来。使李将军遇高皇帝，万户侯何足道哉！"与《沁园春·长沙》下阕中的"恰同学少年，风华正茂；书生意气，挥斥方遒。指点江山，激扬文字，粪土当年万户侯"字句颇有相似之处。刘词是抒写年华虚度、无所作为、怀才不遇、壮志难酬的悲愤和不能主宰命运、实现人生价值的哀痛与无奈。毛词则是赞美同学少年意气昂扬、奋发有为，表现出自立自强、主宰沉浮的精神，具有鲜明的个性和时代特点，也可以说是"反其意而用之"。至于意境之高尚生动、辞藻之绚丽多彩、音韵之朗畅和谐、对仗之精工自然，都是刘克庄的《沁园春·梦孚若》无法比拟的。《沁园春·长沙》标志着毛泽东诗词创作的成熟，也表明他是推陈出新的高手。

注：

  本文所引蔡和森、罗学瓒、夏明翰等人的诗句均见萧三主编《革命烈士诗抄》，中国青年出版社1959年版。

菩萨蛮

黄鹤楼①

一九二七年春

茫茫九派流中国②,
沉沉一线穿南北③。
烟雨莽苍苍,
龟蛇锁大江④。

黄鹤知何去?
剩有游人处。
把酒酹滔滔⑤,
心潮逐浪高⑥!

注释：

① 黄鹤楼：武汉历史名楼，旧址在武昌市区之西长江岸边的黄鹤矶（一作黄鹄矶）上。楼在历史上曾几经毁坏修复，1955年修建长江大桥时拆去遗留的建筑物。1985年6月已在重新扩建后开放。《南齐书·州郡志》说有个叫子安的仙人，曾骑黄鹄（即鹤，古时"鹄""鹤"二字通）经过黄鹤矶。《太平寰宇记》说骑鹤仙人叫费文祎（huī），一作费祎（yī），每乘黄鹤到此楼休息，楼因此得名。相传楼始建于三国东吴，唐以后历代诗人题咏颇多，唐朝崔颢的名句"黄鹤一去不复返"，尤其广为传诵。

② 九派：派，水的支流。作者解释："九派，湘、鄂、赣三省的九条大河。究竟哪九条，其说不一，不必深究。"（1959年12月29日《致钟学坤》）

③ 一线：指当时长江以南的粤汉铁路和以北的京汉铁路。1957年武汉长江大桥建成，两条铁路接通，改名京广铁路。

④ 龟蛇锁大江：龟蛇指龟山和蛇山，蛇山在武昌城西长江边，龟山在它对岸的汉阳。隔江对峙，好像要把长江锁住一样。

⑤ 酹（lèi）：古代用酒浇在地上祭奠鬼神或对自然界事物设誓的一种习俗。

⑥ 心潮：心情起伏激荡，如同潮水。诗人自注："1927年，大革命失败的前夕，心情苍凉，一时不知如何是好，这是那年的春季。夏季，8月7号，党的紧急会议，决定武装反击，从此找到了出路。"

心潮逐浪高
——读《菩萨蛮·黄鹤楼》

黄鹤楼是最富有诗意和神话色彩的历史文化名楼，也是江城武汉标志性的名胜古迹。沿江而立，居高临下的黄鹤楼，是古来人们游览登临的胜地。历代诗人给我们留下许多关于黄鹤楼的诗篇。

1926年7月，国共合作进行的北伐开始。在中国共产党人的努力和南方各省工农群众的热烈支持下，北伐节节胜利，震动全国。10月间，北伐军攻克武汉。毛泽东也于年底来武汉建立中共中央农委办事处，并筹建设在武昌的中央农民运动讲习所。1927年春天，正当大革命轰轰烈烈地进行，农民运动蓬蓬勃勃地开展，北伐即将完全胜利的时候，国民党右派的代表蒋介石发动了"四一二"反革命政变，并于4月18日在南京另组国民政府。伪装成国民党左派领袖的汪精卫也与蒋介石秘密勾结，暗中酝酿着新的反共阴谋，汪精卫把持的武汉国民政府已成为有名无实的空架子。而当时共产党的领导人陈独秀，却压制毛泽东的正确意见，放弃革命的领导权，对反动派妥协投降，节节退让。革命危机四伏，天空阴云密布，江城武汉"山雨欲来风满楼"，眼看轰轰烈烈的大革命将被完全断送。中国革命向何处去，出路何在的问题压在诗人心头。1927年5月，一个风雨如磐的日子，诗人偕夫人、战友杨开慧登临督府堤居所附近的黄鹤楼。放眼神州，俯瞰江城，壮怀激烈，心潮澎湃，面对万里长江滔滔江水，吟诵出《菩萨蛮·黄鹤楼》这首千古绝唱。

这首词的题目是《黄鹤楼》，而主要是写登楼所见所感。词的上阕先写登楼所见的景色。"茫茫九派流中国，沉沉一线穿南北"，诗人登楼四望，只见浩茫无际滚滚奔流的长江由西而东横贯祖国大地；绵延如线，伸向远方的铁路纵穿祖国南北。开头两句从大处着笔写远景，点明了黄鹤楼所在的位置，衬托出黄鹤楼的高拔雄伟。不仅从水陆纵横两方面总写了武汉的重要形势，同时也表现了诗人高瞻远瞩的伟大气魄。境界开阔，意象恢宏，对仗工整而富有气势。"烟雨莽苍苍，龟蛇锁大江"是写近景。在苍苍茫茫的烟云雨雾中，黄鹤楼下龟蛇二山隔江相对，像要把长江锁住一样。"烟雨"是春天像烟雾一般的细雨。这里它一方面点明了时令，另一方面又给前面描绘的壮丽画面刷上了一层迷茫的色调，表现了诗人在大革命失败之际那种苍凉迷茫的心境。在这迷茫的烟雨中，眼前的龟蛇二山还看得分明。"锁大江"三字，极其有力地写出黄鹤楼下龟蛇二山夹江而立的形象。从字面上看，词的上阕都是登楼所见的景物，实际上也是用比兴象征写当时的政治形势。茫茫九派，江水奔流展示了革命运动波澜壮阔的声势；沉沉一线，贯穿南北，象征着革命的深远影响；烟雨苍茫、阴云密布正是当时武汉的政治气候；而龟蛇锁江则暗示出反动势力企图阻挡革命运动向前发展，革命遇到了来自党内外的双重阻力。真是高瞻远瞩明察秋毫，表现了革命家的政治远见和敏锐的洞察力，也表达了大革命遭到挫折和失败后的苍凉迷茫、沉重压抑之感。

　　词的下阕托物抒怀。"黄鹤知何去？剩有游人处。"开头两句就字面来看，是由黄鹤楼联想到黄鹤的神话传说和古人题写的"昔人已乘黄鹤去，此地空余黄鹤楼"的诗句。实际上也有比兴象征意义。"四一二"政变之前，曾经伪装革命"誓师"北伐的蒋介石就跑到南昌和在武昌的国民政府唱对台戏。政变之后，4月18日又在南京另组国民政府。设在武汉的国民政府已经有名无实，成了一个空架子，正像黄鹤飞去，空余一个黄鹤楼一样。这里诗人借用黄鹤的典故，点明了黄鹤楼本题，同时抨击了伪装革命的蒋介石背叛革命的行径，也流露出轰轰烈烈的大革命失败后的怅惘落寞之感，颇有一点鲁迅"荷戟独彷徨"（《题〈彷徨〉》）的意味。即将胜利的大革命被断送了，诗人感到无比的沉痛和激愤。"青山遮不住，毕竟东流去"，革命的洪流是任何反动势力和错误路线都阻挡不了的。"把酒酹滔滔，心潮逐浪高。"诗人拿起酒杯，把酒洒在滔滔滚滚的江水里，激荡的心潮随着那奔腾的江水一浪高过一浪。这里诗人一面怀着苍凉激愤的心情祭奠被断送的革命，一面表达了将革命进行到底的信念和决心。最后两句把自己当时激愤的心情和眼前的景物融合在一起，即景抒情，极其恰切地写出自己心潮澎湃的革命激情。据说，当日与诗人同行的杨开慧听了这首词后说："润之，这首词真好，前几句太苍凉了，后几句一变而显得昂扬、激动，我听了也心绪难平。"毛泽东说："目前武汉的这个局势，叫人心绪怎么静得下来！不过，我想，办法总会是有的。"这首《菩萨蛮·黄鹤楼》正是当时时局和诗人心境的写照。在艺术上最突出的特点就是巧用比兴象征，情景完美交融。诗人用烟雨苍莽、鹤去楼空、心潮逐浪等意象写当日的时局和自己的心境，可谓妙合无间，出神入化。

黄鹤楼是历代诗人歌咏的对象。古代诗人留下不少有关黄鹤楼的名篇。这些诗或抒乡愁或寄别绪，都不能和诗人这首词同日而语。毛泽东这首词，紧扣时代脉搏，具有鲜明的时代特色。词里所创造的艺术境界和所展示的思想境界都是前无古人的。诗人好像有意和崔颢那首特别著名、相传使李白敛手的七律《黄鹤楼》较劲儿，从意象到意境无不"反其意而用之"。我们读了诗人这首胸怀阔大、气象恢宏、充满革命激情的词，再去看前人留下的名篇，便会有"一览众山小"之感。

西 江 月

井冈山①

一九二八年秋

山下旌旗在望②,
山头鼓角相闻③。
敌军围困万千重,
我自岿然不动④。

早已森严壁垒,
更加众志成城⑤。
黄洋界上炮声隆⑥,
报道敌军宵遁⑦。

注释：

① 井冈山：位于江西、湖南两省边界的罗霄山脉中段，在江西省宁冈、遂川、永新和湖南炎陵县四县交界的众山丛中，方圆五百多里。山间深洼之地，分布着上井、中井、下井、大井、小井等村落，合称"五井"。井冈山由此而得名。井冈山峰高路陡，树密林深，地势极为险峻。只有桐木岭、朱砂冲、八面山、双马石和黄洋界五大哨口与山外相通，易守难攻。1927年10月，毛泽东率领秋收起义的队伍在井冈山建立中国第一个农村革命根据地。

② 旌旗：旗帜。这里指山下部分红军和井冈山一带的赤卫队、暴动队等地方武装的旗帜。

③ 鼓角：战鼓和号角。古代军队用鼓角发号施令，指挥队伍行动。这里指红军的军号等声音。

④ 岿（kuī）然：高大屹立的样子。

⑤ 众志成城：《国语·周语下》："故谚曰：众心成城。"意为万众一心，就坚如城堡。

⑥ 黄洋界：在井冈山西北部。这里半山云海茫茫，黄洋界就像屹立在汪洋大海中的海岛一样，又称"汪洋界"或"望洋界"。两侧是深谷、悬崖，是井冈山五大哨口中最险要的一处。

⑦ 宵遁（dùn）：趁夜逃跑。

黄洋界上炮声隆
——读《西江月·井冈山》

井冈山是毛泽东创建的中国第一个农村革命根据地,人称"革命的摇篮"。1927年9月9日,毛泽东在湘赣边界发动了著名的秋收起义。由于敌强我弱,起义军受挫。毛泽东提出改变攻打长沙的计划,把起义军转移到敌人统治力量薄弱的农村去。他说,罗霄山脉中段,最适合做我们的落脚点。我们要到那里去做"山大王"。1927年10月,毛泽东率领秋收起义的队伍到达井冈山,并争取、团结、改造当地原有的农民武装,建立了第一个农村革命根据地,点燃了"工农武装割据"的星星之火,开辟了中国革命"以农村包围城市,武装夺取政权"的胜利道路。1928年4月,朱德、陈毅带领南昌起义保存下来的部队和湘南农军到井冈山会师,成立了中国工农红军第四军,粉碎了湘粤赣敌军的"会剿",巩固壮大了井冈山革命根据地。1928年7月,湖南省委代表杜修经等人,乘力持异议的毛泽东远在永新,利用由湘南农军编成的29团的思乡情绪,顽固推行湖南省委"立即向湘南发展"的"左"倾冒险路线,招致"八月失败"。29团损失殆尽。毛泽东闻讯亲率31团3营前往湘南,迎回红军主力。红四军参谋长兼28团团长王尔琢在奉命劝阻叛逃部队时被叛徒杀害。"8月30日敌湘赣两军各一部乘我军欲归未归之际,攻击井冈山。我守军不足一营,凭险抵抗,将敌击溃,保存了这个根据地。"[①]毛泽东感到莫大的欣慰,怀着无限的欣喜与自豪写下了这首"工农武装割据"的颂歌和革命战争的史诗。

词的上阕写战前的情势。

"山下旌旗在望,山头鼓角相闻。"井冈山红旗招展,战鼓擂动,军号吹响,上下呼应。开头两句以精工的对仗领起,互文见义,分别从视觉和听觉烘托渲染临战之前军情之紧急,红军士气之旺盛及军威之雄壮。诗人通过艺术想象,创造了一个有声有色的艺术境界,鲜明生动地表现了井冈山军民高昂的斗志和人民战争的强大威力。

"敌军围困万千重,我自岿然不动。"诗人先从敌方着笔,极写敌众我寡的严峻形势:敌军气势汹汹,耀武扬威而来,将井冈山重重包围,正是为了反衬我军敢于斗争毫无畏惧的从容镇定和井冈山根据地的坚不可摧。所以末句笔锋一转,再写我军。"我自岿然不动",一方面写我军凭险据要居高临下的有利形势;另一方面也突出了红军坚韧不拔的精神和从容镇定的气度,刻画了红军顶天立地的英雄形象,表现了红军大无畏的英雄气概。

词的下阕写战斗的结局。

"早已森严壁垒,更加众志成城。"我军早已修好防御工事,严阵以待,再加上军民万众一心,更是铜墙铁壁。"森严"形容工事的周密牢固。"众志成城"语本《国语·周语》"众心成城",这里说明井冈山根据地军民同仇敌忾、团结一心是坚不可摧的钢铁长城。毛泽东说过:"真正的铜墙铁壁是什么? 是群众,是千百万真心实意拥护革命的群众。这是真正的铜墙铁壁,什么力量也打不破的,完全打不破的。"②据当年参加战斗的同志回忆,由于群众的拥护,全体指战员同甘共苦,所以战士们说根据地像铁打的一样。"早已""更加"紧相呼应。这两句承上阕"岿然不动",说明我军早有准备,严阵以待、同仇敌忾、万众一心,已有立于不败之地,战胜来犯之敌的可靠保证。并与上阕开头两句相照应。词的结尾诗人满怀胜利的喜悦和自豪写出了战斗的必然结局:"黄洋界上炮声隆,报道敌军宵遁。"当黄洋界上我军的炮声隆隆响起以后,就传来了敌人连夜逃跑的消息。当时湘赣"会剿"敌军四个团从井冈山西北面最险要的黄洋界哨口发动进攻。井冈山军民凭险坚守,奋勇杀敌,连续打退敌人四次冲锋。后来红军调来迫击炮一门。三发炮弹一发打响命中,敌人以为红军主力回山,乘夜仓皇逃遁。"炮声隆"显示了红军的声威;"敌军宵遁"则刻画出敌人的仓皇卑怯。两相对比,充分表现了红军的英雄气概与敌军胆小如鼠的丑态。

《西江月·井冈山》是黄洋界保卫战胜利的史诗,也是"工农武装割据"的赞歌,充分表现了井冈山军民的英雄气概和敢于斗争的革命精神。

这首词突出的特点,一是运用虚实结合,创造出鲜明完美的意境。"山下旌旗在望,山头鼓角相闻""黄洋界上炮声隆"写得有声有色,使人如身临其境。而这里的描写却是诗人的艺术想象,并非完全写实。诗人自己说:"其实没有飘扬的旗子,都是卷起的。"诗人深通诗歌艺术创作的规律。他说:"太现实了就不能写诗了。"正是诗人在忠实于主要重大事实的基础上,充分发挥艺术想象而不拘泥于细节的真实,才给我们创造了这样有声有色的完美意境。二是层层对比衬托,突出红军高大坚强的英雄形象。"敌军围困万千重,我自岿然不动"是第一层对比,从敌我兵力数量的悬殊上突出红军的坚不可摧、从容镇定。"黄洋界上炮声隆,报道敌军宵遁"是第二层对比,用敌人不堪一击、仓皇逃遁,突出红军强大的声威。"我自岿然不动"与"报道敌军宵遁"是第三层对比,用敌人狼狈逃窜的仓皇卑怯,突出了红军的英勇无畏。"敌军围困万千重"与"报道敌军宵遁"是第四层对比,用敌人的气势汹汹、耀武扬威而来,而后狼狈而逃、仓皇败退,说明敌人貌似强大,外强中干,红军才是立于不败之地的真正的英雄。

井冈山革命根据地的武装斗争,引起了当时文化革命的主将鲁迅的关注。20世纪30年代初,鲁迅在上海读到《西江月·井冈山》这首词,曾对冯雪峰说"颇有山大王"的气概。冯雪峰到江西中央苏区后,把鲁迅这个评价转告了毛泽东。毛泽东听了哈哈一笑,感到遇到了知音(见陈晋《文人毛泽东》)。看来鲁迅这句戏评,与毛泽东自称要到井冈山去做"山大王",也是心有灵犀一点通了。孙中山逝世不久,1925年4月8日,鲁迅在写给许广平的信中说:"无论如何,总要改革才好。但改革最快的还是火与剑。孙中山奔波一世,而中国还是如此者,最大原因还在他没有党军,因此不能不迁就有武力的别人。近几年来似乎他们（按：指孙中山领导的国共合作的国民党）也觉悟了，开起军官学校来，惜已太晚。"1927年，毛泽东上井冈山之前总结大革命失败的教训时说："我们党从前的错误，就是忽略了军事。现在应以百分之六十的精力注意军事运动，实行在枪杆上夺取政权，建设政权。"③两位时代伟人分别从革命失败的教训中，得出了相同的结论，可谓不谋而合，心心相印。无怪乎毛泽东说："我跟鲁迅的心是相通的。"④

注：

① 《井冈山的斗争》，载《毛泽东选集》第一卷，人民出版社1967年版，第60页。本书所引《毛泽东选集》均为此版本。

② 《关心群众生活，注意工作方法》，载《毛泽东选集》第一卷，第125页。

③ 1927年8月18日在湖南省委会议上的发言，载《关于建国以来党的若干历史问题的决议》注释本。

④ 1966年7月8日给江青的信。

清 平 乐

蒋桂战争①

一九二九年秋

风云突变②,
军阀重开战。
洒向人间都是怨,
一枕黄粱再现③。

红旗跃过汀江④,
直下龙岩上杭⑤。
收拾金瓯一片⑥,
分田分地真忙。

注释：

① 蒋桂战争：蒋，南京国民党新军阀蒋介石；桂，广西的简称，这里指广西军阀李宗仁、白崇禧。1927年国共合作的大革命失败后，在国民党新军阀各派斗争中，蒋介石一度被迫下野。1928年1月，蒋介石与汪精卫合作，重新出任国民革命军总司令。由于桂系军阀控制了两广、两湖，并于平津扩充军队。又免去了亲蒋的湖南省政府主席鲁涤平的职务，对蒋介石的个人独裁造成威胁。蒋介石下令进攻武汉，蒋桂战争爆发，结果桂系军阀李宗仁、白崇禧战败外逃。

② 风云：喻政治局势。

③ 一枕黄粱：唐人沈既济的传奇小说《枕中记》说，流落邯郸客店的卢生，向道士吕翁诉说自己的穷困不得志，当时店主正在蒸黄粱（小米）做饭；吕翁给卢生一个枕头，要他枕了睡。卢生枕了，在梦里封侯拜相，享尽荣华富贵。一觉醒来，店主的黄粱米饭还没蒸熟。后来成为一个典故，人们把很快就会破灭的梦想称为"黄粱梦"或"黄粱美梦"。这里讽刺国民党新军阀妄图用武力独霸中国的野心不过是一个很快就会破灭的梦想。

④ 汀江：在福建省西南部。源出长汀县北武夷山东麓，流经长汀、上杭南入广东境内。

⑤ 龙岩：今龙岩市，在福建省西南部，九龙江上游。上杭：在福建省西南部，汀江西岸。

⑥ 金瓯：瓯（ōu）是杯盆一类容器。南北朝时的梁武帝说："我国家犹若金瓯，无一伤缺。"（见《南史·朱异传》）以"金瓯"喻国家坚固完好。"金瓯一片"，比喻宝贵的革命根据地。

红旗跃过汀江
——读《清平乐·蒋桂战争》

蒋桂战争是1929年春天爆发在蒋介石和广西军阀李宗仁、白崇禧之间的一场战争。1929年前后，新旧军阀和国民党新军阀各派之间的战争接连不断。1928年蒋、冯、阎、桂四派军阀联合打败了奉系军阀张作霖。1929年春天，蒋、桂军阀为了争夺华中又爆发了"狗咬狗"的战争。蒋桂战争的爆发给广大人民带来了深重的灾难，而在客观上也为革命的发展提供了条件。

蒋桂战争爆发以前，敌人的第三次"会剿"临到井冈山的时候，一些人对革命产生了悲观思想，提出了"红旗到底打得多久"的疑问。在这个紧要关头，毛泽东先后写出了《中国的红色政权为什么能够存在？》《井冈山的斗争》和《星星之火，可以燎原》三篇光辉著作，科学地分析了中国社会矛盾的特点，对革命的发展和胜利做了英明的预见。早在1928年毛泽东就指出："国民党新军阀蒋桂冯阎四派，在北京天津没有打下以前，有一个对张作霖的临时的团结。北京天津打下以后，这个团结立即解散，变为四派内部激烈斗争的局面，蒋桂两派且在酝酿战争中。"[①]并说："我们只须知道中国白色政权的分裂和战争是继续不断的，则红色政权的发生、存在并且日益发展，便是无疑的了。"[②]蒋桂战争的爆发证实了毛泽东的英明论断。毛泽东这首《清平乐·蒋桂战争》是1929年神州大地的扫描，是当时中国社会的鸟瞰，也是毛泽东科学论断的艺术体现。

词的上阕写白色政权的分裂与战争及其给广大人民带来的深重灾难，并对军阀进行揭露和讽刺。"风云突变，军阀重开战。"神州大地风起云涌，天昏地暗，蒋桂军阀之间又开始了一场新的恶战。"风云"比喻时局的变幻不定。1928年底以蒋介石为头子，国民党南京政府虽然在名义上统一了中国，但国民党各派军阀却貌合神离、同床异梦。他们一会儿是"同志"，称兄道弟，握手言欢；忽而又成为"仇敌"，剑拔弩张，大打出手。尤其国民党新军阀的头子蒋介石更是翻手为云覆手为雨。一个"突"字，形容蒋桂战争来得快，势头猛。虽然诗人对蒋桂战争的酝酿，洞若观火，早有预见，但对一般人甚至共产党中央某些领导来说却很突然。根据表面现象和一般情理，人们很难预料国民党新军阀这么快就自己打起来。一个"重"字，突出了军阀混战连续不断的特点。"洒向人间都是怨，一枕黄粱再现。"军阀战争给广大人民带来的是痛苦、灾难和对反动军阀的深仇大恨，而对军阀来说不过是重做邯郸卢生那样的迷梦罢了。"洒"字从字面上是承"风云"而来。因为"风云"是战争的风云，所以洒向人间的不是雨而是"怨"。这里一个"洒"字把"怨"具体化、形象化了。对广大人民来说，军阀战争像从天而降的灾祸，它洒在广大人民心田里的是对军阀的怨恨。连年的军阀战争弄得民不聊生，民怨沸腾。人民怨气冲天，到处怨声载道。"中国是全国都布满了干柴，很快就会燃成烈火。"③而那些倒行逆施、丧尽民心的军阀们称王称霸的野心必将在广大人民怨怼的烈火中破灭，像《枕中记》中的卢生那样可悲可笑。这两句极生动也极深刻地揭示了人民苦难的根源和军阀战争的实质，同时也辛辣地讽刺了反动军阀好梦不长，他们称王称霸的图谋必将破灭。

白色政权四分五裂，一天天烂下去，为革命力量的发展和壮大提供了条件，正如毛泽东所说："军阀间的分裂和战争，削弱了白色政权的统治势力。因此，小块地方红色政权得以乘时产生出来。"④词的下阕形象地概括了革命力量的发展壮大和闽西革命根据地的产生，写出了红军飞跃进军的声威和革命根据地热火朝天、欢天喜地的景象。

"红旗跃过汀江，直下龙岩上杭。"红军飞跃突破汀江，一直打下龙岩、上杭。1929年3月，红四军利用"军阀重开战"的有利时机挺进闽西，在长汀附近消灭了土著军阀郭凤鸣旅，占领长汀。5月再度入闽，消灭了土著军阀陈国辉旅，占领龙岩；9月，消灭军阀刘新铭旅，攻占龙岩、上杭。"红旗"是红军的战旗，是革命的象征。"跃过汀江"意味着革命力量的飞跃发展。"红旗跃过汀江"像天空撕开乌云的雷电，振聋发聩，使人鼓舞振奋，又像大地奔突的一团烈火，势将燎原，给人间带来光明、温暖和希望，也是对"红旗到底打得多久"的有力回答。"直下"二字既写进军的方向，也写进军的结果，有力地突出了红军进军势如破竹、所向披靡的气势。这两句写在军阀混战当中革命力量的飞跃发展，有雷霆万钧之势。"收拾金瓯一片，分田分地真忙。"红军进军闽西，又开辟了一块新的美好的革命根据地，分田分地的土地革命正在热火朝天地进行。"金瓯"的典故出自《南史·朱异传》，比喻国家的坚固完美。由于军阀割据，祖国的山河四分五裂，就像金瓯打成了碎片。如今红军解放了闽西这块土地，开辟了闽西革命根据地，就像收拾了金瓯的一块碎片一样，表达了对祖国山河的热爱和对革命根据地的珍惜。"真忙"二字极其本色又极具神韵，有声有色地写出了根据地革命群众斗争的热潮。鲁迅把这种精练传神的白描词语称为"炼话"。据当年的老红军回忆：打开上杭城以后，群众欢欣鼓舞，纷纷前来慰问。小伙子们踊跃参加红军，苏维埃政权迅速开始办公，打土豪，分田地，热火朝天。最后两句极其生动地写出了根据地建立以后，土地革命热火朝天，广大军民兴高采烈欢天喜地的动人景象和诗人那种无限欣喜自豪的心情。

《清平乐·蒋桂战争》是1929年中国政局全景式的大写真，也是红军创造闽西革命根据地的壮丽画卷，生动形象地说明了"中国红色政权为什么能够存在"的真理，是对"红旗到底打得多久"最生动最有力的回答，是对那些对革命抱有悲观思想的人最有说服力的深刻教育。

这首词在艺术表现上的突出特点是对比的运用。诗人在词中写出了两种不同的战争造成的两种完全不同的景象。一方面是反动派四分五裂，军阀争权夺利，战祸接连不断，弄得民不聊生、怨声载道、怨气冲天；另一方面是红军对反动派胜利进军，革命根据地不断扩大，人民当家做主的土地革命热火朝天，广大军民兴高采烈、欢天喜地。敌我双方形成极为鲜明的对比，有力地揭露了军阀混战的罪恶，热烈地歌颂了革命力量的发展壮大。

　　这首词的语言运用也极见功力。诗人用"重开战"写军阀战争的频繁和对军阀战争的痛恶。用"真忙"写根据地热火朝天、欢天喜地的景象，用"一枕黄粱"讽刺军阀白日做梦，用"金瓯一片"表达对革命根据地的珍爱。把口语与古典熔于一炉，或表情达意，或传神写照，无不各尽其妙。诗人的语言艺术已达到炉火纯青的地步。

注：

① ② ④《中国的红色政权为什么能够存在？》，载《毛泽东选集》第一卷，第47、49、51页。

③《星星之火，可以燎原》，载《毛泽东选集》第一卷，第101页。

采 桑 子

重　阳①

一九二九年十月

人生易老天难老，

岁岁重阳。

今又重阳，

战地黄花分外香②。

一年一度秋风劲，

不似春光。

胜似春光，

寥廓江天万里霜。

注释：

① 重阳：阴历九月初九叫"重阳节"。我国有重阳登高赏菊的习俗。
　　1929年的重阳节是阳历10月11日。
② 战地：这里指当年红军进军作战的闽西上杭一带。黄花，指菊花，
　　我国古代菊花的主要品种是黄色的。

战地黄花分外香
——读《采桑子·重阳》

农历九月九是重阳节。1929年的重阳节是公历10月11日。当年春天毛泽东和朱德、陈毅利用"军阀重开战"的有利时机，率领红四军离开井冈山去开辟新的革命根据地，转战于赣南闽西，取得一个又一个胜利。然而毛泽东个人的境遇却不那么顺心。在当年6月召开的红四军第七次党代表大会上，他的正确意见没有被理解和接受，前委书记也落选了，被迫离开红四军领导岗位。后来他又大病了一场，过了一段闲居养病的时光。在革命战争紧张的岁月，在革命斗争最需要自己的日子，自己却不能有所作为，虚度了有限人生的一段宝贵光阴，对以天下为己任，以奋斗为最大快乐的革命家来说，内心的痛苦和感伤是可想而知的。9月21日，红军攻占上杭。毛泽东精神为之一振，为红军的胜利和闽西革命根据地的创立写了一首《清平乐·蒋桂战争》。与此同时，毛泽东的境遇也有了转机。他的病渐渐好起来，朱德和红四军的干部两次联名写信，请毛泽东回前线主持工作。10月10日，人们用担架把他抬到红军攻占不久的上杭城，住在汀江岸边的临江楼。第二天就是重阳节，正要重返前线领导岗位的毛泽东倚楼远眺，黄菊盛开，江天寥廓的万里秋色，使大病初愈的毛泽东感到格外亲切、喜悦和振奋。他努力超越由于前一段身心交瘁的境遇而产生的感伤情绪，放开眼界朝前看，心境也格外开朗起来，诗兴油然而生，挥笔写下了《采桑子·重阳》这首富有人生哲理意味、赞颂革命战争、抒发革命豪情、充满胜利的喜悦和乐观主义精神的词。

"人生易老天难老，岁岁重阳。"人容易衰老，而大自然却不易看出变化，每年都有一个重阳节。开头两句从人生和大自然谈起，转到重阳本题。人生变化快，年华易逝，一去不返，所以说"易老"；与人生比起来，自然界的变化则要缓慢得多，并且循环往复，周而复始，所以说"天难老"。正如唐朝诗人刘希夷所说："年年岁岁花相似，岁岁年年人不同。"诗人首先以大自然的恒久反衬人生之有限与速变。"人生易老"，看似诗人在讲述一个客观存在的事实，实际上别有一番感慨。诗人在此之前那一段身心交瘁的人生境遇，使他对人生有了更深切的感悟，强化了他的生命意识。诗人更加珍惜宝贵的有限的人生，从而时刻警醒自己要及时努力奋斗不息，表现出对人生的执着。

　　开头两句虽有诗人个人的感慨，但主要还是就一般感受而写的，只是虚衬一笔。下面笔锋一转，写出今年重阳独特的感受和不平常的意义。"今又重阳，战地黄花分外香"，如今又到了重阳节，战地上的菊花使人感到格外芳香。虽然每年都有一个重阳节，但今年的重阳节却与往年不同。今年的重阳是在战场上度过的，是一个革命的重阳、战斗的重阳、胜利的重阳。今年的重阳过得格外有意义。"战地黄花分外香"，是作为诗人的革命家独特的感受，只有亲临战场的诗人革命家才能领略战地黄花的芳香，只有以奋斗为最大快乐，喜爱战斗生活的诗人革命家才能产生这样的诗意与美感。字里行间洋溢着战斗的豪情、胜利的喜悦，闪耀着革命乐观主义的光辉。"分外香"三个字突出了对战地黄花的喜爱，而对战地黄花的喜爱，也就是对革命战争的热爱，对战斗生活的热爱，对革命战士的热爱。那迎着战火开放的黄花,不正是在经受战火考验,在艰苦的战斗中意气风发、斗志昂扬的革命战士的象征吗?"战地黄花分外香",原稿作"但赏黄花不用伤"。很显然,诗人是要尽力突破古人重阳登高感伤悲叹的情调,勉励自己努力从前一段身心交瘁的境遇产生的感伤情绪中超脱出来,表明对人生不仅要执着,也要洒脱,这就是诗人对待人生的辩证法吧!然而词里的感伤情绪好像挥之不去。时过境迁,诗人把它改为"战地黄花分外香",给我们创造了一个有色有香的审美意境。不仅原来挥之不去的感伤情绪一扫而空,而且显得格外地开朗洒脱,思想境界和艺术境界都得到进一步的升华。

词的上阕写重阳的战地黄花,从小处落墨,写得亲切有味。字里行间洋溢着革命的豪情、胜利的喜悦和革命乐观主义精神。

"一年一度秋风劲,不似春光。"一年一度的秋风吹得很猛烈,不像春风那样柔和,秋色也不及春光明媚,这仍是就一般感受来写的。最后笔锋一转,写出自己的独特感受:"胜似春光,寥廓江天万里霜。"但秋色要胜过春光,你看那天高水阔红叶万里的秋色多么美好啊。这里诗人大笔挥洒,给我们勾画出一幅红叶似火、澄江如练、天高气爽、水空一色的万里秋色图。"万木霜天红烂漫"不正是秋色胜似春光吗?"万类霜天竞自由"不正是可以大有作为吗? 这里诗人不仅给我们描绘了江南的万里秋色,同时也给我们展示了革命根据地的无限风光和革命斗争无限广阔的前景,表现了积极奋发乐观战斗的精神。

毛泽东这首《采桑子·重阳》通过对战地重阳景色的描绘,抒发了革命家的战斗豪情,表现了广阔的革命襟怀,体现了昂扬的乐观主义精神。从艺术上看这首词写得情景交融、有香有色,把人生的哲理、自然的美景和革命家的情怀凝铸在四十四字之中,具有高度的艺术概括力。在艺术形式上也有革新和创造。前人用《采桑子》这个词牌写作,上下阕的二、三两句,有不用叠句的,如欧阳修的《采桑子·群芳过后西湖好》;有使用叠句的，如吕本中的《采桑子·别情》。诗人这里却采用了似叠非叠的句式，既有回环往复的声韵美，又有意义上的转折和深化，不仅使句子更加灵活自然，涵义也更为丰富深刻，实为词家独创。

九九重阳是历代诗人歌咏的传统题目之一。可是封建时代的诗人们在这个美好的时节，唱的多是悲凉感伤的调子。他们不是说"明年今日知谁健，醉把茱萸仔细看"；就是说"尘世难逢开口笑，菊花须插满头归"；或说"莫道不消魂，帘卷西风，人比黄花瘦"。说来说去总离不开个人的悲愁忧伤。读了毛泽东这首《采桑子·重阳》，真有耳目一新之感。对传统的写重阳的诗词来说在内容上也是一个大革新。

毛泽东这首《采桑子·重阳》的手稿上还有一个标题《有赠》，是赠给谁的呢？这是一首藏名词。受赠人的名字巧妙地藏在下阕（原稿为上阕）前两句的末尾，也就是"劲光"二字。原来这首又题《有赠》的词，就是诗人赠给同乡战友萧劲光同志的。萧劲光原名萧玉成，1920年他与同学任弼时从湖南到上海"外国语学社"求学的途中，在江轮上他望着千里明月，滚滚长江，心潮澎湃地写下了"碧海蓝天秋风劲，江天万里明月光"的诗句。到上海后他把两句诗末尾的"劲光"二字集在一起作为自己的名字[1]。1930年萧劲光同志从苏联回国，被派到闽西革命根据地工作。1931年底到瑞金参加第一届苏维埃代表大会，见到了毛泽东。看到这首词里也藏着自己的名字"劲光"二字，就向毛泽东索取。毛泽东就以《有赠》为题，把这首词写给他。这也是有关这首词的一段佳话。新中国成立后，萧劲光同志是中国人民解放军十位大将之一，长期担任人民海军司令员。萧劲光同志非常珍爱毛泽东这首词。"文化大革命"当中他被林彪等人架空赋闲住在医院的日子里，还反复书写这首词，表达对毛泽东的敬重与怀念，并以此来激励自己。

后来萧劲光同志还写过一首感悟人生的《八五抒怀》[2]：

八十五岁不等闲,春光依然在眼前。
阅世已阅险中险,识人已识天外天。
堪笑白发似瑞雪,常怀丹心祝丰年。
几番潮涌心底事,犹自神驰浪里船。

深情地回顾了自己非凡的人生经历,表达了对党和人民的赤胆忠心,对国计民生的深切关注和对人民海军事业的深情系念。从首联对句开头的"春光"二字,又自然地使我们想起《采桑子·重阳》中"不似春光,胜似春光"的名句。

注:

① ② 孙忆祖萧劲光:《保卫河防用兵劲,以弱胜强敌扫光》,中国新闻网2015年8月26日。

如梦令

元　旦①

一九三〇年一月

宁化、清流、归化②，
路隘林深苔滑。
今日向何方？
直指武夷山下③。
山下，山下，
风展红旗如画。

注释：

① 元旦：阳历1月1日和农历正月初一都称元旦。这里当指1930年1月1日新年。

② 宁化、清流、归化：是福建省西部的三个县。

③ 武夷山：在江西和福建两省边界，东北 — 西南走向，为赣江和闽江的分水岭。

风展红旗如画
——读《如梦令·元旦》

1929年毛泽东、朱德和陈毅率领红四军三次入闽，开辟了闽西革命根据地。革命形势发展很快，而党和红军当中还存在着各种错误思想，红军领导层的思想认识也有分歧。当年6月在龙岩召开的红四军"七大"上，不但分歧没有解决，毛泽东的前委书记也被选掉了，离开了红四军领导岗位。10月间陈毅带回党中央"九月来信"，信中肯定了毛泽东的正确主张，并指示恢复毛泽东的前委书记职务。11月26日毛泽东回到前委。经过充分准备，红四军"九大"于12月28日在闽西古田镇召开，会上通过了毛泽东起草的《中国共产党红军第四军第九次代表大会决议案》，总结了红军的建军经验，科学地解决了党和军队建设的方向和路线问题。红军领导层统一了思想，消除了分歧，团结更加紧密。当古田会议还在进行时，蒋介石组织的三省"会剿"已经开始。福建敌人进抵离古田三十里的小池。12月30日古田会议结束，红军当即决定避开敌人的主力，进行战略转移，绕到敌人的后边去。1930年元旦之际，红四军四个纵队先后从闽西驻地出发向江西转移。经连城、归化、清流、宁化西越武夷山进入赣南，1月24日在广昌之西的东韶胜利会师。诗人心花怒放，以无限欢快的心情写下了《如梦令·元旦》这首词。因为红四军于1930年元旦之际开始进行战略转移，所以就以"元旦"为题。同时也是着意突出古田会议之后，红军的新年新起点和新气象。

"宁化、清流、归化，路隘林深苔滑"，开头两句首先接连并列了行军途上的三个地名，不仅点明了行军的地区，而且一气直下，表现了红军进军的神速。接着以"路隘林深苔滑"极其精练地概括了行军路途的特点,从行军的路途又突出了红军这次战略转移的困难环境和极其隐秘的特点。这两句每句都三顿,这明快急促跳跃起伏的节奏,突出了红军进军的急速和斗志的高昂。使我们好像看到红军在深山密林中,在崎岖狭窄的山路上,踏着湿滑的青苔在隐蔽地急速前进,给我们展示了一幅动人的山地行军图。"今日向何方? 直指武夷山下。"这里通过设问,一问一答告诉我们,红军这次行军是要去武夷山下。武夷山在江西和福建交界处,是红军这次进军的目的地。这里所说的"今日"指1930年阳历新年。特别强调"今日",突出"元旦"本题。元旦是一个新的起点,而红军正是在这个新起点进行了一次具有重要意义的战略转移,将要从胜利走向新的胜利。尤其是当年的元旦是古田会议后"全军团结,气象一新"的元旦。这次战略转移是红军在古田会议后的第一个行动,是一个新的战斗的起点、胜利的起点,有着特别不平常的意义。"直指武夷山下",语气斩钉截铁,表现了红军勇往直前的精神和所向无敌的气势,也表现了红军进军的神速和战士高昂的斗志,表达了胸有成竹指挥若定的红军领导者"争取江西"促进全国革命高潮到来的决心和信心。

"山下,山下,风展红旗如画"二句写出红军胜利完成战略转移之后,山前山后红旗招展的壮丽景象和全军上下一片欢腾的动人场面。"山下,山下"的重叠,固然是格律的要求,而这活泼轻快的笔调,也正好表达了红军战士在胜利完成战略转移之后那种欢快的心情。同时也有艰难险阻不在话下，武夷山下说到就到的意思，表现了红军进军的神速和英雄的气概。"风展红旗如画"更是画龙点睛的一笔，它不仅给我们展示了古田会议之后红军在古田会议精神的照耀下旗开得胜的新气象，同时也预示了红军胜利完成战略转移，新的革命高潮即将到来的大好形势。在写景之中，抒发了诗人在胜利完成战略转移之后，面对着大好的革命形势那种无限喜悦的心情，表达了对大好形势和红军英勇无畏的革命精神的赞赏。

毛泽东这首《如梦令·元旦》以紧促的节奏与活泼的笔调，给我们展现了一幅动人的红军山地行军图，真实地记录了古田会议以后红军战略转移的伟大胜利，预示了新的革命高潮即将到来的美好前景，生动地反映了古田会议之后红军崭新的精神面貌，洋溢着革命乐观主义的精神。同时也体现了诗人灵活机智、指挥若定的用兵艺术。

毛泽东的《如梦令·元旦》还体现了诗人炉火纯青、得心应手的诗词艺术技巧。这首小令体制虽然短小，意蕴却很丰富，而且写得很有层次，先写行军途上的艰难环境，接着写红军战胜困难的决心和气概，最后写胜利后的动人景象。层层深入，引人入胜，意境优美，活泼生动，在艺术上完美而精妙。词的开头连用三个地名，是前无古人的创造；"山下，山下"的重叠也用得极其自然，和要表达的内容达到了高度的和谐统一，可谓千古绝唱。诗人采用旧形式而能够革新创造，遵守格律而不受其束缚，是古为今用、推陈出新的典范。

减字木兰花

广昌路上[①]

一九三〇年二月

漫天皆白,
雪里行军情更迫[②]。
头上高山,
风卷红旗过大关。

此行何去?
赣江风雪迷漫处[③]。
命令昨颁,
十万工农下吉安[④]。

注释:

[①] 广昌:县名,在江西省东部。

[②] 情更迫:最初发表时作"无翠柏"。

[③] 赣江:江西省主要河流,长江的重要支流之一。由章水、贡水流到赣州市汇合而成,北流经吉安、南昌注入鄱阳湖与长江相通,纵贯江西全省。

[④] 吉安:今吉安市,是江西省中部重镇,位于赣江西岸。

风卷红旗过大关
——读《减字木兰花·广昌路上》

广昌是江西省东部的军事要地，是连通赣闽的关口。1930年初，红四军为了粉碎敌人对闽西的三省"会剿"，实行"争取江西"的计划，开始进行战略转移。红四军四个纵队先后翻越武夷山，于1月下旬在广昌西部的东韶胜利会师。当时朔风凛冽，雪花飞舞。红军迎风雪，抗严寒，连克宁都、永丰等地。翻山越岭，闯关夺隘，把红旗插到风雪交加的赣江之滨。2月上旬根据毛泽东提议，红四军前委、赣西特委及红五军、红六军军委，在陂头召开联席会议，提出了夺取江西全省的口号，决定集中兵力攻占江西中部重镇吉安，并组成以毛泽东为书记的新前委。2月14日，前委发布了关于攻打吉安的通告，各路红军和赤卫队由不同方向向吉安进逼。在从广昌向吉安的途中，毛泽东在马背上哼出了这首气壮山河的革命史诗。

词的上阕写红军在风雪中进军的情景，给我们展示了雄伟壮观的雪里行军图。表达了红军消灭敌人的急切心情，表现了红军顶风冒雪闯关夺隘的英雄气概。

"漫天皆白"写红军进军路上风雪弥漫的景象，把我们带进一个雄浑壮阔的境界，有力地突出了这次进军的艰苦环境。"漫天"二字形容风雪之大，极富动感、立体感和空间感。"皆白"二字不仅写出冰天雪地一片白的自然景象，同时也象征性地写出了当时白色政权四面包围的严酷形势。接着由景物描写转入叙事和抒情："雪里行军情更迫"，环境的恶劣严酷吓不倒英雄的红军。冒着狂风暴雪进军的红军精神更加振奋，更加意气风发斗志昂扬，到达目的地去完成任务的心情更加急切，从而更加快了前进的脚步。

同时也象征性地说明反动派白色恐怖的凶焰，只能激起红军战士对反动派更大的仇恨，使他们更急切地去解救在冰天雪地中饥寒交迫的劳苦大众。天上狂风暴雪，气候是这样恶劣，道路又如何呢？"头上高山"，悬崖壁立，宛如在头上，极写山势的陡峻和道路的艰险。但是在英雄红军的面前高山也要低头。"风卷红旗过大关"，红军的战旗在风雪中飞舞翻卷，红军的千军万马迎着风暴闯过了要隘雄关。这是何等威武，何等雄壮！"红旗"是红军的战旗，也是革命的象征。这里它像冰天雪地中的一团熊熊燃烧势将燎原的烈火，给人间带来光明，带来温暖，带来生机，带来希望；给人们以鼓舞和信心，给人们以力量和方向。高山、大关，景象壮阔；红旗、白雪，色彩鲜明，构成一幅壮丽的雪中行军图。风雪关山，所向无阻，充分表现了红军一往直前的大无畏精神。正如毛泽东所说："在共产党与红军面前，一切普遍所谓困难是不存在的，最严重的困难也能克服。红军在世界上是无敌的。""情更迫""过大关"生动地表现了红军战士高昂的斗志和英雄的气概。

　　词的下阕点明了进军的目标，表现了红军进军的浩大声势和打下吉安的雄心壮志。

　　"此行何去？赣江风雪迷漫处。"头两句先用设问点出行动方向，却又不具体指明，只是说"赣江风雪迷漫处"。这样写不仅进一步渲染了气氛，而且给人以朦胧迷茫之感，更增加了诗情画意。同时也含蓄地象征说明这次行军是要到被反动派的白色恐怖弄得乌烟瘴气的地方，去解救在冰天雪地中饥寒交迫的劳苦大众。当年红旗社报道:"今年一月大雪的时候,白军帮助地方豪绅回乡索债,群众在雨雪中,继续和他们作战。"反动派在他们统治的地区实行白色恐怖。"吉安城里每天下午六点以后至次日上午八点以前,禁止一切行人。""风雪迷漫"正是国民党统治区的白色恐怖和劳苦大众悲苦处境的写照。"命令昨颁,十万工农下吉安。"最后两句像一声惊雷,结得极其有力。不仅具体点明了行军作战的目标,而且写出红军一声令下,军民一齐动员,千军万马大进军的声势。据当年的红旗社报道:红军的"交通、侦探、运输、向导以至一切军事工作,群众都热烈参与。尤其作战的时候,群众这一支生力军,确使敌人未战先败,成千成万的武装群众,潮水般地涌上前去,红旗遮蔽了天空,'杀——''冲——'之声,惊天动地","十万工农下吉安",极其生动地表现了广大工农群众的革命热情和强大力量。表明古田会议之后,红军革命的星星之火,已呈燎原之势。

　　诗人这首《减字木兰花·广昌路上》是红军"争取江西"进军吉安的壮丽史诗,表现了红军的英雄气概和革命乐观主义精神,也生动地说明了在古田会议后,红军战士为工农大众而战的觉悟进一步提高;战胜困难,战胜敌人的革命斗志更加旺盛。毛泽东的建军思想在红军中更加深入人心。由于敌情的变化,红军这一次攻占吉安的计划未能实现。而当年红军所表现的英雄气概和革命乐观主义精神,将因诗人这首词而长留人间,成为我们民族宝贵的精神财富。

　　《如梦令·元旦》与这首《减字木兰花·广昌路上》的写作时间相隔不到一个月,内容也相互关联。两首词同写征途,同样表现红军的革命乐观主义精神和英雄气概。但各有境界,绝不雷同。前者以轻快活泼的笔调,写红军机动迂回隐蔽转移,表现红军的机智灵活;后者以横扫千军的笔力,写红军大张旗鼓长驱直进,表现红军的威武雄壮;前者意境清新明丽;后者境界雄浑壮阔;前者结尾像一幅图画,优美动人;后者结尾如一声惊雷，震撼人心。两首词各有自己鲜明的艺术个性和美学特色，给人以完全不同的审美感受，充分地体现了诗人卓越的文学才华和非凡的审美创造力。

蝶恋花

从汀州向长沙①

一九三〇年七月

六月天兵征腐恶②,
万丈长缨要把鲲鹏缚③。
赣水那边红一角④,
偏师借重黄公略⑤。

百万工农齐踊跃,
席卷江西直捣湘和鄂。
国际悲歌歌一曲,
狂飙为我从天落⑥。

注释：

① 汀州：今福建省长汀县旧称，在福建西部。

② 天兵征腐恶：指红军征讨腐朽凶恶的国民党军阀。

③ "万丈"句：缨：绳子。汉武帝时终军出使南越，请求汉武帝给他一根长绳子，说一定要把南越王捆住带回来（见《汉书·终军传》）。鲲鹏是神话传说中的大鱼和由它变化而来的大鸟。《庄子·逍遥游》说："北冥有鱼，其名为鲲。鲲之大，不知其几千里也。化而为鸟，其名为鹏。鹏之背，不知其几千里也。怒而飞，其翼若垂天之云。"这里比喻貌似庞然大物的军阀。

④ "赣水"句：指赣西南的赣江流域黄公略同志率领的红六军（1930年7月改称红三军）所建立的根据地。红六军是赣西南的主力红军，1930年6月，同红四军、红十二军组建为红一军团。

⑤ 黄公略（1898—1931）：湖南湘乡人。1927年参加中国共产党。1928年参与领导平江起义。后任红五军副军长，红六军军长，红三军军长。1931年9月，在江西省吉安的东固地区行军中遭敌机扫射牺牲。

⑥ 狂飙（biāo）：疾风。这里比喻革命风暴。

六月天兵征腐恶
——读《蝶恋花·从汀州向长沙》

1930年初，红四军开进江西。开始实行"争取江西"的计划，取得不少胜利。红军日益壮大，根据地不断扩展。5月间蒋（介石）、冯（玉祥）、阎（锡山）各派军阀的混战爆发，客观上造成有利于革命发展的局势。当时以李立三为首的党中央片面地夸大了客观形势有利于革命的一面，反对毛泽东"在长期中用主要力量去创造农村根据地，以农村来包围城市，以根据地来推动全国革命高潮"的正确主张，在1930年6月错误地通过了《新的革命高潮与一省或数省的首先胜利》的决议案，强令红军攻打南昌、九江、长沙等大城市。高唱"会师武汉，饮马长江"。党中央的命令使毛泽东处于两难的境地。他不能公开地对抗中央的命令，又要避免"左"倾盲动给革命造成重大损失。毛泽东表现了高度的原则性与灵活性。他既坚持正确的主张，又执行中央的命令。在执行中耐心地说服教育和团结争取受立三路线影响的同志。在行动中因势利导，相机行事。当时红四军正在长汀休整，毛泽东主持召开了前委扩大会，传达并讨论了党中央关于当前形势和红军扩编的指示，毛泽东对革命形势的发展作了科学的分析。会议决定把红四军、红十二军和还在赣西南的红六军（后改称红三军）合编为中国工农红军第一路军，后改称红一军团。然后就向江西广昌集中，开始向南昌推进。沿途发动群众建立红色政权。红军攻克清江县樟树镇后就西渡赣江。7月30日打到南昌郊县新建的西山，召开军事会议，说服干部不要进攻南昌，并派人到南昌赣江对面牛行车站鸣枪示威，纪念"八一"。又挥师西进，到湖南与一度攻入长沙又被迫退出的红三军团会师，组成红一方面军。为了团结三军团，毛泽东决定一方面军先"向长沙推进"，然后逐步引导红军撤离长沙。移师东进，南下吉安。在赣江两岸几十个县深入开展土地革命。把红军从"左"倾冒险主义的危害下引到正确轨道上来，发展了革命的大好形势，为第一次反"围剿"的胜利和中央苏区的建立奠定了基础。由于诗人不赞成红军攻打南昌、长沙等大城市，所以词的标题用"从汀州向长沙"，而不用"从汀州攻长沙"。

词的上阕写红军出征的英雄气概，并赞颂了坚持正确路线、建立了湘鄂赣革命根据地的黄公略同志。

"六月天兵征腐恶，万丈长缨要把鲲鹏缚。"在炎热的六月天，红军这支神勇正义之师去征讨腐朽透顶、穷凶极恶的蒋家王朝，强大的红军决心打倒中国人民的大敌国民党反动派。"天兵"指红军。说明红军是一支堂堂正正的神勇正义之师。"征"是讨伐。说明了红军出师的正义性和主动进军的形势。"长缨"是长绳子。这里诗人用汉朝终军请缨的典故表达了红军胜利的信心和坚强的斗志。"长缨"前面加上"万丈"二字，更有力地表现了红军的英雄气概和伟大力量。"鲲鹏"的典故见于《庄子·逍遥游》，是神话传说中的大鱼和由它变化而来的大鸟。这里以"鲲鹏"比喻貌似强大的反动派。敌人虽然是像鲲鹏一样的庞然大物，但红军握有制服它的万丈长缨，更反衬出红军力量的强大。开头两句是虚写。从大处着笔，用比喻象征突出了主力红军出征的磅礴气势，表现了红军压倒敌人的英雄气概和战胜敌人的坚强决心。并用"天兵"与"腐恶"，"长缨"与"鲲鹏"两相对比来突出红军的神勇强大和反动派的腐败无能。接着笔锋一转，转写侧翼。"赣水那边红一角，偏师借重黄公略。"诗人指出赣江西岸有一块红色的革命根据地，打败敌人还要借助在那里的黄公略同志领导的右路军。诗人和一军团主力当时在赣江东岸，所以用"赣水那边"来指称在赣江西岸的湘鄂赣革命根据地。"红一角"表达了对湘鄂赣革命根据地建立的亲切喜悦之感和对黄公略同志坚持正确路线独当一面的赞许。这里的"红一角"也像诗人在《清平乐·蒋桂战争》中所说的"收拾金瓯一片"一样表达了对革命根据地建立的无限欣喜和珍爱之情。"偏师"是配合主力担任侧翼作战任务的部队。当时在湘鄂赣革命根据地的黄公略同志领导的红三军是红军向南昌推进的右路军，所以说是"偏师"。虽是"偏师"，却要"借重"，可见红三军是一支举足轻重的重要力量。词里特别提到黄公略同志的名字，体现了对黄公略同志的器重和赞许。从修辞上看，"红一角"与"黄公略"相映成趣，表现了诗人幽默风趣的性格。这两句是实写，诗人从小处着笔，写得亲切有味。诗人以小见大，肯定了"用主要力量去创造农村根据地"的正确路线。同时也含蓄地表明红军的战略基础并不雄厚，家底很薄。因而对革命根据地和红军的人力物力要倍加珍惜。这首词在修改过程中，字句变化很大，这两句却始终没有变，可见这两句是诗人的得意之笔。

词的下阕写红军在出征途中发动了千百万工农群众，掀起巨大的红色革命风暴。

"百万工农齐踊跃，席卷江西直捣湘和鄂。"出征的红军沿途发动千百万工农群众，革命的洪流席卷江西全省，并冲击到湖南和湖北。"百万工农齐踊跃"极其形象地概括了广大工农群众欢欣鼓舞，积极行动，打土豪、分田地，争先恐后参军参战的动人情景，表现了广大工农群众对红军的热烈支援和工农群众革命热情的空前高涨，这正是红军无穷无尽力量的源泉，是红军克敌制胜的法宝。"席卷"、"直捣"有力地写出红军转战湘鄂赣三省的英雄气概和工农大众奋起斗争的浩大声势，显示出波澜壮阔的人民战争的伟力，体现了诗人一贯的人民战争思想。这两句虽有夸张，却也是写实。"席卷江西直捣湘和鄂"，正是诗人当时具体的战略构想。诗人主要着眼于广大农村地区，着眼于广泛发动工农群众，和攻打少数几个大城市不同，可见用词的匠心。"国际悲歌歌一曲，狂飙为我从天落。"红军战士高唱激昂悲壮的《国际歌》，广泛传播革命真理，唤起千百万饥寒交迫的奴隶，更大的革命风暴就会从天而降。《国际歌》是全世界无产阶级的战歌，高亢悲壮，激昂慷慨，振奋人心，所以称"国际悲歌"。"狂飙"就是暴风，这里象征革命的大风暴。最后两句以虚写为主，用比兴象征展望未来。写得笔酣墨饱，悲壮淋漓，具有震撼人心的力量。

这首词是红军由闽西向江西、湖南等地进军的史诗。表现了红军出征的磅礴气势和压倒敌人的英雄气概。而重点却放在对红色革命根据地和千百万工农群众革命斗争风暴的赞颂上，体现了古田会议关于红军要宣传群众，组织群众，武装群众，帮助群众建立革命政权的精神。形象地表明中国革命要走"在长期中用主要力量去创造农村根据地，以农村来包围城市，以根据地来推动全国革命高潮"的正确道路。

这首词是诗人在两难的境遇和矛盾的心态中写下的，因而情调复杂多变。时而怒火喷发，豪情万丈；时而亲切喜悦，称许赞赏；时而波澜壮阔，气吞山河；时而激昂慷慨，淋漓悲壮；甚至也不乏幽默风趣，从而给我们带来了丰富多样的审美感受。

渔 家 傲

反第一次大"围剿"①

一九三一年春

万木霜天红烂漫，

天兵怒气冲霄汉②。

雾满龙冈千嶂暗③，

齐声唤，

前头捉了张辉瓒。

二十万军重入赣④，

风烟滚滚来天半。

唤起工农千百万，

同心干，

不周山下红旗乱⑤。

作者原注：关于共工头触不周山的故事①

《淮南子·天文训》②："昔者共工与颛顼争为帝，怒而触不周之山③，天柱折④，地维绝⑤。天倾西北，故日月星辰移焉；地不满东南，故水潦尘埃归焉。"

《国语·周语》⑥："昔共工弃此道也⑦，虞于湛乐⑧，淫失其身⑨，欲壅防百川，堕高堙庳⑩，以害天下。皇天弗福，庶民弗助，祸乱并兴，共工用灭。"⑪（韦昭注⑫："贾侍中云⑬：共工，诸侯，炎帝之后，姜姓也。颛顼氏衰，共工氏侵陵诸侯，与高辛氏争而王也。"）

《史记》司马贞补《三皇本纪》⑭："当其（按：指女娲）末年也，诸侯有共工氏，任智刑以强，霸而不王，以水乘木⑮，乃与祝融战，不胜而怒，乃头触不周山崩，天柱折，地维缺。"

　　毛按：诸说不同，我取《淮南子·天文训》，共工是胜利的英雄。你看"怒而触不周之山，天柱折，地维绝。天倾西北，故日月星辰移焉；地不满东南，故水潦尘埃归焉"。他死了没有呢？没有说。看来是没有死，共工是确实胜利了。

作者原注注释

① 共工及下面各段引文中的颛顼（zhuān xū）、炎帝、高辛、女娲（wā）、祝融都是传说中的古代部族首领。

② 《淮南子》：书名，汉淮南王刘安及其门客编纂。《天文训》是《淮南子》中的一篇。

③ 不周山：古代传说中西北方的一座大山。

④ 天柱：支撑天的柱子。古代传说不周山为八天柱之一。

⑤ 地维：系地的大绳。古人认为地为方形，四角有大绳系住。

⑥ 《国语》：先秦一部国别体史书。旧传春秋左丘明撰。记述春秋时期周天子及鲁、齐、晋、郑、楚、吴、越诸国史事。《周语》为《国语》的一部分。

⑦ 此道：太子晋阐明的古代圣王不人为改变地貌的准则。

⑧ 虞：同"娱"。湛乐，过度地享乐。

⑨ 淫失：淫逸。失，同"佚"，逸。

⑩ 堕高：铲平高地。堕，同"隳"（huī），毁坏。堙庳（yīn bì），填平洼地。

⑪ 用灭：因此而灭亡。

⑫ 韦昭（204—273）：三国吴人，所撰《国语注》为今存最早的《国语》注本。

⑬ 贾侍中：贾逵（30—101）后汉人，和帝时官至侍中，曾撰《国语解诂》，今散佚，韦昭《国语注》中有征引。

⑭ 司马贞：唐人，撰有《史记索隐》。

⑮ 以水乘木：乘，接替。古代有用金、木、水、火、土五行相生相克以解释朝代更替的说法。《三皇本纪》称女娲"亦木德王"，共工想用水德代替木德。

注释：

① 反第一次大"围剿"：1930年10月，蒋、冯、阎军阀混战结束。蒋介石纠集十万军队，任命国民党江西省政府主席鲁涤平为总司令，向中央革命根据地发动第一次大"围剿"。红军采用诱敌深入、集中优势兵力、各个击破的战略战术，取得了反第一次大"围剿"的胜利。

② 霄汉：天空。霄指云天，汉指星汉，即天河、银河。

③ 龙冈：江西省永丰与兴国交界处，高山环绕，中为狭谷，地势险要。千嶂（zhàng）：许多陡峭的高山。

④ 二十万军：蒋介石在第一次"围剿"失败后，又纠集二十万兵力至江西，于1931年4月发动第二次大"围剿"。

⑤ "不周山"句：这里用神话中触倒不周山的英雄共工，来比喻决心打倒蒋家王朝反动统治的工农红军和革命群众。红旗乱：众多红旗在挥舞。

天兵怒气冲霄汉

——读《渔家傲·反第一次大"围剿"》

1930年5月,中央革命根据地建立了。赣、闽、湘、鄂、皖、豫、桂、粤等省先后建立了十五个大小革命根据地,全国红军发展到十万人。井冈山的星星之火,已成燎原之势。红军和根据地的发展壮大成为蒋介石的心腹大患。1930年10月,蒋、冯、阎军阀混战结束后,蒋介石就开始部署对革命根据地的大"围剿"。他纠集十万兵力,任命亲信江西省政府主席鲁涤平为总司令,采取"长驱直入,分进合击"的方针,兵分八路,由北向南,大举进犯中央革命根据地。毛泽东采取诱敌深入的策略,把红军主力集中在根据地中心,待机破敌。12月30日在龙冈首战告捷,全歼国民党十八师九千余人,活捉敌前线总指挥张辉瓒。红军乘胜追击,又在东韶歼灭谭道源一个旅三千余人。五天之内连打两个胜仗,胜利地粉碎了敌人的第一次大"围剿"。毛泽东这首《渔家傲·反第一次大"围剿"》,作于1931年春,是第一次反"围剿"胜利的凯歌,也是第二次反"围剿"战斗的序曲。

词的上阕写反第一次大"围剿"的胜利。"万木霜天红烂漫",写秋冬时节,根据地千山万木一派火红,绚丽可爱。诗人首先巧妙地点明反第一次大"围剿"的时间——秋冬之际的"霜天"和地点——山高林密的红色根据地,生动地描绘了根据地红红火火、生机勃勃的革命景象,热烈地赞美了根据地人民明朗欢快的生活和蓬勃高涨的革命热情。同时也象征性地表明,对敌人来说,根据地已经完全"赤化",草木皆兵。然后从写景到写人,从革命根据地写到红军战士。"天兵怒气冲霄汉",敌人的疯狂"围剿"使红军战士怒火冲天。用"天兵"指代红军,说明红军是一支堂堂正正战无不胜的神勇正义之师。"怒气冲霄汉"表明敌人的进犯引起了红军极大的义愤，表现了红军同仇敌忾的旺盛士气和严阵以待准备痛歼来犯之敌的高昂斗志。开头两句从根据地的景象和红军的士气写起，浓墨重彩地渲染了战前的气氛和形势，表明红军必将取得反"围剿"战斗的胜利。在反"围剿"战争中，毛泽东特别重视首战，认为"处在防御地位的红军，欲打破强大的'进剿'军，反攻的第一个战斗，关系非常之大"①。所以接着就集中地具体特写这次反"围剿"中龙冈战役首战大捷的情景。"雾满龙冈千嶂暗，齐声唤，前头捉了张辉瓒。"浓雾弥漫了龙冈，群山一片昏暗。忽听红军齐声呼喊，前头捉住了张辉瓒。龙冈地处中央革命根据地的中心地区，高山环绕，中为狭谷，形势险要。红军就埋伏在四周的高山密林中。1930年12月29日，张辉瓒师被诱到龙冈红军设伏的包围圈内。"雾满龙冈千嶂暗"是当日战地即景。据郭化若同志回忆，30日拂晓，毛泽东到了指挥所，天色尚早，满山是雾，只见群山雾锁。上午10时战斗打响了。埋伏在四周山头上的红军的炮火集中射向龙冈，整个山谷、小河和树丛都笼罩在浓雾似的硝烟里。"雾满龙冈千嶂暗"极其形象地写出了战场上那种硝烟弥漫、天昏地暗的景象，从这里我们可以想见当时战斗的激烈和敌人穷途末路的狼狈。"齐声唤，前头捉了张辉瓒"，则从听觉上写出红军捉了敌军头目，人们互相转告，喜讯传遍全军，红军齐声呼喊，战场一片欢腾的景象和红军胜利的声威。不仅用笔富于变化，而且照应也极细密。正因为"雾满龙冈千嶂暗"，所以只闻其声。龙冈首战大捷，红军旗开得胜，顺利地打破了敌人的第一次大"围剿"。词的上阕有声有色地描述了红军反第一次大"围剿"的胜利。

词的下阕写反第二次大"围剿"的序幕，表现了根据地军民同仇敌忾粉碎敌人"围剿"，打垮蒋家王朝的决心。"二十万军重入赣，风烟滚滚来天半。"不甘心失败的敌人重新纠集二十万兵力，再次到江西"围剿"，烟尘滚滚遮住了半边天空。第一次大"围剿"失败后，蒋介石贼心不死，1931

年2月，又纠集二十万军队，以其军政部长何应钦为总司令，向中央革命根据地发动了第二次大"围剿"。从"风烟滚滚"可以想见敌人一路烧杀甚嚣尘上的凶狂气焰。但是这吓不倒根据地的军民，而只能激起根据地军民更大的仇恨与反抗。面对气势汹汹、张牙舞爪的敌人，诗人成竹在胸，信心百倍。"唤起工农千百万，同心干，不周山下红旗乱。"还是要拿起人民战争的法宝，发动千百万工农群众，军民一心，同仇敌忾，粉碎敌人的反革命"围剿"，推翻蒋家王朝的反动统治。"唤起工农千百万"生动地体现了毛泽东人民战争的思想。毛泽东说过："革命战争是群众的战争，只有动员群众才能进行战争，只有依靠群众才能进行战争。"② 第一次反"围剿"胜利后，毛泽东带领红军趁着反"围剿"大胜的声威和敌人下一次"围剿"尚未到来之际，全力投入发动群众和扩大巩固根据地的工作，迅速地发动数十万群众，组织了地方武装，建立了红色政权。"不周山下红旗乱"用的是共工反抗天帝怒触不周之山的神话故事。诗人借用敢于反抗天帝的共工的英雄形象，表达了红军彻底砸烂旧世界，打垮蒋家王朝反动统治的决心，表现了红军"敢教日月换新天"的英雄气概。"红旗乱"三个字具有鲜明的色彩和强烈的动感，极其生动形象地写出红军强盛的军容、浩大的声势和根据地群情激愤红旗缭乱的景象，预示着红军第二次反"围剿"的胜利。可以想见前来"围剿"的二十万敌军，必将陷于千百万工农群众的包围之中而葬身于人民战争的汪洋大海。

这首词的写作过程和结构都很特别。它不像别的诗词一气呵成，而是前后历时数月。据有关的记载，词的上阕是龙冈大捷当日晚上写下来的。由于活捉了张辉瓒之后，反第一次大"围剿"很快完全胜利，词的下阕也不好再写下去，便暂时搁置起来。敌人的第二次大"围剿"开始，为诗人提供了新的诗料，也触发了诗人的写作激情，于是诗人便在数月之后完成了下阕的写作。词的上阕完全从红军一方来着笔，把反第一次大"围剿"的胜利写得有声有色，使人如同身临其境。但词的上阕几乎不见敌军的作为。

这方面在词的下阕得到补充。诗人巧妙地用敌人的第二次大"围剿"回映出敌人第一次大"围剿"的情景。我们从敌人在第一次大"围剿"惨败之后,"二十万军重入赣,风烟滚滚来天半"可以想见敌人在第一次大"围剿"时一定更愚蠢骄横、凶狂无忌,也一定更目无红军和根据地的人民,从而也使我们更加理解了"天兵怒气冲霄汉"的原因和敌军一败涂地的必然性。

注:

① 《中国革命战争的战略问题》,载《毛泽东选集》第一卷,第204页。
② 《关心群众生活,注意工作方法》,载《毛泽东选集》第一卷,第122页。

渔 家 傲

反第二次大"围剿"①

一九三一年夏

白云山头云欲立②,
白云山下呼声急③,
枯木朽株齐努力④。
枪林逼,
飞将军自重霄入⑤。

七百里驱十五日,
赣水苍茫闽山碧⑥,
横扫千军如卷席。
有人泣,
为营步步嗟何及⑦!

注释：

① 反第二次大"围剿"：1931年春，蒋介石调集二十万兵力，以何应钦为总司令，发动了对中央革命根据地的第二次大"围剿"。红军再次采用诱敌深入，集中优势兵力，各个击破敌人的战术，于5月16日对由富田向东固行进的敌人突然发动猛攻，首战告捷。然后连续向东横扫。十五天中连打五个胜仗。5月31日第二次反"围剿"胜利结束。

② 白云山：在江西省吉安、泰和、兴国三县交界处，东固附近。在第二次反"围剿"中红军主力就埋伏在白云山周围的崇山峻岭中。毛泽东、朱德的指挥所就预设在白云山前的小山村。1931年5月16日清晨，毛泽东、朱德带领红军总部人员到指挥所时与敌军遭遇，转移到白云山高峰。

③ 呼声急：敌人得知红军总部在这里，疯狂嚎叫，向山上猛攻。

④ 枯木朽株：语出邹阳《狱中上书自明》"故有人先谈，则以枯木朽株树功而不忘"，以及司马相如《上疏谏猎》"枯木朽株尽为害矣"。（均见萧统《文选》卷三十九）这里借来戏指红军总部非战斗人员和伤病员。

⑤ 飞将军：语出《史记·李将军列传》："（李）广居右北平，匈奴闻之，号曰'汉之飞将军'。"这里喻指从山上猛冲下来的红军将士。

⑥ "七百里"二句：当时红军从赣江流域的富田打起，打到福建省建宁地区，东西约七百里。战役从5月16日开始到31日结束，共十五日。闽山，福建与江西交界的武夷山。

⑦ "有人泣"二句：蒋介石鉴于第一次"围剿"冒进失败，这次改用"稳扎稳打，步步为营"的办法，又遭惨败，嗟叹莫及。

横扫千军如卷席
—— 读《渔家傲·反第二次大"围剿"》

1931年2月,蒋介石在第一次大"围剿"惨败之后,又纠集二十万军队,以其军政部长何应钦为总司令,坐镇南昌,对中央革命根据地发动了第二次大"围剿"。敌人鉴于第一次"围剿"冒进深入全军覆没的教训,采取了"步步为营,稳扎稳打"的战术,从江西吉安到福建建宁构筑了一条八百里长的战线。当年4月敌人兵分四路向中央革命根据地推进。毛泽东坚持诱敌深入,集中优势兵力,各个击破敌人的战术,决定先打吉安富田地区较弱之敌王金钰部。5月16日战斗在富田打响。当日清晨,毛泽东、朱德带领红军总部人员到预设在东固附近白云山前小山村的指挥所时,与一股敌军遭遇。毛泽东和朱德先后转移到村后的白云山上。敌军从与他们遭遇的红军总部电话兵新战士的问答中得知红军总部在这里,疯狂嚎叫,向山上猛攻。红军总部的非战斗人员及伤病员都投入战斗,奋力抗击敌人的猛烈进攻,紧紧地钳制住蜂拥而上的敌人。在这千钧一发之际,震撼山岳的冲锋号吹响了,埋伏在附近的红军主力,从山上压向敌人,一举歼敌七千余人。红军首战旗开得胜,迅速转入反攻,由富田向东,奋力横扫,锋不可犯,锐不可当。5月29日打下建宁,敌人"八百里战线"一扫而光。毛泽东后来提到这次反"围剿"的时候说:"十五天中(1931年5月16日至30日),走七百里,打五个仗,缴枪二万余,痛快淋漓地打破了'"围剿"'。"① 毛泽东乘兴挥笔,为第二次反"围剿"的胜利,写下了又一首威武雄壮的凯歌和有声有色的史诗。

词的上阕特写第二次反"围剿"中首战大捷的情景。"白云山头云欲立,白云山下呼声急，枯木朽株齐努力。"开头三句写红军总部与敌人的一场惊险的遭遇战。据郭化若同志回忆，白云山在东固通中洞的大路北侧，距中洞约二十里。当时红军总部指挥所预设在白云山前的小山村里，红军主力就隐蔽在白云山附近的崇山峻岭中。当天清晨毛泽东登上白云山时，山头上白云堆积。开头一句写所见。既是当天清晨的战地即景，又是对怒气冲天的红军士气高涨的渲染。诗人用移情法把红军的愤怒渲染到白云上。"云欲立"三个字用拟人法把白云写活了。好像白云也因愤怒而挺立起来，要和敌人搏斗似的。同时也用自然景色巧妙地点明反第二次大"围剿"的时间是在天空云量增多、山头常有白云缭绕的春夏之交。"白云山下呼声急"，写战地所闻。从听觉写白云山下敌人的狂呼嚎叫。从"呼声急"我们可以想见敌人的嚣张和战事的紧急。"枯木朽株齐努力"，写包括非战斗人员和伤病员在内的总部的红军对猖狂进攻的敌人英勇顽强的抗击。"枯木朽株"出自邹阳的《狱中上书自明》和司马相如的《上疏谏猎》，并没有贬义，这里指红军总部的电台人员和电话兵等不具备战斗能力、本来不用于作战的非战斗人员和伤病员。他们在紧急关键的时刻都奋勇地投入战斗，居高临下，凭险据要，奋力抗击敌人的猛烈进攻，全力钳制住进攻的敌人，直到红军主力对敌人发起冲锋。"齐努力"表现了红军齐心协力、同仇敌忾抗击敌人进攻的高昂顽强的斗志。这些非战斗人员和伤病员在战斗中起了重要作用，为战斗的胜利立了功。诗人借用古典，戏称之为"枯木朽株"，表现了诗人的幽默风趣，表达了一种亲切喜悦和赞赏自豪之情。最后两句写红军主力以迅雷不及掩耳之势围歼敌人的战斗场面。"枪林逼，飞将军自重霄入。"正当山下的敌人疯狂地号叫着，蜂拥而上向红军总部猛烈进攻的时候，埋伏在白云山附近的红军主力从山上冲杀下来，如神兵天将从天而降。刀枪如林，直逼敌人面前。当时红军主力用战斗队形从山上横压下来，犹如高山滚石，势不可当。敌人面对突如其来的红军，莫名其妙，惊呼"你们是从天上飞下来的呀！"这句正是当时战斗情景的写照，极其传神地写出了红军如神兵天将，猛打猛冲，痛歼敌人的英雄气概。诗人用汉武帝时被称为"飞将军"的名将李广来比喻红军将士，突出了红军将士的英勇善战，表现了红军将士的气势和声威。

词的上阕从红军总部与敌人遭遇写到红军主力围歼敌军，亲切传神、有声有色地描绘了红军首战大捷的全过程，赞扬了全军上下同仇敌忾、奋勇杀敌的精神；表现了红军高昂的士气和顽强的斗志，英雄的气概和强大的威力。

词的下阕概括地写出了红军第二次反"围剿"的伟大胜利和敌人惨败的可怜相。"七百里驱十五日，赣水苍茫闽山碧，横扫千军如卷席。"开头三句先从我方着笔，是对第二次反"围剿"的总体描述。诗人首先点明了第二次反"围剿"所用的时间和进军的里程。用红军进军的时间之短与路程之远和一个"驱"字，表现了红军长驱直进，连续作战，所向无敌，战无不胜的英雄气概。然后用"赣水"和"闽山"点明战役的起点和终点，写红军从烟波苍茫的赣江一直打到群峰苍翠的福建。这里诗人用电影蒙太奇的手法，通过景物的变换写出战场的辽阔广大和从江西到福建山水的壮阔与美好。同时也展示了随着战役的进展诗人心境的变化，使人感到在胜利中祖国的山河也光彩倍增，从而表达了对红军第二次反"围剿"胜利无限喜悦的心情。然后以千钧笔力总写红军排山倒海的气势、无坚不摧的强大威力和把敌人的千军万马一扫而光的辉煌胜利。最后两句笔锋一转描绘出敌人惨败的可怜相。"有人泣，为营步步嗟何及。"这个人是谁呢？就是处心积虑地"围剿"红军的蒋介石。红军胜利地粉碎了敌人的第二次大"围剿"，八百里战线土崩瓦解，二十万敌军全线败退。蒋介石气急败坏地跑到南昌召开高级军官会议，大骂其部属无能，不禁痛哭失声。在红军的光辉胜利面前，不可一世的蒋介石完全成了向隅而泣的可怜虫。"步步为营"的战术又完全失败，彻底破产了，悲泣叹息、懊恼悔恨又有什么用呢？这里诗人对心劳日拙的敌人作了辛辣的讽刺和嘲笑。

这首词上阕特写白云山首战大捷的情景，下阕描述了红军第二次反"围剿"战役的全过程。由点到面，点面结合，生动而完整地记述了红军第二次反"围剿"的伟大胜利，表现了红军的英雄气概和强大威力。同时也涉笔成趣，以精练的笔墨刻画了蒋介石向隅而泣的可怜相。敌我胜败之间形成鲜明对比，大灭了反动派的威风，大长了革命人民的志气。

从1930年10月到1934年10月，中央苏区共进行了五次反"围剿"战争。前三次都是毛泽东亲自指挥的，每次都取得胜利，并留下了光辉的史诗。近年看到毛泽东写的反第三次大"围剿"的一首词：

渔家傲·三次战争②

并进长追夸伟略，腥风久欲昏河岳。

三十万人齐逞虐。情更恶，三门主义烧杀掠！

英勇红军凭肉搏，红旗翻处白旗没。

地动天摇风雨跃。雷霆落，今日渠魁③应活捉！

写敌人第三次大"围剿"，蒋介石亲自出马任总司令，分左中右三路，共三十万人，采用"长驱直入"的战略，实行烧杀抢掠的"三光"政策，疯狂地向苏区进攻。全词意境鲜明，意象生动，情词激昂，大气磅礴。但语言较直白，大约是当日初稿的原貌。毛泽东自己认为这类作品"文采不佳"，而"作为史料是可以的"。④

注：

① 《中国革命的战略问题》，载《毛泽东选集》第一卷，第202页。

② 丁毅、王莎莎：《毛泽东诗词与中华民族精神》，《党史文汇》2011年第4期。

③ 渠魁：敌人的头目，古代称敌对方的首领。《尚书·胤征》"歼厥渠魁"。

④ 毛泽东：《词六首》引言。

菩萨蛮

大柏地①

一九三三年夏

赤橙黄绿青蓝紫,

谁持彩练当空舞②?

雨后复斜阳③,

关山阵阵苍。

当年鏖战急④,

弹洞前村壁⑤。

装点此关山,

今朝更好看。

注释:

① 大柏地:在江西瑞金城北六十里,是瑞金通往宁都的必经之地。中间一条峡谷,两侧山高林密,地势很险要。

② 彩练:彩色的丝绸,比喻彩虹。

③ 雨后复斜阳:唐代温庭筠词《菩萨蛮》:"雨后却斜阳,杏花零落香。"

④ 当年鏖战急:1929年1月毛泽东、朱德指挥红军利用大柏地有利地形伏击尾追敌军刘士毅部,激战一昼夜,全歼被围敌军。鏖(áo)战:激战,苦战。

⑤ 洞:洞穿,射穿。

今朝更好看
——读《菩萨蛮·大柏地》

大柏地在江西瑞金城北六十里。1929年初，毛泽东、朱德利用蒋桂战争即将爆发的有利时机，率领红军向赣南闽西进军。2月9日，到达瑞金城北的黄柏墟。江西敌军刘士毅部尾追而来，红军决定利用大柏地以南的有利地形伏击敌人。2月10日（农历大年初一），战斗打响了，激战一昼夜，全歼被围敌军，俘虏敌团长以下八百余人，并缴获大批武器。大柏地战役是这次进军中第一个重大胜利，一举扭转了红军被动的态势，甚至被陈毅称为"红军成立以来最有荣誉之战争"。此后毛泽东又领导根据地的军民连续三次取得反"围剿"战争的重大胜利，开创了以瑞金为中心的中央苏区。1931年11月却在"赣南会议"上受到严厉批判，在王明"左"倾错误路线的排挤下，离开了中央苏区党和红军的领导岗位，被选为没有多少实权的中华苏维埃共和国临时中央政府主席。1932年3月，红军攻打赣州受挫，周恩来把他请回前线。毛泽东主张停止攻打赣州，向东发展，取得了攻占漳州的重大胜利，却在1932年10月召开的"宁都会议"上又受到无理指责。虽然周恩来一再强调"泽东积年的经验多偏于作战，他的兴趣亦在主持战争"，"如在前方则可吸收他贡献不少意见，对战争有帮助"，并多方周旋，力争把毛泽东留在前方，要他指挥第四次反"围剿"。然而无济于事，毛泽东再次被调离红军领导岗位。1933年1月，中央临时政治局迁入中央苏区，毛泽东受到更多打击。他一方面坚持原则进行斗争，一方面从长期革命战争的需要和改善人民的生活出发，积极领导并大力进行根据地的政权建设和经济文化建设。1933年夏，毛泽东因检查工作重来大柏地，看到大柏地美好的景色，回忆起当年战斗的情景，联想到自己当前的境遇，怀着矛盾复杂的心情写下了《菩萨蛮·大柏地》这首词。一方面，对大柏地的美景感到无限喜悦，热烈地赞颂了红色革命根据地和人民革命战争；另一方面，也曲折地表达了自己在军事斗争压倒一切的形势下，被迫离开红军离开前线的孤寂郁闷的心境。

词的上阕写重过大柏地看到的雨后美景，给我们展示了一幅绚丽多姿的图画，表现了诗人复杂微妙的心境。

"赤橙黄绿青蓝紫，谁持彩练当空舞？"开头两句写雨后天空的彩虹。起句连用七个单音词写出七种颜色，一条色彩缤纷、光华灿烂的彩虹便具体地呈现在人们眼前，多么让人赏心悦目、神采飞扬啊。接句又问"谁持彩练当空舞？"把彩虹比作在长空舞动着的彩带，这就使彩虹飞动起来，从而给彩虹以动人的身姿。一个"舞"字把彩虹写活了。这里不仅表现了诗人惊人的想象力，更表达了诗人故地重游找回胜利感觉的喜悦心情。天空的彩虹也像是天公持着彩绸当空舞动在欢迎当年的胜利者重来故地一样。开头两句写大柏地雨后彩虹当空的美景。既庄重淳朴，又活泼流宕，一动一静，相映成趣，表现了诗人故地重来的喜悦心情。然后诗人又把目光由广阔的天空转向辽阔的大地。雨后的大地又是怎样呢？"雨后复斜阳，关山阵阵苍。"在雨后的斜阳映照下，连绵起伏的群山一阵阵呈现出青翠的颜色。写出雨过天晴红日复现，清新如洗的关山一派苍翠的景象。"阵阵苍"写出关山色调的不断变化，刻画出了雨后关山的丰采。雨后的关山，浸浴在斜阳的光辉之中。天空一阵比一阵晴朗,阳光一阵比一阵明亮,关山也一阵比一阵苍翠可爱。静中有动,十分传神。词的上阕生动地描绘了大柏地雨后的美景,给我们展示了一幅绚丽夺目、宁静优美的图画,表现了诗人故地重游重温胜利的喜悦,表达了对祖国山河的热爱和对革命根据地的深厚感情。而从诗人对大柏地优美宁静景色的凝神观照中也曲折地透露出诗人内心深处的冷清孤寂之感。

词的下阕亲切地回忆当年大柏地战斗的情景,热烈地歌颂了人民革命战争的胜利,曲折表达了对火热战斗生活的向往和被迫离开前线离开红军,不能在战争中有所作为的郁闷。

"当年鏖战急,弹洞前村壁。"开头两句回忆当年的"大柏地战斗"。1929年2月11日,红军利用大柏地以南的有利地形伏击尾追的敌人,战斗打得很激烈很艰苦。亲历当年战斗的陈毅说:"是役我军以屡败之余作最后一掷,击破强敌。官兵在弹尽援绝之时,用树枝石块空枪与敌在血泊中挣扎,始获得最后胜利。"从"鏖战急"三个字,可以想见当日大柏地硝烟弥漫、枪弹横飞、呐喊厮杀、激烈搏斗的情景。前村壁上被射穿的累累弹孔就是当年战斗激烈的见证,也是红军辉煌胜利的见证。大柏地伏击战的胜利是在"我军最困苦的时候"取得的。伏击战的成功,改变了红军被动的局面,"为红军成立以来最有荣誉之战争"。最后两句由过去回到现在,由叙事转为抒情,写出如今重来大柏地看到当年弹孔的感受:"装点此关山,今朝更好看。"这累累弹孔装饰点缀了这里的关山,如今这关山更加壮美,更加好看。前村壁上的弹孔是红军胜利最真实的记载,最好的纪念。对当年战斗的亲历者来说,看到它就会想起当年的战斗和胜利。这里诗人也把大柏地今日的美景与当年的战斗联系起来,说明大柏地人民当今这美好幸福的生活和当年的弹孔是分不开的。没有这些弹孔,没有当年的战斗,没有战斗的胜利,就不可能有大柏地人民今天美好幸福的生活。诗人对弹孔的感受体现出无产阶级革命家的战争观和美学观。毛泽东说过:"我们是战争消灭论者，我们是不要战争的；但是只能经过战争去消灭战争，不要枪杆子必须拿起枪杆子。"[1] 这里诗人对弹孔的赞美，正是对人民革命战争的热烈歌颂。从对当年战斗情景的亲切回忆，表现了诗人对火热战斗生活的留恋，曲折地表达了被迫离开自己亲手培育的红军与前线火热的战斗生活，大敌当前而不能有所作为的郁闷。

毛泽东这首《菩萨蛮·大柏地》是红色革命根据地和人民革命战争的壮丽颂歌，是毛泽东"枪杆子里面出政权"和"整个世界只有用枪杆子才可能改造"的光辉思想最生动、最艺术的体现；充分表达了对用枪杆子打出来的革命根据地，对红军用鲜血和生命换来的人民当家做主的红色江山的无限热爱，勉励革命根据地军民积极建设革命根据地，英勇保卫革命根据地，坚决粉碎敌人对革命根据的破坏和"围剿"。同时也隐含着对"左"倾错误的领导将红军用鲜血和生命换来的像"大柏地战斗"这样的成功经验和克敌制胜的法宝弃而不用的愤懑。

诗人这首词，不仅思想奇警深刻，想象丰富新奇，意境鲜明亲切，格调清新明丽，而且在语言上也极见功力，上阕开头七个字的独词句前无古人；下阕的"洞"字用得极为精练有力。

注：

[1]《战争和战略问题》，载《毛泽东选集》第二卷，第547页。

清平乐

会昌①

一九三四年夏

东方欲晓,
莫道君行早②。
踏遍青山人未老③,
风景这边独好④。

会昌城外高峰⑤,
颠连直接东溟⑥。
战士指看南粤⑦,
更加郁郁葱葱。

注释:

① 会昌:县名,在江西省东南部,东连福建省,南经寻乌县通广东省。当时是中共粤赣省委所在地。

② 莫道君行早:旧谚:"莫道君行早,更有早行人。"本句的"君"指作者自己。

③ "踏遍"句:作者自注:"1934年,形势危急,准备长征,心情又是郁闷的。"本句的"人"指作者自己。

④ 这边:指中央革命根据地南线。

⑤ "会昌"句:指会昌城西北的会昌山,又名岚山岭。

⑥ 颠连:起伏连绵。东溟(míng):指东海。

⑦ 南粤:古代地名,也叫南越,这里指广东。

踏遍青山人未老
——读《清平乐·会昌》

会昌在江西省东南部，东接福建，南通广东。在第五次反"围剿"的时候，是中共粤赣省委和中央苏区南线指挥机关所在地。在第五次反"围剿"斗争中，"左"倾错误路线在党内占了统治地位。他们极力反对毛泽东正确的战略战术思想，大反所谓"游击主义"，硬搞什么"正规战争"。开始实行军事冒险主义，分兵六路，全线出击，进攻白区敌人的巩固阵地。后来又搞军事保守主义，处处设防，节节抵抗，不敢主动诱敌深入，聚而歼之，使红军处于被动挨打的地位。南线的红军也同其他各线一样，虽然奋力苦战，仍处于节节退守的被动局面。1934年春天，毛泽东以"休养"的名义到会昌调查研究，指导工作。在调查研究的基础上，他指导粤赣省委书记刘晓和省军区司令员兼政委何长工制订了南线的作战计划，并到驻守南线的红二十二师进行十多天的调查，还利用三个晚上同师领导干部政委方强等人一起总结战斗的经验教训，给南线红军指出了正确的行动方针。南线红军采用游击战和运动战的打法，并利用敌人的矛盾，稳定了南线的形势，改变了被动的局面。军民的情绪提高了，胜利的信心和战斗的意志大大增强了。但其他战线在错误路线统治下仍处处失利。就整个苏区来说，形势仍然是危急的。当时的中央领导已在考虑进行战略大转移。毛泽东来会昌进行调查研究也有为红军转移做准备的意思。他在这首词的自注中说："1934年，形势危急，准备长征，心情又是郁闷的。"当年7月毛泽东到设在会昌城东北文武坝的中共粤赣省委开会。23日凌晨，毛泽东带领粤赣省委的领导干部刘晓、何长工和警卫人员登上"会昌城外高峰"——岚山岭，纵览了南国的壮美河山。回到文武坝后走笔写下了在中央苏区时期的最后一首词《清平乐·会昌》，总结了诗人从秋收起义以来艰苦的战斗历程，表现了诗人在逆境中积极奋发的人生态度和昂扬向上的精神状态，体现了政治家的广阔胸怀和战略家的远大眼光。既有能够身临前线改变南线被动局面的喜悦，也有不能改变整个中央苏区危急形势的郁闷。

词的上阕抒写凌晨登山的豪情，总括了秋收起义以来的艰苦战斗历程和红军的战略战术特点，对南线红军率先改用游击战和运动战，改变被动局面表示赞赏。

"东方欲晓，莫道君行早。"开头两句点明登山时间，并勉励自己与同行者。这里的"君"指诗人自己，也可以包括同行者，相当于"我们"。旧谚说："莫道君行早，更有早行人。"天不亮诗人就和同行者动身登山了，但诗人并不以为早。这就使人联想到南线的红军一定起得更早，从而表现了南线红军高昂的斗志和艰苦的斗争精神，并对南线红军率先放弃"左"倾错误领导那一套打法改用游击战、运动战表示赞赏。开头两句还突出了当年红军游击战争生活的特点。陈毅的《赣南游击词》里也有"天欲晓，队员醒来早"的句子，可见天亮之前行动，正是当时红军战争生活的特点。当然"东方欲晓"可能还有更深的寓意，是含蓄地告诉大家，眼前的困难处境只不过是黎明前的黑暗，"曙光就在前头，我们应当努力"。接下来"踏遍青山人未老，风景这边独好"二句是对过去艰苦战斗历程的回忆和对当前南线新气象的赞赏。"踏遍青山"是登山引起的对过去艰苦战斗历程的回忆。从"黄洋界上炮声隆"到"直指武夷山下"；从"风卷红旗过大关"到"雾满龙冈千嶂暗"；从"不周山下红旗乱"到"白云山头云欲立"；从大柏地的"关山"到"会昌城外高峰"，说是"踏遍青山"一点也不为过。诗人走过的历程，也就是红军和中央苏区艰苦创立和发展壮大的历程。在这艰苦战斗的历程中，诗人经历了多少艰难险阻，经受了多少错误路线排斥、压制和打击的磨难，但这些都不能将诗人压倒。"人未老"三个字表明诗人仍保持着旺盛的革命斗志。如今诗人到南线来，正是要为危急中的苏区和困境当中的红军找出路，准备开始新的征程。"踏遍青山"也概括了红军的战略战术特点。红军的游击战和运动战就是"敌进我退，敌驻我扰，敌疲我打，敌退我追"和"打得赢就打，打不赢就走"。"对于我们，走路的时间通常多于作战的时间。"而这种"游击性正是我们的特点，正是我们的长处，正是我们战胜敌人的工具"。①而今"左"倾错误路线的领导完全丢掉了红军克敌制胜的法宝，使红军处处被动挨打，苏区也越来越小，不能不引起诗人的强烈愤懑。"人未老"也是对革命战士青春常在、革命斗志永不衰退的热烈赞美，生动地展现了南线红军将士的精神面貌。当时南线红军在毛泽东指出的正确行动方针指导下，连续打了几个胜仗，改变了被动局面，情绪十分高涨。在其他各线红军失利的情况下，更显得"风景这边独好"了。这里所说的"风景"，主要是指南线红军在毛泽东指出的正确方针指引下打出的好形势和新气象。"这边"二字，是指苏区南线。"独好"是对南线红军用游击战和运动战创造的新局面的热烈赞颂，同时也反衬出错误路线的统治在整个中央苏区造成的恶果，表达了自己在错误路线的压制和排挤下无法改变整个苏区危急形势的郁闷心情。

词的下阕写站在会昌城外的岚山岭上看到的无限风光，并含蓄地指出了红军行动的正确方向。

"会昌城外高峰，颠连直接东溟。"诗人站在会昌城外岚山岭上向东望去，只见峰峰相连一直绵延到东海。这两句一方面点醒题目，交代登山地点，写出会昌城外雄伟壮丽的风光；一方面与上阕的"踏遍青山"相照应，说明从会昌城外连绵不断直到东海的崇山峻岭，正是开展游击战和运动战的好地方。"战士指看南粤，更加郁郁葱葱。"这里所说的"战士"指包括诗人在内的一起登山的群体。大家指指点点向南边的广东眺望，那边林木深茂，一片苍翠，景象更加美好。这两句一方面传神逼真地刻画了大家登高远望，指点江山，兴致勃勃的神情，正是上阕所说"人未老"的写照；另一方面我们也随着大家的指点，看到一幅美好壮丽的远景，展示了人民游击战争无限广阔的天地。当时第五次反"围剿"已进行了一年，由于"左"倾路线的错误领导，使红军和根据地受到重大损失。在根据地粉碎敌人的"围剿"已经是不可能的了。毛泽东说："当'围剿'已经证明无法在内线解决时，应该使用红军主力突破敌之围攻线，转入我之外线即敌之内线去解决这个问题。"②所以"战士指看南粤"也含蓄地说明只有主动打出敌人严密封锁包围的苏区，才是粉碎敌人"围剿"的有效办法，才是红军行动的正确方向，从而形象地体现了诗人当时的战略构想。

这首《清平乐·会昌》写于长征前夕，在这个重要的历史关头，诗人忆往昔"踏遍青山人未老"；看今朝"风景这边独好"；放眼未来"更加郁郁葱葱"。虽然身处逆境，心情难免郁闷；然而面对未来，仍然满怀信心，表现了革命家的坚定信念、政治家的广阔胸怀和战略家的远大眼光。

毛泽东幽默风趣、诙谐机智。在日常生活中喜欢戏解人名，有时也巧妙地以人名入诗。如"一年一度秋风劲，不似春光"的诗句中，就隐藏着萧劲光的"劲光"二字。再如"赣水那边红一角，偏师借重黄公略"以"黄"与"红"相映成趣。在这首《清平乐·会昌》中"东方欲晓"的"晓"字，就是同行的刘晓的大名。而"踏遍青山人未老"的诗意则隐含着何长工和方强的名字，体现了诗人乐观开朗的性格、平易近人的作风和战友之间亲切自然的关系。

这首词语言精美，生动传神，富有哲理，意味深长。"东方欲晓""踏遍青山人未老"和"风景这边独好"已成为广为人知、流播众口的名言警句。

注：

①②《中国革命战争的战略问题》，载《毛泽东选集》第一卷，第219页。

十六字令三首①

一九三四年至一九三五年

其一

山，快马加鞭未下鞍。
惊回首，离天三尺三②。

其二

山，倒海翻江卷巨澜③。
奔腾急，万马战犹酣。

其三

山，刺破青天锷未残④。
天欲堕，赖以拄其间⑤。

注释：

① 十六字令三首：十六字令为词牌名，因全词仅有十六字，故名十六字令。三首组合在一起，为联章体组诗（词）。三首词分别写作者在长征途中所见群山的各种形态。

② 离天三尺三：极言山高，与天相近。作者原注：湖南民谣："上有骷髅山，下有八面山，离天三尺三，人过要低头，马过要下鞍。"

③ 巨澜：大波浪。

④ 锷（è）：刀口，剑锋。

⑤ 拄（zhǔ）：支撑。

刺破青天锷未残
—— 读《十六字令三首》

1934年10月，红军自江西、福建出发，开始进行战略大转移。经过两个月的艰苦奋战，突破敌人四道封锁线。由于"左"倾路线的错误指挥，红军损失惨重。特别是湘江战役，打得尤为惨烈，红军折损过半。12月12日，中共中央在通道召开紧急会议，通过了毛泽东改变去敌人重兵设防的湘西与二、六军团会合的计划，西入敌人防御力量薄弱的贵州的主张。红军进入"地无三尺平"的贵州，一举攻克黎平，扭转了红军被动的局面。12月18日，中央政治局在黎平开会，正式放弃挺进湘西的计划，决定在川黔边建立根据地。黎平会议后，红军向黔北疾进，连克县城多座，横扫黔军。1935年1月7日，红军占领贵州第二大城遵义。中共中央在此召开了著名的遵义会议，确立了毛泽东在党和红军中的领导地位。从此红军如"群龙得首"，在毛泽东指挥下在云贵川的崇山峻岭中纵横驰骋。在行军途上经历了数不尽的高山、大山、险山、奇山和名山。曾经自称要去做"山大王"的毛泽东，与山有一种特殊的情缘。山是他的根基，是他的舞台，寄托着他的理想和信念，体现着他的情怀和精神。在长征路上他对陈士榘说过："我这个人一爬山就来精神。"山给了他力量，也给了他灵感。《十六字令三首》就是1934年末到1935年在长征途中写的。这三首小令以豪迈雄放的笔势，描绘出长征途中群山连绵和异峰突起的景象。虽然写的是山，实际上也是写红军的长征和长征的红军。

这三首词牌相同的小令是联章体的组诗。三首小令都没有标明词题，而都以"山"字起韵。"山"可说是三首小令共同的题目。这三首小令从不同的角度和侧面写出长征途中各种不同的山的神态和个性。

第一首写山的高峻挺拔。头一句就是一个"山"字，真是开门见山，突兀而起。一座大山高高矗立，让人惊叹不已。可是高山挡不住英雄汉。原来"人过要低头，马过要下鞍"的高山，红军则"快马加鞭未下鞍"，不仅没有低头下马，反而快马加鞭，飞腾而过，豪情胜概，跃然纸上，极其传神地写出红军战士让高山低头的英雄气概和勇往直前的大无畏精神。"惊回首，离天三尺三。"红军战士越过山顶，回头一看，不禁惊喜交加。惊的是山原来这样高，离天只有三尺三寸，就要顶住天了。喜的是这样的高山竟然在不知不觉中飞腾而过，真是崇山峻岭"只等闲"。这里诗人借用民谣中"离天三尺三"的成句，极为夸张地写出山势的高峻，进一步用山势的高峻来衬托出红军势不可当的英雄气概和崇山峻岭"只等闲"的豪情。

第二首写山的壮阔磅礴。也是开门见山，先点出描写的主体，然后连用两个比喻，描写群山起伏、壮阔磅礴的气象。诗人先用"倒海翻江卷巨澜"形容高低起伏、重重叠叠的山头像翻江倒海卷起的巨大波涛。这里诗人化静为动，把重重叠叠静止的群山，比作汹涌澎湃奔腾跳荡的巨浪。接着又用"奔腾急，万马战犹酣"形容群山的气势像万马在战场上奔腾激战，斗得正起劲儿。这里诗人又进一步赋予山以生命，把无生命的群山比作奔腾酣战的万马。两个比喻极其生动地写出了群山连绵起伏、波澜壮阔的气象。这里是以海涛、战马比喻群山，而又以群山象征红军长征的革命洪流和红军千军万马英勇战斗的英雄气概。他是用英勇战斗的千军万马比山，也是以山来象征红军千军万马的英勇战斗；是用汹涌澎湃的巨浪比喻连绵起伏的群山，又是以连绵起伏的群山象征红军长征波澜壮阔的革命洪流。这里是写山，同时也通过写山写出红军长征的革命洪流波澜壮阔、汹涌澎湃的气势和红军千军万马驰骋奔腾英勇战斗的气概。思想和形象完全融合在一起，达到了神妙的境界。

第三首写山的坚挺峭锐。仍是开门见山，开头一个"山"字点明本题以后，接着便用极度的夸张写出奇峰突起的景象。诗人先用"刺破青天锷未残"来形容山峰陡直峭锐，好似一把锋利的宝剑把天空都刺破了，可是锋刃却一点也没有残损。这里诗人把陡直峭锐的山峰，比作尖刀，由下而上地写出山峰的陡直峭锐。"刺破青天"极写山峰高峻峭拔、直插云霄的气象神态。"锷"是剑锋。"锷未残"尤见其坚利。这样的刻画真是石破天惊，力透纸背。然后诗人又用"天欲堕，赖以拄其间"写山的高峻坚挺。被刺破的青天简直要掉下来，反而依靠它在那里支撑着。这里又从天来着笔，由上而下地写出山的高峻坚挺。真是愈说愈奇，极尽夸张之能事。这锋利坚挺、顶天立地的高峰，自然会使人联想到红军无坚不摧、锐不可当、顶天立地的英雄形象。试想当年反动派的层层封锁不是都被红军突破了吗？当时外寇入侵，国难日深，蒋介石反动派实行投降卖国政策，一心反共打内战，完全置民族危亡于不顾。正是中国共产党人高举着抗日救国的大旗。当时中国抗日救亡的大局不正是中国共产党人和共产党领导的红军支撑着吗？

毛泽东这三首小令用不同的手法，从不同的角度刻画了山的形貌神态，各自独立，又密切关联。分开各自成章，各有境界；合起来又互相补充，构成一个统一的整体。短小精悍，气势磅礴，比喻确切，想象新奇，在小令中可谓千古绝唱。

忆 秦 娥

娄山关①

一九三五年二月

西风烈，
长空雁叫霜晨月。
霜晨月，
马蹄声碎，
喇叭声咽②。

雄关漫道真如铁③，
而今迈步从头越④。
从头越，
苍山如海，
残阳如血⑤。

作者原注：

　　万里长征，千回百折，顺利少于困难不知有多少倍，心情是沉郁的。过了岷山，豁然开朗，转化到了反面，柳暗花明又一村了。以下诸篇（指《十六字令三首》《七律·长征》《念奴娇·昆仑》《清平乐·六盘山》。按：《忆秦娥·娄山关》原排在《十六字令三首》之前）反映了这一种心情。

注释：

① 娄山关：在贵州省遵义城北大娄山的最高峰上，是防守贵州北部重镇遵义的要冲和由川入黔的交通要道，历来是兵家必争之地。1935年2月，红军重新占领娄山关，再次攻占遵义，取得长征以来第一次重大胜利。

② 喇叭声咽（yè）：这里形容军号声在寒风中低沉悲壮，时断时续。喇叭：此指军号。咽：呜咽，声音因梗塞而低沉。

③ 雄关：雄伟的关隘，此指娄山关。

④ 从头越：重新跨越。又双关遵义会议后中国革命重新迈出胜利的步伐。

⑤ 苍山如海，残阳如血：苍茫的群山，峰峦起伏，如同波涛汹涌的汪洋大海；尚未完全落山的太阳一片殷红，犹如鲜血一样。据作者说，是在战争中积累了多年的景物观察，一到娄山关这种战争胜利和自然景物的突然遇合，就造成他自以为颇为成功的这两句话。

而今迈步从头越
——读《忆秦娥·娄山关》

娄山关是由贵州遵义通川南的要隘，雄踞娄山山脉的最高峰。关上茅屋两间，石碑一通，上书"娄山关"三个大字。周围山峰，峰峰如剑。万丈矗立，高插云霄。中间是十步一弯、八步一拐的汽车路，真所谓"一夫当关，万夫莫开"，形势极为险要。

1935年遵义会议后，红军曾于1月和2月两次攻占娄山关，因而注家对毛泽东这首《忆秦娥·娄山关》颇有不同理解。后来诗人自己说："1935年1月党的遵义会议以后，红军第一次打娄山关①，胜利了，企图经过川南，渡江北上，进入川西，直取成都，击灭刘湘，在川西建立根据地。但是事与愿违，遇到了川军的重重阻力。红军由娄山关一直向西，经过古蔺、古宋诸县打到了川滇黔三省交界的一个地方，叫作'鸡鸣三省'，突然遇到了云南军队的强大阻力，无法前进。中央政治局开了一个会，立即决定循原路反攻遵义，出敌不意打回马枪，这是当年2月。在接近娄山关几十华里的地点，清晨出发，还有月亮，午后二三时到达娄山关，一战攻克，消灭敌军一个师，这时已近黄昏了。乘胜直追，夜战遵义，又消灭敌军一个师。此役共消灭敌军两个师，重占遵义。词是后来追写的，那天走了一百多华里，指挥作战，哪有时间和精力去哼词呢？"②第二次攻占娄山关、重占遵义，是红军在长征开始后取得的第一个重大胜利，是中国革命在遵义会议后一个新的胜利的起点。毛泽东在中国革命遭到重大挫折重新走向胜利的历史转折的关头，写下了红军长征的第一首史诗《忆秦娥·娄山关》。

词的上阕写拂晓时分红军向娄山关进发的情景。

"西风烈,长空雁叫霜晨月。"开头两句首先点明了红军向娄山关进军的节令和时间。西风凄紧,长空雁叫,残月当空,霜华满地,正是云贵高原残冬初春拂晓的景色。同时也通过对拂晓时分娄山关环境的描绘,分别从感觉、听觉和视觉烘托出一种浓重的苍凉悲壮、紧张肃穆的气氛。第三句"霜晨月"三个字是个叠句。据说古人演唱《忆秦娥》这个词调时,主唱的人唱完第二句以后,要有许多人帮腔,把第二句后三字再唱一遍。毛泽东用这个叠句,不仅是格律的要求,而且有承上启下的作用。它一方面是个小结,总括了上文的环境描写,再一次强调了时间,并使气氛更加浓重;另一方面也是一个过渡,从对环境的描写过渡到对娄山关战事的描绘:"马蹄声碎,喇叭声咽。"在这霜华满地、晓月当空的早晨,只听那急促繁密、细碎乱杂的马蹄声和时断时续低沉悲壮的军号声时时传来。这两句从听觉写出红军向娄山关进发和娄山关前线激战的情景。"碎"形容马蹄声的紧促繁密、细碎杂乱,把声音形体化;"咽"写军号声时断时续,悲壮低沉,把声音感情化,极为生动传神。当时天色未明,诗人随主力部队行动,不在娄山关前线,所以只能听到红军部队的马蹄声,和由前方传来的激动人心的军号声。从这马蹄声和军号声中我们可以想见娄山关战事的紧急和战斗的激烈。诗人这样从声音虚写娄山关战斗,不仅非常真切,而且也给我们留下了广阔的艺术想象的余地。

词的下阕写傍晚时分红军一战攻克,胜利跨越娄山关的雄壮豪迈的气概和悲凉慷慨的情怀。

"雄关漫道真如铁,而今迈步从头越。"开头两句写红军重新跨越娄山关的豪情。"雄关"二字点明了娄山关本题。"真如铁"极写娄山关的险要和敌人防守得牢固。娄山关本有"一夫当关,万夫莫开"之势,敌人又派重兵防守,看起来真像铁打的一样牢固了。但是对英雄的红军来说,纵使它真如铁也不在话下。据说当年毛泽东登上娄山关关口时抚摸着刻有"娄山关"三个大字的石碑,对身边的周恩来说:"好一座铁关啊,终于被我们敲开了。"如今红军重新跨越娄山关，表明任何艰难险阻都不能阻挡红军胜利前进。"而今迈步从头越"这气壮山河的诗句充分表现了红军在遵义会议之后那种无坚不摧的钢铁意志、勇往直前的大无畏精神和顶天立地的英雄气概。第三句"从头越"又用一个叠句承上启下。一方面，进一步突出红军重新胜利跨越娄山关的豪情和红军比娄山关更加高大的英雄形象；另一方面，由写红军的豪迈气概转到写跨越娄山关时所见到的壮丽景象："苍山如海，残阳如血。"诗人站在娄山关关头放眼远望，只见连绵起伏的苍山一望无际，好像波涛汹涌的大海，将要落山的太阳像鲜血一样殷红。最后两句从色彩着笔，写出进军途中所见到的壮丽景色，给红军的胜利进军配上一个色彩鲜明、气象壮阔的背景。同时也点明了红军主力部队跨越娄山关的时间，与上阕开头两句相照应。据说当时毛泽东立在山崖上，心情凝重，百感交集。他深沉地对周恩来说："革命要成功，真不容易啊。咱们前面，不知还有几多险关！难关！铁关！""苍山如海，残阳如血"的描写，也表明了战斗的胜利来之不易，流露出对为战斗胜利而流血牺牲的红军将士的痛惜和由于万里长征千回百折、顺利少于困难不知有多少倍而造成的悲壮沉郁的心情，寓示着长征路上还有数不尽的艰难险阻和迂回曲折，还会有流血牺牲，启示我们要"下定决心，不怕牺牲，排除万难，去争取胜利"。结尾二句气象壮阔，色彩鲜明，寓意深远，情景交融，尤为诗人的得意之笔。

　　毛泽东这首《忆秦娥·娄山关》，苍凉悲壮，声情激越，用声音、色彩的烘托和苍劲凌厉的笔势写出了红军跨越娄山关的英雄气概，抒发了雄放豪迈、悲壮沉郁的情怀，是红军越过天险娄山关的艺术写照，是娄山关大捷的豪壮凯歌。

注：

① 此处可能有笔误。据史料：中央红军第一次攻打娄山关是在1935年1月10日。遵义会议后，1月19日红军经过娄山关，没有发生任何战斗，当时娄山关已在红军控制之下。

② 毛泽东对郭沫若《喜读毛主席〈词六首〉》一文的改文，《人民日报》1991年12月26日。

七 律

长 征①

一九三五年十月

红军不怕远征难,万水千山只等闲。
五岭逶迤腾细浪②,乌蒙磅礴走泥丸③。
金沙水拍云崖暖④,大渡桥横铁索寒⑤。
更喜岷山千里雪⑥,三军过后尽开颜⑦。

注释:

① 长征:1934年10月间,中央红军主力从中央革命根据地出发作战略大转移,经过福建、江西、广东、湖南、广西、贵州、四川、云南、西康、甘肃、陕西十一个省,击溃了敌人的多次围追和堵截,战胜了军事上、政治上和自然界的无数艰险,行

军二万五千余里，终于在1935年10月到达陕北革命根据地。1936年10月红二、四方面军到达会宁和将台堡，和红一方面军会合，红军长征全部结束。

② 五岭：绵延于江西、湖南、广东、广西之间的大庾（yǔ）、骑田、萌渚（zhǔ）、都庞、越城等山岭。1934年10月，中央红军从福建、江西出发，沿四省边境的五岭山道，越过敌人的封锁线，向西进军。逶迤（wēi yí）：连绵起伏。腾细浪：是说险峻的五岭在红军眼中如水面吹起的细小的波浪。

③ "乌蒙"句：乌蒙山绵延于贵州、云南两省之间，气势雄伟，在红军看来也只像滚动着的泥丸。

④ "金沙"句：金沙江，即长江上游自青海玉树至四川宜宾之间的一段。江的两岸是高耸入云的悬崖绝壁。中央红军在云南省禄劝县西北的绞车渡（又称绞平渡，今作皎平渡）渡过金沙江的时候，是1935年5月，所以说"云崖暖"。"水拍"原作"浪拍"。作者自注："水拍：改浪拍。这是一位不相识的朋友建议如此改的。他说不要一篇内有两个浪字，是可以的。"按：不相识的朋友为山西大学历史系罗元贞教授。

⑤ "大渡"句：大渡河源出青海、四川交界处的果洛山。两岸都是高山峻岭，水势陡急，曲折流至四川省乐山市，入岷江。大渡河上的泸定桥，在四川省泸定县，形势险要。桥长约百米，由十三根铁索组成，上铺木板。中央红军1935年5月下旬到达泸定桥，当时桥板已被敌人拆掉，红军先头部队的英雄战士在对岸敌人的炮火中攀缘着桥的铁索冲了过去，夺得此桥。

⑥ 岷山：在四川省北部，绵延于四川、甘肃两省边境。岷山的南支和北支，有几十座山峰海拔都超过四千五百米，山顶终年积雪，称为大雪山。

⑦ 三军：作者自注："红军第一方面军、二方面军、四方面军。不是海、陆、空三军，也不是古代晋国所作上军、中军、下军的三军。"按：作者是就红军长征的总体而言的，在写此诗的当时，过岷山的只是中央红军主力（后称红军陕甘支队）。红二、四方面军于一年后才过岷山到甘肃与红一方面军会师。

红军不怕远征难
——读《七律·长征》

1934年10月，中央红军离开中央苏区，开始了战略大转移。途中党中央于1935年1月召开了著名的遵义会议，结束了"左"倾错误路线在党内军内的统治，后来又粉碎了张国焘分裂党和红军的阴谋。英雄的红军在毛泽东指挥下，四渡赤水河，巧渡金沙江，抢渡大渡河，飞夺泸定桥；翻越终年积雪的高山，走过人迹罕至的草地。走过万水千山，历尽千辛万苦，击溃了敌人无数次围追堵截，克服了说不尽的艰难险阻。先后经过福建、江西、广东、广西、湖南、贵州、四川、云南、西康、甘肃、陕西十一个省，连续行军二万五千余里，于1935年10月胜利到达陕北。红二方面军和红四方面军也于1936年10月到达甘肃与中央红军胜利会师。这就是举世闻名的长征。

1935年9月，毛泽东率北上的红军突破天险腊子口，越过岷山进入甘肃，完全脱离了最艰苦的雪山草地地区和张国焘搞分裂贻误战机、制造冲突造成的险境，确定了长征的落脚点。长征最后胜利在望，心情"豁然开朗"，"柳暗花明又一村了"。9月29日在通渭召开的干部会上，毛泽东诗兴勃发，即席朗诵了这首尚未写定的《七律·长征》，回顾了红军长征艰苦光辉的战斗历程，表现了红军大无畏的英雄气概和高度的革命乐观主义精神。

"红军不怕远征难，万水千山只等闲。"首联开宗明义，统领全篇。开头一句首先指明长征的主体——英雄的红军。用一个"难"字突出了长征的特点。"万里长征，千回百折，顺利少于困难不知有多少倍。"当时"天上每日几十架飞机侦察轰炸,地下几十万大军围追堵截,路上遇着了数不尽的艰难险阻"①。长征的艰难是超乎一般人的想象的,而红军的态度是"不怕"。红军是共产党领导的有高度思想觉悟的革命军队。领导红军长征的中国共产党,"它的领导机关,它的干部,它的党员,是不怕任何艰难困苦的"②。第二句是第一句的申说和具体化。"万水千山"概括了长征路上无数的山山水水,也就是毛泽东所说的"数不尽的艰难险阻"。而这"万水千山",这"数不尽的艰难险阻"对红军来说却完全不在话下。在红军眼里都平平常常,不算回事。"只等闲"也正是不怕难的具体表现。开头两句气壮山河,豪情万丈,充分表现了红军"下定决心,不怕牺牲,排除万难,去争取胜利"的革命英雄主义和藐视一切艰难险阻的英雄气概,深刻地揭示了红军长征胜利的根本原因。

中间两联,承"万水千山"而来,是"万水千山"的具体化、形象化。颔联"五岭逶迤腾细浪,乌蒙磅礴走泥丸"是写山。"五岭"即"南岭",包括大庾岭、骑田岭、庞都岭、越城岭和萌渚岭。在江西、湖南、广东、广西边界,由西而东,蜿蜒起伏,连绵不断。红军长征就是沿着南岭北麓西进的。乌蒙山在贵州和云南境内,海拔两千到三千米。"磅礴"形容气势雄壮。高大的云贵高原就是由乌蒙山形成的。红军进入云贵川后,就转战于乌蒙山区。蜿蜒起伏、连绵数省的南岭,在红军眼里就像水面翻起的细小的浪花,而雄伟高大的乌蒙山也只不过像是从红军脚下滚过的泥丸。这里诗人用反衬的手法写出了比五岭、乌蒙更加高大的红军的英雄形象,表现了红军使高山低头的英雄气概和藐视困难的革命精神,生动地说明对红军来说崇山峻岭"只等闲"。颈联"金沙水拍云崖暖,大渡桥横铁索寒"是写水。1935年春夏之交,红军主力从云南和四川交界处巧渡金沙江。"云崖"是高耸入云的悬崖。"暖"既是写当时暖热的天气,也写出了金沙江两岸的山峰高耸入云,江水拍打着悬崖,浪花四溅、波光闪耀、水声喧响、云气蒸腾的景象,更主要的是写出了红军巧渡金沙江成功,全军上下喜气洋洋,一片欢腾的热烈气氛给人们的心理感受。"大渡桥"指大渡河上的泸定桥。桥是由十三根碗口粗的铁索架成的。全长约三十丈，桥距水面也有几十丈。桥下是湍急的流水。红军到达泸定桥时，桥板已被敌人拆除，只剩下十三根光溜溜、寒森森的铁索横悬河上。当年在现场指挥红军战士夺取泸定桥的杨成武同志说："泸定桥真是个险要所在，就连我们这些逢山开路，遇水架桥，见关夺关的人，都不禁要倒吸一口冷气。"后来跟随毛泽东过桥的吴吉清也说："虽然被敌人抽走的桥板，已经由先锋团的红军三连重新铺了一层，但是看上去，仍使人禁不住要倒吸一口冷气。"当时总攻开始后，军号声、枪炮声、喊杀声震撼山岳。红军勇士冒着密集的枪弹，手攀桥栏，脚踏铁索向对岸冲去。这里诗人用一个"寒"字，写出了泸定桥两岸绝壁，铁索空悬，水流湍急，奔腾咆哮，令人毛骨悚然，不禁倒吸一口冷气的险恶景象，以及红军勇士飞夺泸定桥惊心动魄的战斗给人们的心理感受。这里诗人用红军巧渡金沙江和飞夺泸定桥给人们的心理感受，表现了红军非凡的智慧和勇气，说明红军凭着非凡的智慧和勇气化险为夷。中间两联写长征途上的山山水水。从诗人对长征途上的山水的感受，也使我们进一步体会到红军不畏艰险的英雄气概和革命的乐观主义精神。这里写山是从视觉着笔，化静为动，把连绵起伏的五岭和气势磅礴的乌蒙山比作翻腾的细浪和滚动的泥丸；而写水则是从感觉写静态，对奔腾咆哮的金沙江和大渡河，只写水拍云崖和铁索横悬给人的暖和寒的心理感受。这样写不仅在手法上富于变化，而且更充分地表现了红军使高山低头、河水让路，威震山河的英雄气概与化险为夷的智慧和勇气。

尾联"更喜岷山千里雪，三军过后尽开颜"，写红军越过岷山后的无限欣喜，淋漓尽致，神采飞扬。岷山在青、甘、川、陕边界，绵延五百多公里，人称"千里岷山"。岷山山脉最高峰有五千多米，被人称为"大雪山"，是长征路上最后一大难关。"千里雪"极写岷山的高远严寒。过了岷山，长征的最后胜利在望了。困难的局面将要让位于顺利的局面，正如毛泽东所说：

"过了岷山，豁然开朗，转化到了反面。柳暗花明又一村了。"因而毛泽东登上千里冰雪的岷山，不但不感到艰苦，反而更加感到无限的欣喜和振奋，更加意气风发、斗志昂扬。"三军"是全军。这里指同中央一起北上翻越岷山的全体红军。作者自注：指红一、二、四方面军，乃是后话了。"尽开颜"是齐欢笑，皆大欢喜。"三军过后尽开颜"极其生动地描绘了红军过了岷山后豁然开朗的心情和全军上下一片欢腾的动人景象。我们好像看见红军统帅在笑，红军战士在笑，千里岷山也在笑，共同欢庆长征的胜利，迎接抗日新局面的到来。尾联与首联相呼应，从"不怕"到"更喜"，进一步突出了红军的英雄气概和乐观精神，也表现了毛泽东"与天奋斗，其乐无穷！与地奋斗，其乐无穷！与人奋斗，其乐无穷！"的斗争精神和挑战性格，流露出诗人喜爱冰雪的情结，从而深化了诗的主题思想。

《七律·长征》是红军二万五千里长征的伟大史诗。对长征这样重大的题材、重大的主题，诗人却举重若轻，把它浓缩在一首只有五十六字的七律中，用轻快活泼的笔调，完整、集中、突出、生动地再现了红军长征艰苦光辉的战斗历程，展现了红军的精神风貌和内心世界，表现出惊人的艺术概括力。诗人善于运用极度的夸张、新奇的想象和对比衬托等艺术表现手法，成功地塑造了红军高大的形象，创造了崇高的艺术境界，具有很强的艺术表现力。《七律·长征》是一首抒情诗。诗人以抒情为中心，巧妙地把议论、叙事、写景、抒情完美地融合在一起，突出了红军乐观战斗的豪情，具有强烈的艺术感染力。

注：

①②《论反对日本帝国主义的策略》，载《毛泽东选集》第一卷，第136页。

念奴娇
昆 仑①

一九三五年十月

横空出世②,

莽昆仑,

阅尽人间春色。

飞起玉龙三百万③,

搅得周天寒彻④。

夏日消溶,

江河横溢,

人或为鱼鳖⑤。

千秋功罪,

谁人曾与评说?

而今我谓昆仑:

不要这高,

不要这多雪。

安得倚天抽宝剑⑥,

把汝裁为三截?

一截遗欧⑦,

一截赠美,

一截还东国⑧。

太平世界,

环球同此凉热。

作者原注：

　　前人所谓"战罢玉龙三百万，败鳞残甲满天飞"，说的是飞雪。这里借用一句，说的是雪山。夏日登岷山远望，群山飞舞，一片皆白。老百姓说，当年孙行者过此，都是火焰山，就是他借了芭蕉扇扇灭了火，所以变白了。

注释：

① 昆仑：山脉名。主脉在新疆维吾尔自治区和西藏自治区交界处，东段分三支伸展。其南支向东延伸后与岷山相接，因而红军长征时经过的岷山，也可以看作昆仑山的一个支脉。作者1958年12月21日自注："昆仑：主题思想是反对帝国主义，不是别的。"作者一幅手书词末写有"右反帝念奴娇"字样。

② 横空出世：横在空中，高出人世。形容昆仑山巍峨高大。

③ "飞起"句：玉龙，白色的龙；三百万是形容其多。这句是说终年积雪的昆仑山脉蜿蜒不绝，好像无数的白龙正在空中飞舞。作者于一幅手书上自注："宋人咏雪诗云：'飞起玉龙三百万，败鳞残甲满天飞。'昆仑各脉之雪，积世不灭，白龙万千，纵横飞舞，并非败鳞残甲。夏日部分消融，为害中国，好看不好吃，试为评之。"按：原注中所说"前人"和手书自注所说"宋人"指北宋张元。所引张元的两句诗，各书著录颇有不同。南宋魏庆之辑《诗人玉屑·知音》姚嗣宗条作"战退（旧时通行本作'战罢'）玉龙三百万，败鳞残甲满天飞"。清袁枚《随园诗话》卷十四引此二句为"战罢玉龙三百万，败鳞残甲满天飞"，与毛泽东原注所引完全相同。

④ 周天寒彻：整个天空冷透。

⑤ 人或为鱼鳖：有的人或许要被洪水淹死。《左传·昭公元年》："微（没有）禹，吾其鱼乎！"

⑥ "安得"句：传战国楚宋玉作《大言赋》："方地为车，圆天为盖。长剑耿介，倚天之外。"倚天，形容宝剑极长和带剑的人极高大。

⑦ 遗（wèi）：赠与，赠送。

⑧ 还东国：首次发表时作"留中国"，1963年版《毛主席诗词》改为"还东国"。作者自注："忘了日本人是不对的。这样，英、美、日都涉及了。"

环球同此凉热
——读《念奴娇·昆仑》

昆仑山是我国最大的山脉之一，主峰在新疆和西藏交界处。我国的许多名山都是它的支脉。我国最大的两条河流也都由这里发源。自古以来有许多关于昆仑山的神话传说，更增加了它神奇的色彩。

1935年，北上抗日的红军还在长征途中，当时德、意、日法西斯遥相呼应，嚣张一时。他们侵略的魔爪伸向世界各地，到处点起战火狼烟。特别是日本帝国主义企图吞并中国的行为，震动了全中国和全世界。反对法西斯侵略，打倒帝国主义已经成为中国人民和世界各国人民共同的任务。1935年8月1日，中国共产党发表了《为抗日救国告全体同胞书》。9月间毛泽东率领北上抗日的红军越过昆仑山支脉岷山时，曾登山远眺昆仑，并听到当地有关的神话传说。诗人在这首词的附注中说："夏日登岷山远望，群山飞舞，一片皆白。老百姓说，当年孙行者过此，都是火焰山，就是他借了芭蕉扇扇灭了火，所以变白了。"昆仑山神奇壮丽的景色，使诗人浮想联翩；而神话中反映的人民改造自然、改造世界的愿望更引起诗人强烈的共鸣。于是就在1935年10月红军越过岷山到达甘肃、宁夏，长征即将胜利结束，抗日新局面就要到来之际，写下了《念奴娇·昆仑》这首气吞山河的词，表达了改造世界、造福人类的崇高理想和打倒帝国主义，实现世界大同的伟大抱负。

词的上阕铺写昆仑，描绘了昆仑山高寒多雪的壮丽景色及其危害，批判了历代那些不顾人民生死的反动统治者，表达了对苦难人民的深切关怀。

"横空出世，莽昆仑，阅尽人间春色。"写莽莽昆仑山横在空中，高出人世，看尽了人世间兴衰的变化。"横空出世"极写昆仑山高大磅礴的气势；"阅尽人间春色"，又写出它经历年代的久远。一个"莽"字，不仅总写了昆仑山的高大和原始，而且活现了昆仑山苍茫的面貌和浑朴的性格。这里开门见山，一下子用特写镜头把昆仑山推展在我们眼前，极力写出它的高大和恒久。高和寒是分不开的。下面接着便写："飞起玉龙三百万，搅得周天寒彻。"那来自昆仑的蜿蜒起伏的雪山像千百万玉龙在飞舞，把整个天空都搅得冷透了。这里诗人化用张元的旧句把沉静千年的雪山写活了。"飞起玉龙"活现了"群山飞舞，一片皆白"的壮丽景象。"三百万"极言其多，写出地区之广；"周天寒彻"极写其寒，写出严寒之甚。这里诗人用比拟和夸张极写昆仑山的多雪与严寒。然后进一步写出高寒多雪造成的恶果："夏日消溶，江河横溢，人或为鱼鳖。"这里诗人由昆仑山的高寒多雪写到它所带来的灾害，为下文评说昆仑的功罪和改造昆仑的设想张本。正如诗人在一幅手迹上的自注所说，昆仑积雪"夏日部分消融，为害中国，好看不好吃，试为评之"。历代的反动统治者只图一己之私利，不顾人民的死活，对人民的苦难不闻不问、置之度外。所以诗人激愤地问道："千秋功罪，谁人曾与评说？"昆仑山是我们民族文明的摇篮，长江黄河的发源地，对我们民族的发展有贡献，其功是不言而喻的。但也有罪。那就是"夏日部分消融，为害中国"，常常为国人带来灾害。但无论功罪，历来当权的反动统治者谁都没给予关心，没有人考虑过如何兴利除弊，使昆仑为人民造福。人民的痛苦和民族的灾难正是由历来的反动统治者造成的。而当时的蒋介石不正是一心"剿共"，而置民族危亡于不顾吗？这里诗人含蓄委婉地批判了古今的反动统治者，表达了对人民和民族命运的深切关怀。

高寒多雪的昆仑山雄奇壮丽，然而"夏日部分消融，为害中国，好看不好吃"，所以诗人"试为评之"。词的下阕评说昆仑，表达了改造世界、造福人类的宏愿和打倒帝国主义实现世界大同的理想。

"而今我谓昆仑：不要这高，不要这多雪。"下阕开头三句诗针对昆仑高寒多雪的危害，告诉昆仑山，不要这样高，不要这样多的雪。这里诗人把昆仑山人格化，对昆仑山讲起话来。这是对昆仑的评说，也是对昆仑的命令。"而今"承"千秋"而来，"我"与"谁人"相对而言。说明自古以来无人评说的，如今到了我们这个时代我们要给予评说。这里的"我"既指诗人自己，也指包括诗人在内的无产阶级和共产党人。表现了无产阶级代表人民利益，主宰国家和民族命运的主人翁意识和强烈的历史责任感。也表现了诗人自己"与天奋斗""与地奋斗""与人奋斗"的斗争精神和挑战性格。我们不仅要对昆仑的功罪予以评说，而且还要对昆仑进行改造。所以诗人接着满怀战斗的豪情写道："安得倚天抽宝剑，把汝裁为三截？"诗人想象着靠在天边抽出极长的宝剑把高寒多雪的昆仑山裁为三段。这里诗人用最为惊奇豪壮的诗句表达了改造世界的宏愿，使一个比昆仑山更加高大的巨人形象矗立在我们面前。无产阶级只有解放全人类才能最后解放自己，我们不仅要为中国人民除害，还要为世界上绝大多数人民造福。所以诗人接着就提出"一截遗欧，一截赠美，一截还东国"，要把裁为三段的昆仑山一段赠给欧洲人民，一段送给美洲人民，一段还给包括日本在内的东方各国人民，去支援世界各国人民。毛泽东说："自从帝国主义这个怪物出世之后，世界的事情就连成一气了，要想割开也不可能了。"① 又说："我们要和一切资本主义国家的无产阶级联合起来，要和日本的、英国的、美国的、德国的、意大利的以及一切资本主义国家的无产阶级联合起来，才能打倒帝国主义，解放我们的民族和人民，解放世界的民族和人民。"②这里生动地体现出毛泽东各国革命互相支援的光辉思想，表现了无产阶级革命家博大无私的胸怀和崇高的国际主义精神。结尾"太平世界，环球同此凉热"二句，申明分赠缘由，表达了伟大的共产主义理想。天下太平和世界大同是共产党人的最高理想，也是古往今来的仁人志士和广大被压迫人民和被压迫民族的共同心愿。而要达到天下太平、世界大同的理想境界，最重要的就是反对帝国主义。伟大的革命导师列宁有句名言："帝国主义就是战争。"只要有帝国主义存在，就会有侵略和战争，就会有剥削、压迫和奴役，就不可能有和平与安宁，也就不可能有大小国家和各个民族的真正平等。帝国主义是世界各国人民与和平进步事业的共同敌人。反对帝国主义是所有进步人类共同的历史使命。所以诗人在一幅手书的末尾称这首词为"反帝念奴娇"，又在自注中明确强调："昆仑，主题思想是反对帝国主义，不是别的。"

在《念奴娇·昆仑》这首词中，诗人的想象驰骋于古今中外、天地人间，放声高唱世界大同的伟大理想；给我们创造了一个立足中华，放眼世界，心中装着全人类，比昆仑山更加高大的伟人形象。把革命浪漫主义发挥到极致，闪耀着永不磨灭的崇高美的光芒。在长征那样艰苦的岁月，在当时中国西部那样闭塞荒僻的地方，诗人能写出这首豪气冲天的壮歌，本身就是一个奇迹。

注：

① 《论反对日本帝国主义的策略》，载《毛泽东选集》第一卷，第147页。
② 《纪念白求恩》，载《毛泽东选集》第二卷，第659页。

清 平 乐

六盘山①

一九三五年十月

天高云淡,

望断南飞雁。

不到长城非好汉②,

屈指行程二万。

六盘山上高峰,

红旗漫卷西风③。

今日长缨在手,

何时缚住苍龙④?

注释:

① 六盘山:在宁夏回族自治区南部固原市西南,是六盘山山脉的主峰,险窄的山路要盘旋六重才能到达峰顶,故名六盘山。

② 长城:万里长城有一段在陕北境内。这里借指长征的目的地——陕北革命根据地,也指当时的抗日前线。本句化用刘克庄"忧边词"《贺新郎·国脉微如缕》"未必人间无好汉"句。

③ 红旗:首次发表时作"旄头",1963年版《毛主席诗词》改为"红旗"。

④ "今日"二句:化用南宋刘克庄《贺新郎·国脉微如缕》:"问长缨何时入手,缚将戎主?"长缨:长绳。典故出自《汉书·终军传》,见前文《蝶恋花·从汀州向长沙》注。苍龙,是一种凶神恶煞。《后汉书·张纯传》注:"苍龙,太岁也。"古代方士以太岁所在为凶方,因称太岁为凶神恶煞。作者自注:"苍龙:蒋介石,不是日本人。因为当前全副精神要对付的是蒋不是日。"

不到长城非好汉
—— 读《清平乐·六盘山》

　　六盘山在宁夏固原，是六盘山山脉的主峰，要经六重盘道才能到达山顶，故称六盘山。1935年8月，毛泽东和党中央同张国焘南下逃跑的主张和分裂活动进行了坚决的斗争，带领红军继续北上。9月间，红军巧夺天险腊子口，突破渭水封锁线。10月初胜利到达六盘山。六盘山是红军在长征中翻越的最后一座高山。红军来到这里，长征的目的地陕北苏区已经在望，国民党反动派的围追堵截宣告破产。红军的长征即将胜利结束，新局面将要到来。就在这个历史转折关头，毛泽东写下了关于长征的最后一首史诗《清平乐·六盘山》。

　　词的上阕写登上六盘山所见到的北国清秋的景色，回顾了长征的伟大胜利，表达了红军北上抗日的坚强意志。

　　"天高云淡，望断南飞雁。"诗人从六盘山上望去，秋日的晴空显得格外高远，碧蓝的天空飘着淡淡的白云；目送着那南飞的雁群一直到视线的尽头。开头两句写景，把北国清秋那种天高气爽、晴空万里、白云飘浮、北雁南飞的景象笼括纸上，把我们带到一个高远阔大的境界中去，使人眼界顿开，心旷神怡。在写景之中充分表达了红军在粉碎了敌人的围追堵截之后，那种"海阔凭鱼跃，天高任鸟飞"的欢畅心情。"望断"二字，写出了诗人伫立远望、凝神遐想的神情。为什么"南飞雁"如此为诗人关注而伫立久望、凝神遐想呢？这是因为"南飞雁"的旅程正是红军长征走过的道路。在红军长征即将胜利结束的时候，看到北雁南飞自然会引起诗人对红军所走过的艰难胜利的历程的回忆。另外，红军长征的时候还有一些同志留在南方根据地坚持斗争。主力红军和留在南方坚持斗争的同志心连着心。在陈毅同志的诗词中就一再提到"大军遥祝渡金沙",坚信"大军抗日渡金沙,铁树要开花"。我国古代有雁足传书的故事,看到南飞雁自然会引起诗人对留在南方根据地的同志和根据地人民的深切怀念,并希望南飞雁把红军长征胜利的消息和北上抗日的决心带给南方根据地的人民和同志,同时还有对不久前被张国焘欺骗而又南下的红四方面军和留在左路军的红军及老战友的系念。"望断"二字极其传神,并引发人们丰富的联想,给人以广阔的想象的空间,从而大大拓展了词的思想和艺术境界。开头两句描绘了西北高原的万里秋色,表达了无限欢快的心情和对南方根据地人民、同志和南方红军的深切怀念与牵挂。接着由写景转入抒情:"不到长城非好汉,屈指行程二万。"诗人首先用"不到长城非好汉"这样双重否定的句式,以斩钉截铁的语气表达了红军北上抗日的坚强意志。本句化用刘克庄《贺新郎·国脉微如缕》"未必人间无好汉"句,而更加明快有力。这里"长城"是长征的目的地陕北和抗日前线的代称。长城是我国古代劳动人民智慧和血汗的结晶,是我国古代抵抗外来侵略的伟大建筑,是我们中华民族英勇顽强地抵抗外来侵略的雄伟力量、钢铁意志和光荣传统的象征。用"长城"作抗日前线的代称,不仅有力地表达了中华民族坚决抗战到底,求得民族解放的决心,而且能够唤起我们的民族自豪感和自信心,使我们想到,我们的祖先能修起那样伟大的长城,现在我们一定能打败帝国主义的侵略。然后用"屈指行程二万"生动而自豪地概括了红军万里长征的空前壮举和伟大胜利。"二万"不是一个简单的数目字，它概括了中国共产党率领红军浴血奋战的伟大征程，包含着红军走过的万水千山，遇到的数不尽的艰难险阻和做出的说不完的可歌可泣的英雄事迹。红军"行程二万"说明了敌人几十万大军围追堵截的破产，表明了红军长征取得了决定性的伟大胜利。字里行间洋溢着胜利的豪情。这里所表达的红军北上抗日的坚强意志和红军长征的伟大胜利，也正是诗人希望南飞雁带给南方根据地人民和同志的消息。诗人特别强调"不到长城非好汉"，重申了红军北上抗日的决心。说明只有北上抗日才能代表中华民族的最大利益，才是中国人民最大的心愿，才能得到最广大人民的支持。说明只有共产党领导的红军才是我们民族利益的真正代表者，只有红军北上抗日的道路才是中华民族和中国人民解放的唯一正确道路。当时蒋介石对日本帝国主义的进攻实行不抵抗政策，国民党军队不战而逃。在共产党内也有张国焘反对北上抗日，主张南下逃跑。诗人提出"不到长城非好汉"，正是对国民党军队不战而逃和张国焘南下逃跑主张的有力批判。

词的下阕展望新局面的到来，表现了红军和革命力量的强大，表达了打倒敌人的必胜信心。

"六盘山上高峰，红旗漫卷西风。"在六盘山的高峰上，革命的红旗随风舒卷，高高飘扬。下阕开头两句点出了六盘山本题，展示了红军大队人马登上六盘山的壮丽动人的景象。这壮丽动人的景象向全国和全世界宣告了红军长征的胜利，宣告了蒋介石围追堵截的破产；宣告红军是英雄好汉，而帝国主义和他们的走狗蒋介石等辈则是完全无用的，字里行间洋溢着胜利的喜悦和自豪。六盘山是红军长征路上最后一座高山。"六盘山上高峰"正是历史转折点的象征。毛泽东说："长征一完结，新局面就开始。"[①] "红旗漫卷西风"也正预示着新局面的到来。最后诗人满怀信心地写道："今日长缨在手，何时缚住苍龙？"表明打倒穷凶极恶的反动头子，只不过是时间问题罢了。"长缨"是长绳子，用的是汉代终军请缨的典故。这里象征强大的革命力量，也就是经过长征锻炼和考验的共产党与红军。毛泽东当时指出："现在革命方面的特点，是有了经过锻炼的共产党，又有了经过锻炼的红军，这是一件极关重要的事。"②这里诗人说"长缨在手"充分表达了战胜敌人的坚强决心和胜利在握的自信。"苍龙"原指凶神恶煞，这里指蒋介石。毛泽东说，大土豪、大劣绅、大军阀、大官僚、大买办们组成了一个卖国贼营垒。"他们的总头子就是蒋介石。这一卖国贼营垒是中国人民的死敌。假如没有这一群卖国贼，日本帝国主义是不可能放肆到这步田地的。"③因而在当时来说，中国人民要抵抗日本帝国主义的侵略，粉碎日本帝国主义并吞中国的野心，就要打倒卖国贼头子蒋介石。用"苍龙"作蒋介石的代称，深刻地揭露了其阴险残忍、穷凶极恶的本质。最后两句表明我们已有克敌制胜的把握，打倒凶恶的敌人只不过是个时间问题。关于这个时间，毛泽东说："要最后地彻底地解决内外反革命势力，我们还得准备再花一个应有的时间。"④但"不是说中国的事情只能慢吞吞地去干，中国的事情要勇猛地去干，亡国的危险不容许我们有一分钟的懈怠"⑤。所以结尾二句不仅表现了革命力量的强大和坚强的胜利信心，而且也是启发全党全军和全国人民勇猛地行动起来，早日打倒当时中国人民的主要敌人——日本帝国主义和卖国贼头子蒋介石。篇末以问作结，不仅表达了渴望早日战胜敌人的急切心情，而且发人深思，跌宕有致，余味无穷。

　　读了毛泽东在长征结束之前写的这首《清平乐·六盘山》，自然使我们想到毛泽东在长征开始之前写的《清平乐·会昌》。两首词都写登山，都有高远阔大的意境，都表现了诗人的革命豪情，都有一种阳刚之美。两首词都给我们留下了像"踏遍青山人未老"和"不到长城非好汉"那样的名言警句，甚至都有像"战士指看南粤"和"屈指行程二万"那样生动传神的描写。特别是下阕换头都采用了"会昌城外高峰"和"六盘山上高峰"那样完全相同的句式和点题方法。过片之后，又都使用同一韵部。然而两首词又有明显的不同。由于"左"倾错误路线的统治，毛泽东在写《清平乐·会昌》时，中国革命和毛泽东本人都处于逆境之中，因而《清平乐·会昌》全篇色调苍茫，在豪壮中流露出明显的压抑无奈、苍凉沉郁之感。遵义会议结束了"左"倾错误路线的统治，确立了毛泽东的领导地位，中国革命走上了康庄大道。因而《清平乐·六盘山》色调明丽，在豪壮中洋溢着昂扬奋发、热烈欢畅的情绪。《清平乐·会昌》与《清平乐·六盘山》的差异，反映了中国革命的形势和毛泽东心境的巨大变化。

注：

①②③④⑤ 均见《论反对日本帝国主义的策略》，载《毛泽东选集》第一卷，第136、142、130、139页。

沁园春

雪①

一九三六年二月

北国风光,
千里冰封,
万里雪飘。
望长城内外,
惟余莽莽②;
大河上下,
顿失滔滔③。
山舞银蛇,
原驰蜡象④,
欲与天公试比高。
须晴日⑤,
看红装素裹,
分外妖娆⑥。

江山如此多娇,
引无数英雄竞折腰⑦。
惜秦皇汉武⑧,
略输文采⑨;
唐宗宋祖⑩,
稍逊风骚。⑪
一代天骄,⑫

成吉思汗,⑬

只识弯弓射大雕。⑭

俱往矣,

数风流人物,

还看今朝。

注释:

① 雪:这首词作于红一方面军1936年2月由陕北准备东渡黄河进入山西省西部的时候。作者在1945年10月7日给柳亚子的信中说,这首词作于"初到陕北看见大雪时"。作者自注:"雪,反封建主义,批判两千年封建主义的一个反动侧面。文采、风骚、大雕,只能如是,须知这是写诗啊!难道可以谩骂这一些人们吗?别的解释是错的。末三句,是指无产阶级。"

② 惟余:只剩下。莽莽:即茫茫,白茫茫一片。形容空旷无际。

③ 顿失:立刻失去。顿,顿时,立刻。滔滔:滚滚的波涛。

④ 原驰蜡象:作者原注"原指高原,即秦晋高原"。蜡象:白色的象。

⑤ 须:待、等到。

⑥ "看红装"二句:红日和白雪互相映照,看上去好像装饰艳丽的美女裹着白色的外衣,格外娇媚。红装,身着艳丽服饰的美女。妖娆(ráo),娇艳妩媚。

⑦ 竞折腰:争着为江山奔走效劳。折腰:倾倒,躬着腰侍候。

⑧ 秦皇汉武:秦始皇嬴(yíng)政(前259—前210),秦朝的创业皇帝;汉武帝刘彻(前156—前87),汉朝功业最盛的皇帝。

⑨ 略输文采:是说秦皇汉武,功业甚盛,相比之下,文治方面的成就略有逊色。略输:稍差。文采:本指辞藻、才华。这里引申为文治。

⑩ 唐宗宋祖:唐太宗李世民(599—649),奠定唐朝基业的皇帝;宋太祖赵匡胤(yìn)(927—976),宋朝的开国皇帝。

⑪ 稍逊风骚:意近"略输文采"。逊:差。风骚:本指《诗经》里的《国风》和《楚辞》里的《离骚》,后来泛指文章辞藻。

⑫ 天骄:汉时匈奴自称为"天之骄子"(见《汉书·匈奴传》),以后泛称强盛的边地民族。

⑬ 成吉思汗(hán):元太祖铁木真(1162—1227)在1206年统一蒙古后的尊称,意思是"强者之汗"(汗是可汗的省称,即王)。后来蒙古在1271年改国号为元,成吉思汗被推尊为建立元朝的始祖。成吉思汗除占领中国黄河以北地区外,还曾向西远征,到达中亚和南俄,建立了庞大的帝国。

⑭ "只识"句:是说只以武功见长。识:知道,懂得。雕是一种鹰类的大型猛禽,善飞难射,古代因用"射雕手"比喻高强的射手。

数风流人物,还看今朝
——读《沁园春·雪》

1935年10月,红军胜利到达陕北,完成了史无前例的二万五千里长征。12月底,党中央在瓦窑堡召开了政治局会议。会后毛泽东在党的活动分子会议上作了《论反对日本帝国主义的策略》的报告,指出:"长征一完结,新局面就开始。""时局的特点,是新的民族革命高潮的到来,中国处在新的全国大革命的前夜。"报告阐明了在当时建立抗日民族统一战线的可能性和必要性。指出:"共产党和红军不但在现在充当着抗日民族统一战线的发起人,而且在将来的抗日政府和抗日军队中必然要成为坚强的台柱子。"毛泽东庄严地宣告:"我们中华民族有同自己的敌人血战到底的气概,有在自力更生的基础上光复旧物的决心,有自立于世界民族之林的能力。"以毛泽东为代表的共产党人成为全民抗战的主要推动者和挽救民族危亡的中流砥柱。为了推动全国人民武装抗日,党中央决定把陕北红军组成中国人民红军抗日先锋军,开往抗日前线。

1936年2月,毛泽东率领陕北红军渡河东征。据曹丹辉回忆:红军开始行动时,毛泽东和战士开玩笑说要"在苏区游览一番,看看陕北的好风光"。当时正是西北高原风雪弥漫的时节,整个西北高原盖着厚厚的一层雪,真是又雄伟又壮丽,而冰冻了的黄河,又有一番奇特景象。就在这个时候,毛泽东来到清涧县高杰村附近的袁家沟,视察了大雪中的中华民族的摇篮——黄河。毛泽东对雪情有独钟,在长征诗中就抒发了"更喜岷山千里雪"的豪情。如今诗人面对祖国银装素裹的大好河山,回忆起我们民族悠久的历史,不禁豪情满怀,放声高歌,写下了《沁园春·雪》这首光照千古的壮丽辞章。诗人站在历史的高峰上批判了两千年来封建主义的一个反动侧面；并以高度的革命激情赞颂了祖国壮丽的河山和当代的无产阶级革命英雄。

词的上阕以秾丽的笔调描绘了北方雄浑壮丽的雪景，表现了对祖国大好河山的热爱和光复祖国大好河山的理想，展示了革命必胜的光辉前景。

"北国风光，千里冰封，万里雪飘。"写北方的冬天千里坚冰封冻、万里雪花飘扬、一片冰天雪地的景象。开头三句，指明地点，并写出对北方冬天的总印象。"千里冰封"写大地，"万里雪飘"写天空。一静一动，互相映衬，极其生动地描绘了冰封大地、雪舞长空的北国严冬的图景。一开始就把我们带到一个遍地坚冰、漫天飞雪的雄浑壮阔的境界中去，同时也使人联想到国民党反动统治下的祖国北方广大地区正在遭受日本帝国主义侵略的严峻现实。接着便以"望"领起"长城内外"以下七句，紧承上文，具体描绘了登高远望所看到的北国雪景。"望长城内外，惟余莽莽"，遥看长城内外，只剩下白茫茫的一片，正是"万里雪飘"的景象。"大河上下，顿失滔滔"，黄河的上游下游顿时失去了它平日滔滔滚滚的声势，也正是"千里冰封"的写照。长城是祖国的屏障，黄河是民族的摇篮，在中国人民心目中有着极崇高的地位，一提到它们就会唤起我们的民族自豪感和保卫祖国河山的决心。这里诗人把北国的自然景观和人文景观结合起来，显示出祖国地域的辽阔和民族历史的悠久，从而唤起人们的爱国热情和民族意识。"山舞银蛇，原驰蜡象，欲与天公试比高。"那蜿蜒起伏的山岭像舞动着的银蛇，那辽阔广大的高原像奔驰着的白色大象，一直向天边伸去，高与天齐，好像要与天比个高低一样。"银""蜡"写色泽；"蛇""象"写形态；"舞"和"驰"两个动词，把静的山岭和高原写得形神飞动，充满生机。"欲与天公试比高"更赋予群山和高原以人的感情和意志，把无生命的群山和高原写活了。这里诗人用比拟的手法，以动写静，写出冰雪当中北方的群山和高原生动壮丽的姿色和雄伟的气势，显示出祖国山河的壮美。同时也很自然地使我们联想到扎根在西北高原，战斗在西北高原，活跃在西北高原的红军，联想到作为抗日民族统一战线的发起人和台柱子的共产党人和红军那种顶天立地的英雄气概。上阕最后三句，又从雪后着笔，设想雪后天晴的奇丽景色。"须晴日，看红装素裹，分外妖娆。"写等到晴天来临，红日白雪交相辉映，祖国的山河将格外娇艳动人。这里由实景转为意想的境界，极写雪后天晴祖国山河的明丽秀美，进一步开拓了词的意境。诗人以盛装美人喻江山，写出祖国山河明丽秀美的一面，把祖国山河的壮美与秀美统一起来，使人感到祖国的大好河山既雄伟崇高又亲切动人。这里所说的"晴日"也象征着祖国大好河山的光复和解放。当时祖国的大好河山大部分是在国民党的反动统治之下或沦陷在日本侵略者的手里，正笼罩着阴云，蒙受着耻辱，只有在光复解放回到人民手里之后，才会更加美丽可爱。上阕最后三句生动地预示了祖国美好的未来，表达了必胜的信念，闪耀着光复解放祖国大好河山的理想的光辉。

词的上阕赞美祖国北方雪景的雄伟壮丽。这样壮美秀丽的江山，只有英雄才能和它相称。所以下阕便由写山河转到写英雄，批判了两千年来封建社会封建阶级的代表人物，赞颂了当代英雄的无产阶级和革命人民。

"江山如此多娇，引无数英雄竞折腰。"下阕开头两句承上启下，一方面总结了上阕对祖国壮美秀丽江山的描写，另一方面又由祖国壮美秀丽的江山吸引英雄人物折腰倾倒，为之效力，自然而有力地转入对英雄人物的评说。这里所说的"无数英雄"包括古今所有的杰出人物。接着又以"惜"

字领起"秦皇汉武"以下七句,特举出秦始皇、汉武帝、唐太宗、宋太祖和成吉思汗等封建社会里封建阶级杰出的代表人物,并站在历史的高峰上加以评说,批判了两千年来封建主义的一个反动侧面。"惜秦皇汉武,略输文采",可惜秦始皇和汉武帝在文采方面差一些。秦始皇和汉武帝是封建地主阶级上升时期的代表人物,他们分别完成了统一中国和巩固边防的大业,有着显赫的武功,但在文治方面不能与武功相称。"唐宗宋祖,稍逊风骚。"唐太宗和宋太祖在文学才华方面也有点逊色。唐太宗和宋太祖也是很有作为的封建帝王,而在文治方面也有不足。"一代天骄,成吉思汗,只识弯弓射大雕。"那位称雄一世、驰骋欧亚两洲的"天之骄子"成吉思汗,更是只知道弯弓射大雕罢了。在文学方面,可说是一窍不通,除了武功之外,几乎别无可言。"文采""风骚"本指文学才华、文学修养,而对这些封建帝王来说,也指包括经济、政治、文化在内的"文治"。这里诗人一方面肯定了这些显赫一时的封建帝王有统一国家、巩固边防的武功,同时也婉转有分寸地指出他们在社会经济、政治、文化的某些方面尚有不足之处。这些功业显赫的封建帝王正是历代封建地主阶级杰出的政治代表,他们尚存不足,封建地主阶级的其他人物也就更不用提了。所以诗人对这些封建帝王的批评,也是对整个封建地主阶级的批判。这里一贯而下,滔滔不绝,夹叙夹议地评说了历史上几个显赫一时的封建帝王,批判了两千年来封建主义的一个反动侧面。这些封建时代封建阶级的英雄豪杰都不能和祖国壮美多娇的江山相称,他们的出现只不过是无产阶级革命英雄的陪衬罢了。所以最后三句就撇开过去,折入今天,"俱往矣,数风流人物,还看今朝。"历史上那些英雄人物都过去了,而主宰国家和民族的命运、改变当今世界的英雄还是当代的无产阶级。"俱往矣"三个字紧承上文,送走了历史上那些显赫的封建阶级的英雄豪杰。接着便以"数风流人物,还看今朝"这高唱入云、雄壮豪迈的诗句歌颂了我们英雄的时代和时代的英雄。说明只有当代的英雄——无产阶级才能担当起领导全国人民完成民族民主革命和建设新中国的历史重任。只有无产阶级和广大劳动人民才是历史真正的创造者,才是祖国锦绣江山当之无愧的主人。"风流人物"是指在一个时代有极大影响的人物。这里不是指个人而是指无产阶级。毛泽东说:"社会发展到今天的时代,正确地认识世界和改造世界的责任,已经历史地落在无产阶级及其政党肩上。"①在当时来说,诗人所说的"风流人物"就是经过长征锻炼和考验的共产党人和正要开往抗日前线的英雄的红军。

读了这首《沁园春·雪》,使我们想起诗人另一首《沁园春·长沙》。两首词相互关联,思想内容与艺术表现颇有相近之处,又各有自己的特色和成就。两首词上阕都以写景为主,即景抒怀。两首词下阕都以议论为主,回顾往昔,评说人物。《沁园春·长沙》下阕回忆当年的峥嵘岁月。以"恰"字领起,盛赞同学少年的豪情意气和文采风流;《沁园春·雪》下阕回顾中华民族两千年来的文明史,评说历代显赫帝王的功业与不足。《沁园春·长沙》上阕结尾,"问苍茫大地,谁主沉浮?"《沁园春·雪》下阕结尾道:"数风流人物,还看今朝。"《沁园春·长沙》下阕赞美同学少年"指点江山,激扬文字",而《沁园春·雪》正是诗人"指点江山,激扬文字"的写照。《沁园春·长沙》诗人在画内,以"看"字领起写江南秋色,绚丽多姿、生机盎然,"万类霜天竞自由"。他多用真切传神的描绘,境界壮丽秀美,得豪放与婉约之长;《沁园春·雪》诗人在画外,以"望"字领起写北国雪景,雄浑壮阔,活力无限。"欲与天公试比高。"眼光更远大,更富于浪漫的想象。境界高远明丽,兼崇高与优美之胜。《沁园春·长沙》是毛泽东诗词思想艺术成熟的标志。而《沁园春·雪》可说是毛泽东诗词思想艺术成就的一个高峰。

毛泽东这首《沁园春·雪》写于长征胜利之后,抗日战争前;发表于抗战胜利之后,解放战争前。它是在两个重要的历史转折关头写作和发表的,是激励无产阶级及其先锋队在历史转折的关头自觉地把握国家和民族的命运,努力完成新的历史使命;也是唤起人民大众,树立起胜利的信心,努力争取祖国美好的前途，是对全党全国人民的极大鼓舞。

这首《沁园春·雪》是毛泽东诗词的主要代表作品，有很高的艺术成就。词的上阕写景，即景抒情，寄意深远；词的下阕议论，咏史抒怀，饱含激情。无论是写景还是议论，都使人感到诗意盎然，兴味无穷，具有强烈的艺术感染力，给人以丰富的美感享受。

毛泽东这首《沁园春·雪》与历代的诗人词客咏雪的诗词比起来，境界深远，气象恢宏。上阕俯视祖国万里江山，横写大半个中国的雪景；下阕纵论古今英雄豪杰，纵写几千年封建社会的历史。气势雄放，意境阔大，表现了高瞻远瞩的豪壮气概和气吞山河的广阔心胸。在思想和艺术上都是前无古人的，被柳亚子先生"推为千古绝唱"。毛泽东也被誉为"中国有词以来第一作手"。

1945年秋，毛泽东到重庆进行和平谈判，把这首《沁园春·雪》书赠柳亚子先生，一时流传开来。《新民报》晚刊将传抄稿发表出来，在山城和全国引起极大轰动。赞赏者与反对者都大和特和，成为当时文化战线的一场大较量。毛泽东的文采风流得到广大开明正直之士的倾心折服，在中国诗词史上留下一段佳话。

注：

① 《实践论》，载《毛泽东选集》第一卷，第272页。

七　律

人民解放军占领南京①

一九四九年四月

钟山风雨起苍黄②，百万雄师过大江。
虎踞龙盘今胜昔③，天翻地覆慨而慷④。
宜将剩勇追穷寇⑤，不可沽名学霸王⑥。
天若有情天亦老⑦，人间正道是沧桑⑧。

注释：

① 人民解放军占领南京：1949年4月21日，毛泽东主席和朱德总司令发出《向全国进军的命令》，号令全军坚决、彻底、干净、全部地歼灭中国境内一切敢于抵抗的国民党反动派，解放全中国。中国人民解放军百万大军即在西起江西湖口、东至江苏江阴的一千余里战线上强渡长江，并于4月23日占领国民党反动政府的"首都"南京。

② "钟山"句：钟山，即紫金山，在南京市的东面。苍黄，本义为变化。孔稚珪《北山移文》："苍黄翻覆。"又同"仓皇"，意为急遽和慌张。

③ 虎踞龙盘：形容地势优越，雄伟险要。三国时诸葛亮看到吴国

都城建业（今南京市南）的地势曾说："钟山龙盘，石头虎踞，此帝王之宅。"（见《太平御览》引《吴录》）石头，即石头山，在今南京市西。

④ 慨而慷：感慨而激昂，即"慷慨"一词的拆分与倒置。与曹操《短歌行》"慨当以慷"用法相同。

⑤ "宜将"句：宜将，应以。剩勇，余勇，尚未使用出来的勇气和力量。《左传·成公二年》载：齐、晋鞌之战前，齐将高固独自冲入晋军，举石掷人，擒获晋军武士，然后乘上晋人的兵车，又连根拔起一棵桑树，系于车后，回到齐营炫耀示威道："欲勇者贾余余勇！"（需要勇气的人买我多余的勇气）穷寇，走投无路的敌人。《孙子·军争》："穷寇勿迫。"《后汉书·皇甫嵩传》："兵法（指《司马兵法》），穷寇勿追。"这里作者从实际出发，提出应反其道而行之。

⑥ "不可"句：沽名，故意做作或用某种手段猎取名誉。霸王，西楚霸王项羽。秦朝末年，项羽和刘邦同时起兵反秦。刘邦先据秦都咸阳拒项羽。项羽歼灭了秦军主力，拥四十万大军入咸阳。他当时为了避免"不义"之名，没有利用优势兵力消灭刘邦，后来反为刘邦所灭。

⑦ "天若"句：本句借用唐李贺《金铜仙人辞汉歌》中的成句。原诗说的是汉武帝时制作的极贵重的宝物金铜仙人像，在三国时被魏明帝由长安迁往洛阳的传说。原句的意思是，对于这样的人间恨事，天若有情，也要因悲伤而衰老。这里"天"则是指宇宙或大自然。"老"是衰亡。全句意为宇宙或大自然是按照它的客观规律运行变化，不以人的意志和感情而转移，是无情的。如果它按照人的意志和感情而转移，而不按客观规律运行变化，它就会像不按现实规律行事的项羽那样衰亡。

⑧ "人间"句：人间正道，社会发展的正常规律。沧桑，沧海（大海）变为桑田，一般喻人世间翻天覆地的巨大变革，这里比喻革命性的发展变化。古代神话：女仙麻姑对另一仙人王方平说，他们相见以来，东海已经三次变为桑田（见葛洪《神仙传》）。

人间正道是沧桑
——读《七律·人民解放军占领南京》

南京是蒋家王朝的统治中心。经过辽沈、淮海、平津三大战役后，人民解放战争于1949年初取得了决定性胜利。长江以北的国民党主力部队已被消灭。南京蒋家王朝已呈土崩瓦解之势。但是，"敌人是不会自行消灭的，无论是中国的反动派或是美国帝国主义在中国的侵略势力，都不会自行退出历史舞台"[①]。美蒋反动派一方面玩弄"和平"阴谋，企图拖延时间，组织国民党残余的军事力量和所谓地方势力在长江以南和边远省份，继续抵抗人民解放军；另一方面"在革命阵营内部组织反对派"[②]，寻找代理人，极力使革命就此止步。1949年4月20日，南京国民党政府受蒋介石操纵，拒绝在和平协定上签字，和平谈判最后破裂。4月21日，毛泽东主席和朱德总司令联名发布了《向全国进军的命令》，命令中国人民解放军"奋勇前进，坚决、彻底、干净、全部地歼灭中国境内一切敢于抵抗的国民党反动派，解放全国人民，保卫中国领土主权的独立和完整"。21日晨，人民解放军百万雄师便分三路强渡长江。4月23日，解放了国民党反动派盘踞了22年之久的南京。南京的解放宣告了国民党反动派统治的灭亡。4月24日，毛泽东在香山双清别墅看到《南京解放》的号外，心潮激荡，凝神遐思，挥笔写下了人民革命战争最后一首史诗《七律·人民解放军占领南京》，来纪念南京的解放，庆祝革命的胜利。

诗的前半部分是叙事。记述了人民解放军占领南京的伟大胜利，描绘了南京城解放后的动人景象。

"钟山风雨起苍黄，百万雄师过大江。"首联写人民解放军占领南京的

七律·人民解放军占领南京

壮举和横渡长江的浩大声势。人民解放军百万雄师横渡长江，革命的暴风骤雨席卷了南京蒋家王朝，反动派惊慌失措如鸟兽散。"钟山"即紫金山，这里是南京的代称。"风雨"喻革命的暴风骤雨。用钟山作南京的代称更含蓄而有诗意，同时也与"风雨"的比喻色调和谐，能够形成一个统一的意境。"苍黄"本义为变化。孔稚珪《北山移文》就有"苍黄翻覆"的句子。"苍黄"又同"仓皇"，有急遽、慌张的意思。这里既写人民解放军攻势的迅猛，形势变化的急剧；也形容反动派的惊慌失措。这两句是纪实，也就是毛泽东说的"人民解放军横渡长江，南京的美国殖民政府如鸟兽散"的艺术写照。既写出了人民解放军横渡长江，占领南京的磅礴气势，也刻画了失去巢穴的反动派仓皇失措的狼狈相。"过大江"写人民解放军突破长江天险，摧毁敌人的千里江防，粉碎了反动派凭借长江天险阻止人民解放军南下的妄想；破除了一些人渡江会引起美帝干涉的疑虑，有力地回答了要不要过江，能不能过江的问题。这里诗人以飘风急雨的笔调和雄浑壮阔的诗句，记述了人民解放军横渡长江解放南京的伟大胜利。同时用倒叙的笔法，先写占领，后写过江。这样写开门见山，奇突有力，给人留下了强烈的印象，从而突出了人民解放军占领南京这个伟大的主题。

"虎踞龙盘今胜昔，天翻地覆慨而慷。"颔联进一步描绘了南京解放以后的情景，从正面歌颂了南京的解放。雄伟险要的南京城在解放以后胜过以往任何时代，翻天覆地的大变化使全国军民和全世界人民慷慨激昂、欢欣鼓舞。"虎踞龙盘"喻形势雄伟险要。三国时诸葛亮论金陵（今南京）险要的形势时说"钟山龙盘，石头虎踞"。这里用"虎踞龙盘"作南京的代称，既突出了南京城的雄伟险要，也给古老的南京城增添了历史的色调。"今胜昔"是说这座被李白称为"龙盘虎踞帝王州"的历史名城，如今到了人民手里，焕发出前所未有的光彩，更加雄伟壮丽了。"慨而慷"是"慷慨"的拆分和倒装。中间加了个"而"字，强化了语气，加重了分量，突出了人们情绪极度的兴奋激昂。这里诗人以豪壮的诗句和激昂的笔调描绘了南京解放以后山河更新、军民欢腾的动人景象。一反前人所写"金陵怀古"的诗词那种低沉暗淡的情调。

诗的前半部分，已把南京解放的场面和意义写得淋漓尽致。于是自然提出南京解放以后怎么办的问题。诗的后半部分是议论，说明面对大好形势要乘胜进军，追歼残敌，把革命进行到底。

"宜将剩勇追穷寇，不可沽名学霸王。"颈联借用历史典故，委婉含蓄地表达了"将革命进行到底"的光辉思想。诗人指出在南京解放之后，应拿出全部勇气和力量猛追穷途末路的残敌，不能像西楚霸王项羽那样沽名钓誉，造成最后的失败。出句中的"剩勇"即"余勇"，也就是还没有使用出来的勇气和力量。这里用的是"余勇可贾"的典故。《左传·成公二年》记载：齐晋两国交战，齐国的高固冲入晋军，擒敌夺车而回，并向齐兵宣称"欲勇者贾余（我）余勇"。表现了勇猛战斗、敢于胜利的精神，借以激励齐兵的士气。诗人借以说明应该发扬勇猛战斗的精神，拿出全部的勇气和力量。"穷寇"指被打败了的穷途末路的敌人。在《孙子兵法·军争》中有"穷寇勿迫"的话。《后汉书·皇甫嵩传》也说："兵法（指《司马兵法》），穷寇勿追。"在军事上有时为了避免敌人狗急跳墙拼死顽抗，这话有一定道理。但是把它理解为中途而止或不打落水狗却是错误的。人民解放军渡江前后，国内外也有人主张分疆而治，适可而止，免得引起美帝国主义干涉。这里诗人批评了那些片面的"穷寇勿追"论者，主张拿出全部勇气和力量追歼残敌，把革命进行到底。充分地表现了诗人从实际出发，不墨守古训成说的灵活性、创造性和过人的胆识。对句中说的"霸王"指西楚霸王项羽。《史记·项羽本纪》记载：项羽为楚国贵族的后代。陈胜、吴广起义以后，项羽和他的叔父项梁在吴（今江苏苏州）起兵，并成为反秦的主要力量。他消灭了秦军主力，进入咸阳。他完全有力量取得全国政权，但他为不蒙不义之名，在鸿门宴上放走了对手刘邦。后来他放火烧掉秦都咸阳，又迎合旧贵族的愿望分封诸侯，自称西楚霸王，以诸侯领袖自居，恢复了战国分裂割据的局面。因为他代表旧贵族的利益，封诸侯，讲仁义，沽名钓誉，结果兵败身亡为天下笑。这里诗人用西楚霸王项羽沽名钓誉、逆历史潮流而动招致失败的历史教训，深刻地说明了必须"把革命进行到底"的道理。上下两句以"宜将""不可"相呼应，语气斩钉截铁，不容置辩。

"天若有情天亦老，人间正道是沧桑。"诗的尾联进一步从事物发展的客观规律阐明了必须"将革命进行到底"的道理。诗人借用前人的诗句和古代的神话故事委婉地说明宇宙和大自然都是按照客观规律运行的，是无情的。人类社会发展的规律就是要不断变革，不断革命，我们必须按照社会发展的规律将革命进行到底。"天若有情天亦老"是借用唐代诗人李贺《金铜仙人辞汉歌》中的成句，而赋予它全新的意义。这里的"天"指宇宙和大自然。宇宙和大自然的规律是无情的，不以人的好恶为转移。正如古代唯物主义哲学家荀子所说"天行有常"，"天不为人之恶寒也辍冬；地不为人之恶辽远也辍广"（《荀子·天论》）。人类社会也是按照自身的规律发展变化而不以人的意志为转移的。"沧桑"是"沧海桑田"的凝缩。晋代葛洪《神仙传》载：女仙麻姑对仙人王方平说，自从我们上次会见以来，东海已三次变为桑田。后人就用"沧桑"喻世事的巨大变化。这里也就是不断革新、彻底革命的意思。最后两句进一步用辩证唯物主义与历史唯物主义观点和生动的艺术形象深刻地阐明了必须将革命进行到底的道理。诗人一方面把由人民解放军占领南京引出的"将革命进行到底"的命题提升到哲理的高度，另一方面也把我们带进一个极其深远、富有神话色彩的时空境界。

　　毛泽东这首《七律·人民解放军占领南京》熔叙事、描写、抒情、议论于一炉，热烈地歌颂了人民解放军占领南京的伟大胜利，深刻地说明了必须将革命进行到底的道理，是人民解放军占领南京的光辉史诗，也是毛泽东彻底革命精神的艺术体现。全诗气势磅礴，意境深远，对仗工巧，用典精切，呈现出一种高古雄浑、典雅庄重的格调，达到了思想内容与艺术表现的完美统一，体现了毛泽东诗词风格的多样性。风格的多样化也是衡量一个诗人成就的重要尺度。

注：
①②《将革命进行到底》，载《毛泽东选集》第四卷，第1313页。

七 律

和柳亚子先生①

一九四九年四月二十九日

饮茶粤海未能忘②,索句渝州叶正黄③。
三十一年还旧国④,落花时节读华章⑤。
牢骚太盛防肠断,风物长宜放眼量⑥。
莫道昆明池水浅⑦,观鱼胜过富春江⑧。

附柳亚子原诗

七 律

感事呈毛主席

开天辟地君真健,说项依刘我大难⑨。
夺席谈经非五鹿⑩,无车弹铗怨冯谖⑪。
头颅早悔平生贱,肝胆宁忘一寸丹!
安得南征驰捷报,分湖便是子陵滩⑫。

注释：

① 和（hè）：酬和，对别人写来诗词的酬答。柳亚子（1887—1958），江苏吴江人。早年参加旧民主主义革命，是清末文学团体"南社"的发起人和主要诗人之一。旧民主主义革命失败后，继续参加新民主主义革命，与宋庆龄、何香凝等都是著名的国民党左派。1948年1月，国民党革命委员会成立后，被选为中央常务委员兼秘书长。1949年中华人民共和国成立后，先后当选为中央人民政府委员和全国人民代表大会代表、常务委员会委员。1949年3月18日，柳亚子与其他民主党派及民主人士应毛泽东电邀，自香港抵达北平（今北京），准备参加中国人民政治协商会议。3月28日，柳亚子先生写了一首《七律·感事呈毛主席》。毛泽东读后，作此诗酬和。

② "饮茶"句：粤海指广州。1926年5月柳亚子赴广州出席国民党二届二中全会，同毛泽东初次晤面。蒋介石向全会提出了所谓"整理党务案"，旨在排斥共产党，夺取国民党党权。在这次会议上，毛泽东反对陈独秀的右倾投降主义，坚持反蒋的革命立场。何香凝、柳亚子等也支持这一立场。本句即指当时作者同柳亚子的交往。1941年柳亚子在《寄毛主席延安》诗中有"粤海难忘共品茶"之句。

③ "索句"句：渝州即重庆。1945年8月至10月毛泽东曾到重庆，和国民党进行了四十多天的和平谈判。当时柳亚子曾向作者索取诗稿，作者即手书《沁园春·雪》相赠。

④ "三十一年"句：旧国，过去的国都。作者自注："三十一年，1919年离开北京，1949年还到北京。旧国：国之都城，不是state也不是country。"

⑤ "落花"句：化用杜甫《江南逢李龟年》中"落花时节又逢君"句。华章：美好的诗篇，指柳亚子的诗。

⑥ 放眼量：放大眼界，放开眼光看事物。

⑦ 昆明池：北京西郊颐和园内的昆明湖。当时柳亚子住在颐和园内。

⑧ "观鱼"句：观鱼，用《庄子·秋水》中庄子和惠施在安徽濠水

桥上看水中游鱼的故事。富春江在浙江省桐庐和富阳两县境内。东汉时隐士严光（字子陵）曾在那里游钓，至今桐庐尚有钓台遗址。这句是说在颐和园昆明湖观赏游鱼的快乐比富春江的钓台更好。这是对柳亚子原诗"分湖便是子陵滩"而言。

⑨ 说项依刘：劝说项羽接受刘邦的领导。柳诗作时正值中共中央争取南京国民党政府接受和平解决方案，希望民主人士共同努力。柳认为对国民党反动派没有和谈的可能和必要，对和谈感到困惑和不满，因而表示自己无能为力。一说，用的是杨敬之到处讲项斯的好话和王粲去荆州依附刘表的故事。用以表示说人好话，依附他人，他很难做到。两说相较，前说为优。

⑩ "夺席"句：东汉戴凭驳倒许多讲经的学者，夺取了他们的讲席（见《后汉书·儒林·戴凭传》）。又，西汉显贵受宠的五鹿充宗讲《易经》，曾被朱云驳倒（见《汉书·朱云传》）。这里借指自己有夺席谈经的学问，绝不是五鹿充宗那样依附权势、徒具虚名的人。一说："其实，正好相反，柳亚子引用'夺席谈经'之典，不是说自己是戴凭，相反自己是被戴凭夺了席的人；'非五鹿'。柳亚子说自己是被非难被驳斥的五鹿充宗。"时"有某同志对他的诗文妄加诋訾"，应邀"讨论成立文学艺术界联合会的筹委会问题"，"发言时意见不同，'颇不痛快'"，"没有列名'文协筹委会'"（李海珉《柳亚子的"牢骚"》）。后说有事实根据，于义较长。

⑪ "无车"句：弹铗（jiá）：敲击剑柄。《战国策·齐策四》载：冯谖（谖 xuān，《史记·孟尝君传》作驩 huān）为孟尝君门客，初不被重视。冯谖一再弹着剑柄发牢骚。唱道："长铗归来乎！食无鱼。""长铗归来乎！出无车。"柳亚子到北平后，急切地到碧云寺拜谒中山灵堂及衣冠冢，屡次要车不果，心中不快。这里借冯谖事表达无车的苦恼。

⑫ "分湖"句：分湖在柳亚子家乡的吴江。柳亚子原注："分湖为吴越间巨浸，元季杨铁崖曾游其地，因以得名。余家世居分湖之北，名大胜村。第宅为倭寇所毁。先德旧畴，思之凄绝！"子陵滩，即七里滩。因东汉初严光（字子陵）曾在此隐居游钓而得名。

全句表明自己要回乡去隐居。"1912年元月，柳亚子在南京总统府任临时大总统孙中山的骈文秘书，他对总统府与袁世凯议和的气氛不满，就托病辞职，临走时写了《感事》诗，最后两句也是说到归隐，'不如归去分湖好，烟水能容一钓舟'与'分湖便是子陵滩'简直同一模式。"（李海珉《柳亚子的"牢骚"》）

风物长宜放眼量
——读《七律·和柳亚子先生》

诗词赠答唱和是旧时文人之间的风雅韵事。而这类作品大多是附庸风雅、无病呻吟或阿谀奉承、矫揉造作、庸俗不堪的虚伪客套。毛泽东的几首赠答奉和之作，则是有感而发，情真意切，各具特色。他的《七律·和柳亚子先生》在他的几首七律和赠答唱和诗中更是别具一格。

1949年2月，解放战争取得决定性胜利。毛泽东电邀在香港的柳亚子来解放区共商国是。3月18日，柳亚子和其他民主人士经胶东到达北平（今北京，下同）。3月25日，毛泽东抵达北平，柳亚子先生同各界人士到西苑机场欢迎。当晚毛泽东在颐和园益寿堂举行盛大宴会，招待民主党派负责人和各界知名人士。柳亚子应邀出席，即席赋诗三首，并录呈毛泽东。其第二首云："二十三年三握手，陵夷谷换到今兹。珠江粤海惊初见，巴县渝州别一时。延水鏖兵吾有泪，燕都定鼎汝休辞。推翻历史三千载，自铸雄奇瑰丽词。"宴后柳亚子又写了四首七律。诗中有云"百万大军渡江好，夫差授首甬东天。"回忆与毛泽东的友情，欢呼革命的胜利，企盼早日定都建国，力促尽快渡江歼敌。不想第二天，即3月26日中国共产党却决定并宣布将派周恩来等于4月1日在北平与南京国民党反动政府进行和平谈判。中国共产党在全国即将解放之际，坐下来与自己多年的死对头和谈，使柳亚子大惑不解，无法接受。又想到来北平后遇到的一些不快之事（见前柳诗注解），相形之下使他感到自己作为共产党和毛泽东的老朋友，反倒不受重视而被冷落闲置。又过一天，即3月28日就怀着愤激不平的情绪写了一首《感事呈毛主席》，表明对和谈的困惑不满，诉说了自己的烦恼不快和自己被冷落闲置的感受，表示想回故乡隐居。鉴于当时的形势，毛泽东不便及时作答。直到和谈破裂，解放军横渡长江，事实证明中国共产党不会无原则地向敌人妥协。毛泽东才于4月29日写了这首《七律·和柳亚子先生》，针对柳亚子诗中的牢骚耐心劝解，婉言作答。

诗的前半部分叙事，写同柳亚子的亲切交往。

首联追忆往昔的友情。"饮茶粤海未能忘，索句渝州叶正黄。"上句写两人在广州的第一次交往。第一次国共合作时期毛泽东任国民党代理宣传部部长。1926年5月在广州中国国民党二届二中全会上与国民党中央监委柳亚子相识。柳亚子读过一些马列著作，拥护孙中山先生联俄、联共、扶助农工的三大政策，属于国民党左派。蒋介石在全会上提出了所谓"整理党务案"，旨在排斥共产党，夺取国民党党权。毛泽东等据理力争，揭露蒋介石的阴谋。何香凝、柳亚子等国民党左派，支持毛泽东等的严正立场。共同的政见和立场，使他们有许多共同的语言。1941年柳亚子在写给毛泽东的诗中说"粤海难忘共品茶"，这里毛泽东也说"饮茶粤海未能忘"。可见初次相晤，品茗谈心，双方谈得很投机，很融洽，彼此都留下了极深刻、极美好的印象。下句写两人在重庆的第二次交往。1927年蒋介石背叛革命，国共合作破裂。大革命失败后柳亚子曾遭蒋介石通缉，亡命日本。回国后仍密切关注毛泽东和他领导的武装斗争。1929年他写诗为"湘南赤帜正纵横"兴奋不已，并把孙中山和毛泽东称为"并世支那两列宁"。1932年，正当蒋介石加紧对中央苏区大规模"围剿"时，柳亚子在诗中高唱"十万大军凭掌握，登坛旗鼓看毛郎"，为毛泽东领导的武装斗争壮声势。毛泽东也很敬重思念柳亚子。他在1937年致何香凝的信中说："像（柳亚子）这样有骨气的旧文人，可惜太少，得有一二个，拿句老话说，叫作人中麟凤。"1944年11月21日，毛泽东致信柳亚子说："广州别后，十八年中，你的灾难也受得够了，但是没有把你压倒，还是屹然独立的，为你并为中国人民庆贺！"直到1945年8月毛泽东赴重庆与国民党进行谈判才与柳亚子第二次见面。久别重逢，欣喜无限。8月13日，柳亚子写诗给毛泽东说："阔别羊城十九秋，重逢握手喜渝州。弥天大勇诚能格，遍地劳民战尚休。"对毛泽东的大无畏精神极为赞佩。毛泽东在重庆期间多次与柳亚子会面，并倾心长谈。毛泽东对柳亚子说："前途是光明的，道路是曲折的。"柳亚子感到从与毛泽东的谈话中得到很大教益，在诗中深情地写道："与君一席肺肝语，胜我十年萤雪功。"柳亚子请毛泽东把长征诗写给他。毛泽东把他的《沁园春·雪》写给柳亚子。"索句渝州"就指这件事。此事曾在山城重庆引起轰动，成为诗坛一大盛事。使人们对共产党和毛泽东有了进一步的了解和认识，增强扩大了共产党和毛泽东在全国的影响，成为革命史和诗歌史上一段佳话。"叶正黄"点明在重庆交往的时间，也表明对这次交往记忆犹新。首联的"饮茶粤海"与"索句渝州"不要求对仗而自然成对。诗人用这样两件极个性化、私人化和生活化的风雅小事写双方的两次交往，使人感到格外温馨亲切，富有浓厚的人情味。同时又以小见大，引人遐想。因为这样亲密的友情是与共同的政见和奋斗分不开的，从而肯定了柳亚子对革命一贯的同情与支持。

颔联写近日的欢聚。"三十一年还旧国，落花时节读华章。"说明经过漫长的岁月，依靠大家共同的努力奋斗，革命终于取得重大胜利，使老朋友能在旧都北平欢聚一堂，并有幸在美好的春天读到您华美的诗篇。"三十一年"极言革命历程的曲折漫长，说明革命的胜利来之不易；同时也说明共产党人在长期的革命斗争中积累了丰富的斗争经验，不会让来之不易的胜利果实得而复失。"还旧国"意味着北平的解放，新中国即将建立。"落花时节"点明双方第三次交往的时间，以美好事物映衬欢快心情。"华章"是对友人诗作的美称，指柳亚子先生写给他的《感事呈毛主席》等诗篇。"读华章"则点明题目，说明和诗的缘由，为下文的规劝作铺垫。

诗的前半部分用极精练的笔墨写出双方的三次交往。一方面肯定了柳亚子在漫长艰难的革命岁月中对革命的同情与支持，表明不会忘记老朋友对革命的贡献和彼此的友情；另一方面也委婉地表明，共产党人在长期的革命斗争中积累了丰富的斗争经验，不会让来之不易的胜利果实得而复失，使革命半途而废，从而消除柳亚子诗中对时局的困惑和疑虑。正是由于彼此交往已久，了解很深；有长期合作的关系，情谊深厚，下面的开导和规劝才格外中肯动人。

诗的后半部分议论，是对柳亚子恳切的规劝和开导。

颈联折入劝导正题。"牢骚太盛防肠断，风物长宜放眼量。"出句从关爱体贴出发，用幽默诙谐的口吻一语点破柳亚子原诗中的不满情绪及其危害。点到为止，极有分寸。讲得亲切自然，幽默风趣。词婉而意深，语短而情长。对句针对柳亚子先生诗中"牢骚太盛"的症结加以开导，指出看待事物的正确观点和方法。说明我们看待一切事物都要放大眼界，放开眼量。从大处和长远来着眼，不能只看眼前的表面现象，也不能把眼光局限于个人眼前的得失。如果我们从长远、从大局、从根本和整体上去观察事物，认识问题，不把眼光局限于眼前的表面现象和个人得失的枝节问题，自然也就不会有个人的情绪和牢骚了。"长宜"二字表示特别强调，是过去、现在和将来都应该或者永远应该的意思。这里诗人没有对柳亚子原诗中的"牢骚"一一细加解释，而是从世界观和方法论这个根本上来解决，富有哲理意味，也更有普遍意义。这一联议论情真意切，入情入理，既有情趣，又富理趣。

尾联是对柳亚子先生的恳切挽留。"莫道昆明池水浅，观鱼胜过富春江。"诗人用"昆明池""观鱼"和"富春江"等典故，劝谕柳亚子先生留在北平与老朋友同游共事，不要回家乡隐居。出句把颐和园里的昆明湖称为"昆明池"，作为当时北平的代称，就会使人联想到杜甫《秋兴》八首中"昆明池水汉时功，武帝旌旗在眼中"的诗句，进而联想到雄才大略的汉武帝开挖昆明池演练水战的壮观景象，从而表明北平是可以大有作为的英雄用武之地。一个"浅"字，词义双关，既指湖水的深浅，又喻情意的厚薄。前面加上"莫道"二字,一方面,说明北平是可以施展才华大有作为的地方;另一方面,也表明北平的老朋友对柳亚子先生的情谊是深厚的。对句中的"观鱼"用的是《庄子·秋水》中庄子与惠施"濠梁观鱼"的典故。这里诗人一方面用庄子和惠施喻自己和柳亚子的关系和友情。惠施是可以和庄子争论的辩友和诤友,正如柳亚子是可以和诗人唱和的诗友和诤友一样。另一方面这里"观鱼"又有观政、参政的意思,是希望柳亚子留在北平与老朋友同游共事参政议政,共同见证新中国的诞生,看一看人民当家做主的新气象和幸福安乐的新生活,一定能别有会心,其乐无穷。"富春江"是钱塘江桐庐至富阳段的别称。东汉初年严光(字子陵)在那里隐居,后人称其垂钓处为严陵濑或子陵滩。柳亚子先生在原诗中以隐士严光自比,以富春江的子陵滩比自己的家乡分湖。这里诗人便以富春江称代柳亚子的家乡。在"观鱼"之后"富春江"前用"胜过"二字,表达了挽留对方的一片真诚。尾联巧用典故,使人产生丰富的联想,使诗意更加丰厚浓郁,也更含蓄曲折,大大地开拓了诗的意境。

毛泽东很赞赏明代诗人杨继盛的两句诗:"遇事虚怀观一是,与人和气察群言。"他说:"我从年轻时候就喜欢这两句,并照此去做。"又说:"诗言志,椒山先生有此志,乃有此诗。这一点并无惊天动地之处,但从平易见精深。这样的诗,才是中国格律诗的精品。"①毛泽东对柳亚子先生的"牢骚",正是本着杨继盛这两句诗的精神来对待的。《七律·和柳亚子先生》以情感人,以理服人;平易亲切,和善真诚。读来如望霁月,如沐春风。不像毛泽东先前写的七律《长征》《人民解放军占领南京》和此后写的《送瘟神》《到韶山》等那样惊天动地,也不像其他几首七律那样精工严整,可以说是"从平易见精深"、不工而化别具一格的精品。

毛泽东还说:"写诗,就是要写出自己的胸怀和情操,这样才能引起读者共鸣,才能使人感奋。"②《七律·和柳亚子先生》充分展现了毛泽东宽阔坦荡的胸怀和从容洒脱的气度,是他诗歌创作思想成功的光辉实践。毛泽东以自己宽阔坦荡的胸怀和恳切真诚的态度打动了柳亚子先生。这首和诗送到柳亚子先生那里，当天就得到柳亚子先生的回应。柳亚子先生当即又奉和两首七律。诗中说："昆明池水清如许，未必严光忆富江。"又说："离骚屈子幽兰怨，风度元戎海水量。"表示接受毛泽东的劝说，并为毛泽东对自己的牢骚表现出的大海般的心胸和气量而感动。在1950年10月1日的开国一周年庆典上，柳亚子随毛泽东一起登上天安门检阅台，观看群众集会和游行的盛况，欣喜无限，感奋不已。于是放声高歌："联盟领导属工农，百战完成解放功。如是人民新国庆，秧歌声里万旗红。"

注：

①② 陈晋《毛泽东与文艺传统》，中央文献出版社1992年版。

浣溪沙
和柳亚子先生

一九五〇年十月

一九五〇年国庆观剧,柳亚子先生即席赋浣溪沙①,因步其韵奉和②。

长夜难明赤县天③,

百年魔怪舞翩跹④,

人民五亿不团圆。

一唱雄鸡天下白⑤,

万方乐奏有于阗⑥,

诗人兴会更无前。

附柳亚子原词

浣溪沙

十月三日之夕于怀仁堂观西南各民族文工团、新疆文工团、吉林省延边文工团、内蒙古文工团联合演出歌舞晚会,毛主席命填是阕⑦,用纪大团结之盛况云尔!

火树银花不夜天,

弟兄姊妹舞翩跹,

歌声唱彻月儿圆⑧。

不是一人能领导,

那容百族共骈阗⑨?

良宵盛会喜空前!

注释:

① 即席:当场。席,座位。赋浣(huàn)溪沙:用浣溪沙词调填词。赋,作诗填词。

② 因:就,于是。步其韵:步柳亚子词的韵。步韵,照用他人诗词押韵的字依次押韵,如步步跟随,故称步韵。奉和:和他人诗词时习用的敬辞说明语。奉,表敬辞。

③ 赤县:指中国。《史记·孟子荀卿列传》介绍战国末驺(zōu)衍的说法:"中国名曰赤县神州。"

④ "百年"句:自1840年中英鸦片战争起,外国资本主义和帝国主义侵略者开始侵入中国。他们及其走狗在中国横行霸道,好似群魔乱舞。从那时到1949年全国解放,已有一百多年。翩跹(piān xiān),形容舞姿轻盈,急速旋转。这里形容张狂得意。

⑤ "一唱"句:唐李贺《致酒行》:"雄鸡一声天下白。"这里是化用旧句表新意。

⑥ 万方:全国各地区、各民族。古人又称国族为"方"。于阗(tián),汉代西域地名,在今新疆维吾尔自治区西南部于田、和田县一带。这里代表新疆。

⑦ 命填是阕:叫我填写这首词。阕,曲终。这里意为一首词。

⑧ 原注:"新疆哈萨克族民间歌舞有《圆月》一歌云。"

⑨ 骈阗(pián tián):这里是聚会、会集的意思。

一唱雄鸡天下白
——读《浣溪沙·和柳亚子先生》

1950年10月，新中国诞生一周年。神州大地气象一新，四面八方捷报频传。全国呈现出一派团结兴旺的景象。10月3日晚上，来京参加国庆观礼的各少数民族代表到怀仁堂向中央人民政府和毛泽东主席献礼。献礼完毕，各少数民族代表与中央党政领导济济一堂，共同观看各民族文工团盛大的歌舞表演。演出精彩纷呈，盛况空前。毛泽东激情澎湃，诗兴勃发，对坐在前排的老诗友柳亚子先生说："这样的盛况，亚子先生为什么不填词以志盛呢？我来和。"老诗人欣然承命，即席赋《浣溪沙》，记怀仁堂灯火辉煌、歌舞欢乐的盛大场面，热情地歌颂了毛泽东的英明领导和各族人民的大团结。次日毛泽东就步其韵写了这首《浣溪沙·和柳亚子先生》，在普天同庆万民共乐的日子里，为中国革命的胜利、新中国的诞生和全国各族人民的大团结唱出一支最洪亮最激动人心的颂歌。

"长夜难明赤县天，百年魔怪舞翩跹，人民五亿不团圆。"上阕三句一气而下，生动地描绘了旧中国漫长的黑暗年代的悲惨景象。"长夜难明赤县天。"诗人首先从柳亚子先生原词描绘的"火树银花不夜天"的景象，联想到旧中国像暗无天日的漫漫长夜一样总是不亮。"赤县"指中国。战国时齐人邹（《史记·孟子荀卿列传》作"驺"）衍创立"大九州"学说，说中国在九大州中叫赤县神州。后来人们就以"赤县"或"神州"作为中国的别称。这里诗人以"赤县"作为中国的代称，很容易使人联想到旧中国的极端的贫困及与此相关的人民的革命斗争。在旧中国漫长的黑暗年代里，中国人民（特别是农民）一直过着暗无天日、极端贫困的非人生活。为了反抗反动统治阶级的经济剥削和政治压迫，广大劳动人民进行了前赴后继的英勇斗争，但由于没有先进阶级的领导，最后都失败了。旧中国旧社会就像漫长难明的黑夜一样。"长夜难明"四字，包含着中国人民的血泪仇和斗争史，也表达了中国人民渴望解放、渴望光明的急切心情。这里诗人首先用生动的比喻，写出了旧中国黑暗社会的漫长和劳动人民苦难的深重，反映了苦难深重的中国人民的斗争和希望。接着诗人又从柳亚子先生原词描绘的怀仁堂舞台上各族儿女的精彩表演，联想到近百年来中国政治舞台上中国人民的敌人得意忘形、为所欲为的丑恶表演："百年魔怪舞翩跹。"这里诗人又从中国人民的敌人一面着笔，特别写出近百年来帝国主义、封建势力和官僚买办阶级这些吃人的妖魔鬼怪的猖獗。他们勾结在一起横行霸道，猖狂一时，把中国搞得乌烟瘴气、天昏地黑。"舞翩跹"三字，极其形象地刻画了帝国主义和反动派在中国人民头上作威作福、张牙舞爪的狰狞面目和为所欲为、得意忘形的丑态。然后诗人又从柳亚子先生原词"歌声唱彻月儿圆"所反映的各族人民的团结欢乐，联想到旧中国四分五裂、人民家破人亡流离失所的悲剧。"人民五亿不团圆"，这里诗人又掉转笔锋从人民方面来着笔，写出我国各族人民的苦难。"不团圆"三个字，含义极为丰富。一方面它写出了由于帝国主义的分化瓦解、挑拨离间，各种反动势力争权夺利，分裂割据，使我们伟大的祖国四分五裂、支离破碎，各族人民不能团结友爱、和睦相处的现实。另一方面也写出由于帝国主义的野蛮掠夺和反动势力的残酷压榨，使广大劳动人民家破人亡、妻离子散的悲惨景象。柳亚子原唱称颂领袖一人的英明领导，和词则表达了对五亿人民无限关切的深情。

词的下阕写中国革命的胜利，新中国的诞生和各族人民的大团结。

"一唱雄鸡天下白。"1949年10月1日，毛泽东在开国大典上向世界庄严宣告：中华人民共和国成立了。中国人民从此站起来了。新中国像一轮红日普照神州大地，正像雄鸡一声长鸣驱走了漫长的黑夜，迎来了无限光明一样。这里诗人化用唐代诗人李贺《致酒行》中"雄鸡一声天下白"的成句，来象征中国革命的胜利和新中国的诞生，把中国革命的伟大胜利和新中国的诞生写得有声有色，是对中国革命胜利和新中国诞生的最高礼赞，充分地表达了对革命胜利的自豪喜悦和欢欣鼓舞的心情，与上阕开头的"长夜难明赤县天"遥遥相对，恰成鲜明对照。"一唱雄鸡天下白"可谓气薄霄汉，响彻长空。诗人巧妙地点化前人的旧句，赋予它新的艺术生命，使它焕发出璀璨夺目的光彩。新中国的成立，开辟了中国历史的新纪元，使我们伟大的祖国进入了一个各族人民团结进步、共同繁荣昌盛的新时代。毛泽东说过："国家的统一，人民的团结，国内各民族的团结，这是我们的事业必定要胜利的基本保证。"（《关于正确处理人民内部矛盾的问题》）所以诗人情不自禁地高唱"万方乐奏有于阗"，与柳亚子先生原词所说的"百族共骈阗"相呼应。"万方"指各地区和各民族。"于阗"是汉代西域的国名，在新疆于阗（今改于田）一带。这里指代新疆。"有于阗"表明在遥远的新疆的兄弟民族也来了，体现了参加演出的民族的众多和民族团结的广泛。这里一方面显示出新中国成立后国家统一、民族团结的新气象，与旧中国"人民五亿不团圆"形成鲜明对比；另一方面描绘出各兄弟民族齐集一堂、歌舞欢乐的盛况，与柳亚子先生原词的描写相绾结，体现了唱和的特点。这里诗人笔酣墨饱地描绘了各族人民载歌载舞、团结欢乐的动人景象。也就是这动人的情景，使老诗人柳亚子先生诗兴空前高涨，即席写出歌颂伟大领袖的英明领导和各族人民大团结的辞章。所以说"诗人兴会更无前"。"兴会"是兴致、兴趣，这里指诗兴，诗兴高也是政治热情高的体现。词的最后点明了唱和题意，同时也是对柳亚子先生的政治热情的赞赏和鼓励，饱含着对老诗人深厚的友情。

　　柳亚子先生《浣溪沙》原唱，即席急就，出口成章，有声有色地描绘了怀仁堂各兄弟民族歌舞团联袂演出的盛况。语言优美，意象鲜明，诗情饱满，诗味浓郁，不失为一首难得的佳作。然而与毛泽东的和词比较起来却略逊一筹。毛泽东的和词与柳亚子先生原唱比起来，内容更加丰厚，境界更加深远，更具有历史的穿透力和强烈的时代感。语言的运用也更加鲜活生动，含蓄自然。柳亚子先生原唱个别语句过于浅近直白，稍嫌诗味不足；而"骈阗"一词又过于冷僻，略欠和谐自然。"阗"字韵属僻险，增加了和词的难度，而毛泽东则因难见巧，化险为夷。地名"于阗"乃天造地设，毛泽东妙手偶得，比柳亚子原唱中的"骈阗"用得更为恰切妥帖、和谐自然，充分地表现出诗人艺术思维的活跃和驾驭语言的功力，体现了超人的艺术创造的智慧和才能。

浪 淘 沙

北戴河①

一九五四年夏

大雨落幽燕②,
白浪滔天,
秦皇岛外打鱼船③。
一片汪洋都不见,
知向谁边?

往事越千年④,
魏武挥鞭⑤,
东临碣石有遗篇⑥。
萧瑟秋风今又是⑦,
换了人间⑧。

注释：

① 北戴河：在河北省东北部渤海边秦皇岛市西南海滨，是著名的夏季休养地。

② 幽燕（yān）：这里泛指河北省。我国古代的幽州和燕国都在今河北省北部一带。

③ 秦皇岛：在河北省东端，邻接辽宁。三面环海，冬季不冻，是渤海岸良好的商港和渔港。相传秦始皇曾因求仙到此，故名。

④ 往事：汉献帝建安十二年（207），曹操北征乌桓，路过碣石。此事距这首词的写作已一千六百多年。

⑤ 魏武：即曹操（155—220），汉末著名的政治家、军事家和文学家。其子曹丕以魏代汉称帝后，追尊他为魏武帝。

⑥ 碣石：山名。一说在今河北省昌黎县境，北戴河以西。秦始皇、汉武帝、魏武帝、唐太宗等都曾来此巡行，登临览胜，勒石纪功。另一说指《汉书·地理志》所记的骊戎（今河北省乐亭县）西南的大碣石山。原址在今北戴河一带。此山汉时还在渤海边，北魏时（386—534）没入海中。又一说据近年来考古发现，碣石在今辽宁省绥中县西南的海滨，西距山海关约三十里。遗篇：留传下来的诗篇。指曹操《步出夏门行》中的《观沧海》诗："东临碣石，以观沧海。水何澹澹，山岛竦峙。树木丛生，百草丰茂。秋风萧瑟，洪波涌起。日月之行，若出其中。星汉灿烂，若出其里。幸甚至哉，歌以咏志。"

⑦ 萧瑟：秋风吹动树竹百草所发出的声音。

⑧ 人间：人世间。与自然界相对而言，这里指时代、社会、世界。

换了人间
—— 读《浪淘沙·北戴河》

北戴河是秦皇岛西南的海滨风景区。陆上层岩起伏，林木茂密；海滩沙平水清，为天然海水浴场。这里不仅风光优美，气候宜人，而且历史文化积存丰厚，许多历史名人在此留下踪迹，是著名的避暑旅游胜地。新中国成立前的北戴河被帝国主义霸占着，一些洋人和官僚地主在这里荒淫享乐；而被夺去土地的农民，则过着受欺压被剥削极度贫困的悲惨生活。解放后北戴河回到人民的怀抱。劳动人民成了北戴河的主人。人民走上互助合作的社会主义道路，以空前的劳动热情创造着自己的新生活。北戴河的巨变，是我们伟大祖国变化的一个缩影。

1954年盛夏，毛泽东来到北戴河，边工作边休养。工作之余就下海游泳，并多次和身边的工作人员谈论曾在这里观海赋诗的曹操。一天，北戴河风急雨骤，涛狂浪高。毛泽东坚持要下海游泳，并说风浪越大越好，可以锻炼人的意志。他在大风大浪中畅游一个多小时。此后他面对大海，抚今追昔，不禁豪情满怀，诗兴勃发，奋笔写出《浪淘沙·北戴河》这首境界深远、气势磅礴的杰作。

词的上阕写大风雨中北戴河的壮丽景色，歌颂新中国的渔民英勇顽强的劳动，表现了诗人壮阔的胸怀和对劳动人民的无限关切。

"大雨落幽燕，白浪滔天，秦皇岛外打鱼船。"诗人首先从北戴河所在的幽燕大地写起。"幽燕"指河北省北部，这一带为古代的燕国和幽州，是古代英雄用武之地，也是壮士慷慨悲歌之地。"幽燕"二字能引发人们丰富的联想及思古之幽情，使诗句更含蓄有味而富有诗意，并引出怀古的情调，为下阕怀古做了铺垫，设下伏笔。词一开头就用大雨把广大的陆地与辽阔的海洋统一在一个雄浑壮阔的画面中，把我们带到一个海天苍茫、深远阔大的境界中去。接着就用"白浪滔天"刻画了暴风雨中海洋上波涛汹涌、天连水、水连天的景象。然后从景物写到人物，热烈地赞颂了秦皇岛外打鱼的船只冒着大雨和惊涛骇浪搏斗的英勇顽强的斗争精神。特别点明"秦皇岛外"，紧扣北戴河本题，说明这壮丽的景色是在北戴河看到的。这里交代了地点、时令，描绘了海洋的状态和人物的活动，给我们展示了一幅无限壮阔的雨天大海图。诗人摄取景象的范围逐渐缩小，最后聚焦于自己的关注点——秦皇岛外的打鱼船上，特别突出了已经当家做主、走上了社会主义道路的新中国渔民与风浪搏斗的英雄气概。渔民们在风雨交加、波涛汹涌的海上坚持捕鱼作业，与毛泽东当时坚持下海游泳，表现了同样的勇敢与顽强，因而更引起毛泽东的关注与赞赏。"一片汪洋都不见，知向谁边？"这里诗人进一步写出海洋的辽阔和海上景象的变化。刚才看到的打鱼的船只，都消失在一片烟波之中。"一片汪洋"更具体地描绘了海面的辽阔和水势的浩大。最后"知向谁边"一问，不仅表现出对渔民的深切关怀，而且也把我们带到一个无限深远的境界，使我们想象到这些渔船也许已经安全靠岸，也许还在远方和风浪搏斗。这里渔船和大海是互相衬托的。写渔船的消失，是衬托海洋的辽阔无边；写大海的波涛汹涌，又衬托出渔民的勇敢顽强。字里行间还洋溢着对渔民的深情系念。

　　北戴河所在的幽燕一带，是曹操当年的征战之地。附近的碣石，又是曹操观海赋诗之所。敖陶孙《诗评》评论曹诗说："魏武帝如幽燕老将，气韵沉雄。"身居北戴河的诗人，自然会想到曹操的文治武功。词的下阕即由眼前景物的描绘转入对历史人物的追忆。借古颂今，歌颂了伟大的新时代。

　　"往事越千年，魏武挥鞭，东临碣石有遗篇。"追忆当年曹操东征乌桓，登高观海，慷慨赋诗的往事。魏武指魏武帝曹操。公元207年曹操挥师东征，胜利而归，踌躇满志，登碣石而观大海，写出了《观沧海》（《步出夏门行》中的一章)这首"有吞吐宇宙气象"(沈德潜语)的诗篇。如今诗人面对海上疾风劲吹、巨浪翻腾的景象,曹操当年东征凯旋、观海赋诗的往事,便浮现于诗人的脑海而再现于诗人之笔端。"挥鞭""东临""有遗篇"不仅生动传神地描绘了当年曹操策马进军,登高望海,慷慨赋诗的情景,也使这个文武兼备,集政治家、军事家和文学家于一身,被称为"一世之雄"和"真男子、大手笔"的一代风流人物曹操活现在人们面前。这里诗人回忆曹操东征乌桓、登高赋诗的往事,一方面是由眼前特定的环境自然引起的联想;同时也是为了今昔对比,借古颂今。所以结尾二句又从历史的追忆回到今天的现实中来。"萧瑟秋风今又是,换了人间。"这里诗人巧妙地化用曹操《观沧海》中的诗句,以自然界的风光依旧,来反衬人世间的沧桑巨变。一千多年前曹操生活在一个战火连年、生灵涂炭、豺狼横行、万民罹难的时代。"西京乱无象,豺虎方遘患。"(王粲《七哀诗》)"白骨露于野,千里无鸡鸣"(曹操《蒿里行》)正是当时极度动乱的社会现实的写照。曹操作为一个具有民本思想与雄才大略的政治家、军事家和文学家,他奋力统一北方,平定中原动乱,安定了人民的生活,发展了社会生产,还团结带动了众多的诗人作家,创造了建安文学的繁荣局面。然而他毕竟只是封建阶级开明的杰出人物,不可能从根本上改变劳动人民的地位和命运。曹操的功业是根本不能同英雄的中国人民在共产党领导下所成就翻天覆地的伟大事业同日而语的。这里诗人通过今昔对比,歌颂了人民当家做主的新时代、新社会和"敢教日月换新天"的英雄人民。篇末的"换了人间"更是画龙点睛之笔。它揭示了全篇主旨,抒发了革命豪情;给人以广阔的联想空间,拓展了无限深远的意境;沟通古今,对比鲜明;包容万象,大而不空;富有情韵,意味无穷。

　　1954年夏,毛泽东写作《浪淘沙·北戴河》前后,同他的保健医生徐涛谈论过曹操的《观沧海》和李煜的《浪淘沙》。他说李煜的《浪淘沙》"用词、意境都很美,但是情调柔弱、伤感。婉约派的作品我不大喜欢。你看曹操的诗气魄雄伟，给人鼓舞。真男子气，是大手笔"。而毛泽东的《浪淘沙·北戴河》显然吸取了二者的优长。"大雨落幽燕"与"换了人间"在意象和用词上显然受到"帘外雨潺潺"与"天上人间"的启示和影响。而"白浪滔天"与"洪波涌起"的意象也相近。"东临碣石有遗篇"和"萧瑟秋风今又是"更是直接化用《观沧海》的成句。词的雄伟气魄与《观沧海》就更相近了。曹操的《观沧海》和李煜的《浪淘沙》都是艺术成就很高的名篇。毛泽东兼而学之，得二者之长，而别出新意，自铸伟词，并超越曹操与李煜原作，尤为难能可贵。《浪淘沙·北戴河》的创作又好像有意与曹操、李煜较劲儿，是毛泽东的挑战性格在艺术创作上的表现，体现了批判继承的科学精神和推陈出新的非凡才力。

水 调 歌 头

游 泳①

一九五六年六月

才饮长沙水②,
又食武昌鱼③。
万里长江横渡,
极目楚天舒④。
不管风吹浪打,
胜似闲庭信步,
今日得宽馀⑤。
子在川上曰:
逝者如斯夫⑥!

风樯动⑦,
龟蛇静⑧,
起宏图。
一桥飞架南北,
天堑变通途⑨。
更立西江石壁⑩,
截断巫山云雨⑪,
高峡出平湖⑫。
神女应无恙⑬,
当惊世界殊⑭。

注释：

① 游泳：1956年6月初，作者于武汉三次游泳横渡长江。

② 长沙水：作者自注："民谣：常德德山山有德，长沙沙水水无沙。所谓无沙水，地在长沙城东，有一个有名的'白沙井'。"

③ 武昌鱼：据《三国志·吴书·陆凯传》记载：吴主孙皓要把都城从建业（今南京市南）迁到武昌，老百姓不愿意。陆凯上疏引用童谣曰："宁饮建业水，不食武昌鱼。"这里化用。武昌鱼，指古武昌（今鄂城）樊口的鳊（biān）鱼，称团头鳊或团头鲂，味鲜美。

④ "极目"句：极目，放眼远望。武昌一带春秋战国时属于楚国范围，所以作者把这一带的天空叫"楚天"。舒，舒展，开阔。柳永词《雨霖铃》："暮霭沉沉楚天阔。"

⑤ 宽馀：指神态舒缓，心情畅快。

⑥ "子在"二句：子，孔子。川上，河边。《论语·子罕》："子在川上，曰：'逝者如斯夫！不舍昼夜。'"逝者，指流失过去的光阴。如斯夫，如这一去不复返的流水一样啊。

⑦ 风樯：帆船。樯（qiáng），桅杆。

⑧ 龟蛇：龟山在汉阳，蛇山在武昌，隔江对峙。

⑨ "一桥"二句：一桥，指当时正在修建的武汉长江大桥。堑（qiàn），沟壕。古人把长江视为"天堑"，即天然的险阻。1958年版《毛主席诗词十九首》和1963年版《毛主席诗词》，作者根据他人建议，将二句改为"一桥飞架，南北天堑变通途"，后经作者同意恢复原句。

⑩ "更立"句：更，另，再。立，建立，修建。西江石壁，当时拟议中的湖北西部长江上的三峡水库拦江大坝。

⑪ "截断"句：拦住三峡以上江水。巫山：在四川省巫山县东南。巫山形成的巫峡和上游的瞿塘峡、下游的西陵峡合称三峡。宋玉《高唐赋·序》说，楚襄王在游云梦泽的高唐时曾梦与巫山神女相遇，神女自称"旦为朝云，暮为行雨"。这里"云雨"指雨水。

⑫ "高峡"句：两岸高峻、江流湍急的三峡将出现开阔平静的人工湖。

⑬ "神女"句：神女，双关巫山神女峰和传说中的女神。《襄阳耆

旧传》："赤帝女曰瑶姬，未行而卒，葬于巫山之阳，故曰巫山神女。"世传她协助夏禹治水有功，后人在巫山飞凤峰为她立庙祭祀。

⑭ 殊：改变，不同。

万里长江横渡
—— 读《水调歌头·游泳》

毛泽东一生喜好游泳。他认为游泳是同大自然斗争的一种运动，不仅可以锻炼身体，还可以锻炼一个人的意志，增加征服大自然的勇气。他从游泳时自由自在、全身心的放松中，也从与大风大浪的拼搏中获得无穷的乐趣。

1956年5月底，毛泽东从广州到长沙，当即由长沙来到武汉。当时我国的社会主义改造已基本完成，大规模的社会主义建设已开始进行。第一批国家重点工程——武汉长江大桥正在热火朝天地建设之中。从6月1日到4日，毛泽东在兴建中的长江大桥一带江面三次游泳横渡长江。《水调歌头·游泳》就是毛泽东横渡长江以后写下的壮丽诗篇。这首词通过畅游长江的感受和联想，展现了我们开始征服长江的宏伟现实，展望了长江开发建设的壮丽远景，表现了征服自然、改造世界的雄心壮志。

词的上阕写横渡万里长江的豪情壮举和不畏风浪适意畅快的心情。

"才饮长沙水，又食武昌鱼。"开头两句化用三国东吴童谣"宁饮建业水，不食武昌鱼"成句，反其意而用之，自然而贴切地点明了行踪。"长沙水"又名白沙水，清凉甘美，极为有名。作者为湖南人，年轻时久居长沙。"长沙水"也可说是故乡水了。"武昌鱼"又名团头鲂，肉多而细嫩，味道鲜美，为武汉特产。武汉为诗人旧游之地，武昌鱼也自然为诗人所熟知。用"饮水"和"食鱼"点明行踪，写得平易近人、亲切有味，表达了故地重游的兴致和对长沙、武汉的深厚感情。用"才"和"又"紧相呼应，表现了行程的紧迫和不辞劳苦的精神。开头两句写从长沙来到武汉，点明了游泳的地点。从水和鱼自然使人联想到游泳，为下文作了铺垫，接着便切入游泳本题。"万里长江横渡，极目楚天舒。"诗人横渡万里奔腾的长江，浮游在江面上放眼望去，只见天空格外广阔高远。武汉一带，旧属楚地，所以称武汉一带的天空为"楚天"。"舒"形容天空广阔高远。黄炎培先生曾对"极目楚天舒"提出质疑。毛泽东回信说："游长江二小时漂三十多里才达彼岸，可见水流之急。都是仰游侧游，故用'极目楚天舒'为宜。"据陪同游泳的同志回忆，毛泽东游泳时"仰面朝天，他悠然地欣赏着广阔的天空"，从中获得无穷的乐趣与美感。这两句有力地写出长江万里奔腾的宏伟气势和诗人急流横渡的壮举，也写出诗人浮游江面所见到的水阔天高的景象和心旷神怡的乐趣与美感。"不管风吹浪打，胜似闲庭信步，今日得宽馀。"这里诗人通过对比进一步抒写了畅游长江的美好感受。据陪同游泳的同志回忆："毛主席游得非常轻松自然，时而潜入水中，时而露出水面，时而侧泳，时而仰泳，顺水漂着走，真是怡然自得，游得舒心愉快。"毛泽东说："长江又宽又深，水流湍急，是游泳的好地方。"诗人感到与长江的急流风浪搏斗，比在闲静的小院里散步要好得多，这不仅是因为闲静的小院子不能与大江大河上那壮阔的气象同日而语，也同诗人的挑战性格分不开。他说在江海游泳"是水中击浪，征服惊涛，与天斗其乐无穷，与大自然斗其乐无穷，我那是与水斗，见到狂澜，我总要斗它一斗"。诗人也在对长江风浪的挑战中得到无穷乐趣，而感到"胜似闲庭信步"。"宽馀"二字写畅游长江总的美好感受。我想用诗人自己的话说："一是不受任何限制，天高海阔，自由自在，其乐无穷；二是紧张的工作之余，转而全身心地投向大海，动了筋骨，舒了身心，全身得到了放松。"上阕最后诗人由眼前奔流而去的江水，联想到古代哲人孔丘站在河边说的"逝者如斯夫！不舍昼夜"的话。孔子这两句话的原意是说过去的时光就像眼前的河水一样日夜不停地过去了。这是孔子对光阴易逝的感叹。这里诗人写"子在川上曰：逝者如斯夫！"借用孔子的半句话，并赋予它全新的意义，说明万恶的旧社会像这眼前的流水一样，一去不复返了。我们要以只争朝夕的精神创造一个新世界。这里诗人引用孔子观看流水的感言，既含哲理，又有诗意，深化了词的思想和意境。

词的下阕写所见所思，讴歌了长江大桥的兴建，展望了长江开发建设的壮丽远景。

"风樯动，龟蛇静，起宏图。"诗人漂游江面看到点点风帆在长江行驶，龟蛇二山隔江静立，一个宏伟的建设计划正在实施。"风樯"与"龟蛇"，一动一静，相映成趣，构成一幅生动美丽的图景。"江山如此多娇，引无数英雄竞折腰。"新中国一成立，无数英雄的中国人民就用自己勤劳的双手，在长江上进行着宏伟的社会主义建设，为改造长江英勇顽强地劳动着。"宏图"是宏伟的建设规划。这里诗人由江上的美景写到征服长江的宏伟建设，自然而有力。接着诗人便以飞腾凌厉的笔势写到正在进行的长江大桥的建设。"一桥飞架南北，天堑变通途。"诗人想象着正在建设的第一座长江大桥将凌空而起，雄跨长江两岸，自古以来分隔南北的天堑长江就要变成畅通无阻的大道。"飞架"二字，不仅写出了长江大桥凌空而起的气势，也写出了大桥建设的神速，表现了中国人民征服长江的英雄气概和无比自豪的感情。修建长江大桥是眼前的现实，也是征服长江的第一步。我们不仅要征服长江，而且要开发长江，利用长江，创造更加壮丽的奇迹，让长江更好地为人民造福。所以诗人不仅满怀激情地歌颂了当前的宏伟建设，而且信心百倍地展望了长江开发建设的壮丽远景："更立西江石壁，截断巫山云雨，高峡出平湖。"还要在武汉西边的长江三峡兴建拦江大坝，拦住上游的雨水，在急流奔腾的长江三峡当中，建成一个辽阔平静的人工湖。用"更"字表明更进一层。称建大坝为"立石壁"，不仅突出了大坝的高大坚固，而且使大坝更有气势和立体感，更形象，更富有诗意。"截断巫山云雨"不仅写出了大坝凌云的雄伟气势，同时也自然地使人联想到宋玉《高唐赋》里巫山神女"旦为朝云，暮为行雨"的神话，从而给这宏伟的设想涂上了浪漫的神话色彩，说明未来的三峡水库工程将是神话般的奇迹。其实这样宏伟的工程就是在神话中也是很少有的。所以诗人最后以神来之笔写道："神女应无恙，当惊世界殊。""神女"一词妙在双关，一方面是指神话中的巫山神女；同时也指巫峡的神女峰。这里诗人更从神女的眼里写出三峡水库工程的宏伟惊人，连神话中的神女都对祖国江山日新月异的变化感到惊讶，就更见得变化之大和变化之速了。词的最后诗人借"阅尽人间春色"的"神女"的惊奇，赞颂了新中国的人间巨变。

这首词的突出特点是以小见大。从《水调歌头·游泳》题面来看，所写不过是"饮水""食鱼"一样的生活常事。而词中所写并不是一般游泳，而是"万里长江横渡"的壮举，从而把游泳同万里长江的宏伟建设联系在一起。并用有关神话给长江的宏伟建设刷上神奇的色彩，从而更突出了长江建设工程的伟大和惊人，热烈赞颂了中国人民改天换地的伟力。诗人"万里长江横渡"的壮举，表现了战天斗地的英雄气概和征服自然、改造世界的雄心壮志，对英雄的中国人民投身新中国的建设具有强大的精神感召力。

这首词的语言艺术达到了炉火纯青的境地。上阕的"才饮长沙水，又食武昌鱼"和下阕的"风樯动，龟蛇静"，对偶工巧而自然，可谓文章天成，妙手偶得。上阕引入古代哲人的名言，意味深长；下阕引用古代优美的神话，又妙在双关，增强了词的浪漫情调和哲理意味。上阕"一桥飞架南北"的"飞"活用为形容词，精练而传神；下阕的"立""截"和"出"的使用简洁而准确，富有表现力，体现了诗人在语言艺术上的高超造诣。

毛泽东这首《水调歌头·游泳》是革命现实主义与革命浪漫主义相结合的典范，达到了内容与形式的完美统一，是诗人的得意之作。1956年12月初，他先后把这首词赠给党外朋友黄炎培和早年的同窗好友与诗友周世钊。1961年又在武汉把这首词赠给来访的英国元帅蒙哥马利。

蝶 恋 花

答李淑一①

一九五七年五月十一日

我失骄杨君失柳②,
杨柳轻飏直上重霄九③。
问讯吴刚何所有,
吴刚捧出桂花酒④。

寂寞嫦娥舒广袖⑤,
万里长空且为忠魂舞。
忽报人间曾伏虎⑥,
泪飞顿作倾盆雨⑦。

注释：

① 答李淑一：这首词是作者写给当时湖南长沙第十中学语文教员李淑一的。李淑一（1901—1997），湖南长沙人。出身诗书之家，能诗词。早年与毛泽东夫人杨开慧在长沙私立福湘女子中学同学，结为挚友。1924年经杨开慧介绍，与毛泽东的战友柳直荀（1898—1932）结婚。1927年5月大革命失败后，柳直荀撤离长沙，辗转各地从事革命斗争，夫妻离散。1933年夏，道路传言柳已牺牲，李结想成梦，大哭而醒，和泪填《菩萨蛮·惊梦》："兰闺索寞翻身早，夜来触动离愁了。底事太难堪，惊侬晓梦残。征人何处觅？六载无消息。醒忆别伊时，满衫清泪滋。"1951年1月17日，李写信把杨开慧牺牲的情景及自己的近况告诉毛泽东。4月18日，毛给李回信，深情慰勉说："直荀牺牲，抚孤成立，艰苦备尝，极为佩慰。"1957年1月，毛泽东诗词十八首在《诗刊》发表。2月7日农历春节期间，李写信给毛祝贺春节，谈及自己阅读毛泽东诗词的感想，并请求把早年听说的毛泽东赠杨开慧的《虞美人》写给她，还把自己怀念柳直荀的《菩萨蛮·惊梦》抄送给毛，请求指正。5月11日，毛给李回信说："大作读毕，感慨系之。开慧所述那一首不好，不要写了罢。有《游仙》一首为赠。这种游仙，作者自己不在内，别于古之游仙诗。但词里有之，如咏七夕之类。"所赠即这首《蝶恋花》。

② 骄杨：指作者的夫人和战友杨开慧。杨开慧（1901—1930），湖南长沙人，1921年加入中国共产党，在中共湘区委员会负责机要兼交通联络工作，后随作者去上海、武汉等地。1927年大革命失败后，隐蔽在长沙板仓坚持地下工作。1930年10月被国民党反动派逮捕，11月壮烈牺牲。骄，矫健的样子，这里有坚强不屈的意思。章士钊曾问毛泽东："何谓骄？"毛回答："女子革命而丧其元（头），焉得不骄？"柳：指李淑一的丈夫柳直荀烈士，湖南长沙人，作者早年的战友。1918年加入新民学会，1924年加入中国共产党，曾任湖南省政府委员、湖南省农民协会秘书长。1927年"马日事变"后，曾奉命组织发动十万农军

围攻长沙。同年参加八一南昌起义。1930年到湘鄂西革命根据地工作,曾任红军第二军团政治部主任、第三军政治部主任等职。1932年9月,因"左"倾肃反扩大化在湖北洪湖革命根据地遇害。

③ "杨柳"句:杨柳,双关杨、柳二烈士及飘扬的杨花柳絮。飏,"扬"的异体字,随风飘扬。重霄九,九重天,天的最高处。郭璞《游仙诗》其六:"升降随长烟,飘摇戏九垓。"九垓,犹九天。

④ "吴刚"句:吴刚,神话中月亮里的一个仙人。据唐段成式《酉阳杂俎》,月亮里有一棵高五百丈的桂树,吴刚被罚到那里砍树。桂树随砍随合,所以吴刚永远砍不断。桂花酒系由吴刚斫桂之说想象而出。也有人说:"这'桂花'就是贺子珍——她于1909年8月中秋节桂花飘香时出生,小名就叫'桂花'。"(见《呼和浩特晚报》1993年1月7日,作者郭钰)此说有点牵强,并会造成词的内容与意境的割裂。

⑤ "寂寞"句:嫦娥,神话中月亮里的女仙。原作"恒娥"或"姮娥",汉人避汉文帝刘恒名讳改"嫦娥"。《淮南子·览冥训》:"羿(yì)请不死之药于西王母,姮娥窃以奔月。"高诱注:"姮娥,羿妻,羿请不死之药于西王母,未及服之;姮娥盗食之,得仙,奔入月中为月精。"舒广袖,舒展宽大的衣袖起舞。晋郭璞《游仙诗》其六"姮娥扬妙音"。唐李白《把酒问月》:"姮娥孤栖与谁邻?"

⑥ 伏虎:降服了猛虎。喻指打败了国民党反动派,取得了革命的胜利。

⑦ "泪飞"句:烈士喜极泪下如倾盆大雨。古诗《迢迢牵牛星》:"泣涕零如雨。"

万里长空且为忠魂舞
——读《蝶恋花·答李淑一》

《蝶恋花·答李淑一》是一首痛悼缅怀亲人、战友和革命烈士的词,也是一首酬答亲旧好友的词。诗人痛悼缅怀的亲人和友人,不是一般的生活伴侣,也不是一般交往的朋友,而是对革命赤胆忠心、坚贞不屈的烈士。使诗人最感动、最难忘、最珍视的不只是平日相处的亲情与友情,更主要的还是他们对革命的无限忠诚和坚贞不屈的气节。悼念缅怀这样的亲人与友人,当然不能像传统的悼念亡妻亡友的诗词那样从对现实日常生活细节的追忆入手,而要突出烈士最感人、最崇高的精神品格,就不能不采用超现实的表现手法。作为一首酬答词,又要与李淑一的原词相关合。李淑一的原词《菩萨蛮》从生者着笔,以"惊梦"为题写自己失去亲人的极度悲痛;毛泽东的《蝶恋花》与之相应,从烈士一方着笔,最初就以"游仙"为题,突出烈士的精神感人之深及他们对革命胜利的极度欣慰之情,以此来宽慰李淑一,使她从失去亲人的极度悲痛中超脱出来,振奋精神,继承烈士未竟的事业。诗人在《蝶恋花·答李淑一》这首词里表达了对烈士深切的悼念崇敬和对故旧的亲切抚慰之情。并采用超现实的表现手法,展开神奇美妙的想象,热烈赞颂了烈士感天动地的精神和对革命生死不渝的忠贞,也展现了诗人自己崇高壮美的精神境界,具有独特的艺术魅力。

词的上阕描写杨、柳二烈士忠魂升天受到月宫里仙人吴刚欢迎的情景,这是对李淑一原词"征人何处觅"的回答,热烈地赞颂了革命烈士感天动地的伟大精神。

"我失骄杨君失柳",诗人首先以沉痛写实的笔触和亲切谈心的语气点明双方都为革命痛失亲人和挚友。"骄杨"指作者"亲爱的夫人"杨开慧烈士。"骄"有刚烈不屈、坚强自豪的意思。杨开慧在敌人面前大义凛然,坚贞不屈,最后壮烈牺牲。作者得知杨开慧牺牲,万分痛惜地说:"开慧之死,百身莫赎。"老友章士钊向作者请教"骄"字作何解释,作者回答:"女子革命而丧其元(头),焉得不骄?""柳"指柳直荀烈士。他是作者早年忠实的战友,在革命的紧要关头斗争十分坚决。句中"骄"字互文见义,既指杨,也指柳。两个"失"字,表达了对烈士牺牲的无限痛惜之情。以"我"与"君"对举,表明双方境遇相同,心有同感,体现了对同志的深厚情谊和亲切抚慰。作者所悼念的不是一般的亲人与好友,而是忠诚坚强的革命战士,不能完全沉陷在个人的悲痛之中。所以接着就由对烈士牺牲的悲悼转为对烈士忠魂的礼赞。"杨柳轻飏直上重霄九",诗人用两位烈士姓氏的巧合,借神奇美妙的幻想,创造出优美动人崇高圣洁的意象。"杨柳"二字,妙在双关。一方面是指杨花柳絮,同时又指杨、柳二烈士的忠魂。诗人借用轻盈洁白的杨花柳絮轻轻飞扬的形象,写出了杨、柳二烈士忠魂升天的神态和他们圣洁的品格。诗人想象烈士的忠魂升天,表明烈士虽离开了人间,然而他们的精神不死,忠魂长在。这是对革命烈士最高的礼赞;也是对李淑一原词"征人何处觅? 六载无消息"的巧妙回答和对李淑一的精神宽慰。针对李淑一原词中的"索寞"之感,进一步描写了烈士忠魂升天之后对劳苦群众的关心和所受到的热诚欢迎。"问讯吴刚何所有,吴刚捧出桂花酒。"吴刚是神话中的人物。相传他跟仙人学仙犯了错误,被罚在月宫里砍桂树,是下层劳苦群众。两位烈士的忠魂来到月宫，便向他询问月中情况，吴刚便捧出桂花酒来热诚地款待他们。一个"捧"字写出吴刚对烈士忠魂的敬仰，更突出了烈士的精神感人之深，表达了对革命烈士的无上崇敬。

词的下阕写烈士忠魂的到来打破了天上的沉寂，给天上带来生气；歌颂了中国革命的伟大胜利和烈士对革命生死不渝的忠诚。

"寂寞嫦娥舒广袖，万里长空且为忠魂舞。"不仅月中伐桂的吴刚对烈士充满钦敬，就连寂寞的月神嫦娥也深为感动，要在万里长空为烈士舒展长袖翩翩起舞。形象极优美，境界极壮阔。烈士忠魂的到来，打破了天上的沉寂，给天上带来了生气。沉寂千年的嫦娥在烈士的感召下恢复了青春的活力。嫦娥起舞，突出了烈士的精神对天界感染之深，鼓舞之大。"万里长空"突出了烈士精神影响之深远。表明革命烈士虽死犹荣，英灵永在。烈士的精神感天动地，烈士的英名长存天地之间。委婉地宽慰李淑一同志振奋精神，不要再为亲人的离去而感到"寂寞"了。烈士的忠魂虽在天上，但还时刻关心着人间的革命。就在嫦娥正要为烈士的忠魂起舞的时候，"忽报人间曾伏虎，泪飞顿作倾盆雨。"从人间传来了凶恶的敌人被打倒的喜讯，烈士的忠魂激动万分，极度欢乐的泪水从天上飞洒下来，顿时化作倾盆大雨。烈士的忠魂为革命胜利激动得热泪飞洒，表现了他们对革命的无限忠诚和对胜利的极度渴望。杨开慧烈士就义之前说："死不足惜，但愿润之革命早日成功！"柳直荀烈士在他寄给李淑一的相片上题写过"何日平胡虏，良人罢远征"的诗句，表现了烈士为革命不惜流血牺牲的精神和渴望革命早日胜利的急切心情。正是因为革命烈士对革命无限忠诚，为之奋斗、为之流血牺牲，所以革命的胜利才使他们热泪飞洒，欣喜若狂。结尾二句陡然收转，用神奇的想象和大胆的夸张，把全词的感情推向高潮，是对革命胜利和革命烈士最激动人心的赞颂，同时也是对李淑一的慰勉和对原词"醒忆别伊时，满衫清泪滋"的回应。表明烈士的鲜血并没有白流，革命的胜利告慰了烈士的在天之灵。继承烈士的遗志，发扬革命的传统是对烈士最好的纪念。

在《蝶恋花·答李淑一》这首词里，诗人把烈士现实壮丽的人生与虚幻美丽的神话结合在一起。从上阕的杨柳轻飏直上九天，忠魂问讯，吴刚敬酒；到下阕的嫦娥献舞，人间报捷，泪雨倾盆飞洒人间。将幻想与现实融为一体，人间天上打成一片。意象优美动人，境界崇高壮美，达到了优美与壮美的完美统一，使人在审美愉悦中感悟人生、感悟社会、感悟历史、感悟宇宙，从而使人格得到提升，使性情得到陶冶，使心灵得到净化，使情感得到慰藉，使灵魂受到震撼，使精神得到超越。

《蝶恋花·答李淑一》这首词原题《游仙》，体现了它在艺术表现上的特点。游仙诗在我国起源很早，但只是我国诗歌长河中细小的支流，是古典诗歌百花园中一朵不起眼的小花。其主要内容是写神话故事和虚幻的仙境及想象中的仙人生活，其艺术表现上的特点是超越现实，富于想象。毛泽东的《蝶恋花·答李淑一》在意象、意境和艺术构思上显然受到郭璞《游仙诗》其六"陵阳挹丹溜，容成挥玉杯，姮娥扬妙音，洪崖颔其颐。升降随长烟，飘摇戏九垓"和古诗《迢迢牵牛星》"终日不成章，泣涕零如雨"的启发和影响。毛泽东从中汲取了有益的艺术营养，进行艺术创造，借以表达全新的思想，使之获得新的艺术生命而重放异彩，呈现出独特的艺术魅力，其思想境界和艺术境界都是前无古人的。

七 律 二 首

送瘟神①

一九五八年七月一日

读六月三十日《人民日报》，余江县消灭了血吸虫②。浮想联翩③，夜不能寐。微风拂煦④，旭日临窗。遥望南天，欣然命笔。

其一

绿水青山枉自多，华佗无奈小虫何⑤！
千村薜荔人遗矢⑥，万户萧疏鬼唱歌。
坐地日行八万里，巡天遥看一千河⑦。
牛郎欲问瘟神事⑧，一样悲欢逐逝波⑨。

其二

春风杨柳万千条，六亿神州尽舜尧⑩。
红雨随心翻作浪，青山着意化为桥⑪。
天连五岭银锄落，地动三河铁臂摇⑫。
借问瘟君欲何往，纸船明烛照天烧⑬。

注释：

① 送瘟神：送走迷信传说中主宰传播疾病的神，意谓彻底消灭传染性强、危害性大的血吸虫病。

② 余江县：在江西省东北部，原是血吸虫的重疫区。血吸虫是一种危害人畜的寄生虫。它以钉螺为中间宿主，它的幼虫侵入人

体或畜体后便发生血吸虫病。毛泽东指出："就血吸虫所毁灭我们的生命而言，远强于过去打过我们的任何一个或几个帝国主义。""灭血吸虫是一场恶战。"(《〈七律二首·送瘟神〉后记》)

③ 浮想联翩：各种想象接连而来。

④ 拂煦（xù）：温暖地吹拂着。

⑤ 华佗：东汉末名医。小虫：指血吸虫。

⑥ "千村"句：薜荔（bì lì）：野生常绿藤本植物。千村薜荔，很多村落长满野藤荒草。矢，同"屎"。"遗矢"，拉屎。《史记·廉颇蔺相如列传》记载：廉颇被废，虽老仍健，赵王想再起用他，但派去的使臣却捏造说他一会儿就拉了三次屎（"顷之，三遗矢矣"）。这里指血吸虫病患者下泻不止。

⑦ "坐地""巡天"二句：人们住在地球上，因地球自转，于不知不觉中，一日行了八万里路。地球又绕着太阳公转，在银河系穿行，所以住在地球上的人们也是在天空巡行，可以看到许多星河。一千河，泛指宇宙中很多星河。

⑧ 牛郎：神话人物。神话传说牵牛星是由人间的牛郎变成的。

⑨ "一样"句：逝波，一去不回的流水，借喻已过去的时间。这里是说旧社会人间的血吸虫病无法消灭，还同牛郎在时一样，悲者自悲，欢者自欢，多少年头就这样流水似的过去了。一说"悲欢"为偏义复词，指旧社会人民遭受血吸虫危害的悲苦生活。

⑩ "六亿"句：六亿中国人民都是尧舜一样的圣人。尧、舜，古代传说中唐、虞两代的圣君。

⑪ "红雨""青山"二句：原稿作"红雨无心翻作浪，青山有意化为桥"。后作者将"无心"改为"随心"，将"有意"改为"着意"。红雨，春天的桃花雨。唐李贺《将进酒》："况是青春日将暮，桃花乱落如红雨。"

⑫ 三河：汉代把河东、河内、河南三郡称为三河之地（见《史记·货殖列传》），原指今晋西南和豫西黄河两侧的一部分地方，这里泛指北方。

⑬ 纸船明烛：旧时祭送鬼神有烧纸船、点蜡烛等习俗。意谓新社会人民当家做主，大家齐心协力消灭血吸虫，再无瘟神存身之地。

六亿神州尽舜尧
——读《七律二首·送瘟神》

《七律二首·送瘟神》是毛泽东"为灭血吸虫而作"。诗前的小序是一首优美的散文诗，生动地说明了这两首诗写作的缘由和经过，表现了领袖和人民休戚与共的感情。我们从小序知道，这两首诗是诗人读了1958年6月30日《人民日报》上报道江西余江县消灭了血吸虫病的通讯《第一面红旗》以后，在无限的欣喜和极度的兴奋中写的。"瘟神"原是旧社会迷信传说中散布疾病的恶神。这里借指血吸虫。新中国成立前，血吸虫病在我国南方广为流行，患者达上千万人。广大农村人口和农业生产都受到严重威胁。毛泽东一贯关心人民的健康，对消灭血吸虫病尤为重视。在1955年发出了"一定要消灭血吸虫病"的伟大号召。余江县第一个把号召变为现实，使诗人"浮想联翩"，激动得"夜不能寐"。到第二天"旭日临窗"的时候，便"欣然命笔"写下这两首光辉的诗篇。两首诗写出了两个时代、两种社会的不同景象。通过两个时代、两种社会的鲜明对比，歌颂了人民当家做主的新时代和中国人民的聪明才智及空前壮举，表现了对劳动人民的无限关爱，具体地表现了"换了人间"的伟大主题。

第一首写旧时代瘟神猖獗、人民遭殃的悲惨景象，表达了对劳动人民命运的深切关怀和对旧社会的强烈愤恨。

"绿水青山枉自多，华佗无奈小虫何！"首句的"绿水青山"写出了千里江南优越的自然条件和秀美的山水风光。"枉自多"犹"空自多"，再多也是枉然。华佗是东汉末年的神医，历代名医的代表，却对小小的血吸虫无可奈何。首联摆出两件超乎情理的事实，说明在旧社会人民不能当家做主，无法掌握自己的命运，而历代统治者又不顾人民死活，"绿水青山"不仅不能给人民带来幸福欢乐，而江南多水反造成血吸虫病的广泛传播。瘟神到处横行，再高明的医生也无可奈何。"枉自多""无奈何"感慨很深，充分表达了对旧社会强烈的愤恨。颔联具体地描绘了瘟神猖獗所造成的悲惨景象："千村薜荔人遗矢，万户萧疏鬼唱歌。"由于血吸虫病的流行，千百个村庄野树丛生，田园荒芜，到处都是粪便；千家万户人丁稀少，死气沉沉，只有鬼在唱歌。关于血吸虫病危害之烈，《人民日报》的通讯有一个典型的例子：兰田坂方圆五十里，过去由于血吸虫病为害，在近五十年内，兰田坂有三千多人因患血吸虫病死亡，有二十多个村庄完全毁灭，有一万四千多亩田地变成了荒野。剩下的人也挺着大肚子，面黄肌瘦，能吃不能劳动。这一联正是这种萧条凄凉、悲惨可怖的景象的艺术写照。这里诗人分别从视觉和听觉写出血吸虫病流行之广和为害之深，突出了根治血吸虫病送走瘟神的紧迫性。而颈联则进一步写出在旧社会的漫长岁月里，人们对瘟神横行的无可奈何："坐地日行八万里，巡天遥看一千河。"由于劳动人民不能当家做主有所作为，统治者对血吸虫病的流行不管不问，人们只好坐在地球上，随着地球的自转日行八万里，随着地球的公转茫然地巡游天空，遥望无数的星河。时光随着地球的自转和公转就这样日复一日、年复一年地过去了。这里诗人通过对无限的时空的描写，突出了瘟神为害时间之漫长。诗人用豪壮的诗句表现旧社会人们对瘟神猖獗的无能为力和无所作为，颇有点幽默诙谐的意味。诗的尾联借神话人物说明在万恶的旧社会劳动人民的愿望无法实现，劳动人民的悲苦命运也不可能改变："牛郎欲问瘟神事，一样悲欢逐逝波。"这里所说的"牛郎"是农民的化身。毛泽东说："中国三千年来，创造了无数的神，只有牛郎、织女是劳动者，最好的两个劳动人民形象。"在旧社会漫长的岁月里，受血吸虫病危害最大的农民也曾想消灭血吸虫病，但手里没有政权，不能当家做主，因而也无能为力。所以千年百代过去了，人民的悲苦和瘟神的得意依然没有改变。根治血吸虫病的历史任务责无旁贷地落在新时代共产党领导的中国人民肩上。要送走肆意横行的瘟神，"还看今朝"。

第二首写新时代新社会人民当家做主改天换地的壮举和人民的幸福欢乐、瘟神被逐的情景，热烈地歌颂了伟大的时代和英雄的人民，与第一首恰成鲜明的对照。

"春风杨柳万千条，六亿神州尽舜尧。"首联总写新时代新中国的新气象。神州大地春风浩荡，杨柳飘舞，到处都是一派明媚的春光；在这美好的土地上生活劳动的六亿人民，真正成了国家的主人，都有着高尚的品德和无穷的智慧，都是我们时代的圣人。这样的人民有什么人间奇迹不能创造呢？这里诗人首先用动人的笔墨描绘了新生的社会主义祖国生机勃勃、欣欣向荣的景象，展示了六亿中国人民崇高的精神风貌，表现了人民领袖对祖国和人民的无限热爱和无限喜悦的心情。接着诗人就用彩笔描绘了祖国山河的大好春光："红雨随心翻作浪，青山着意化为桥。""红雨"就是春雨、喜雨。正像杜甫所说："好雨知时节，当春乃发生。"春日的喜雨按照人民的心愿变成灌溉良田的碧波，青山特意化为畅通无阻的桥梁。雄伟的武汉长江大桥就架设在龟、蛇二山上。这一联承"春风"句而来，不仅生动地描绘了祖国山河明媚瑰丽的春光，而且说明在人民当家做主的新时代新社会，由于劳动人民治山治水，祖国的山山水水都在为人民造福，再也不是"枉自多"了。祖国的大地万紫千红、欣欣向荣与旧时代旧社会的千村薜荔、万户萧疏形成鲜明对照。颈联又由大好河山写到英雄的人民"天连五岭银锄落,地动三河铁臂摇",突出了英雄的中国人民改天换地的壮举与豪情。广大农民在高耸入云的崇山峻岭上挥舞着银光闪闪的锄头,正以愚公移山的精神重新安排祖国的山河;工人阶级挥动着钢铁的臂膀在祖国辽阔的国土上进行着惊天动地的伟大建设。"天连五岭"就是"五岭连天","地动三河"就是"三河地动"。"五岭"在南方,"三河"在北方。"银锄落"写农民的劳动和农业建设;"铁臂摇"写工人的劳动和工业建设。这一联承"六亿神州尽舜尧"句而来,表现了我国六亿人民在社会主义建设中的冲天干劲和英雄气概,同时把我国南方与北方工农业建设的宏伟场面和工人农民的冲天干劲概括无余,集中地体现了伟大的时代精神,具有惊人的艺术概括力。我们拿这一联与第一首"坐地""巡天"一联对看,景象又是多么不同! 诗的前六句所描绘的伟大祖国欣欣向荣、蓬勃发展的图景正是当年我国蓬勃兴旺的景象和跃进形势的写照。在劳动人民当家做主的新时代新社会,亿万人民完全掌握了自己的命运。一个个意气风发、斗志昂扬,正在改天换地、移风易俗。在祖国美好的土地上,再也没有瘟神的存身立足之地了。最后一联归到送瘟神本题:"借问瘟君欲何往? 纸船明烛照天烧。"一问一答,说明在人民当家做主的新时代新社会瘟神只有滚蛋一途。与第一首"华佗无奈小虫何"遥相对应。焚化纸船、点燃明烛送瘟神,是我国民间古老的风俗。诗人借用过来不仅幽默风趣,表达了对瘟神的蔑视和嘲笑,表现了胜利的自豪和喜悦,而且有浓厚的民族特色。

《七律二首·送瘟神》,内容上密切相关,写作上处处照应,是前人所谓的"联章体"。两首诗通过鲜明的对比,热烈地歌颂了人民当家做主的新时代新社会和英雄的人民,形象地说明了"只有社会主义能够救中国"和"人民,只有人民,才是创造世界历史的动力"的光辉真理。

毛泽东自己称这两首诗为宣传诗。他在作诗当日致信胡乔木说:"睡不着觉,写了两首宣传诗,为灭血吸虫而作。"又说"灭血吸虫是一场恶战"。在这两首诗的《后记》中也说:"我写了两首宣传诗,略等于近来的招贴画,聊为一臂之助。"十分清楚地说明了创作这两首诗的功利目的。在毛泽东看来，宣传和艺术创作是可以统一起来的。他曾对诗人郭小川"忠于宣传职守"，而又"善于思索，长于幻想"大加赞赏。毛泽东写这两首宣传诗，有深刻的现实生活感受和强烈的艺术创作激情，尊重并遵守艺术创作的规律，成功地实现了政治宣传与艺术创作的统一。诗人采用革命现实主义和革命浪漫主义相结合的创作方法，用丰富的想象和大胆的夸张，把天文、地理、神话、历史和现实生活交织在一起，创造出鲜明的艺术形象和艺术境界，深刻地反映了现实生活，充分地体现了时代精神。不仅极大地鼓舞了广大人民群众消灭血吸虫病、战胜瘟神的斗志，而且给读者以丰富的美感享受，堪称一流的诗歌精品。

七 律

到韶山①

一九五九年六月

一九五九年六月二十五日到韶山。离别这个地方已有三十二周年了。

别梦依稀咒逝川②，故园三十二年前。
红旗卷起农奴戟③，黑手高悬霸主鞭④。
为有牺牲多壮志，敢教日月换新天。
喜看稻菽千重浪⑤，遍地英雄下夕烟。

注释：

① 韶山：在湖南省湘潭市西北，四周峰峦耸峙，西南有韶峰，为南岳衡山七十二峰之一。相传虞舜南巡，于此演奏韶乐，故名韶山。这里群山环抱，松柏葱茏，风景秀丽。山麓韶山冲上屋场有作者故居。

② 逝川：这里比喻过去流逝的岁月。参看《水调歌头·游泳》注⑥。

③ 戟（jǐ）：古代一种兵器，在长柄枪尖旁附有月牙状利刃，可以直刺和横击。

④ "黑手"句：黑手，反革命的血腥魔掌。霸主：指蒋介石。鞭：一种许多短节连起来的兵器，用来甩打。

⑤ 菽：豆类的总称。

敢教日月换新天
——读《七律·到韶山》

韶山是毛泽东的故乡，他在此度过了童年和少年时代。1925年他同夫人杨开慧回到韶山，建立了中共韶山支部，组织了农民协会，开办了农民夜校，在韶山播下了革命火种。大革命时期，湖南各地的农民运动蓬蓬勃勃地开展起来，把封建地主阶级的特权打得落花流水，使农村的土豪劣绅威风扫地，引起了反动派的惊慌和仇恨，也招来了党内右倾错误领导的责难。为了回答党内外对农民运动过火的责难，毛泽东从1927年1月4日到2月5日，在湖南进行了32天的实地考察，并写成著名的《湖南农民运动考察报告》。在考察期间他回到故乡韶山，对韶山党的工作和农民运动作了重要指导，特别强调要建立农民革命武装，随时准备粉碎反革命破坏农民运动的阴谋。不久，蒋介石在上海发动"四一二"反革命政变。随后湖南军阀许克祥又在长沙制造了"马日事变"。无数的共产党人和革命群众牺牲在反动派的屠刀之下。当时韶山成立了农民自卫军，拿起枪和梭镖，准备配合其他农民武装力量进攻长沙，对反动派进行还击。后来反动军队大举进攻韶山，农民自卫军在英勇抵抗后失败。大革命失败后，毛泽东到湖南、江西边界发动了秋收起义。此后毛泽东一直带领着革命的队伍转战祖国各地，领导中国人民取得了革命战争和社会主义建设的伟大胜利。为了革命的胜利，有不少英雄的韶山儿女壮烈牺牲。毛泽东一家就牺牲了六位亲人。毛泽东于1959年6月25日回到韶山，离别这个地方已有32周年了。新中国成立以后，韶山也同全国一样，日新月异，发生了翻天覆地的变化。毛泽东抚今追昔写下了《七律·到韶山》这首光辉的诗篇。

诗的首联先从对往事的沉痛回忆写起："别梦依稀咒逝川，故园三十二年前。"诗人回到韶山，32年前离别故乡的情景像梦一样依稀浮现在脑际，令人诅咒过去那黑暗的岁月。"逝川"喻像河水一样逝去的岁月。"咒逝川"表达了对过去黑暗年代人民被剥削、受压迫、遭屠杀的现实的无比痛恨。而"别梦"与"故园"则表达了对故乡韶山和故乡人民无限深厚亲切的感情，同时也委婉地点出了"到韶山"题意。这里诗人首先把我们带到32年前的往事回忆之中，中间两联便以极形象又极概括的笔墨，写出了32年前的火热斗争和32年来的革命变迁。颔联"红旗卷起农奴戟，黑手高举霸主鞭"，生动地描绘了32年前韶山和湖南农民如火如荼的武装革命斗争的图景和反动势力罪恶的黑手疯狂镇压农民革命的穷凶极恶的形象。"红旗"是共产党人指引革命的旗帜，是党的领导的象征。"农奴"指农民，当时"无数万成群的奴隶——农民，在那里打翻他们的吃人的仇敌"①。"农奴戟"指农民武装，如梭镖队等。当时"凡有农民运动各县，梭镖队便迅速地发展"。"这个广大的梭镖势力……是使一切土豪劣绅看了打颤的一种新起的武装力量。"②

"卷起"二字有力地写出了在共产党人领导下农民革命武装斗争风暴迅猛浩大的声势。"黑手"指残酷镇压和屠杀人民的黑暗反动势力。这里诗人以极其形象的诗句，赞颂了当年广大农民群众在共产党人领导下轰轰烈烈、如火如荼的革命武装斗争。写出了革命与反革命、光明与黑暗、红与黑之间你死我活的激烈搏斗。在这红与黑的搏斗中，由于陈独秀右倾投降的错误领导，致使革命受到严重挫折，使无数的共产党人和革命群众惨遭屠杀。毛泽东指出："反动派为了消灭革命力量，就采取杀人的办法，以为屠杀会使革命者退却，可以停止或缩小中国的革命运动。他们是这样想的，也是这样做的。但一切却和他们的主观愿望相反，事实是他们杀人越厉害，革命队伍发展就越大，我讲这是成正比例的，是一条规律，一条不可抗拒的规律。"所以颈联接着写道："为有牺牲多壮志，敢教日月换新天。"反动派野蛮的屠杀，更激发了中国人民对反动派的深仇大恨，更增强了中国人民革命的雄心壮志。正如毛泽东所说："中国共产党和中国人民并没有被吓倒，被征服，被杀绝。他们从地下爬起来，揩干净身上的血迹，掩埋好同伴的尸首，他们又继续战斗了。他们高举起革命的大旗，举行了武装的抵抗，在中国的广大区域内，组织了人民的政府，实行了土地制度的改革，创造了人民的军队——中国红军，保存了和发展了中国人民的革命力量。"③经过长期艰苦卓绝的斗争，终于打倒了三大敌人，创建了人民当家做主的新中国。中国人民正满怀豪情从事着社会主义建设，迅速地改变着祖国一穷二白的面貌。这不正是"为有牺牲多壮志，敢教日月换新天"吗？中间两联以鲜明的形象和壮丽的警句概括了中国人民在共产党领导下32年来英勇斗争的历史，表现了中国人民不怕流血牺牲的革命英雄主义和敢于斗争、敢于胜利的英雄气概。

尾联写回到韶山所见到的社会主义新农村美好动人的景象，也就是用牺牲和斗争换来的新天："喜看稻菽千重浪，遍地英雄下夕烟。"诗人无限欣喜地看到广阔的田野上长满了庄稼，像一片绿海，迎风涌起千层碧波；昔日的农奴，当今农业战线上的英雄们愉快地结束了一天的劳动，顶着满天的晚霞在苍然暮霭中有说有笑地归来。这是社会主义新农村最新最美最动人的图画，是社会主义新时代最新最美的田园乐章。广大人民群众正以"敢教日月换新天"的豪情改变着祖国一穷二白的面貌。"从来也没有看见人民群众像现在这样精神振奋，斗志昂扬，意气风发。"④ "遍地英雄下夕烟"的光辉诗句同"六亿神州尽舜尧"一样，是人民领袖对韶山和全国人民最热烈的赞颂。

毛泽东这首《七律·到韶山》通过故乡韶山32年的巨变，像诗人20世纪50年代其他诗词一样，表现了"换了人间"这个大主题，热烈地歌颂了中国革命的伟大胜利，赞扬了广大人民群众的英勇斗争和革命的英雄主义，饱含着强烈鲜明的爱憎感情，闪耀着唯物辩证的思想光辉。

　　《七律·到韶山》是诗人自己仔细推敲，并与诗友切磋琢磨，多方听取意见，反复加工修改而成的艺术精品。中间两联律对精严，词采鲜明。既工稳精切，又巧妙灵动。既有生动传神、饱含爱憎的艺术形象，又有豪迈壮丽、富于哲理的名言警句。首尾两联形成鲜明对比。一"咒"一"喜"，表达了诗人强烈鲜明的爱憎感情。既有丰富的历史和现实内容，又有优美动人的艺术境界。首句中的"咒"原作"哭"，也很贴切。作者为韶山英雄儿女过去的流血牺牲而悲痛，是真情的自然流露。后来作者又欣然接受梅白的建议把"哭"改为"咒"，并称梅白为"半字之师"。作者作这样的修改，大约是因为"哭"字虽然表达了深情，但力度不够，与全诗表达的豪壮感情不完全相称。改为"咒"突出了对反动派的痛恨，感情的力度大大增强了，更能体现诗人刚强不屈的性格和昂扬奋发的精神，同时也与诗人的审美心性和艺术趣味有关。作者曾说过："杜甫、白居易哭哭啼啼，我不愿看……"不愿看当然也不愿写了。此外，在唐人温庭筠《苏武庙》一诗中已有"空向秋波哭逝川"的诗句。作者从艺术创新来考虑，当然也要弃"哭"而改"咒"了。尾联的结句曾五易其稿，最后改定为"遍地英雄下夕烟"，与出句"喜看稻菽千重浪"浑然一体，有景色、有人物、有气氛、有动态，形成一个和谐统一、富于动感的完美意境。

注：
① ②《湖南农民运动考察报告》，《毛泽东选集》第一卷，第16、29页。
③《论联合政府》，《毛泽东选集》第三卷，第1036页。
④《介绍一个合作社》，《毛泽东著作选读》甲种本下。

七 律
登庐山①

一九五九年七月一日

一山飞峙大江边，跃上葱茏四百旋②。

冷眼向洋看世界，热风吹雨洒江天。

云横九派浮黄鹤，浪下三吴起白烟③。

陶令不知何处去④，桃花源里可耕田⑤？

注释：

① 庐山：在江西省北部，屹立于长江和鄱阳湖之间。相传匡姓兄弟曾于此结庐隐居，又称匡庐、匡山。

② 四百旋：庐山登山公路，建成于1953年，全长35公里，盘旋转弯近四百处。

③ 九派、三吴：作者1959年12月29日致钟学坤信说："九派，湘、鄂、赣三省的九条大河。究竟哪九条，其说不一，不必深究。三吴，古称苏州为东吴，常州为中吴，湖州为西吴。"

④ 陶令：指陶渊明（365—427），东晋诗人，一名潜，字元亮，浔阳柴桑（今江西九江市西南）人。他曾做过彭泽县令，故称陶令。因不满现实社会，辞官归耕乡里。离庐山不远，曾登临庐山。

⑤ 桃花源：陶渊明有名作《桃花源诗并记》，描绘了一个与世隔绝的、没有剥削压迫、人人劳动、大家过着和平幸福生活的理想世界。最后两句原稿作"陶潜不受元嘉禄，只为当年不向前"，有点批评陶渊明不能与时俱进的意思。

跃上葱茏四百旋
——读《七律·登庐山》

庐山是我国的名山之一，在江西九江市东南长江边上。山势高峻，林木茂密，风景壮美，气候宜人。1959年6月下旬，毛泽东从韶山来到庐山，主持将在庐山召开的中共中央政治局扩大会议，总结"大跃进"和人民公社运动的经验教训，进一步统一思想认识，继续纠正高指标浮夸风等"左"的错误，指导"大跃进"和人民公社健康发展。会前毛泽东登上庐山，写下了《七律·登庐山》这首气壮山河的诗篇。诗前原有一篇优美的小序："1959年6月29日登庐山，望鄱阳湖，扬子江，千峦竞秀，万壑争流，红日方升，成诗八句。"记述了登临庐山所见的气象万千的景象，说明了诗的成因，表现了诗人当时的欣喜与豪情。

"一山飞峙大江边，跃上葱茏四百旋"，写庐山突兀而起，像从天外飞来，巍然耸峙于长江边上。诗人乘车沿着新建的盘山公路轻快神速地登上了林木苍翠的庐山。"飞峙"形容庐山神奇壮丽拔地而起，如天外飞来，写出庐山巍然耸立的气势和神态，把庐山写活了。"跃上"写登山的轻快神速与豪情。"葱茏四百旋"形容庐山林木的青翠茂盛和山势的回环多姿，突出了新建登山公路的曲折盘旋，展现了庐山的新面目。首联开门见山，点明题意。交代了庐山的方位，总写出庐山巍然耸立高大不凡的气象和庐山回环多姿、千峦竞秀的新貌，写出了飞跃登山的豪情壮举，体现了昂扬向上的时代精神。不禁使我们联想到我们伟大的社会主义祖国欣欣向荣、蒸蒸日上，犹如雄伟壮丽的高山巍然屹立在世界的东方，六亿五千万人民的伟大事业正一日千里地飞跃前进。

中间两联写登山远望所见的景象，也是诗人对当时形势的诗意概括。"冷眼向洋看世界，热风吹雨洒江天。"颔联写诗人站在高山之巅，放眼世界，用冷峻的目光看着国际上恶毒咒骂我们的反华敌对势力，看他们能喧嚣几时；环顾国内，盛夏的热风吹送着好雨，从江上的天空飞洒下来，一派大好风光。"冷眼"是严峻蔑视的目光。当时国际上敌视中国人民的反动势力对我们工作中某些缺点和失误幸灾乐祸，吵吵嚷嚷，对新中国进行无耻的诽谤和恶毒的咒骂。对此，诗人只是冷眼相看，表现了一个革命家坚定自信的态度和对敌人的蔑视。世界上一小撮反华小丑的存在，只不过是我们伟大的革命现实的反面陪衬。所以诗人只略略一提，便掉转笔锋，写出新中国热气腾腾的景象。"热风"一词，语意双关。既指盛夏之风，又指毛泽东所说的"人多议论多，热气高，干劲大"的"热气"，也就是人民群众的革命建设热情。"热风吹雨洒江天"正是当年举国上下热气腾腾、广大群众大干快上挥汗如雨的生动写照。颈联承颔联的对句具体描绘江天的景象："云横九派浮黄鹤，浪下三吴起白烟。"诗人站在庐山之上，西望长江上游，只见一片烟云横在江上，武汉的黄鹤楼好像浮在云端一样；东望长江下游，只见巨浪滚滚直奔三吴，水势浩大，白雾迷茫。水的支流叫派，长江在湖北、江西一带有许多支流，统称九派。"九派"的"九"是虚数，表示很多。"黄鹤"一词，语意双关，既指武汉的黄鹤楼，又暗用唐人崔颢"昔人已乘黄鹤去，此地空余黄鹤楼"的诗意，委婉含蓄地批评"大跃进"中颇为盛行的有名无实的高指标、浮夸风。"三吴"，古地名，其说不一，泛指长江下游一带。"浪下三吴"比喻群众运动的洪流，一泻千里，势不可当。"白烟"则是对"大跃进"的怀疑、否定意见的象征。这里诗人不仅生动地描绘了在庐山上看到的长江上下雄浑壮阔的气象，而且借用生动的艺术形象，委婉含蓄地指出"大跃进"中两种错误倾向，并且坚信通过庐山这次会议两种错误倾向将被克服，从而烟消云散。这一联写得有形象，有意境，有气势，有寄托。景与情会，象与意合，是诗人的得意之笔。

最后一联是触景生情，写登山所想。"陶令不知何处去，桃花源里可耕田？"诗人身在庐山不禁想到那位家居庐山脚下，曾经"悠然见南山"的陶渊明不知哪里去了，可是在他理想的桃花源里耕田吗？"陶令"指东晋的大诗人陶渊明，他曾经做过80多天的彭泽令，所以称"陶令"。陶渊明生在一个劳动人民苦难深重的黑暗动乱的时代，他无力改变现实，又不肯同流合污，就辞官归田了。在经历了长期的贫困生活和劳动实践之后，写了一篇《桃花源诗并记》，描绘了一个与当时现实社会完全对立的"春蚕收长丝，秋熟靡王税"，没有剥削压迫，没有暴政战乱，人人劳动，富足安乐的理想世界。而这个理想世界又是一个建立在小生产者私有制基础上的与世隔绝、否定社会文明进步、封闭保守的世界。篇末的设问，意在沟通古今，以古人理想的世界与当今的现实世界相对照。当今的中国"春风杨柳万千条，六亿神州尽舜尧。红雨随心翻作浪，青山着意化为桥"。"喜看稻菽千重浪，遍地英雄下夕烟。"可说是神州处处胜桃源。如果当年的大诗人陶渊明健在的话，也会走出那个封闭狭小、与世隔绝的桃花源，而投身于波澜壮阔的社会主义建设当中，为新中国新社会新时代放声歌唱了吧。

庐山是历代诗人歌咏的名山。李白、苏轼等人都给我们留下了歌咏庐山的名篇。李白的《庐山谣寄卢侍御虚舟》里"登高壮观天地间，大江茫茫去不还。黄云万里动风色，白波九道流雪山"的描写，气势很雄壮。诗人用大胆的想象夸张，突出了山川的壮丽。但只是单纯地写景，而毛泽东的《七律·登庐山》不仅境界壮阔，气象雄浑；而且情景交融，寓意深刻。诗人豪情满怀，浮想联翩。正如古代文学理论家陆机、刘勰所说的那样，"精骛八极，心游万仞"（陆机《文赋》）。"思接千载"，"视通万里"，"登山则情满于山，观海则意溢于海"，才思"与风云而并驱"（刘勰《文心雕龙·神思》）。

诗中的形象完全突破了时空的限制，表现了诗人壮阔的胸怀和中国人民革命建设的热情，体现了伟大的时代精神。诗的末尾，以问作结，又风趣含蓄，余味无穷。

七　绝

为女民兵题照①

一九六一年二月

飒爽英姿五尺枪②，曙光初照演兵场。
中华儿女多奇志，不爱红装爱武装③。

注释：

① 题照：为照片题诗、题词或题字。这里是题诗。1960年的一天早上，机要员小李到毛泽东的菊香书屋送文件。毛泽东问她参加民兵训练的事，小李拿出参加民兵训练时的照片给毛泽东看。毛泽东赞赏道："好英武的模样哟！"然后要来铅笔写下了这首诗，并勉励她说："哎，你们年轻人要有志气，不要学林黛玉，要学花木兰、穆桂英哟。"

② 飒爽英姿：矫健敏捷、英俊威武的身姿。唐朝杜甫《丹青引赠曹将军霸》："褒公鄂公毛发动，英姿飒爽来酣战。"

③ 红装：原作"红妆"，女子鲜丽华美的服装。

中华儿女多奇志
——读《七绝·为女民兵题照》

《为女民兵题照》是毛泽东为女民兵练兵的照片题写的一首七言绝句。毛泽东一向很重视民兵的作用，"全民皆兵"是毛泽东人民战争思想的重要组成部分。抗日战争时期，他就在《论持久战》中指出"兵民是胜利之本"。1958年美帝国主义在台湾海峡进行严重的军事挑衅。毛泽东对新华社记者发表谈话时说："帝国主义者如此欺负我们，这是需要认真对付的。我们不但要有强大的正规军，我们还要大办民兵师。这样，在帝国主义侵略我国的时候，就会使他们寸步难行。"全国人民热烈响应毛泽东"大办民兵师"的号召，在全国各地掀起大办民兵师的热潮。毛泽东这首七绝传神地再现了照片上女民兵矫健英武的风姿，展现了新中国新时代妇女崇高的精神风貌，表达了对全民练武的无限欣喜之情。

"飒爽英姿五尺枪，曙光初照演兵场。"开头二句紧扣题目，精练传神地再现了照片画面上的形象和意境。诗人首先用"飒爽英姿"再现照片上主体人物矫健英武的身姿。然后用"五尺枪"这个标志性的典型事物作点睛之笔，点明人物的民兵身份。人和物和谐统一、相得益彰。"飒爽英姿"语出杜甫赠画家曹霸的《丹青引赠曹将军霸》："褒公鄂公毛发动，英姿飒爽来酣战。"称赞曹霸把唐朝开国的名臣褒国公段志玄和鄂国公尉迟敬德画得很生动，能充分地把他们豪迈英武的气概表现出来。这里诗人用来描绘女民兵的形象，表达了对女民兵的热烈赞赏。开头一句着重写主体人物，把女民兵写得英姿焕发神采飞扬。接着再现了主体人物活动的背景。点明时间是"曙光初照"，地点是"演兵场"。"曙光初照"给画面刷上一层明丽的色调，把女民兵的形象烘托得更加光彩照人。"曙光初照"即来演兵，充分表现了广大民兵战士的练兵热情，而那清晨的曙光也正象征着女民兵朝气蓬勃的青春活力。诗的前半段简洁明快、活灵活现地再现了照片画面的形象和意境，热烈赞颂了广大民兵战士的练武热情。

"中华儿女多奇志，不爱红装爱武装。"三、四两句是由照片画面生发出来的议论，表达了对中华儿女崇高精神境界的赞美。这里的"中华儿女"泛指中华女子。诗人的赞美不限于照片上的具体人物，而包括千百年来中国女性抗敌爱国的崇高精神和光荣传统，也包括有理想有志气的新时代妇女的审美时尚。千百年来"花木兰从军"和"穆桂英挂帅"的佳话在神州大地广为流传，家喻户晓，深入人心，为千百万妇女扬眉吐气，成为广大妇女学习的榜样。"红装"又作"红妆"，指女子穿红戴绿的装束打扮。"爱红装"是一般女子的自然天性。而有觉悟有志气的革命女子则有更高的人生追求。土地革命时期，海陆丰苏区的妇女就自豪地唱道："你不要说我们是女红妆，只会涂脂抹粉穿衣裳。你不要说我们是小姑娘，只会洗浆衣服管厨房。你看我们的红领巾多漂亮，你看我们戴着胡仔笠，佩着驳壳枪，也会同你们男子一样上战场！上战场，杀！杀！杀！我们在镰刀斧头的旗帜下，已解放，已解放！"体现了苏区妇女自尊自重自强自立和男女平等的意识，标志着苏区妇女的觉醒与解放。新中国成立后，"时代不同了，男女都一样"，新时代的中国青年女子，面对着帝国主义侵略战争的威胁，同男子一样以习武卫国为己任，以手持钢枪，身着戎装为国练武而自豪。"不爱红装爱武装"成为当年的时代风尚。

毛泽东这首七绝是中华儿女的志气歌，也是新时代的风俗画。立意高远，气韵生动，朴实明快，雅俗共赏，是一首不可多得的佳作，因而深受喜爱，广为传唱。

新世纪的世界还很不安宁。我国的国家主权和领土完整还面临着严重的挑战。我国的综合实力是大大地加强了，但是人民战争的法宝不能丢。

我们利用高科技成果加速正规军现代化建设的同时，还要用人民战争的思想武装全国人民，并给民兵预备役建设插上高科技的翅膀。在社会思想领域，国际敌对势力利用高科技手段，加紧了对我国的思想文化渗透，社会上出现了价值取向的迷失。中华儿女的奇志更加可贵。我们更应该特别强调正确的社会价值导向。我们绝不可低估《七绝·为女民兵题照》的社会现实意义。

七　律

答友人①

一九六一年

九嶷山上白云飞②，帝子乘风下翠微③。
斑竹一枝千滴泪④，红霞万朵百重衣。
洞庭波涌连天雪⑤，长岛人歌动地诗⑥。
我欲因之梦寥廓⑦，芙蓉国里尽朝晖⑧。

注释：

① 答友人：这首诗写作者对故乡亲友的怀念和对湖南的祝愿。友人指周世钊、李达、乐天宇。参看文末乐天宇《关于毛主席〈七律·答友人〉的通信》（原载《信阳师范学院学报》1983年第1期）。

② 九嶷（yí）山：亦作九疑山，又名苍梧山。在湖南宁远县城南六十里，山有九峰，形状相似，故名九疑。相传舜帝南巡，死后葬于此山上。

③ 帝子：指舜帝二妃娥皇、女英，为尧帝的女儿，故称帝子。相传二妃寻舜帝至湘江，死于湘江中的小岛上，成为湘水女神，称湘夫人。翠微：指"未极山顶"高处的轻淡青翠的山色（见《尔雅·释山》疏）。

④ 斑竹：茎上有紫褐色斑纹，盛产于湖南潇湘流域。相传舜死后，二妃痛哭不已，眼泪滴在竹上而成斑点，所以又称泪竹、湘妃竹。刘禹锡《潇湘神》："斑竹枝，斑竹枝，泪痕点点寄相思。楚客欲听瑶瑟怨，潇湘深夜月明时。"

⑤ 洞庭：洞庭湖，在湖南省北部。

⑥ 长岛：即橘子洲，又名水陆洲。洲形狭长，故名长岛。这里代指长沙。

⑦ "我欲"句：化用李白《梦游天姥吟留别》"我欲因之梦吴越"句。梦，做梦。这里是想象、推想的意思。寥廓：广阔辽远。

⑧ 芙蓉国：五代谭用之《秋宿湘江遇雨》："秋风万里芙蓉国，暮雨千家薜荔村。"芙蓉国是说木芙蓉花到处盛开的地方，这里指湖南省。

附：

关于毛主席《七律·答友人》的通信

丁三省同志：

　　来信奉悉。

　　前些年与李达同志（武大校长）及周世钊先生，同一时期都寄有九嶷山产品（泪竹、墨刻、泪竹竿毛笔等）及赠诗。主席《答友人》是答我们几人的。郭老说："友人不是一人，是多数，这样标题，很妥。"

　　我的赠主席诗，数十年前（约二十年前）已为宁远县人传抄过，我久已忘怀了。兹因你们询及，默写于下：

九嶷山赠润之兄诗

题写在蔡中郎九嶷山碑墨刻额顶一九六〇冬

　　三分石耸楚天极，大气磅礴驱舞龙。南接三千罗浮秀，北压七二衡山雄。西播都庞越城雨，东嘘大庾骑田虹。我来瞻仰钦虞德，五风十雨惠无穷。

　　为与山河添锦绣，访松问柏谒石枞。瑶汉同胞殷古谊，长林共护紫霞红。于今风雨更调顺，大好景光盛世同。

九嶷山人题赠

（在延安时期润之兄常呼我为九嶷山人。）

（润之，为主席昔年别号。）

　　承示相索，草草回复，即扣文祺！

乐天宇
一九八二年七月十五日

芙蓉国里尽朝晖
——读《七律·答友人》

毛泽东同志的《七律·答友人》是答湖南友人李达、周世钊和乐天宇等同志的。20世纪60年代初，李达、周世钊和乐天宇等同志先后把九嶷山的泪竹、泪竹竿毛笔和碑帖等赠送给毛主席，并写信寄诗向毛主席反映湖南人民建设社会主义的积极性和各条战线的大好形势。毛主席看后，浮想联翩，欣然命笔，作诗相答。

乐天宇同志是毛主席学生时代的旧识。他在北京学习期间，参加过李大钊同志组织的共产主义小组，1923年由团转党。大革命时期，他从事农民运动，曾在安源将宁远农军交与毛主席。40年代在延安担任边区林业局局长、自然科学院农科主任。因为他的家乡湖南宁远县有一座九嶷山，毛主席常称他为"九嶷山人"。1960年冬，乐老把九嶷山的泪竹和《蔡中郎九嶷山碑墨刻》赠给毛主席，并以"九嶷山人"的落款，在赠给毛主席的《蔡中郎九嶷山碑墨刻》额顶题写了一首七古《九嶷山赠润之兄诗》（见乐老1982年7月15日给笔者的信）。诗中极写九嶷山高大磅礴的气势和雄奇壮丽的姿色，表达了美化祖国锦绣河山的愿望，报告了风调雨顺的丰收喜讯，借九嶷山的高大形象和与九嶷山有关的舜的神话传说，称颂了我们伟大的社会主义时代和毛主席的英明领导。所以毛泽东同志的《七律·答友人》也用与九嶷山帝舜的神话传说有关的娥皇、女英的神话故事，借用帝子的形象写湖南人民今昔生活的巨大变化和光辉灿烂的未来，盛赞富有光荣革命传统的湖南人民的革命精神和湖南友人高度的政治热情，表达了对家乡和亲友的深切怀念。

诗的前半部分借用与九嶷山有关的神话故事，写湖南解放以后的美好景象和湖南人民投身社会主义建设的热情，并对比地写出湖南人民今昔生活的巨大变化，表达了对故乡亲人的缅怀。

"九嶷山上白云飞，帝子乘风下翠微"是说高耸云表的九嶷山上朵朵白云飘过，轻盈美丽的女神从青翠的山峰乘风而下。九嶷山又名苍梧山，在湖南宁远县。据说山有九峰，形状相似，故名九嶷山。相传虞舜南巡，死于苍梧之野，葬于九嶷山。如今九嶷山上还有舜庙。"帝子"指舜的两个妃子娥皇、女英。因为他们是帝尧的女儿，故称"帝子"（古时男女都可称子）。相传舜死于苍梧，二妃追至，投湘水而死，成为湘水女神。这里九嶷山是湖南的代称。九嶷山一扫过去烟云雾雨，呈现出一派明丽的景色，正是今日湖南崭新面貌的写照。"帝子"是湖南人民的象征。"帝子乘风下翠微"生动地写出了湖南人民精神焕发、朝气蓬勃地投身社会主义革命和社会主义建设的动人情景。

"斑竹一枝千滴泪，红霞万朵百重衣"是说帝子手里的竹枝染有千滴泪痕，帝子身上穿的是万朵红霞化成的百重彩衣。"斑竹"又称"泪竹"，也叫"湘妃竹"。相传"舜南巡不返，殁苍梧之野。尧之二女娥皇女英追之不及，相思恸哭，泪下沾竹，文悉斑斑然"。深受毛泽东喜爱的中唐诗人刘禹锡的《潇湘神》云："斑竹枝，斑竹枝，泪痕点点寄相思。"这里诗人通过对帝子形象的描绘，用象征和对比的手法，巧妙地写出了湖南人民今昔生活的巨大变化。在万恶的旧社会，特别是在反动派白色恐怖的年月，成千上万的先烈为了革命事业牺牲了他们宝贵的生命。湖南人民过着血泪斑斑的苦难生活，有不少人像帝子一样失掉了自己的亲人。一枝斑竹，千滴泪痕，记下了旧社会湖南人民的苦难和仇恨，也寄托着诗人与夫人杨开慧烈士之间的相思之情，还象征着革命先烈坚贞不屈的气节。毛泽东曾赞美"玉可碎而不改其白，竹可黄而不毁其节"。"一唱雄鸡天下白"，如今的湖南是："喜看稻菽千重浪，遍地英雄下夕烟。"革命先烈的流血牺牲，换来了劳动人民美好幸福的生活。"红霞万朵百重衣"正是湖南人民美好幸福生活的生动写照，也是对像杨开慧同志那样的革命先烈的热烈赞颂和深切怀念。杨开慧烈士，名霞姑，字云锦。"红霞"二字，巧妙地点出了杨开慧烈士的名字。"万朵"则说明像杨开慧烈士那样的革命先烈有千千万万。湖南人民今天美好幸福的生活是与千千万万革命先烈的流血牺牲分不开的，是千千万万的革命先烈用鲜血和生命换来的。

诗的后半部分写湖南波澜壮阔的社会主义建设热潮，湖南人民高昂的革命斗志和湖南友人高度的政治热情，以及由此而联想到的湖南和全国光华灿烂的未来。

"洞庭波涌连天雪，长岛人歌动地诗"是说洞庭湖上涌起滔天的白浪，湖南人民高歌动地的诗章。前一句写帝子所见。"洞庭"即洞庭湖。如今的洞庭湖波涛汹涌，卷起连天的雪白浪花。再也不是帝子过去所见的"嫋嫋兮秋风，洞庭波兮木叶下"的萧条景象了。八百里洞庭雪浪连天，正是湖南波澜壮阔的社会主义建设热潮的写照，也是湖南人民汹涌澎湃的革命豪情的象征。后一句写帝子所闻。"长岛"指长沙西面湘江里的橘子洲，这里是长沙和湖南的代称。"长岛人"指湖南人民，也指湖南友人；"动地诗"指湖南人民英雄的战歌，也指乐天宇、李达、周世钊等湖南友人寄给毛主席的华美动人的诗章。如今湖南人民高歌猛进，再也不是湘灵（帝子）用排箫在那里吹奏幽怨的曲子了。（《九歌·湘君》："吹参差兮谁思？"）"长岛人歌动地诗"体现了湖南人民高歌猛进的革命斗志，也是毛主席对湖南友人高度政治热情的赞许，紧扣答友人本题。语句含蓄精练，充满诗情画意，言有尽而意无穷。

来自湖南的振奋人心的喜讯，使诗人心花怒放，浮想联翩。末联无限欣喜地写道："我欲因之梦寥廓，芙蓉国里尽朝晖。"也就是说我想凭借友人反映的九嶷、洞庭的情景想得更远更广，只见整个湖南和整个中国都在一片光辉灿烂的朝阳之中，到处都是一片朝气勃勃、欣欣向荣的景象。"我欲因之"是"我想凭借它",也就是想根据友人所反映的湖南的大好形势。"梦"这里当"想象"或"推想"讲。"寥廓"是广阔的意思,包括时间和空间两个方面。末联是诗人对整个湖南地区,也是对整个中国的推想。毛泽东同志以极肯定的语气对全湖南和全中国光辉灿烂的未来作了英明的预见。这里诗人把诗的意境进一步扩大,使诗的境界进一步升华,把我们带到一个初日芙蓉光华灿烂的境界中去。全诗在旭日东升、朝霞灿烂、芙蓉盛开的无限光明的理想远景中结束,表现了诗人坚定的革命信念和革命的乐观主义精神,是对当时正在和暂时困难做斗争的中国人民的巨大鼓舞。

　　这里诗人用"芙蓉国"作湖南的代称,不仅因木芙蓉遍布湖南各地,在五代谭用之《秋宿湘江遇雨》一诗中有"秋风万里芙蓉国"的诗句,而且还因为木芙蓉和湖南人民的革命斗争有着密切联系,被人们称为"革命花"。在湖南农民运动高涨时期,群众中流传着这样一首民歌:

　　　　芙蓉花开啰放红光,
　　　　我郎扛起啰红缨枪。
　　　　手拿梭镖啰打天下,
　　　　土豪一看啰心发慌。

　　　　芙蓉花开啰照十里,
　　　　我郎上山啰打游击。
　　　　东山打到啰西山去,
　　　　打得土豪啰干着急。

　　每当妇女送郎出征时,都以木芙蓉相送,将它视为光荣花、革命花。这里毛泽东同志以"芙蓉国"作湖南的代称,不仅写出湖南的美丽富饶,而且说明湖南人民富有光荣的革命传统,是对有着光荣革命传统的湖南人民以热烈的赞美。所以"芙蓉国里尽朝晖"不仅是对湖南和全国光辉灿烂未来的预见，同时也说明湖南人民和全国人民敢于斗争的革命英雄主义和艰苦奋斗的光荣传统更加发扬光大。

　　毛泽东同志的《七律·答友人》以神话起，以梦想结；神思飘逸，奇幻多彩。意境高华绝俗，语言精纯凝练。诗人把古代神话、往事的回忆、当今的革命现实和未来美好的前景交织在一起，构成一幅幅绚丽多彩的图画。既有浓厚的浪漫主义气息，又有丰富的革命现实内容，是革命现实主义与革命浪漫主义相结合的典范。这首诗在意境上和字句上与李白的《梦游天姥吟留别》有点相近之处。但李白写的是梦境，毛泽东同志写的是实境。毛泽东同志这首诗在思想内容和艺术表现上与李白的诗有着完全不同的时代精神和时代特色。

七　绝

为李进同志题所摄庐山仙人洞照①

一九六一年九月九日

暮色苍茫看劲松，乱云飞渡仍从容。
天生一个仙人洞，无限风光在险峰。

注释：

① 仙人洞：在庐山牯岭西佛手岩下，接近顶峰的高崖上。洞为天然生成，高约两丈，深广各三四丈，传为唐朝仙人吕洞宾所居，故名。洞外不远即悬崖，崖边有一大块横石悬空伸展，名曰"蟾蜍石"，上书"纵览云飞"四字。石背裂缝中长着一株苍劲的古松。这里山势险峻，视野开阔，适于观看庐山风云。李进即江青。照片所摄为仙人洞附近景色。

无限风光在险峰
——读《七绝·为李进同志题所摄庐山仙人洞照》

庐山仙人洞在牯岭西侧佛手岩下，是庐山的名胜之一。洞是天然形成，所在之处为悬崖陡壁，山势险峻。1961年9月9日，毛泽东为李进（江青）所摄的庐山仙人洞的照片题写了这首七绝。借对仙人洞附近景物的描绘和对仙人洞奇绝风光的咏叹，艺术地概括了当时的国内外环境，表现了中国共产党人刚毅不屈坚定不移的崇高精神和不畏艰险勇攀高峰的豪壮情怀。

"暮色苍茫看劲松，乱云飞渡仍从容。"写刚劲的青松在苍然暮色中昂然挺立，虽然阴风四起，乌云乱翻，而苍劲的青松却仍从容自若岿然不动。一个"劲"字突出了苍松刚强不屈的精神品格和昂然挺立的神态气度。"暮色苍茫""乱云飞渡"点明了所摄照片画面的时间，渲染烘托了环境气氛。在这暮色苍茫、风起云涌的险恶环境中，劲松依旧昂然屹立、镇定自若，就愈见其刚劲挺拔、坚定不移的气节与风度。这里诗人首先就照片画面的近景仙人洞前苍劲古松的松枝和苍然暮色中的云海展开艺术想象，着重创造出刚劲挺拔、坚强屹立的劲松的形象和昏暗迷茫、风起云涌的艺术境界。而劲松傲然挺立、从容镇定的形象和苍茫暗淡、阴风四起的意境正是当年中国共产党人和中国人民及其面临的险恶严峻局势的艺术写照。从1959年到1961年，由于我们在实际工作中的一些失误，加上连续三年的自然灾害和苏联政府背信弃义撕毁合同，我国的经济一度出现相当严重的困难，国际敌对势力对我国施加各种压力，不断进行战争威胁和军事挑衅，刮起一阵阵阴风。这不正是一种"暮色苍茫""乱云飞渡"的景象吗？而中国共产党人和中国人民面对险恶严峻的国内外环境，坚定不移，顽强奋斗，从容不迫，沉着应战，战胜了重重困难，顶住了狂风恶浪。这不正是"乱云飞渡仍从容"吗？

"天生一个仙人洞，无限风光在险峰。""天生"二字说明仙人洞为天造地设，非人工所能，突出了仙人洞的非凡奇绝。最后两句点醒题目，并交代照片景物之所在，盛赞仙人洞为天然生成，风光无限美好。把我们带到一个神奇美妙、雄峻崇高的审美境界，并说明只有不畏艰险勇于攀登的人，才能领略仙人洞的无限风光。全诗以"无限风光在险峰"这富有诗情与哲理的警句作结，发人深思，余味无穷，并具有鼓舞人心的力量。

我国11世纪的改革家王安石说过："世之奇伟瑰怪非常之观，常在于险远而人之所罕至焉，故非有志者不能至也。"（《游褒禅山记》）这里诗人说："无限风光在险峰"，也正是鼓励人们树雄心，立大志，发扬大无畏的精神，勇敢地去攀登高峰，去领略社会主义革命和建设胜利的大好风光。

伟大的导师马克思说过："在科学上没有平坦的大道，只有不畏劳苦沿着陡峭山路攀登的人，才有希望到达光辉的顶点。"我国的科学家和工程技术人员，遵照伟大领袖和导师的教导，树雄心，立大志，在极端艰苦困难的条件下，发扬艰苦奋斗、自力更生的精神，不畏艰险，勇攀高峰，不仅独立地研制出两弹一星，而且成功地发射了载人宇宙飞船，把我国的航天员送上太空，去领略太空的无限风光。其实不仅科学技术，小至个人的工作与学习，大至国家的建设和发展也无不如此。

毛泽东这首七绝，运用了象征、衬托，寓情于景，寓理于境等多种艺术表现方法。既有生动的艺术形象和完美的艺术境界；又寓有深刻的思想内容和人生哲理。情韵深长，立意高远，达到了思想内容和艺术形式的完美结合。

题照诗与题画诗一样，成功的关键在于神态生动，立意高远。毛泽东这首题照诗，并不拘泥于照片画面上的景物，也不是照片画面景物的简单再现。而是以照片上的景物为素材，加以取舍和增删。通过艺术想象进行再创作，创造出有思想和感情、有生命和灵魂的艺术形象，从而为题照诗的创作提供了宝贵的艺术经验。

七　律

和郭沫若同志①

一九六一年十一月十七日

一从大地起风雷②，便有精生白骨堆③。
僧是愚氓犹可训④，妖为鬼蜮必成灾⑤。
金猴奋起千钧棒⑥，玉宇澄清万里埃⑦。
今日欢呼孙大圣⑧，只缘妖雾又重来。

附郭沫若原诗

七　律

看《孙悟空三打白骨精》

人妖颠倒是非淆，对敌慈悲对友刁。
咒念金箍闻万遍⑨，精逃白骨累三遭⑩。
千刀当剐唐僧肉⑪，一拔何亏大圣毛。
教育及时堪赞赏，猪犹智慧胜愚曹⑫。

注释：

① 和郭沫若同志：1961年10月18日，郭沫若在北京民族文化宫观看浙江省绍剧团演出的新编神话故事戏《孙悟空三打白骨精》。联系当时的国际斗争，写了一首《看〈孙悟空三打白骨精〉》的七律，表明了对戏中人物的看法，说明这出戏的教育意义。毛泽东读了郭诗，于11月17日依郭诗的体裁和题材写了这首和诗，表明了对戏中人物不同的看法，借以阐释当时国际斗争中的政策和策略思想。郭沫若（1892—1978），四川乐山人，现代著名的文学家和历史学家，也是毛泽东的诗友，二人多有诗词交流、切磋与唱和。

② 风雷：风暴和雷霆。这里喻革命运动。《易·说卦》："动万物者，莫疾乎雷。挠万物者，莫疾乎风。"古人以"风雷"为推动万物变化的力量。清朝龚自珍《己亥杂诗》："九州生气恃风雷。"

③ 精生白骨堆：精，指白骨精。《西游记》第二十七回说白骨精是从"一堆粉骷髅"变化而来的。

④ 僧：指唐僧。小说和戏剧中的唐僧是根据唐代高僧玄奘（本姓陈，河南偃师人）到印度取经的史事和有关民间传说演绎而成的。愚氓（méng），愚蠢糊涂的人。氓，古义通"民"。

⑤ 鬼蜮（yù）：鬼怪，比喻阴险作恶的人。蜮，传说中水里一种暗中害人的怪物。

⑥ 金猴：孙悟空的美称。千钧棒：孙悟空使用的金箍棒，《西游记》说它重一万三千五百斤。钧：古代重量单位。一钧为三十斤。

⑦ 玉宇：美好的天空。

⑧ 孙大圣：即孙悟空。孙悟空大闹天宫后回到花果山自称"齐天大圣"，与玉皇大帝对抗。

⑨ 咒念金箍：即念紧箍咒。

⑩ 精逃白骨：即白骨精逃。累三遭：连续三次。

⑪ 剐（guǎ）：古代一种酷刑，又叫"凌迟"，即把活人的皮肉一块块割下使之慢慢死去。

⑫ 猪：剧中的猪八戒。愚曹：愚蠢之辈，即唐僧之类。

今日欢呼孙大圣
——读《七律·和郭沫若同志》

俗话说"天地大戏台,戏台小天地"。1961年10月17日到10月31日,苏共二十二大紧锣密鼓地进行。苏共领导赫鲁晓夫集团粉墨登场,大肆鼓吹背离马列学说的"三和两全"的谬论;挥舞指挥棒,欺蒙兄弟党,含沙射影地围攻中共的闹剧愈演愈烈。在此前后浙江省绍剧团正在北京演出根据神话小说《西游记》第二十七回改编的《孙悟空三打白骨精》,毛泽东和郭沫若先后观看了演出。大约是从眼前的戏剧小舞台联想到当时的世界大舞台,毛泽东多次鼓掌表示赞赏。郭沫若感到很有教育意义,便写了一首七律《看〈孙悟空三打白骨精〉》,盛赞孙悟空之深明大义、机智灵活;痛恨唐僧之敌我颠倒、是非不分,认为只有"千刀当剐唐僧肉"才足解恨。11月1日郭诗在《人民日报》发表。毛泽东在广州看到这首诗,于11月17日写了这首和诗。毛泽东在和诗中从事物的本质进行分析,针对郭诗所说"千刀当剐唐僧肉",提出不同看法;借用神话故事概括了国际共运的风云变幻,深刻地阐释了当时现实斗争中的重大原则问题。

"一从大地起风雷,便有精生白骨堆。"首联追本溯源,从白骨精的产生说起。"风雷"是风暴和雷霆。《易·说卦》云:"动万物者,莫疾乎雷;挠万物者,莫疾乎风。"古人认为"风雷"是推动事物极速变化的力量。这里喻国际共产主义运动。"精"是妖怪,即白骨精。这里喻受反动腐朽势力影响而产生的国际共运内部兴风作浪的机会主义者。这里诗人首先从根本上来着笔,并且紧扣郭诗所题咏的白骨精的故事,生动形象地说明了国际共运同任何事物一样也是一分为二的,深刻地揭示了国际共运内部产生机会主义的社会根源及其历史必然性。诗人用"一从""便有"紧相呼应，表明机会主义的出现由来已久，不足为怪。问题是我们要善于识别人妖，分清敌友。所以颔联接着写道："僧是愚氓犹可训，妖为鬼蜮必成灾。"诗人针对郭诗的"千刀当剐唐僧肉"提出不同看法。剧中的唐僧受了白骨精花言巧语的欺骗迷惑，认敌为友，差点送了性命，所以说是"愚氓"。但唐僧和妖怪并不是一伙，只是受了蒙蔽，经过多次切身的事实教育之后能够悔悟，所以说"犹可训"。而那披着迷人画皮的白骨精却阴险狠毒诡计多端，大耍其鬼蜮伎俩，作恶害人。如不及时揭穿，必定会造成极大的危害。所以说"必成灾"。"鬼蜮"本于《诗经·小雅·何人斯》："为鬼为蜮，则不可得。"据说"蜮"是一种生在水中能"含沙射影"暗中害人的怪物。在当年召开的苏共二十二大上，苏共领导赫鲁晓夫大行其鬼蜮伎俩。他挥舞指挥棒大肆围攻阿尔巴尼亚劳动党，公开号召推翻该党的领导人，实际上是杀鸡给猴看，骂鸡给猴听，含沙射影地攻击中国共产党，造成国际共运内部的极大混乱和严重分裂。颔联上、下两句是表明判断的对偶句。诗人用"是"和"为"判断出两种不同的性质；用"犹"和"必"表达了两种不同的认识，流露出两种不同的感情，表现了两种不同的态度，体现了毛泽东正确区分两类不同性质的矛盾和团结大多中间派，打击主要敌人的光辉思想。世界舞台上白骨精大行其含沙射影的鬼蜮伎俩，杀鸡给猴看，骂鸡给猴听。而猴子却不是好惹的。颈联承"妖为鬼蜮必成灾"转写妖怪的对头和克星——剧中的主人公孙悟空："金猴奋起千钧棒，玉宇澄清万里埃。"剧中的孙悟空奋力举起金箍棒，打杀了白骨精，扫清了天空的万里尘埃，斗出了一个清明世界、朗朗乾坤。"金猴"，孙悟空的美称。相传孙悟空本是花果山一块"仙石"化成的"石猴"，后来在太上老君的八卦炉中练就了不怕水火、刀枪不入的铜头铁臂和任何妖魔鬼怪都逃不过的火眼金睛，故称"金猴"。这里诗人采用具有因果关系的流水对一气而下，用"金""玉"这样富有光泽的美好字眼和"奋起""澄清"这样具有很强的力度和动感的词语突出了孙悟空的光辉形象，展现了清明高远的美好境界，热烈地赞美了久经锻炼和考验，目光敏锐、爱憎分明、大智大勇、战无不胜的马列主义战士，表达了马列主义必胜的坚定信念。前三联精要地评述了《孙悟空三打白骨精》中三个主要人物。末联由戏剧小舞台回到现实斗争的大舞台："今日欢呼孙大圣，只缘妖雾又重来。"孙大圣也指孙悟空。小说写孙悟空大闹天宫后回到花果山，自称"齐天大圣"，来与玉皇大帝对抗，来挑战玉皇大帝的权威，表现了强烈的造反精神和挑战性格。称孙悟空为"孙大圣"突出了孙悟空敢于挑战权威的造反精神。"欢呼孙大圣"一方面表示对剧中孙悟空的造反精神和挑战性格的热烈赞赏，另一方面也是号召真正的马列主义战士挺身而出，向以国际共运权威的老子党自居的苏共领导赫鲁晓夫进行斗争。"妖雾又重来"喻国际共运中反马列主义思潮的重新泛滥，说明"欢呼"的缘由。末联用"今日""又重来"与首联的"一从""便有"相照应，点明《孙悟空三打白骨精》的现实意义和教育意义。

　　郭沫若看到毛泽东这首和诗后，改变了自己的看法，当即步毛诗原韵又和了一首。毛泽东看过说："和诗好，不要'千刀当剐唐僧肉'了。对中间派采取了统一战线政策，这就好了。"毛泽东的和诗不仅比郭沫若原诗寓意更精当，而且在艺术上也更胜一筹。和诗与原作比起来视野更广阔，意境更深远，形象更鲜活，诗意更浓郁，也更富于历史感和哲理性。毛泽东的诗词创作的确是同时代的诗人难以企及的。

卜算子

咏 梅①

一九六一年十二月

读陆游《咏梅》词,反其意而用之②。

风雨送春归,
飞雪迎春到。
已是悬崖百丈冰,
犹有花枝俏③。

俏也不争春,
只把春来报。
待到山花烂漫时④,
她在丛中笑。

附陆游原词

卜 算 子

咏 梅

驿外断桥边⑤,
寂寞开无主。

已是黄昏独自愁,

更著风和雨⑥。

无意苦争春,

一任群芳妒⑦。

零落成泥碾作尘,

只有香如故。

注释:

① 咏梅:用诗词赞颂梅花。

② 陆游(1125—1210):字务观,号放翁,山阴(今浙江绍兴)人。南宋伟大的爱国诗人。平生力主抗金北伐,收复中原。爱国抱负不为时用,反屡遭投降派压制、排斥、打击。作《咏梅》词以自喻,表示爱国情操生死不渝。同时也流露出孤芳自赏、凄凉抑郁的情调。本词用陆词原调原题,但情调完全相反,所以说"反其意而用之"。

③ 俏:俏丽、俊美。

④ 烂漫:形容颜色鲜丽多彩。

⑤ 驿(yì):驿站。古代官办的供传递公文的人和过往官员中途住宿和换马的处所。断桥:断毁废弃不可通行的桥。

⑥ 更著:再加上。著,同"着"。

⑦ 一任:完全听凭。

她在丛中笑
——读《卜算子·咏梅》

松、竹经严冬而不凋，梅花则傲对冰雪，迎寒盛开，人称"岁寒三友"。在中国传统文化中松、竹、梅是理想人格的象征。在人们的心目中松、竹、梅高洁而坚贞，经得住严酷环境的考验，是中华民族优秀儿女精神、气质和品格的化身。1961年前后是新中国的艰难岁月。中国共产党人和中国人民面临着极其险恶严酷的国内外环境，经受着严峻的考验。在同国内外敌对势力进行艰苦卓绝斗争的日子里，毛泽东先后把劲松和斑竹写进自己的诗篇。当1961年严冬到来之际，毛泽东要为梅花写一首最新最美的赞歌。他重读了前人咏梅的名篇。当读到陆游的《卜算子·咏梅》时，创作灵感的火花闪现，于是"反其意而用之"，写下了《卜算子·咏梅》这首千古绝唱。

陆游是南宋伟大的爱国诗人。他一生积极主张抗金北伐，收复中原。他的爱国抱负不为时用，反而屡遭投降派压制排斥和无情打击，就写了一首《卜算子·咏梅》，表现自己粉身碎骨、至死不变的爱国情操，同时也流露了封建时代一个爱国的知识分子在遭受挫折之后那种孤寂愁苦、悲观消沉、目空一切、孤芳自赏的情怀。毛泽东这首《卜算子·咏梅》采用了和陆词相同的词牌、题目和咏物言志的表现手法，表现了中国共产党人和中国人民乐观无畏的斗争精神和谦逊无私的崇高风格，和陆词的命意不同，所以说"反其意而用之"。

词的上阕写梅花乐观无畏的斗争精神。"风雨送春归，飞雪迎春到。"开头两句先从自然景象的变化写起：暮春的风风雨雨送走了美好的春光，严冬的漫天飞雪又把新春迎接回来。前人多以悲观的眼光来看自然景物的变化，唱的大多是感伤的调子。辛弃疾的《摸鱼儿》感叹"更能消几番风雨，匆匆春又归去"。而毛泽东则用辩证的眼光来观察事物，来看大自然的变化，所以能从消极的现象中，看出它反面的积极因素；从眼前暂时困难的境遇中，看到光明灿烂的未来。对自然界的变化，充满积极乐观的情调，没有丝毫悲观消极的色彩。这里虽没有明写梅花，而梅花已在其中。接着便切入咏梅本题。"已是悬崖百丈冰，犹有花枝俏。"在冰天雪地之中红梅更显得俏丽俊美，"看红装素裹，分外妖娆。"一个"俏"字，写尽了梅花超逸的神韵和高华的风采，显示出一种妩媚动人而又超拔绝俗的美。这两句承"飞雪迎春到"而来。"百丈冰"因"飞雪"而成；"花枝俏"则意味着"春到"。"悬崖百丈冰"极写梅花处境的艰险严酷，但梅花却全然不把百丈冰崖的威严放在眼里，反而挺身而出，开得更加神采飞扬、俏丽动人。显出无限的生命的活力和艰苦卓绝的精神，充分表现了梅花刚强无畏的品格和可敬可爱的风范。诗人用"已是"和"犹有"相呼应，特别强调梅花境遇的艰难险恶与梅花精神的难能可贵。诗人笔下的梅花能经得起严酷环境的考验，在艰险和困难面前不低头，不退缩，不动摇，乐观无畏，旗帜鲜明。环境愈险恶，就愈加意气风发，斗志昂扬，充分表现了大无畏的斗争精神。这正是无产阶级革命领袖的化身，也是当时真正的马列主义战士精神风貌的写照。词的上阕展现了梅花傲立百丈冰崖的崇高境界与俏丽动人的优美形象，洋溢着乐观无畏的斗争精神，一反陆游原词悲凉愁苦的情调。

词的下阕写梅花谦逊无私的崇高风格。"俏也不争春，只把春来报。"梅花冒着冰雪严寒开得分外俏丽，并不是要独占春光，而只是做一名报春的使者，报告春天即将到来的消息，唤醒百花共同为美好春光的到来而奋斗。下阕开头诗人用顶针这种方法来承接过渡，不仅使上、下阕衔接更紧密，进一步强调了梅花形象的俏丽俊美，而且在承接之中有转折、深化和开拓，从写梅花的形象美转写梅花的精神美，展示出梅花毫无利己的动机、一心为百花着想的精神境界。这两句承"犹有花枝俏"而来，进一步说明梅花先百花而放，毫无利己的动机，因而在春天到来之后，她也不要求任何特权。"待到山花烂漫时，她在丛中笑"，等到大好的春光到来，大地万紫千红，漫山遍野山花烂漫的时候，梅花在百花丛中与百花一起欢笑，一起分享大好的春光，分享春天的欢乐。一个"笑"字把梅花写得神采飞扬，光辉照人。这笑是胜利的笑、自豪的笑、幸福的笑、坦诚的笑和真率的笑，是无私奉献精神的闪光。这里集中地体现了梅花坦荡无私的胸怀、纯朴谦逊的性格和与百花打成一片同欢共乐的可亲可近的作风。这不正是无产阶级的革命领袖和真正的马列主义战士崇高的风格吗？真正的革命战士不畏艰险走在革命的前头，只是为了革命的胜利和人民的幸福，此外再也没有别的利己的目的。当时苏共领导赫鲁晓夫诬蔑中共在国际共运中"争领导权"，完全是以他们霸权主义的卑劣心理推度别人。中国共产党人"不称霸"的伟大胸襟是霸权主义者无法理解的。词的下阕展现了春天到来的壮美前景和梅花谦逊无私与群芳同乐的崇高品格，也一反陆游原词的孤芳自赏。

毛泽东的《卜算子·咏梅》和陆游的原词用的都是托物咏怀的手法，句句都是在写梅花，也句句都是在写人。不同诗人笔下的梅花，实际上都是诗人自己的品格和精神的写照。毛泽东笔下的梅花与陆游原词中那种伤寂寞、愁黄昏、怯风雨、孤芳自赏的梅花完全不同。她体现了无产阶级革命领袖和共产主义战士乐观无畏的战斗精神和谦逊无私的崇高风格。毛泽东这首《卜算子·咏梅》既有崇高壮美的意境与优美动人的意象，又富于哲理的光辉与战斗的激情。不仅给人以丰富的美感享受，而且能使人的思想得到启迪，情操得到熏陶，精神受到鼓舞，心灵得到净化，人格得到提升，具有恒久的艺术魅力和审美价值。

咏物言志，由来久远。屈原的《橘颂》以优美的语言生动地描述了橘的外形与内质的美，热烈赞颂了橘"苏世独立，横而不流"，"廓其无求"，

"秉德无私"的崇高志节。全篇以橘自比，借橘自喻，是屈原自己坚贞美德与高洁人格的写照。就其中表现的精神与情怀而言，毛泽东的《咏梅》与屈原的《橘颂》可以说是一脉相承，而就艺术表现而言，《咏梅》较《橘颂》更精练含蓄，灵动传神，可谓青出于蓝而胜于蓝。毛泽东这首咏梅词，一气呵成，婉转相生，刚健挺拔，潇洒流丽，有着全新的意境和风格，是传统的咏梅词的一大革新。

七 律

冬 云[1]

一九六二年十二月二十六日

雪压冬云白絮飞,万花纷谢一时稀。

高天滚滚寒流急,大地微微暖气吹[2]。

独有英雄驱虎豹,更无豪杰怕熊罴[3]。

梅花欢喜漫天雪,冻死苍蝇未足奇。

注释:

[1] 冬云:取首句中词语为题,写冬日酷寒景象,借喻当年时事。

[2] 暖气吹:诗作于当年冬至之后。古谓:"冬至一阳生。"杜甫《小至》诗说:"冬至阳生春又来。"故云"暖气吹"。

[3] 罴(pí):熊的一种,俗称人熊或马熊。熊罴与虎豹同样凶恶,而显得蠢笨。

梅花欢喜漫天雪
——读《七律·冬云》

《七律·冬云》作于1962年12月冬至之后，当时正是西伯利亚的寒流滚滚袭来、冬云密布、大雪纷飞、百花凋零的隆冬季节。1962年国际敌对势力更加猖狂一时，掀起了新的反华恶浪。苏共领导在国际共运中对中共的围攻更加猛烈。在苏共的蒙蔽与压力下四十多个兄弟党发表决议、声明或文章，对中共进行多方指责。苏联连续发表几百篇文章，攻击中共的内外政策。美苏两霸互相争夺又互相勾结，联手对中国施压。他们共同炮制防止核扩散的协议，妄图阻止中国拥有核武器，以保持其核垄断地位。苏联在我国西北新疆策划颠覆叛乱，在我国西南袒护支持印度扩张主义者对我国的大规模武装入侵。美国在我国东面支持蒋介石窜犯大陆，在我国南面派特种部队进入越南南方，准备北犯，对我国形成四面包围的严峻形势。而中国人民在中国共产党领导下团结一心，发愤图强，自力更生，艰苦奋斗，使中国经济走出"低谷"，出现转机。同时迅速地粉碎了印军的进攻和蒋介石窜犯大陆的阴谋。《人民日报》开始发表文章对苏共策动的兄弟党的围攻进行公开答辩与反击。亚非拉各国的民族独立和人民解放运动日益高涨，我们的朋友遍天下。1962年12月26日是毛泽东69岁生日。年近古稀的诗人老当益壮，穷且益坚，满怀豪情地写下了这首托物寓意的政治抒情诗。

诗的前半部分是写景，用象征和对比的手法全面而深刻地概括了当时的国际政治形势。

"雪压冬云白絮飞，万花纷谢一时稀。"首联紧扣题目，写出冬云密布、大雪纷飞、花枝稀少的严冬景象。一个"压"、一个"飞"字突出了风雪的淫威。"一时稀"则说明在风雪的淫威之下，仍有花枝迎风冒雪喷芳吐艳，开得俏丽，只不过暂时显得稀少一些罢了。这种严冬的景象正是当年国际政治气候的艺术写照。这里诗人通过景物描写，用比兴象征的手法写出了各种敌对势力的猖獗。他们从各方面对我们进行攻击，施加压力，妄图使我们向他们屈服，使我们暂时成为少数。"雪压冬云"象征反动势力的凶猛；"白絮飞"象征其攻击花样的繁多。从表面看反动势力气焰很嚣张，形势很严重，我们的处境好像很困难很孤立，但这不过是表面的暂时的现象。所以颔联接着写道："高天滚滚寒流急，大地微微暖气吹。"高空中寒流滚滚，来势凶猛，可是大地上春天的暖气已经微微吹动了。颔联仍就严冬的气候来着笔。就节令来说，当时冬至已过。古人说"冬至一阳生"。杜甫《小至》诗云"冬至阳生春又来"，都是说到冬天最严寒的时候也就是回暖的开始。诗人以唯物辩证的观点来体察自然景象，在寒流滚滚的时候，已经感到春天的气息。这里"高天"象征当时国际上一小撮高层反动头子，也就是当时人们所说的"三尼"[①]。"寒流"指他们掀起的反华逆流。"大地"象征世界各国广大下层人民。"暖气"是广大人民革命热情与火热斗争的象征。这里诗人用比兴象征生动形象地说明了，尽管国际上一小撮高层反动头子加紧掀起反华逆流，而广大下层人民，特别是亚非拉各国人民的革命热情和革命斗争仍在不断高涨。从本质上看，气势汹汹猖狂反华反共的人，只不过是一小撮高层反动头子，而广大下层人民，特别是亚非拉各国人民是和我们站在一起的，是要革命的。我们的朋友遍天下。我们并不孤立。从长远观点来看，严寒的冬天即将过去，大好的春光就在前头。我们的困难处境是暂时的。我国的国民经济正走出"低谷"，开始出现转机，大好的形势就要到来。诗人透过现象看本质，用长远的观点看事物，在困难中看到光明的未来，表现了一个革命家敏锐的洞察力和高度的乐观主义精神。

诗的后半是与严冬景物相结合的抒情性的议论，赞颂了中国人民的英雄气概和革命战士的崇高品质，表现了对卑猥的机会主义者的蔑视。

"独有英雄驱虎豹，更无豪杰怕熊罴。"颈联的议论和抒情仍不离严冬的景象。在冰天雪地中虎豹、熊罴纷纷出动了。但是只有英雄赶走虎豹，更不会有豪杰害怕熊罴。"英雄""豪杰"指敢于斗争敢于胜利的人民和革命战士。"虎豹""熊罴"各有所指。二者同样凶恶，后者却更显得蠢笨。"虎豹"喻张牙舞爪、穷凶极恶的帝国主义，它们对新中国虎视眈眈。英雄的中国人民不仅把它们赶出了中国大陆，而且把打到鸭绿江边的帝国主义侵略者赶回"三八线"以南。"熊罴"指社会帝国主义及其支持的反动派。在当年的加勒比海危机中，苏共领导赫鲁晓夫冒险将导弹核武器运进古巴，又在美国的胁迫威逼下从古巴撤出，在超级大国的争夺中真像熊罴一样蠢笨。苏联领导及其支持的反动派在我国西北和西南边境蠢蠢而动，碰得头破血流。这里诗人以英雄豪杰与虎豹熊罴相对比，歌颂了打虎的英雄人民，表现了对凶恶愚蠢的反华敌对势力的蔑视，以豪壮的诗句表现了中华民族的英雄气概。最后一联回应首联，并以梅花与苍蝇相对比："梅花欢喜漫天雪，冻死苍蝇未足奇。"梅花不怕冰雪严寒，喜欢漫天的风雪，越是寒冷，它越开得俏丽动人，光彩夺目；而那些经不起冰雪冷冻的苍蝇在这严寒的冬天被冻死，理所当然，不足为奇。"梅花"指坚贞不屈风骨凛然的革命战士；"苍蝇"指那些混进革命队伍的败类，那些玷污马列主义的纯洁性和共产党称号的机会主义者。最后一联说明真正的革命战士是无所畏惧的，他们能经得起任何严酷的考验。对真正的革命战士来说，斗争就是幸福，就是欢乐。"与天奋斗，其乐无穷！与地奋斗，其乐无穷！与人奋斗，其乐无穷!"而那些混进革命队伍的败类,那些经不起严重斗争考验的软骨头,变节投降,丧失其政治生命是不足为奇的,是历史的必然现象。这里诗人以精当的比喻和鲜明的对比热烈地赞颂了真正的革命战士坚贞不渝的崇高品质和乐观战斗精神,表现了对混进革命队伍的机会主义者的蔑视。

毛泽东这首《七律·冬云》在艺术上最突出的特点是比兴和对比的运用。诗中的冬云、白絮、万花纷谢、高天、大地、寒流、暖气、虎豹、熊罴、梅花、苍蝇都是比喻象征,各有所指。特别是高天与大地、寒流与暖气、虎豹与熊罴、梅花与苍蝇等比喻,都精当贴切,不唯得其形,尤其得其神。可谓惟妙惟肖,出神入化。而不同的比喻又形成对比,体现了鲜明强烈的爱憎感情。

毛泽东这首诗写冬日苦寒的景象,与曹操《苦寒行》中的一些描写有点相近。曹诗云:"树木何萧瑟,北风声正悲。熊罴对我蹲,虎豹夹路啼。谿谷少人民,雪落何霏霏!"诗中也写到风雪草木、虎豹熊罴。但曹诗是写实纪事,而毛泽东这首诗写冬日的景象则是象征抒情。通过冬日景物的描写,表达了强烈的爱憎感情,寓有深刻的革命哲理。曹诗以熊罴虎豹写路途的荒寒险绝,毛泽东则用以反衬革命人民的英雄气概。曹诗沉郁悲壮,毛泽东这首诗则乐观豪放。毛泽东这首《七律·冬云》是革命战士的冬日之歌,充分表现了无产阶级革命家乐观战斗的情怀和豪壮的英雄气概。

注:

① 三尼:当时美国总统肯尼迪、苏共第一书记尼基塔·赫鲁晓夫和印度总理尼赫鲁。三人名字中都有一个"尼"字,人们称为"三尼"。

满江红

和郭沫若同志

一九六三年一月九日

小小寰球①,
有几个苍蝇碰壁。
嗡嗡叫,
几声凄厉②,
几声抽泣③。
蚂蚁缘槐夸大国④,
蚍蜉撼树谈何易⑤。
正西风落叶下长安⑥,
飞鸣镝⑦。

多少事,从来急;
天地转,光阴迫。
一万年太久,
只争朝夕⑧。
四海翻腾云水怒,
五洲震荡风雷激⑨。
要扫除一切害人虫,
全无敌。

附郭沫若原词

满 江 红

沧海横流⑩,

方显出英雄本色。

人六亿,

加强团结,

坚持原则。

天垮下来擎得起⑪,

世披靡矣扶之直⑫。

听雄鸡一唱遍寰中⑬,

东方白。

太阳出,冰山滴;

真金在,岂销铄?

有雄文四卷,

为民立极⑭。

桀犬吠尧堪笑止⑮,

泥牛入海无消息⑯。

迎东风革命展红旗,

乾坤赤。

注释:

① 寰球:全地球。寰(huán),同"环"。

② 凄厉:凄惨尖厉的叫声。

③ 抽泣:抽咽地低声哭泣。

④ 蚂蚁缘槐：缘，沿着，凭借着。唐朝李公佐小说《南柯太守传》说：有个叫淳于棼（fén）的人做梦当了"大槐安国"的驸马，并出任南柯太守。觉醒后，发现"大槐安国"原来是槐树下的一个大蚂蚁洞。这里用以讽刺嘲笑当时以超级大国自居的霸权主义者。

⑤ 蚍蜉撼树：蚍蜉（pí fú），大蚂蚁。撼，摇动。唐朝韩愈《调张籍》："蚍蜉撼大树，可笑不自量。"

⑥ "正西风"句：化用唐朝贾岛《忆江上吴处士》诗"秋风生渭水，落叶满长安"句意。喻敌对势力零落衰败，害人虫末日临近。

⑦ 鸣镝（dí）：古时一种射出去能发响声的箭，也叫响箭。古代军中用为攻击的号令。

⑧ 朝夕：一朝一夕，不到一天的短暂时光。

⑨ "四海""五洲"二句：喻世界各地民族独立的风云怒涛和人民革命的风暴雷霆。

⑩ 沧海横流：大海四处泛滥，喻当时反共反华的逆流。

⑪ 擎：托举。

⑫ 披靡：倒伏，倾倒。

⑬ "听雄鸡"二句：喻中共反击苏共围攻的声音传遍世界，革命真理大白于天下，世界形势开始明朗。1962年12月15日，《人民日报》发表《全世界无产者联合起来，反对我们的共同敌人》的社论，对苏共领导策划的兄弟党对中共的围攻进行公开答辩与反击。寰中：全世界。

⑭ 立极：树立革命的最高准则。

⑮ 桀犬吠尧：喻当时一些人受霸权主义者指使，起劲地攻击中国共产党。桀，夏代的暴君。尧，古代的圣君。汉朝邹阳《狱中上梁王书》："桀之犬可使吠尧。"喻坏人可指使恶狗咬好人。堪笑止：可笑已极。

⑯ 泥牛入海：宋僧道原《景德传灯录》："我见两个泥牛斗入海，直至如今无消息。"喻那些受人耍弄攻击中共的人像泥偶掉进海里一样无影无踪销声匿迹。

要扫除一切害人虫
——读《满江红·和郭沫若同志》

"高天滚滚寒流急,大地微微暖气吹。"1962年是国际敌对势力反华最猖狂、最嚣张的年头,也是我国的国民经济开始好转,中国人民开始对国际敌对势力进行胜利反击的年头。正当全国人民满怀胜利的豪情迈过1962年,抱着坚定的信心迎接1963年到来的时候,老诗人郭沫若在1963年1月1日的《光明日报》上发表了一首《满江红·一九六三年元旦抒怀》,热烈赞颂中共和毛泽东以及中国人民在内外斗争中的英雄气概与辉煌胜利。特别是郭沫若对指挥和参与反华大合唱的小丑们的嘲笑与蔑视引起了毛泽东的共鸣,使他诗兴勃发,就依调写了这首《满江红·和郭沫若同志》。毛泽东这首和词绘声绘神、穷形尽相地刻画了反华头目的丑态,生动形象地概括了世界人民革命斗争的形势,是声讨国际反华敌对势力的檄文,也是对反华敌对势力进行总反击的号角。

词的上阕嬉笑怒骂,用一连串的比拟刻画了敌人的丑态,写出敌人的可卑、可怜、可笑和可悲,表现了一个伟大的革命家对敌人的蔑视。

"小小寰球,有几个苍蝇碰壁。"开头两句起势非凡,出语惊人。诗人超越地球从太空观照宇宙,只见小小的地球上有几只昏头昏脑的苍蝇瞎碰乱撞。"苍蝇"指当时世界上一小撮猖狂反华的小丑。在诗人看来这几个反华小丑猖狂的反华活动,只不过是几只没头的苍蝇瞎碰乱撞,垂死挣扎而已。环球尚且小小,苍蝇更微不足道了。这里诗人以宇宙之大形苍蝇之微,极写反华小丑的渺小可卑。同时表现了诗人无限广阔的视野,无限壮阔的胸怀,无限宏伟的气概。那几个碰了壁的苍蝇"嗡嗡叫,几声凄厉,几声抽泣"。"凄厉"是凄凉绝望、尖锐刺耳的叫声;"抽泣"是伤心地低声哭泣。一小撮反华头子声嘶力竭地对我们进行诅咒和叫骂,不管怎样喧嚣一时,只不过是苍蝇嗡嗡乱叫,也不过是他们自己垂死的哀鸣和惨败的悲泣罢了,无损我们一根毫毛。这里诗人极其形象地刻画了敌人的可怜相,说明那一小撮反华头子不过是几只可怜虫。当时国际上的反华头子又是狂妄的霸权主义者。"蚂蚁缘槐夸大国,蚍蜉撼树谈何易。"他们像爬到树上的蚂蚁夸耀自己的洞穴是什么大国,像蚍蜉要撼动大树一样谈何容易。"蚂蚁缘槐"的典故出自唐人李公佐的《南柯太守传》。说是一个叫淳于棼的人,在大槐树下睡觉,做梦在大槐安国当了驸马,出任南柯太守二十余年。一觉醒来,原来是南柯一梦。所谓"大槐安国"原来是槐树下的一个大蚁穴,而南柯郡不过是大槐树南枝上的一个小蚁穴。"蚍蜉撼树"是化用唐人韩愈《调张籍》一诗中"蚍蜉撼大树,可笑不自量"的成句。"蚍蜉"是比蚂蚁大点的黑蚁,与"蚂蚁"同样都比喻以超级大国自居的霸权主义者。当时的霸权主义者凭借前人的基业招摇撞骗,实行大国沙文主义,以势压人,胡作非为,妄图歪曲马列主义真理,并企图颠覆伟大的社会主义中国。他们以超级大国自居,妄图称霸世界,主宰人类命运。他们肉麻地吹嘘什么:"我们(指两个超级大国)都是世界上最强大的国家,如果我们为和平联合起来,那么就不会有战争,那时候,如果有某个疯子想挑起战争,我们只要用手指头吓唬他一下,就足以使他安静下来。"想想看,这两句诗不正是这种人的绝妙写照吗?这里诗人极其辛辣地嘲笑了霸权主义者的狂妄自大与荒唐可笑。最后诗人用"正西风落叶下长安,飞鸣镝"写反华敌对势力的零落衰败和我们对反华敌对势力的强大的反击。"西风落叶"是化用唐人贾岛"秋风生渭水,落叶满长安"的成句。长安是唐朝的国都。贾岛原诗写长安深秋凄凉零落的景象。这里借以形容反华敌对势力日暮途穷、零落衰败的气象,也意味着害人虫末日的临近。与"蚂蚁缘槐夸大国"和苍蝇的"凄厉""抽泣"相照应。"鸣镝"就是响箭,射出时能发出响声,是古代战争中发起进攻的信号。"飞鸣镝"象征着我们对反华敌对势力开始强有力地反击。最后两句既写出了敌人所面临的零落衰败末日将至的可悲命运,也表现了革命力量反击敌人的强大声势。词的上阕淋漓尽致地刻画了反华敌对势力的丑态,写出了他们的可卑、可怜、可笑和可悲,是对反华敌对势力无情的讽刺、辛辣的嘲笑、深刻的揭露和有力的鞭挞。

词的下阕直抒胸臆,以气势逼人的议论,纵谈当时所说"反修"斗争的紧迫和世界革命的形势,赞颂了革命洪流无坚不摧的威力,表现了伟大革命家彻底革命的精神。

"多少事,从来急;天地转,光阴迫。一万年太久,只争朝夕。"下阕开头六句承"飞鸣镝"而来,说明革命势力开始反击之后形势急变,时不待人。大是大非,势在必争。原则斗争,刻不容缓。这几句字词简短,节奏急促,一气而下,滔滔不绝,造成一种逼人的气势,给人一种强烈的紧迫感。1962年下半年,我们开始对敌人进行强有力的反击之后,事态很快发展到敌人愿望的反面。那些气势汹汹向我们发动进攻的人,一个个败下阵来;那些掀起反华大合唱,首先发动公开论战的人,在我们刚刚开始回答他们的攻击,射出反击的响箭击中他们的要害时,他们又对论战怕得要死,喊起停止公开论战来,想以此封住我们的嘴。这就完全暴露了他们虚弱的本质。这里充分地表现了诗人胜利的信心和在论战中的坚定态度,也是对敌人"缓兵之计"的迎头痛击。为什么这场斗争刻不容缓呢?且看当时的世界形势:"四海翻腾云水怒,五洲震荡风雷激。"世界人民的革命斗争像四海的怒涛滚滚翻腾,像五洲的风雷震荡着大地。这里诗人向我们展示了20世纪60年代五洲四海风起云涌,革命风暴席卷全球的波澜壮阔的图景。说明国家要独立,民族要解放,人民要革命,已经成为当时不可抗拒的历史潮流。形势逼人,机不可失。最后两句"要扫除一切害人虫,全无敌",是伟大的预言,也是庄严的号召。一方面肯定世界人民革命斗争的风暴威力无穷,那些苍蝇、蚂蚁、虎豹、熊罴及其他一切害人虫都将被革命的风暴扫除，被革命的怒潮淹没，在革命的风暴中灭亡。另一方面也是号召全世界人民把革命进行到底。是鼓舞世界人民革命斗争的号角，也是声讨反动势力的檄文。充满了对革命胜利的坚强信念，表现了革命力量所向无敌的气势。

这首词上阕写反华小丑的丑恶表演，多用比拟，幽默诙谐，绘声绘神，穷形尽相地刻画了敌人的丑态；下阕写革命力量所向无敌的声势，多用议论，滔滔不绝，如江河直下。语气庄重，气势逼人，表现了革命的浩然正气。既有辛辣的讽刺，又有深刻的哲理，充满了战斗的激情，闪耀着理想的光辉。表现了诗人英雄的气概，广阔的胸怀，必胜的信心和潇洒的风度。上、下两阕交相为用，敌我双方形成鲜明对比，表达了诗人强烈的爱憎感情。日常口语和诗文典故熔为一炉，和谐而自然。前后呼应，形成一个统一的整体。嬉笑怒骂，皆成文章。亦庄亦谐，相映成趣。实为词中创格，可谓千古绝唱。

1963年1月9日，这首词写成的当天，毛泽东就把这首词的初稿写给自己亲密的战友周恩来。现存这首词最早的手迹上写着"书赠恩来同志"，这是两位伟人战斗友谊的历史见证。这首词发表之后，词里"蚂蚁缘槐夸大国，蚍蜉撼树谈何易""一万年太久，只争朝夕"和"四海翻腾云水怒，五洲震荡风雷激"等生动传神、寓意深刻、富有哲理的词句，成为广为传诵的警句名言。1972年2月21日，美国总统尼克松访华时曾引用过这首词里"一万年太久，只争朝夕"的名句，可见其影响之深远。毛泽东逝世后这首词的手迹镌刻在毛主席纪念堂南大厅正北面的汉白玉壁上供后世瞻仰。这也是毛泽东留给中国人民宝贵的精神财富，将成为中华儿女自强不息，把握机遇，只争朝夕实现伟大民族复兴与腾飞的强大精神动力。

七 律

吊罗荣桓同志①

一九六三年十二月

记得当年草上飞②,红军队里每相违③。
长征不是难堪日④,战锦方为大问题⑤。
斥鷃每闻欺大鸟⑥,昆鸡长笑老鹰非⑦。
君今不幸离人世,国有疑难可问谁?

注释：

① 罗荣桓（1902—1963）：湖南衡山人。1927年加入中国共产党，曾参加湘赣边界秋收起义。1930年起，历任红军第四军政治委员，第一军团、江西军区、第八军团政治部主任，八路军第一一五师政治部主任、政治委员兼代理师长，山东军区司令员兼政治委员，中共中央山东分局书记，中国人民解放军第四野战军第一政治委员，中国人民解放军总政治部主任等职。1955年荣获元帅军衔。在中共八届一中全会上当选为中央政治局委员。1963年12月16日在北京逝世。毛泽东一向很敬重对党和人民无限忠诚的罗荣桓，他在知道罗逝世的消息以后悲痛逾常，这首悼诗就是在悲痛的激情中写成的。由于罗曾长期同林彪共事，所以诗中提到林彪的事。诗末"国有疑难可问谁？"也是为林彪的事而发。

② "记得"句：借用传为唐朝黄巢《自题像》的诗句。草上飞，指红军游击战的灵活、机动、快速。

③ 每相违：常有不同意见的争论。

④ "长征"句：长征中的问题还不是让人最难以忍受的。指遵义会议后，毛泽东率中央红军迂回作战，摆脱敌人的追堵。林彪认为这样"走弓背路"要"拖垮部队"，写信要求改变军委领导。被政治局会议拒绝，并受到批评。

⑤ 战锦：攻打锦州。这是决定辽沈战役和全国战略决战的关键性一仗。毛泽东在1948年9月7日为中央军委写的给林彪、罗荣桓等的电报早已详细说明攻打锦州的重大意义和同先打长春的利害得失的比较，但林彪仍找出种种理由反对。罗荣桓坚决主张执行中央军委和毛泽东的战略决策，保证了攻打锦州和辽沈战役的完全胜利。

⑥ 斥鷃（yàn）：在蓬蒿间飞腾跳跃的小雀。大鸟：大鹏。《庄子·逍遥游》说，斥鷃笑大鹏飞得太高，认为自己在蓬蒿间飞翔，也是飞得最好的了。

⑦ 昆鸡：即鹍鸡或鶤鸡，一种大鸡。《尔雅·释畜》："鸡三尺为鶤。"俄国克雷洛夫寓言《鹰和鸡》说，鸡耻笑偶然低飞的鹰，鹰回答说：鹰有时比鸡还飞得低，但鸡永远不能飞得像鹰那样高。

国有疑难可问谁
—— 读《七律·吊罗荣桓同志》

罗荣桓是毛泽东忠实的学生和挚友。1927年罗荣桓参加了秋收起义，跟毛泽东上了井冈山，参加过著名的三湾改编和古田会议。几十年来他忠实地执行党的正确路线，同错误路线进行了不屈不挠的斗争，为创建和发展党所领导的人民军队，特别是为人民军队的政治建设工作，做出了卓越的贡献。罗荣桓一生立场坚定，旗帜鲜明，赤胆忠心，光明正大，坚持原则，实事求是，坚持团结，联系群众，为中国人民的革命事业献出了毕生的精力，受到全党全军和全国人民的爱戴。叶剑英在诗中赞扬他："毕生战斗明敌我，侪辈庄严一典型。"

1963年12月16日下午，在战友贺龙、张爱萍等同志以及夫人林月琴和孩子们的守护下，罗荣桓走完了61岁的人生。临终前他对孩子们说："我没有遗产留给你们，没有什么可以分给你们的，爸爸就留给你们一句话，坚信共产主义这一伟大真理，永远干革命。"他不断地重复地说："我革命这么多年，选定一条。就是要跟着毛主席走。"① 毛泽东在政治局常委会议上，得知罗荣桓不幸逝世的消息，领头起立默哀，并深情地说：这个同志有一个优点，很有原则性，对敌狠；对同志有意见，当面说，不背地议论人；一生始终如一。一个人几十年如一日不容易。原则性强，对党忠诚。对党的团结起了很大的作用。此后几天，毛泽东一直沉浸在悲痛之中。在一个不眠之夜，他怀着无限的深情写下了《七律·吊罗荣桓同志》这首悼念战友的光辉诗篇，结合人民军队和人民革命战争的历史，肯定了罗荣桓一生重大的功绩，赞颂了罗荣桓崇高的革命品德，表达了对罗荣桓同志病逝的无限痛惜和哀思。

"记得当年草上飞，红军队里每相违。"首联先从红军草创时期写起。当年在井冈山一带打游击的岁月里，红军内部就常有不同意见的争论和思想路线分歧。开头一句借用托名黄巢《自题像》一诗中的成句暗以黄巢起义喻秋收起义。"草上飞"三字极其传神地突出了红军游击战争灵活机动、忽东忽西、出没无常的特点。"相违"的"违"有"背"和"离"的意思，"相违"也作"离别"解，这里则是说有不同见解主张和思想路线分歧。这里诗人提到"红军队里每相违"，言外之意是赞扬罗荣桓从红军草创开始就坚定地站在正确路线一边，自然也会使人联想起当年林彪一再提出的"红旗能打多久"的问题。颔联则从长征写到解放战争："长征不是难堪日，战锦方为大问题。""难堪"是难以忍受、受不了的意思。红军长征是王明"左"倾错误造成的恶果。红军在长征路上遇着了"数不尽的艰难险阻"，也存在着复杂的思想路线斗争。就在遵义会议之后林彪还给中央军委写信，要求改变军委领导。那么为什么说"不是难堪日"呢？因为从井冈山的斗争到锦州之战以前的长时期都是积蓄革命力量的战略准备阶段，这个阶段的胜败得失，只影响战略决战的迟早，而不直接决定战略决战的成败。至于林彪的错误主张，很快被政治局完全拒绝。后来毛泽东又把罗荣桓派到林彪所在的一军团。问题的解决没遇到什么困难。所以毛泽东感到长征发生的事还不是最难堪的。而锦州之战则不同了。锦州之战是最后夺取全国政权的战略决战的开始，是事关全局和最后胜利的关键。所以毛泽东对锦州之战特别重视。他特别指示东北我军："中心注意力必须放在锦州作战方面，求得尽可能迅速地攻克该城。即使一切其他目的都未达到，只要攻克了锦州，你们就有了主动权，就是一个伟大的胜利。"② 在这样一个紧要关头和关键问题上，作为东北野战军司令员的林彪，却与毛泽东的正确主张唱反调。说"锦州方面无仗可打"，硬要攻打长春，和毛泽东英明的战略决策相对抗。以致毛泽东不得不连发七十多封电报，对林彪提出严厉批评。就在锦州战役将要打响时，林彪又向中央军委发急电，要求改变作战方案，放弃先打锦州，回头去打长春。罗荣桓得知后对林彪进行耐心的劝说和批评，才使林彪同意给中央军委发电说"拟仍攻锦州"。正是由于罗荣桓同志坚决主张执行中央军委和毛泽东的战略决策，才保证了攻打锦州和辽沈战役的胜利。这里毛泽东充分肯定了罗荣桓重大的历史功绩，同时也从林彪的历史表现透露出对林彪的疑虑。颈联从写罗荣桓同志的历史功绩转写罗荣桓同志的为人："斥鷃每闻欺大鸟，昆鸡长笑老鹰非。"这里"大鸟"指鲲鹏，喻罗荣桓。毛泽东曾对罗荣桓的夫人林月琴说："荣桓同志是老实人，可又有很强的原则性，能顾全大局，一向对己严，待人宽。做政治工作就需要这样的干部。当然，老实人免不了受人欺负。这也没什么，历史总会正确评定人们的功过是非。在世界上要办成几件事，没有老老实实的态度是不行的。我们共产党人都要做老实人。"③"斥鷃"又称"尺鷃"，是一种小雀。这里用的是《庄子·逍遥游》里的故事。说"穷发之北，有冥海者，天池也。……有鸟焉，其名为鹏，背若泰山，翼若垂天之云，抟扶摇而上者九万里，绝云气，负青天，然后图南，且适南冥也。斥鷃笑之曰：'彼且奚适也！我腾跃而上，不过数仞而下，翱翔蓬蒿之间，此亦飞之至也，而彼且奚适也！'"诗人引用这个寓言故事说明那些目光短浅、胸无大志的人，不可能正确理解坚持原则、忠实地执行党的正确路线的革命家。"昆鸡"又作"鹍鸡"。这里就指一般的鸡。诗人用的是俄国克雷洛夫寓言《鹰和鸡》的故事。列宁曾经引用这个寓言故事赞扬德国工人阶级的领袖马克思主义者卢森堡"始终是一只鹰"，斥责机会主义者考茨基之流只是工人运动后院粪堆里的一群鸡。指出"鹰有时比鸡飞得低，但鸡永远飞不到鹰那么高"。诗人把罗荣桓同志比作鲲鹏和雄鹰，高度赞扬了罗荣桓同志忠实执行党的正确路线，坚持革命原则的精神和目光远大、胸怀全局、襟怀坦荡、无私无畏的崇高品格，斥责了那些目光短浅、自鸣得意、叽叽喳喳、拨弄是非、嘲笑和打击罗荣桓同志的小人。这里诗人借用中外两个寓言故事中的艺形象，通过对比突出了罗荣桓同志高大的形象、高尚的品格和崇高的精神。诗的末联点明题意："君今不幸离人世，国有疑难可问谁？"诗人以向故人倾诉的语气，表达了对罗荣桓不幸逝世的无限哀伤和痛惜。说明像罗荣桓同志这样几十年如一日忠于党的正确路线，坚持革命原则，实事求是，光明正大，可以定大事、决疑难的同志不可多得。他的逝世是党和国家的重大损失。这是毛泽东对罗荣桓最崇高的评价，也表现了毛泽东高度的政治警觉和对国家对人民高度负责的精神。

"国有疑难可问谁？"为何而发？毛泽东心中的疑难是什么？1959年庐山会议以后，毛泽东曾经单独找罗荣桓谈国防部部长的人选问题。后来毛泽东在一次会议上说："当时，我让罗荣桓同志谈谈看法，已经定了林彪。罗说林彪打仗还可以，就是主持全面工作不一定很行，一是身体，最主要的是，林这个人喜欢搞小圈子，不能团结多数同志是他的弱点，现在看来，罗荣桓的观点是有预见的。"④1959年庐山会议以来，毛泽东虽重用林彪，但一直心存疑虑。长期以来毛泽东当然很看重林彪的军事指挥才能，但在重大政治原则上却不完全放心。至少认为他在政治上不成熟，"还是个娃娃"。所以在不同时期的紧要关头，多次安排能坚持原则老成持重的罗荣桓与林彪共事，也有在政治路线和重大原则上把关的意思，而罗荣桓也没有辜负毛泽东的希望。在当时来说最了解林彪、最能坚持原则、实事求是、敢讲真话的就是长期和林彪共事的罗荣桓。罗荣桓同志逝世后，毛泽东悲痛逾常格外痛惜的原因也在这里。

毛泽东这首诗真挚而坦诚，是诗人发自内心深处的肺腑之言。在对亡友的悲悼中委婉地吐露了自己的忧思疑虑，是毛泽东自己的心声。

有人说，林彪当时正受重用，不会在这里涉及林的问题。近日看到李雪峰对1965年批判罗瑞卿的回忆："搞掉罗瑞卿，并不等于说毛主席就十分信任林彪。主席考察干部是反复的、长期的。他批评彭德怀时就说过林彪'别的事都是马列主义，就是对自己的病的看法是唯心主义'……抗美援朝这么大一件事,高级干部理应为之拼命的。然而主席提出让林彪指挥时,他竟推了。还认为不应出兵,自己跑到苏联养病去了。""联系到早在长征途中的会理会议上林彪就反对过主席。主席遇到困难时林彪会怎样,主席一定会反复考虑的。"又说"林彪越捧主席,主席就越警觉"。"文革"期间,"毛还是不完全放心,不让林有权调动军队"[5]。可见毛泽东在《七律·吊罗荣桓同志》这首诗中流露出对林彪的疑虑是可以理解的。

注:

[1][3][4]《毛泽东与罗荣桓的深厚革命友谊》,海疆在线 www.haijiangzx.com。

[2]《关于辽沈战役的作战方针》,《毛泽东选集》第四卷,第1280页。

[5]李雪峰:《我所知道的"文革"发动内幕》,载张化、苏采青主编《回首"文革"》,中共党史出版社2003年版。

贺新郎
读 史

一九六四年春

人猿相揖别①。
只几个石头磨过②,
小儿时节③。
铜铁炉中翻火焰④,
为问何时猜得⑤?
不过几千寒热⑥。
人世难逢开口笑⑦,
上疆场彼此弯弓月⑧。
流遍了,郊原血⑨。

一篇读罢头飞雪⑩,
但记得斑斑点点,
几行陈迹。
五帝三皇神圣事⑪,
骗了无涯过客⑫。
有多少风流人物?
盗跖庄屩流誉后⑬,
更陈王奋起挥黄钺⑭。
歌未竟,东方白⑮。

注释:

① 揖别:拱手作揖,客气礼貌地告别。

② 石头磨过:把石头磨成石器,指石器时代。

③ 小儿时节:人类历史初期的原始社会。

④ "铜铁"句:指青铜器时代和铁器时代。青铜器和铁器都要用炉火冶炼和翻铸。

⑤ 为问:试问、请问;猜得:猜中,准确地推断出来。

⑥ 几千寒热:几千年寒暑。寒热,寒暑,经一个寒暑即过了一年。

⑦ "人世"句:化用唐朝杜牧《九日齐山登高》:"尘世难逢开口笑。"这里是说阶级社会里矛盾忧患很多而和谐欢乐很少。

⑧ 弯弓月:将弓拉开成满月形。宋苏轼《江城子·密州出猎》:"会挽雕弓如满月。"

⑨ "流遍"二句:为"郊原(上)流遍了血"的倒装。郊原:郊外原野。

⑩ 一篇:指一部中国古代史。头飞雪:使人头发都白了。

⑪ 五帝三皇:即三皇(又称三王)五帝,均为传说中的上古人物。具体所指,其说不一。旧史奉为中国历史上最早的几位神圣的帝王。

⑫ 无涯:无穷无尽。过客:过往的客人,泛指古往今来的人们。

⑬ 盗跖(zhí):跖被古代统治阶级污蔑为"盗",后来袭称盗跖,春秋时人。庄蹻(juē),战国时人。近人多认为他们是当时被压迫阶级起义的领袖。《荀子·不苟》称盗跖"名声若日月"。同书《议兵》又称:"庄蹻起,楚分而为三四。"

⑭ 陈王:秦末农民起义领袖陈胜。他进占陈县(今河南淮阳县)后称王。黄钺(yuè),(饰以黄金的)长柄大斧。《书·周书·牧誓》:"王(指周武王)左杖黄钺,右秉白旄以麾(挥)。"这里泛指武器。

⑮ 歌未竟,东方白:这首词还未写完,天已亮了。唐朝李贺《酒罢,张大彻索赠诗,时张初效潞幕》:"吟诗一夜东方白。"竟,终了。"东方白"也象征中国革命胜利。

一篇读罢头飞雪
——读《贺新郎·读史》

毛泽东历来很重视历史研究。他说我们"不但要懂得中国的今天,还要懂得中国的昨天和前天"[①]。斯诺在《西行漫记》中说:"他博览群书,对哲学和历史有深入的研究。"新中国成立后,日理万机的毛泽东以惊人的毅力通读了二十四史。直到晚年视力很差的时候,还让人给他选读二十四史。据给他读书的同志说:二十四史的重要部分,他起码读过三遍以上,并在书上写了大量眉批。

1964年春,毛泽东读罢旧史,思潮奔涌,浮想联翩,我国几千年和人类几百万年的历史景象与人类社会发展的远景呈现在脑际,于是就挥动巨笔,写下了纵贯天地古今、气吞千秋万代的雄伟诗篇《贺新郎·读史》,以简明风趣的诗句和鲜活生动的艺术形象解读了中国和整个人类漫长的历史,抒发了自己读史的感受,发挥了自己的历史见解,闪耀着历史唯物主义的思想光辉。

词的上阕用形象的比喻解读了人类社会的历史。

"人猿相揖别。只几个石头磨过,小儿时节。"开头三句写人类的起源和人类历史上最初出现的原始社会。"揖别"是客气地礼貌地告别。人类是类人猿经过长期的劳动自然而然进化而来的。人类告别动物世界,没有经过什么矛盾冲突和平地进入人类社会与人类文明。所以说是"揖别"。"人猿相揖别"形象地突出了从猿到人的转化的特点。作为这个转变的标志是人类能够制造和使用简单的工具。"只几个石头磨过"正是原始社会初期石器时代的写照。原始社会初期工具简陋,生产力低下,人们靠集体劳动勉强维持生活，没有剩余物品，也没有私有观念。人类还处于蒙昧时期，天真而纯朴。所以说是"小儿时节"。这里诗人完全运用比兴写出人类社会的出现和原始社会的生活图景，形象生动，亲切自然，亦庄亦谐，兴味盎然。

"铜铁炉中翻火焰，为问何时猜得？不过几千寒热。"这三句写金属工具的制造使用和阶级社会的出现。"铜铁炉中翻火焰"生动地描绘了人类冶炼铜铁和制造铜器铁器的壮丽场景。铜铁的发现和铜器铁器的使用，对生产力的提高和人类社会的发展有重大作用。一般认为青铜器的出现是奴隶社会的标志；铁器的出现是封建社会的标志。而铜器铁器在我国何时出现，我国的奴隶社会和封建社会究竟始于何时，学术界众说纷纭，莫衷一是。所以诗人"为问何时猜得？"然而有一点是肯定的，"不过几千寒热"。所谓"猜得"也就是准确地推断出来。"寒热"犹寒暑。每年都有个寒暑的变化。"不过几千寒热"也就是说不过只有几千年的历史，极言其短。这里诗人用"铜铁炉中翻火焰"生动地说明阶级社会是随着生产工具的改进和生产力的提高出现的，在人类发展的历史长河中是短暂的。

"人世难逢开口笑，上疆场彼此弯弓月。流遍了，郊原血。"这几句描绘了阶级社会压迫者与被压迫者之间的对立仇恨和战争流血的图景。"人世难逢开口笑。"在阶级社会里忧患多而欢乐少，人们难得开心一笑，对立的双方更不会笑脸相迎。"上疆场彼此弯弓月。"当双方的矛盾激化到一定程度时，就会在战场上弯弓张弩、刀兵相见，拼个你死我活。结果是："流遍了，郊原血。"造成尸横遍野，血流成河的惨相。这里诗人用生动的艺术形象展示了阶级社会里阶级斗争的惨烈景象。在阶级社会里，人类的历史就是阶级斗争的历史。正如毛泽东所说："阶级斗争，一些阶级胜利了，一些阶级消灭了，这就是历史，这就是几千年的文明史。"②

词的上阕，诗人用生动的艺术形象，概括了人类社会从原始社会到阶级社会的转变过程和几千年来阶级社会的历史图景。说明阶级和阶级斗争是社会生产力发展到一定阶段的必然产物，是不以人们的意志为转移的。

词的下阕，形象地批判了旧史的唯心史观。

"一篇读罢头飞雪，但记得斑斑点点，几行陈迹。"开头三句首先点明《读史》这个题目，同时也生动地说明了旧史的浩繁难读。中国的史籍汗牛充栋，浩如烟海。一个人要把它读完，差不多要花费毕生的精力。但这浩如烟海的史籍，千卷万篇却道不破历史的真谛，只能给人们留下片片断断、点点滴滴的史迹，而不能说明历史发展的规律和历史现象的本质。

"五帝三皇神圣事，骗了无涯过客。"这两句从正面批判了旧史家的唯心史观。"五帝三皇"即"三皇五帝"。"三皇"所指，其说不一。一般认为是指天皇、地皇和人皇或指燧人、伏羲和神农。五帝也有不同说法，一般认为指黄帝、颛顼、帝喾、唐尧和虞舜。实际上三皇五帝都是神话传说中的人物。封建时代的旧史家把三皇五帝的传说当作史实极力美化，把三皇五帝当作神明和圣人，也把后来的帝王将相当作历史的主宰，蒙骗了古往今来无数的人。"无涯"是无穷无尽的意思，说明受唯心史观蒙蔽者之多。这里诗人用精练的诗句和艺术的形象深刻地批判了历代旧史家完全无视劳动人民的历史地位和历史作用的唯心史观，揭破了美化帝王将相的唯心史观的欺骗性。

"有多少风流人物？盗跖庄蹻流誉后，更陈王奋起挥黄钺。"这三句从唯物史观出发，把被旧史家颠倒的历史重新颠倒过来，为历史上真正的"风流人物"——奴隶和农民起义的英雄慷慨高歌。"风流人物"指在一个时代或历史上有重大深远影响的人物。诗人先用设问提出问题，然后举出盗跖、庄屩和陈胜来作答。"盗跖"，春秋时鲁国人，奴隶起义的领袖。古籍上说："盗跖从卒九千人，横行天下，侵暴诸侯，不祭祖先。所过之邑，大国守城，小国入保（堡）。"③可见盗跖领导的奴隶起义声势之大。战国思想家荀况说盗跖"名声若日月，与舜禹俱传而不息"（《荀子·不苟》），可见影响之深远。"庄屩"，战国时楚国奴隶起义的领袖，与盗跖齐名。汉代王充《论衡·命义》说："盗跖、庄屩横行天下，聚党数千。"将二人并称。他们的声名都流传于后世。陈王是秦末农民大起义的领袖陈胜，他首先举起反抗暴秦的义旗，还建立了自己的张楚政权。"黄钺"是饰以黄金的大斧，是建立了政权的象征。秦末陈胜吴广起义是我国历史上第一次农民大起义，此后还有绿林、赤眉、黄巾、黄巢、李自成、洪秀全等数不尽的农民起义的英雄。毛泽东说："中国历史上的农民起义和农民战争的规模之大，是世界历史上所仅见的。在中国封建社会里，只有这种农民的阶级斗争、农民的起义和农民的战争，才是历史发展的真正动力。"④在奴隶社会和封建社会里，只有这些奴隶和农民起义的领袖，才是真正的"风流人物"，才是真正的英雄。

"歌未竟，东方白。"结尾二句语义双关，意味深长。这里所说的"歌"，一方面可以说是指诗人正写的这首历代奴隶和农民起义英雄的颂歌。这首颂歌还没写完，天就亮了。另一方面也可以说是不愿做奴隶的革命人民向旧世界的万恶的敌人宣战的战歌。就在革命人民气壮山河的战歌声中，中国革命取得了伟大胜利，从而结束了旧社会漫长的黑暗历史，开辟了劳动人民当家做主、光明幸福的新天地新时代。这里所说的"东方白"像诗人说过的"一唱雄鸡天下白"一样，体现了中国革命胜利深远而伟大的意义。

毛泽东这首《贺新郎·读史》把形象思维的艺术方法和历史唯物史观的科学思想巧妙地融合在一起，使诗歌艺术和历史科学紧密地结合起来。诗人用"人猿相揖别"，写从猿到人的进化；用"只几个石头磨过"，写原始人类工具的简陋；用"铜铁炉中翻火焰"，写铜铁的发现和金属工具的使用;用"人世难逢开口笑,上疆场彼此弯弓月",写阶级社会的阶级关系和阶级斗争;用"一篇读罢头飞雪",写旧史的浩繁难读;用"陈王奋起挥黄钺",写农民起义的壮举;用"东方白",写中国革命的伟大胜利,都极其生动形象,富有诗的情趣。诗人用生动的艺术形象描述了人类社会和中国历史的发展过程,深刻地揭示了历史发展的客观规律,说明生产力的发展是人类社会发展进步的物质基础,阶级和阶级斗争的形成是社会生产力发展到一定阶段的必然结果。在阶级社会里,被压迫阶级的反抗斗争是历史发展的真正动力。扫清了旧史家唯心史观的迷雾,把旧史家颠倒的历史重新再颠倒过来,热烈地赞颂了历史上奴隶和农民起义的英雄壮举和中国革命的伟大胜利,是唯物史观的艺术结晶,是人类社会发展史和中国历史的主题歌。全篇境界深远,笼古今于纸上;意象鲜明,状往古于眼前。思想精深,情调多变。时而幽默风趣,娓娓而谈;时而浩然长叹,感慨万千;时而慷慨高歌,响震云天;时而使人感到审美的愉悦;时而使人受到心灵的震撼,实为咏史奇葩、千古绝唱。

注:
① 《改造我们的学习》,载《毛泽东选集》第三卷,第801页。
② 《丢掉幻想,准备斗争》,载《毛泽东选集》第四卷,第1424页。
③ 《庄子·盗跖》。
④ 《中国革命与中国共产党》,载《毛泽东选集》第二卷,第625页。

水调歌头

重上井冈山①

一九六五年五月

久有凌云志,
重上井冈山。
千里来寻故地,
旧貌变新颜。
到处莺歌燕舞,
更有潺潺流水,
高路入云端。
过了黄洋界②,
险处不须看。

风雷动,
旌旗奋,
是人寰。
三十八年过去,
弹指一挥间③。
可上九天揽月④,
可下五洋捉鳖⑤,
谈笑凯歌还。
世上无难事,
只要肯登攀。

注释：

① 重上井冈山：1965年5月下旬，作者重上井冈山寻访故地。22日先后到黄洋界和茨坪。在茨坪居住期间，了解当地水利、公路建设和人民生活，并与老红军、烈士家属和干部群众亲切会见。25日写了这首词，29日下山。

② 黄洋界：井冈山五大哨口中最险要的一处。1928年8月，红军在这里进行过著名的黄洋界保卫战。

③ "三十八年"二句：从1927年10月毛泽东率领秋收起义部队上井冈山，到这次重来，已经过去了38年，作者却觉得只是弹一下指、挥一下手的短时间。

④ 九天揽月：九天，天的极高处。揽月，摘取月亮。唐朝李白《宣州谢朓楼饯别校书叔云》："欲上青天览明月。"览，同"揽"。

⑤ 捉鳖：喻擒拿敌人。元朝康进之《李逵负荆》第四折："管教他瓮中捉鳖手到拿来。"

世上无难事，只要肯登攀
—— 读《水调歌头·重上井冈山》

1964年，中国人民在党中央和毛泽东领导下，自力更生、艰苦奋斗度过了三年经济困难阶段，进入经济迅速恢复发展时期。在中苏大论战中，"秃头儿顶不住羊毫笔"。首先挑起论战气壮如牛的赫鲁晓夫被赶下台。10月16日，中国第一颗原子弹试爆成功，打破了美苏的核垄断，表现了中国人民的志气、才智和能力。在年底召开的三届人大一次会议上，周恩来总理在《政府工作报告》中提出建设社会主义现代化强国的伟大目标，中国人民开始了实现四个现代化的新的征程。同时由于20世纪50年代后期以来国内外斗争的严峻形势和"四清"中暴露出来的问题，以及中央上层领导在社教等问题上的分歧，使毛泽东对阶级斗争的估计越来越严重，甚至感到中央也出了修正主义，开始考虑如何在新的社会条件下继续革命的问题。1965年5月下旬，毛泽东巡视大江南北时重上井冈山，看到井冈山生机勃勃的新貌，亲切会见了井冈山的干部群众，回顾了38年的革命斗争历史。抚今追昔，豪情满怀，奋笔写下了这首《水调歌头·重上井冈山》和另一首《念奴娇·井冈山》，决心发扬井冈山的革命首创精神和彻底革命精神，不畏艰险再攀高峰，开辟一条在新的社会历史条件下继续革命的道路。隐然总结了自己一生做的第一件大事，表露了做一生中第二件大事的决心，发动史无前例的"文化大革命"的意念已现端倪。

词的上阕写重上井冈山所见。通过对井冈山新貌的描绘，赞颂了社会主义祖国的蓬勃发展，说明任何艰难险阻都不能阻挡中国人民胜利前进。

"久有凌云志，重上井冈山。"首句开门见山，点明题目。高唱入云，气势非凡。这里诗人把重上井冈山的心愿说成是"凌云志",一语双关。既写井冈山的高峻,更写壮志的高远,表明诗人是把重上井冈山同发扬井冈山的革命首创精神和彻底革命精神联系在一起的。"千里来寻故地,旧貌变新颜"二句表达了诗人对老革命根据地井冈山人民的深切怀念和对井冈山今昔巨变的欣喜赞赏之情。开头四句表明重上井冈山的心愿由来已久和不远千里而来得到的总印象。展现了广阔的时空境界和高远壮阔的胸怀,字里行间蕴蓄着无限丰厚的情感。接着诗人以生动的笔触,具体地描绘了井冈山的"新颜":"到处莺歌燕舞,更有潺潺流水,高路入云端。"今日的井冈山黄莺婉转地歌唱,紫燕翩翩起舞,潺潺溪水流不断,盘山公路高入云,到处都是欣欣向荣、蒸蒸日上的美好景象,再也听不到昔日隆隆的炮声,看不到昔日滚滚的风烟。这里诗人给我们展示了井冈山的新貌,写得有声有色、意趣盎然。"高路入云端"与开头的"凌云志"相照应,不仅突出了山势的高峻挺拔,赞颂了井冈山建设的巨大成就,而且寓意深远,引人遐想。使我们联想到正是井冈山的道路,使中国革命得到胜利,使我们的祖国"旧貌变新颜"。又使我们联想到,沿着井冈山的"高路"走下去,我们就能攀登一个又一个高峰,夺取一个又一个的胜利;也使我们想到这条"高路"还很长,无限光辉灿烂的远景还在前头。在井冈山的"高路"上最险要的地方是黄洋界,所以诗人说"过了黄洋界,险处不须看"。黄洋界是井冈山五大哨口之一。1928年红军曾在这里进行过著名的保卫战。在"敌军围困万千重"的严峻形势下,我根据地军民"岿然不动""众志成城",胜利地粉碎了敌人的围攻。毛泽东写过一首《西江月·井冈山》来歌颂黄洋界保卫战的胜利。在诗人写这首词时,中国人民正在战胜国际敌对势力的严重围攻。这里诗人再一次提到黄洋界,并对黄洋界的险峻叹为观止。不仅说明黄洋界在井冈山的"高路"上最为险要,而且说明经过井冈山艰苦斗争的锻炼和考验,一再胜利地粉碎了敌人严重围攻的中国共产党人和革命人民,能够战胜任何凶恶的敌人,任何艰难险阻都不在话下。上阕最后两句是议论，是对井冈山五大哨口中最险要的黄洋界的赞叹，也是对敢于斗争、敢于胜利的井冈山革命精神的热烈颂扬。

词的下阕写重上井冈山所感，回顾井冈山以来的革命战斗历程，表现了无产阶级的雄心壮志和豪迈气概，总结了宝贵的革命经验，鼓舞人们去攀新高峰，夺取新胜利。

"风雷动，旌旗奋，是人寰。"这三句简短有力地展现了上井冈山以来革命斗争宏伟壮阔的场景。诗人屹立在井冈山上，放眼世界，抚今追昔。忆往昔：黄洋界上炮声隆，不周山下红旗乱；看今朝；四海翻腾云水怒，五洲震荡风雷激。"风雷"喻革命斗争。"革命能改变一切"，旧世界在革命风雷中灭亡，新世界在革命的风雷中诞生，我们伟大的祖国在革命风雷中"旧貌变新颜"。这里既是对过去光辉战斗历程的回顾，也是对当今世界形势的生动写照，又是对人类社会发展历史的科学总结。接着诗人便以从容轻捷的笔调，抒写了对中国革命光辉战斗历程的感受："三十八年过去，弹指一挥间。"从1927年在井冈山创建根据地，到1965年重上井冈山，38年过去了。而在人类历史的长河中，只不过是"弹指一挥"的瞬间。中国革命的胜利是伟大的，但在诗人看来只不过是"一出长剧的一个短小的序幕"，是"万里长征走完了第一步"。① 这里诗人把中国革命38年的战斗历程同人类社会的发展和无产阶级的历史使命联系起来看，进一步开阔了词的意境，表现了革命家远大的眼光、广阔的胸怀和宏伟的气魄。接着诗人又以凌云健笔表现了无产阶级革命家和革命人民的凌云壮志和英雄气概："可上九天揽月，可下五洋捉鳖，谈笑凯歌还。"中国人民能到九重天上把月亮摘下，能到五洋深处把鳖捉住，谈笑中高唱凯歌胜利归来。不久前中国人民完全依靠自己的力量成功地试爆了第一颗原子弹。人造卫星上天和核潜艇下海也指日可待，为时不远。这里既概括了中国共产党人和革命人民在短短的38年当中征腐恶、追穷寇、打倒蒋家王朝和驱虎豹、斗熊罴、战胜帝国主义、霸权主义的伟大胜利，也表现了中国共产党人和革命人民无高不可攀,"敢教日月换新天"的英雄气概和无远不可达,"要扫除一切害人虫"的雄心壮志。"谈笑凯歌还"紧扣重上井冈山本题。既表达了38年后重上井冈山的胜利喜悦,也表现了诗人"踏遍青山人未老"的旺盛斗志和革命乐观主义精神,使无产阶级革命家叱咤风云而又从容潇洒的风度跃然纸上。最后诗人以"世上无难事,只要肯登攀"这一凝结着真理和智慧的格言结束了全词,与篇首所言的"凌云志"相照应,又像一颗晶莹的宝石辉映全篇。

"世上无难事,只要肯登攀"是化用民间俗谚"世上无难事,只怕有心人"而成的富有哲理光辉和民族特色的格言,也是诗人从长期革命实践中总结出来的真理,体现了革命的雄心壮志和科学的实干精神的结合,闪耀着在战略上藐视困难、在战术上重视困难的唯物辩证思想的光辉。与原来的民谚比起来,更富于实践精神,更能激励人们积极行动,更能给人们以勇气和力量,是推动我们攀登高峰的强大精神动力。

毛泽东说:"词有婉约、豪放两派,各有兴会,应当兼读。"又说:"我的兴趣偏于豪放,不废婉约。"他称赞范仲淹的《苏幕遮》和《渔家傲》"介于婉约与豪放两派之间","既苍凉又优美,使人不厌读"。② 毛泽东这首《水调歌头·重上井冈山》充分体现了毛泽东这种审美情趣和审美追求。词的上阕偏于婉约,婉约中有豪放。诗人用白描的手法,以清新秀丽的文笔有声有色地描绘井冈山青山绿水的秀美景色和莺歌燕舞的活泼机趣,展现了井冈山优美动人的新貌。而壮志凌云,千里寻旧,高路入云则又透出豪放本色。词的下阕偏于豪放,豪放中又有从容与洒脱。诗人首先用比兴象征的手法和简短有力、雄浑豪壮的词句,有声有色地描绘了38年来威武雄壮的革命斗争的壮美画卷,然后以极度的夸张表现了老当益壮的豪迈情怀。而"弹指一挥间"与"谈笑凯歌还"则又从容洒脱,神采飞扬。全篇刚柔相济,婉约与豪放相结合、优美与壮美相辉映,给人以丰富的美感享受,使人百读不厌。

注：

① 《在中国共产党第七届中央委员会第二次全体会议上的报告》，载《毛泽东选集》第四卷，第1376页。

② 《读范仲淹两首词的批语》，《毛泽东诗词集·附录》。

念 奴 娇

鸟儿问答①

一九六五年秋

鲲鹏展翅,
九万里,
翻动扶摇羊角②。
背负青天朝下看③,
都是人间城郭④。
炮火连天,
弹痕遍地,
吓倒蓬间雀⑤。
怎么得了,
哎呀我要飞跃。

借问君去何方,
雀儿答道:
有仙山琼阁⑥。
不见前年秋月朗,
订了三家条约⑦。
还有吃的,
土豆烧熟了,
再加牛肉⑧。
不须放屁,
试看天地翻覆。

注释：

① 鸟儿问答：这是一首政治寓言词。假托古代寓言故事中的鲲鹏和蓬间雀的对话，反映了当年马列主义者与机会主义者的一场大论战。

② 鲲鹏：庄子寓言中由北海一种叫鲲的大鱼变化而成的大鹏鸟。大鹏在向南海飞的时候，凭着旋风的力量，扇动着翅膀，飞上九万里的高空。扶摇和羊角都是旋风的名称。

③ 负：背靠着。

④ 城郭：人们聚居之地。古代内城称城，外城叫郭。

⑤ 蓬间雀：生活在蓬蒿间的小雀，即《庄子·逍遥游》中的"斥鹦"。

⑥ 琼阁：美玉珍宝装修成的楼阁，仙人住处。

⑦ 三家条约：指苏、美、英三国1963年8月5日在莫斯科签订的《禁止在大气层、外层空间和水下进行核武器试验条约》。

⑧ "土豆"二句：苏联领导人赫鲁晓夫1964年4月曾在一次演说中说"福利共产主义"是"一盘土豆烧牛肉的好菜"。

试看天地翻覆

——读《念奴娇·鸟儿问答》

《念奴娇·鸟儿问答》是一首有关中苏论战的政治寓言词。1959年9月，新中国成立十周年前夕，赫鲁晓夫去了美国。他在9月21日的宴会上讲了一个山鹬与鹌鹑的故事：山鹬约请鹌鹑到它那里去做客。它们之间进行了这样的谈话。山鹬说："唉，你在田野里生活得怎么样？那里很干燥，没有水。而我们住在沼泽里，我们这里很好。"鹌鹑回答说："你在沼泽里都快腐烂了，你不了解陆地，请看我们这里多好——阳光普照，鲜花遍野。"山鹬和鹌鹑谁也不了解谁，都认为自己正确。他对在座的美国人说："你们认为你们的生活方式最好，而我们认为我们的生活方式最好。时间会证明，谁坐在沼泽里，谁在天空里飞翔。"表明要取消反帝斗争进行"和平竞赛"。这里赫鲁晓夫以山鹬喻山姆大叔（美国人），而自己则以鹌鹑自喻。赫鲁晓夫的话一定给毛泽东留下了深刻的印象，并触发他联想起一个古老的中国寓言鲲鹏与蓬间雀的故事：北海有一种鱼，名字叫"鲲"，鲲的大不知有几千里。变化为鸟，名字叫"鹏"，鹏的背也不知有几千里，翅膀像"垂天之云"。大鹏要到南海去，它凭着双翅鼓起的大风，一下子飞到九万里的高空，背靠着青天向南飞去。斥鹦（鹌鹑一类的小雀）看见了就讥笑大鹏说："它要飞到哪儿去啊？我飞腾跳跃而上，不过几丈就下来，在蓬蒿间翱翔，这就飞得再好不过了，而它要飞到哪里去呢？"六年后，毛泽东对这则古老的寓言给予改造，借助故事里鲲鹏与斥鹦（蓬间雀）"大""小"与"高""低"的强烈对比，表现了当时国际共运大论战的重大主题。词里的鲲鹏是志向高远、眼观全局的马列主义战士的光辉形象，而蓬间雀则是渺小卑怯、目光短浅的赫鲁晓夫之流的化身。这是毛泽东写的最后一首有关中苏论战的诗词。最先挑起中苏论战的赫鲁晓夫已被赶下了台，中共在论战中取得重大胜利。这首词写得幽默诙谐、轻松风趣，颇有点"谈笑凯歌还"的意味。

词的上阕，写鲲鹏与蓬间雀对现实的不同看法和态度。表现了中共与赫鲁晓夫之流在世界形势与战争和平问题上的尖锐对立，揭露了赫鲁晓夫之流由害怕战争到背弃革命的卑劣行径。

"鲲鹏展翅，九万里，翻动扶摇羊角。"开头三句以宏伟的气势描绘了鲲鹏一飞冲天的高大勇猛的形象，表现了马列主义战士让旧世界"天地翻覆"的凌云壮志和叱咤风云的豪迈气概。"扶摇"是急剧盘旋而上的暴风；"羊角"是形状弯曲而上如同羊角的旋风，这里都是比喻革命风暴。从而展现了革命力量蓬勃兴起、革命风暴席卷全球的大好形势。"背负青天朝下看，都是人间城郭。""背负青天"极言鲲鹏飞得高。"郭"是外城。"城郭"泛指人群居住的地方。这两句写马列主义者高瞻远瞩，看到的都是"风雷动，旌旗奋"的人间社会，表明真正的马列主义者敢于面对现实，正视当时世界上正在日益激化的矛盾和斗争。"炮火连天，弹痕遍地，吓倒蓬间雀。"世界被压迫人民和被压迫民族武装斗争的烽火遍地燃烧，人民革命战争的炮火把旧世界打得千疮百孔。世界人民革命战争的大好形势却把赫鲁晓夫之流吓坏了。"怎么得了，哎呀我要飞跃。"这是蓬间雀的惊呼和自白，不须多加一字就绘形绘声、惟妙惟肖地活画了赫鲁晓夫之流惊慌失措、仓皇逃命的丑态，使被人民革命战争吓破了胆的赫鲁晓夫之流的丑恶嘴脸跃然纸上。蓬间雀所说的"飞跃"就是"背离"和"逃跑"。"我要飞跃"就是他们背弃马列主义革命原则的自白。当时赫鲁晓夫之流迷信核武器,被另一个超级大国的核讹诈吓破了胆。他们胡说什么"当代局部战争是可怕的事","一个小小的火星也能引起世界大战"。甚至无耻地说"如果掉了脑袋,原则还有什么用?"可见蓬间雀的言行和心理,正是他们的言行和心理的艺术写照。这里卷起革命的风暴,迎着连天的炮火展翅高翔、高瞻远瞩的鲲鹏和栖身在蓬蒿之间被炮火吓得丧魂失魄、心惊肉跳的蓬间雀形成鲜明对比,有力地暴露了赫鲁晓夫之流丑恶的嘴脸和虚弱的本质。

词的下阕,借鹏雀对话,进一步揭露了赫鲁晓夫之流鼓吹"三无世界"和炮制假共产主义的欺骗性。说明他们乌烟瘴气的胡说八道,改变不了天地翻覆的现实,他们逃脱不了失败的可耻下场。

"借问君去何方?"与上阕结尾蓬间雀的惊呼紧相承接,是鲲鹏对蓬间雀的质问。发问当中带着轻蔑和嘲笑。"君"是"你"的意思。这里有嘲讽的意味。"雀儿答道"以下六句是雀儿的回答。雀儿叽叽喳喳,洋洋得意地讲述着自己的美梦。雀儿要到哪里去呢?是要逃离炮火连天的"人间城郭",到它们神往的"仙山琼阁"去。"仙山"是传说中神仙居住的地方。"琼阁"是神仙住的用美玉修成的楼阁。雀儿幻想的美妙的"仙山琼阁",也就是赫鲁晓夫鼓吹的"没有武器,没有军队,没有战争"的"三无世界"。在唐人白居易的《长恨歌》中有"忽闻海上有仙山,山在虚无缥渺间"的句子。诗人把赫鲁晓夫鼓吹的"三无世界"比作"仙山琼阁",形象地揭露了它的虚伪性和欺骗性,说明所谓"三无世界"不过是一种海外奇谈,是一种虚无缥缈的幻影,在现实中是根本不存在的。雀儿神往的"仙山琼阁"是什么情景呢?"不见前年秋月朗,订了三家条约,还有吃的,土豆烧熟了,再加牛肉",就是雀儿对它的"仙山琼阁"的具体描绘。从这段描绘可以看出雀儿神往的"仙山琼阁",就是超级大国称霸的俱乐部,是赫鲁晓夫之流的庸人社会。雀儿在描绘它的"仙山琼阁"时特别提到的"三家条约"和"土豆烧牛肉"是赫鲁晓夫最得意的杰作和发明。"三家条约"指的是苏、美、英三国1963年8月5日在莫斯科签订的《禁止在大气层、外层空间和水下进行核武器试验条约》。这个条约是愚弄世界人民的大骗局，是超级大国妄图束缚无核国家的手脚，保持核垄断地位以称霸世界的活标本。"不见前年秋月朗"，一方面点明了三家条约签订的时间，另一方面也活画了赫鲁晓夫之流对"三家条约"自卖自夸、欣赏陶醉的神情。"土豆烧牛肉"是赫鲁晓夫之流挂羊头卖狗肉的假共产主义。赫鲁晓夫胡说为共产主义斗争就是为"一盘土豆烧牛肉的好菜"而斗争。"土豆烧牛肉"的共产主义是赫鲁晓夫给人们留下的笑柄。他们对这类货色津津乐道，吹得天花乱坠，美妙无比，说明他们对科学的共产主义一窍不通。在他们身上已完全没有什么马列主义气味。最后"不须放屁，试看天地翻覆"两句，是鲲鹏对雀儿的痛斥和警告，表现了强烈的义愤和对赫鲁晓夫之流的蔑视。像一声惊雷，打破了雀儿的美梦。"放屁"二字，字面上有些不雅，而用来概括赫鲁晓夫之流那些乌烟瘴气的胡说八道还是很确当的。与鲁迅当年所说"中国国粹虽然等于放屁，而一群坏种要编丛刊，却也毫不足怪……看其如何国法，如何粹法，如何发昏，如何放屁……"[1]表达了同样的义愤。

"试看天地翻覆"是对当时现实的生动概括，也是对超级大国的严正警告。毛泽东1962年说过："从现在起，五十年内外到一百年内外，是世界上社会制度彻底变化的伟大时代，是一个翻天覆地的时代，是过去任何一个历史时代都不能比拟的。"[2]当时超级大国之间的争夺愈演愈烈，第三世界蓬勃兴起，国家要独立，民族要解放，人民要革命，成为不可抗拒的历史潮流。臭名昭著的"三家条约"刚刚出笼一年，赫鲁晓夫就下台了，我国第一颗原子弹试爆成功。赫鲁晓夫并没有看到他向往的"仙山琼阁"而饮恨黄泉，"土豆烧牛肉"的共产主义由画饼变成笑柄。"三家条约"也成为被人们遗忘的历史陈迹。

毛泽东这首词在艺术表现上最突出的特点是采用寓言的形式和以口语

入词。诗人创造性地化用庄子《逍遥游》中鲲鹏和斥鷃的寓言故事，巧妙地运用鲲鹏与蓬间雀的口语问答，以大鹏喻高大勇猛的马列主义战士，以雀喻渺小卑怯的机会主义者赫鲁晓夫之流。大与小、美与丑、崇高与滑稽形成强烈鲜明的对比。既雄浑庄重，又诙谐风趣。既有轻松的幽默感，又有强烈的震撼力。

  禽言诗和寓言诗在我国古代民歌中起源很早。如先秦《诗经》中的《豳风·鸱鸮》和汉乐府中的《枯鱼过河泣》。然而长期以来在以抒情为主的文人诗中却没有得到继承和发展。宋元以后的诗词作家，有人做过这方面的尝试，但多为游戏笔墨。毛泽东把这种生动活泼的艺术形式和严肃重大的主题思想结合起来，把时代精神与民族特色融合在一起，在我国诗歌史上是一个创造。表现了毛泽东在继承传统基础上的创新精神与创新能力，也体现了毛泽东诗词艺术表现方法和表现形式的丰富多彩。也是他在给陈毅同志谈诗的信中提出的诗歌见解的实践，是旧体诗词口语化的一个新尝试。

注：

①《致钱玄同》（1918年7月5日），载《鲁迅书信选集》，第49页。
②1962年1月30日《在中共中央扩大的工作会议上的讲话》。

副编

五 古

挽易昌陶①

一九一五年五月

去去思君深②,思君君不来。
愁杀芳年友③,悲叹有馀哀。
衡阳雁声彻④,湘滨春溜回⑤。
感物念所欢,踯躅南城隈⑥。
城隈草萋萋⑦,涔泪侵双题⑧。
采采馀孤景⑨,日落衡云西⑩。
方期沆瀁游⑪,零落匪所思⑫。
永诀从今始,午夜惊鸣鸡。
鸣鸡一声唱,汗漫东皋上⑬。
冉冉望君来,握手珠眶涨。
关山塞骥足⑭,飞飙拂灵帐。
我怀郁如焚,放歌倚列嶂⑮。
列嶂青且茜⑯,愿言试长剑。
东海有岛夷⑰,北山尽仇怨⑱。
荡涤谁氏子⑲,安得辞浮贱⑳。
子期竟早亡,牙琴从此绝㉑。
琴绝最伤情,朱华春不荣。
后来有千日,谁与共平生?
望灵荐杯酒㉒,惨淡看铭旌㉓。
惆怅中何寄,江天水一泓㉔。

注释：

① 易昌陶：名咏畦，湖南衡山人。湖南省立第一师范学校学生，与毛泽东同班。1915年3月病死家中，5月23日学校为他开追悼会。毛泽东在致湘生（生平不详）信中说："读君诗，调高意厚，非我所能。同学易昌陶君病死，君工书善文，与弟甚厚，死殊可惜。校中追悼，吾挽以诗，乞为斧正。"

② 去去：越去越远。

③ 芳年友：青春年少的朋友。

④ "衡阳"句：相传衡阳有回雁峰，秋天北雁南飞至此即止，春天再飞回北方。雁声彻：雁声响彻天空。春雁高飞远去，喻友人春日病逝。

⑤ 湘滨：湘江边上。湘江发源于广西，流经衡阳、湘潭、长沙等处入洞庭湖。春溜（liù）：春水。湘水春回喻春天开学自己回到长沙学校。

⑥ 踯躅（zhízhú）：徘徊。南城隈（wēi）：南城墙弯曲处。

⑦ 萋萋：春草繁盛茂密的样子。《楚辞·招隐》："王孙游兮不归，春草生兮萋萋。"

⑧ 涔（cén）泪：不断流下的泪。侵双题；浸湿了两颊。侵，同"浸"；双题，即双颊。

⑨ 采采：众多的样子。孤景（yǐng）：孤影，这里指作者自己。景，同"影"。

⑩ 衡云：衡山上的云烟。衡山在长沙之南，这里指长沙之西属衡山七十二峰的岳麓山。

⑪ 沆瀁（hàng yǎng）：犹汪洋，水深广的样子。西晋左思《吴都赋》："涓溜沆瀁，莫测其深，莫究其广。"

⑫ 零落：原指草木凋谢，这里比喻死亡。匪所思：不是所能想到的。匪，同"非"。

⑬ 汗漫：本义是漫无边际，这里是漫步。东皋（gāo）：泛指田野或高地。

⑭ 关山蹇骥足：关隘山川阻碍良马的奔跑。喻友人生前举步维艰，才能未得施展。蹇（jiǎn）：原义跛足，此指行走艰难，不顺遂。

骥足：良马，比喻俊逸的人才。

⑮ 列嶂：如屏障一样耸立的群峰。

⑯ 茜（qiàn）：深红色。

⑰ 岛夷：古代指分布在我国东部沿海及附近岛屿的民族。这里借指日本。

⑱ 北山尽仇怨：北方群山之间有仇视我们的国家，这里指沙皇俄国。

⑲ 荡涤：冲洗、清除，这里是指驱除侵略者。

⑳ "安得"句：怎能因自己资历不深、地位低下而推辞呢？

㉑ "子期"二句：钟子期竟早早地去世了，伯牙由于失去了知音，从此不再弹琴。喻易昌陶英年早逝，自己失去了知己。《吕氏春秋·本味》说，伯牙弹琴，钟子期听了，完全懂得伯牙琴曲的意境。钟子期死，伯牙碎琴绝弦，终身不再弹琴。

㉒ 荐：进，献。

㉓ 铭旌：挂在灵前的旗幡，上书死者姓名。

㉔ 水一泓：一派苍苍茫茫的深水。

我怀郁如焚，放歌倚列嶂
—— 读《五古·挽易昌陶》

易昌陶是毛泽东在湖南第一师范学校的同班同学与志同道合的挚友，1915年3月在家病故。当年5月7日，日本公使发出最后通牒，要急于称帝的袁世凯签订丧权辱国的"二十一条"。5月9日袁政府居然复文表示基本接受。消息传出，举国震动，群情激愤。毛泽东愤然写下"五月七日，民国奇耻。何以报仇？在我学子"的四言诗以明志。5月23日学校开会追悼关心国事、品学兼优的校友易昌陶。毛泽东痛愤交加，放声悲歌，写下了这首《五古·挽易昌陶》，深切地表达了对亡友英年早逝的悲悼痛惜，对时局的忧患悲愤，抒发了忧国忧民之情，表明了济世报国之志。

全诗五章。每章八句，又分两层意思。

首章写思念亡友的极度愁苦。"去去思君深，思君君不来。愁杀芳年友，悲叹有馀哀。"前四句直抒胸臆。时光一天天过去，诗人对亡友的思念与日俱增，越来越深。时刻思念友人，再不见友人到来，使人愁苦欲绝，忧伤叹息，无限悲哀。两个"去"字与两个"君"字连用，表现了诗人对亡友的深长思念。"衡阳雁声彻，湘滨春溜回。感物念所欢，踯躅南城隈。"后四句感物思人，念友寻踪。衡阳雁去，湘水春回。既写春日景物，感物思友，又喻友人与自己的生死分隔。易君为衡山人，衡雁高飞远去喻友人春日病逝；诗人为湘潭人，湘水春回喻春天开学自己回长沙学校。思念亡友而不可见，就到南城隈徘徊流连，寻觅旧踪。南城墙拐角之处，那是平日自己与友人相聚同游、切磋艺文、畅谈怀抱的地方啊。雁声、湘水、南城隈无不与对友人的深深思念联系在一起。

第二章写与友人永诀的复杂心情。"城隈草萋萋，涔泪侵双题。采采余孤景，日落衡云西。"前四句紧接上一章，写寻觅旧踪引起的凄惨冷清、孤寂悲凉之感。"萋萋"形容春草碧绿茂密，在古诗中常与离愁和感伤联系在一起。《楚辞·招隐》云："王孙去兮不归，春草生兮萋萋。""萋萋"又与"凄凄"和"悽悽"同音，给人以冷清凄惨之感，使人不禁凄然泪下，所以又"涔泪侵双题"，泪湿两颊。在这长满青草的地方，只剩下自己孤单的身影，日落黄昏使人感到格外的悲凉孤寂。"方期沆瀁游，零落匪所思。永诀从今始，午夜惊鸣鸡。"后四句写对友人英年早逝将信将疑的心理。不久前刚与友人相约同奔远大前程去实现共同的抱负，万没想到友人却突然像草木凋零一样离世而去，使人感到意外震惊，难以置信。可如今灵帐在前，不能不接受现实与友人永诀，而又被夜半的鸡鸣惊醒。这正是我们像刘琨与祖逖一样闻鸡起舞之时啊！这里诗人结合景物曲曲折折地写出与友人永诀的复杂心情。

第三章写对友人生前死后境遇的极度悲愤。"鸣鸡一声唱，汗漫东皋上。冉冉望君来，握手珠眶涨。"前四句紧接上一章写梦中与亡友相见的情景。诗人被夜半鸣鸡惊醒，半醒半睡，恍恍惚惚。好像自己在东皋漫步，看见友人缓缓走来。彼此相见，有多少心事要说啊！可一时都无从说起。握手无言，唯有珠泪盈眶。诗人结想成梦，表达了对友人的深切思念和对友人不幸的无限伤痛。"关山蹇骥足，飞飙拂灵帐。我怀郁如焚，放歌倚列嶂。"后四句对友人生前壮志未酬，死后又不得安息感到极度悲愤。诗人用比喻和象征说明亡友生前举步维艰，未展良才；而帝国主义列强加紧灭亡中国的时局，又使亡友死后也不得安息。更使诗人心中的郁愤如烈火燃烧，背靠着群峰放声悲歌，长歌当哭。这里诗人把亡友的不幸境遇与社会和时局联系起来，悲愤交加，情感激动，把诗情逐渐推向高潮。

第四章为失去忧国忧民、济世报国的知音无限痛惜。"列嶂青且茜，愿言试长剑。东海有岛夷，北山尽仇怨。"前四句追昔抚今，写过去的万丈豪情与当今的严酷现实。忆往昔我们面对绚丽多彩的大好河山,多么希望一展宏图,一试锋芒啊! 看如今东面有日本帝国主义者的侵略;北方有沙俄的欺凌。正是国难当头,民族危亡之际。"荡涤谁氏子,安得辞浮贱。子期竟早亡,牙琴从此绝。"后四句感叹正要担起抗敌救亡的重任,却痛失志同道合的知音。国难当前该由谁家的热血儿女来荡平敌寇,把侵略者统统清除出去呢? 要靠我们年轻的爱国学子。我们怎能因资历不深、地位低下而推辞救国救民的责任呢? 想不到志同道合的友人竟英年早逝,使自己的济世救国之志骤失知音。无限痛惜之情溢于言表。这一章是全诗抒情的高潮,诗人的感情进一步升华,成为全诗的思想闪光点。充分表达了诗人的愤世忧国之情和济世报国之志,充满了深沉的民族忧患意识与强烈的历史责任感。同时也使读者了解到诗人所痛惜的亡友,也是一位"位卑未敢忘忧国"的仁人志士,也是一位以天下为己任的可敬青年,从而在读者心目中树起了亡友的崇高形象。

第五章写在痛惜之中祭奠亡友和伤时忧国的无限惆怅。"琴绝最伤情,朱华春不荣。后来有千日,谁与共平生?"前四句继续抒写失去亡友的痛惜之情。友人英年早逝最让人心伤,就像红花未能在春天开放。在未来漫长的岁月中,还有谁能和我一起实现共同的人生理想呢? "望灵荐杯酒,惨淡看铭旌。惆怅中何寄,江天水一泓。"最后四句写祭奠亡友的暗淡心境和无限惆怅。诗人举酒祭奠友人的亡灵,看着亡友的灵幡,倍感暗淡凄凉。如何寄托心中的惆怅呢? 只有那一派浩浩茫茫的长天江水。这里诗人用"江天水一泓"形象地概括了友人早逝与时局艰危引发的无限惆怅。正像杜甫所说的"忧端齐终南,洞颎不可掇",也像鲁迅所说的"心事浩茫连广宇"一样。

毛泽东这首诗最突出的特色是格调高古,情意深厚。从格调看,诗中情志高远,非同凡响;词语典雅,古色古香。诗中所用的去去、萋萋、采采、冉冉、沉瀁、汗漫、春溜、涔泪、双题、珠眶、骥足、飞飚、南城隈、东皋上等词语，以及闻鸡起舞、伯牙子期等典故，无不显示出诗人古代传统诗文的深厚功底与艺术造诣。从内容来看，诗中把对亡友的悲悼痛惜，对时局的忧患悲愤、个人的孤寂惆怅之感，忧国爱民之情，济世报国之志，深沉的忧患意识与强烈的历史责任感交织在一起，包含着极为丰厚的思想情感意蕴，可谓情意深厚。当年毛泽东把这首诗寄给湘生时的信中称赞对方的诗"调高意厚"也可以说是夫子自道。这首诗在艺术结构上采用了辘轳体的形式。辘轳体又称顶针格和接字法，后一章的开头二字与前一章的结尾二字相同。各章之间首尾相接，正好表达对亡友那种缠绵不断、无穷无尽的怀念和哀思。诗的结尾以极其壮阔的意象寄托自己痛失良友与忧国忧民的无限惆怅，意境高远雄浑，正如杜甫所说"篇终接混茫"。

这首《五古·挽易昌陶》是《毛泽东诗词集》中写作年代最早的一首，也是第一首留有作者手迹的诗作。与毛泽东后来的诗词格调颇为不同，在毛泽东诗词中别具一格，体现了毛泽东诗词艺术风格的多样性。

七 古

送纵宇一郎东行①

一九一八年四月

云开衡岳积阴止②,天马凤凰春树里③。
年少峥嵘屈贾才④,山川奇气曾钟此⑤。
君行吾为发浩歌,鲲鹏击浪从兹始。
洞庭湘水涨连天,艟艨巨舰直东指⑥。
无端散出一天愁,幸被东风吹万里。
丈夫何事足萦怀,要将宇宙看稊米⑦。
沧海横流安足虑,世事纷纭从君理⑧。
管却自家身与心,胸中日月常新美。
名世于今五百年⑨,诸公碌碌皆馀子⑩。
平浪宫前友谊多,崇明对马衣带水⑪。
东瀛濯剑有书还⑫,我返自崖君去矣⑬。

注释：

① 纵宇一郎：罗章龙早年的化名。罗章龙（1896—1995），湖南浏阳人。1921年加入中国共产党，曾任中央委员等职。1931年被开除出党。后历任河南大学、西北联合大学、湖南大学等校教授。曾任中国人民政治协商会议全国委员会委员。

② 衡岳：即南岳衡山，为五岳之一。位于湖南中部，周回八百里。长沙岳麓山即其余脉。积阴：连日的阴雨。韩愈《谒衡岳庙遂宿岳寺题门楼》："我来正逢秋雨节，阴气晦昧无清风。潜心默祷若有应，岂非正直能感通？须臾静扫众峰出，仰见突兀撑青空。"

③ 天马凤凰：岳麓山东南、湘江之西两座毗邻的小山。

④ 屈贾：战国时楚国屈原、汉代贾谊，皆极有才华而放贬长沙。

⑤ 钟：聚集。古人有地灵人杰之说，认为山川灵秀之气所聚，就产生杰出人物。

⑥ 艟艨（chōng méng）：通作"艨艟"，古代大型战舰。此指轮船。

⑦ 稊（tí）米：一种草的种子，形如小米。

⑧ 从君理：跟你一起治理。

⑨ 名世：著名于世。《孟子·公孙丑下》："五百年必有王者兴，其间必有名世者……如欲平治天下，当今之世，舍我其谁也？"

⑩ 诸公：指当时当权的人物。碌碌：平庸。《后汉书·祢衡传》："常称曰：'大儿孔文举，小儿杨德祖。余子碌碌，莫足数也。'"余子，其余的人。

⑪ 崇明：岛名，在长江入海口。对马：日本岛名。衣带水：相隔只一衣带宽的水。据《南史·陈后主纪》记载，隋文帝说隋和陈只隔"一衣带水"，把长江比作一条衣带。

⑫ 东瀛（yíng）：东海中的瀛洲，此指日本。濯剑：蘸水磨剑，喻刻苦学习，磨炼本领。此指留学。有书还：有书信寄回来。

⑬ "我返"句：《庄子·山木》："送君者皆自涯而反，君自此远矣！"涯，岸边。反，通"返"。

胸中日月常新美
——读《七古·送纵宇一郎东行》

纵宇一郎即罗章龙，毛泽东早年的好友。1915年5月中旬，毛泽东以"二十八画生"的化名，向长沙各校发出"征友启事"，寻求志同道合的朋友。罗章龙首先写信回应，署名即为"纵宇一郎"。后来毛泽东、罗章龙与蔡和森等人发起组织新民学会，团结一批先进青年，从事革命活动。1917年冬，新民学会商定组织会员赴日留学，由罗章龙先行。1918年春，罗章龙启程赴日。离开湖南时，新民学会在长沙北门外的平浪宫聚餐，为之饯行。毛泽东到码头送别，并以此诗相赠，署名即为"二十八画生"。诗中表达了对友人远行的惜别之情，祝愿友人鹏程万里，展现了以天下为己任的壮阔胸怀，体现了严于律己，努力提高身心素养，坚持先进高远理想和保持纯洁美好心灵的精神。

全诗三部分。开头四句从大处着笔，点明送别的时间、地点和人物，描绘送别的环境和气氛，赞颂湖南长沙山川人文之美。"云开衡岳积阴止，天马凤凰春树里。"连日阴雨的南岳衡山云散天晴，湘江岸边的天马山和凤凰山掩映在春日的绿树之中。"云开""春树"说明友人是在春天一个晴朗的好日子出行。好日子预示着好运气，好运气意味着好前程。这里诗人暗用韩愈《谒衡岳庙遂宿岳寺题门楼》诗意，以韩愈喻友人，表达了对友人的推崇与祝颂。"天马""凤凰"点明送别的地点是湖南长沙。"天马""凤凰"富有浓厚的神话灵异色彩，给我们以丰富的美感和启示，使人联想起"天马行空""雏凤凌空"，进而使我们联想起即将远行的纵宇一郎罗章龙和送行的新民学会群英。"年少峥嵘屈贾才，山川奇气曾钟此。"在湖南长沙这个钟灵毓秀之地，古代伟大的爱国诗人屈原和优秀的青年政治家贾谊都曾来到这里。如今在这里又聚集了一批像屈原、贾谊那样忧国忧民、胸怀天下、意气风发、才华横溢的时代精英。这里进一步含蓄地点明了远行者和送行者是何等人物。

中间十四句为全诗主体，表达对友人的良好祝愿和惜别之情，勉励友人开阔心胸，放大眼光，叮嘱友人牢记新民学会宗旨和新一代革命青年的历史使命。"君行吾为发浩歌，鲲鹏击浪从兹始。洞庭湘水涨连天，艟艨巨舰直东指。"这里首先点明送别题意。诗人放声高歌为友人送行，赞颂友人东渡留学，如鲲鹏展翅，前程万里，大有作为。说明湖江水涨，正好行船。既有祝福友人破浪远航，一帆风顺之意；也是赞颂友人乘风破浪，冲出国门，勇于开拓进取的精神。接着由送别写到惜别，表达惜别之情与劝勉之意："无端散出一天愁，幸被东风吹万里。丈夫何事足萦怀，要将宇宙看秭米。沧海横流安足虑，世事纷纭从君理。"友人东渡留学深造，本为可喜可贺之事，然而"多情自古伤离别"。如今好友分别在即，离愁别绪油然而生，不期而至，如满天愁云笼罩在大家心头。幸而很快为革命的豪情和理智所取代，好像满天的愁云被春日浩荡的东风吹得无影无踪，一扫而光。大丈夫把整个宇宙看得像一粒小小的秭米。那么人间小小的离别更不足放在心上，更不值得牵肠挂肚了。更何况古人说，"海内存知己，天涯若比邻"呢？不仅小小的离别不足萦怀，就是天下大乱社会动荡也不足为虑；人世纷扰，矛盾重重，自有大家跟你一起解决，共同治理。表现出革命者有雄才大略、高瞻远瞩，自能收拾河山，重整乾坤。可谓胸有成竹信心十足。这里有对友人的劝勉和期许，也是诗人的自我勉励。诗人以战略家的眼光，藐视一切困难，同时又十分讲求实际，重视革命者自身的锻炼和修养，曾经提出要"文明其精神，野蛮其体魄"。"管却自家身与心，胸中日月常新美"二句，是对友人的叮嘱，也是诗人的自励。革命者要"改造中国与世界"，首先要脚踏实地，从自身做起，努力提高自身的身心素养。革命者有了强健的身体和高尚的精神,就能做到心地光明、胸襟浩然,思想新、心灵美,就能担当起"改造中国与世界"的重任。这正是新民学会的宗旨。"名世于今五百年,诸公碌碌皆余子。"诗人借用孟子的话,说明当今正是需要也是产生主宰人间沉浮国家兴亡的风云人物的时代,而现在那些当权的军阀政客腐败无能、碌碌无为、不足"齿数"。勉励友人共同担当起"改造中国与世界"的重任。早在三年之前,袁世凯与日本帝国主义签订丧权辱国的"二十一条"时,诗人就奋笔写道:"五月七日,民国奇耻。何以报仇,在我学子。"这里诗人再一次表现了以天下为己任的豪情和"粪土当年万户侯"的气概。如今友人独自远行,诗人谆谆地嘱咐他牢记新民学会的宗旨,牢记新一代革命青年的历史使命。

最后四句,写送别的情景。"平浪宫前友谊多,崇明对马衣带水。"在新民学会为友人饯行的别宴上充满了革命的情谊,中日之间的一衣带水隔不断革命者之间的友情。革命者的心是连在一起的。"东瀛濯剑有书还,我返自崖君去矣。"诗人希望到日本留学的友人写信回来,并化用《庄子·山木》中的话与友人道别。既表达了依依惜别之情,又寓有友人前程远大的祝颂之意。引人遐想,余味无穷。这里诗人用"平浪宫前"具体点明送行宴别之所与友人出发之地。用"东瀛濯剑"明确交代友人所去之地与东行之由,使诗意更加完满。

《七古·送纵宇一郎东行》表达了老一辈革命家以天下为己任的英雄壮志和"胸中日月常新美"的高尚情怀,显示了远大的战略眼光和脚踏实地从自身做起的实践精神。在我们今天仍然有很强的现实意义。我们只有像毛泽东在诗中所说的那样,"管却自家身与心,胸中日月常新美",才能在当前市场经济的环境中,在对外开放的条件下,增强拒腐防变的能力,保持共产党人的正气,才能担当起中华民族伟大复兴的重任。

《七古·送纵宇一郎东行》是一首送别诗,但与传统的送别诗很不相同。诗人把人生哲理、革命豪情、社会抱负和个人情谊熔铸在一起,大大增加了送别诗的思想感情容量,开拓了送别诗新的艺术境界。

这首诗是毛泽东诗词中仅见的一首完整的七言古诗。全篇一韵到底,一气呵成。雄奇奔放、大气磅礴。雄浑之中有潇洒,豪放之中见真情。在柔靡虚浮之风吹遍神州大地之时,更显得这种黄钟大吕的可贵。诗中典故的运用,灵活巧妙,自然贴切,别出新意,出神入化,显示出诗人卓越的艺术才华和深厚的文学功底。

虞美人

枕　上①

一九二一年

堆来枕上愁何状②？
江海翻波浪。
夜长天色总难明，
寂寞披衣起坐数寒星。

晓来百念都灰尽，
剩有离人影③。
一钩残月向西流④，
对此不抛眼泪也无由⑤。

注释：

① 枕上：取首句中二字为题，写新婚初别枕上的离愁别绪与相思之苦。
② 堆：堆积，层层堆压。
③ 离人：指作者的妻子杨开慧。1920年冬，同毛泽东在长沙结婚。生平详见《贺新郎·别友》与《蝶恋花·答李淑一》的注释和解读。
④ 一钩残月：拂晓时形状如钩的月亮。流，沉落。
⑤ 无由：不由自主，情不自禁。

堆来枕上愁何状
——读《虞美人·枕上》

《虞美人·枕上》是毛泽东写给妻子杨开慧的。1920年冬,毛泽东和杨开慧这对经过长期相互了解、志同道合的革命情侣在长沙结婚。1921年春夏之间,毛泽东到沿洞庭湖的岳阳、华容、南县、常德、湘阴等地进行社会调查,告别了新婚热恋中的妻子。这首词当是毛泽东与妻子初别之后在旅途上写的。词里向妻子倾诉了离别相思之苦和孤寂凄清的情怀,表达了对妻子无穷无尽、刻骨铭心的思念,情真意切、缠绵悱恻、柔情似水、荡气回肠。

词的上阕写诗人从初眠到深夜孤枕难眠,凄苦相思、孤寂无奈,愁极无聊的情景。

"堆来枕上愁何状?江海翻波浪。"开头两句写孤枕初眠,离愁重重堆压而来的情状。"江海翻波浪",形容离愁像江水无穷无尽,像大海无边无际,像波涛翻腾起伏动荡。从空间上写初眠离愁之多与来势之猛,表明了对妻子思念之情的强烈与深广。"夜长天色总难明,寂寞披衣起坐数寒星。"后两句写长夜难眠备受熬煎的苦况,进一步从时间上深化了离别相思的浓烈与深长。诗人披衣起坐,翘望长空,指数寒夜的星辰。一方面,是写诗人长夜无眠,形单影只,凄苦无聊,焦急地期盼着天明,以此来消磨难熬的时光;另一方面,是写诗人在遥寻天上与自己同病相怜的织女和牛郎,并联想到家中的妻子,正因为离别相思而愁怨悲伤,像织女一样"终日不成章,泣涕零如雨"(古诗《迢迢牵牛星》),也正是"一种相思,两处闲愁"(李清照《一剪梅》)。诗人仰见牵牛织女,由自己的相思之苦想到妻子的相思之苦，使相思的苦情平添了一倍的分量。诗人苦苦地期盼天亮，到了天亮又怎么样？

词的下阕写诗人触景伤情，拂晓时分更加感伤。"晓来百念都灰尽，剩有离人影。"前两句写诗人天亮时的心境。长夜不眠的煎熬，使人心灰意冷。心里充满了离愁别绪，脑海里只剩下妻子的身影。此外，别的都置之度外，什么都不愿再想。这里进一步点明愁苦缘于与妻子的离别，突出了夫人杨开慧在诗人心目中的地位和爱情在诗人感情世界中所占的分量。最后两句"一钩残月向西流，对此不抛眼泪也无由"，即景联想，触景伤情。在中国传统文化心理中，"花好月圆"是美满幸福的象征，而"一钩残月"则是离散凄凉的意象。梅尧臣的"五更千里梦，残月一城鸡"（《梦后寄欧阳永叔》）和柳永的"今宵酒醒何处？杨柳岸，晓风残月"（《雨霖铃》）莫不如此。天边的"一钩残月"深深地触动了诗人心中的缺憾，积压在心头的相思之苦和满腔的离愁别恨，顿时化作热泪不由自主地抛洒流淌下来，从而把离别相思的苦情表现得淋漓尽致。

《虞美人·枕上》是一首抒写离愁别恨的爱情词。从离别极度的孤凄愁苦，折射出诗人与夫人杨开慧的幸福欢乐与温暖甜蜜，表现了他们夫妻之间那种难分难舍、无限深厚的挚爱之情，具有坦诚纯真的人性美与人情美及动人心弦的艺术魅力。这首词是毛泽东诗词中为数极少的婉约词，而词里又有"江海翻波浪"那样的比喻夸张和"披衣起坐数寒星"那样的传神白描及"一钩残月向西流"那样富于动感的景色描写。意象壮阔，境界高远，婉约之中透出一种豪放之气。

　　这首词是现在我们看到的毛泽东最早的词作，是一首比较纯粹的个人抒情的作品，又留着明显的前人影响的痕迹。从词牌的选用、词的意境和语言，都可以看出受到李煜《虞美人》"春花秋月何时了"的影响。词的开头两句就是化用李词的结尾。原稿"无奈披衣起坐薄寒中"与李词的"故国不堪回首月明中"也有些相近。与毛泽东后来的词章比起来还不完全成熟。因而他本人对这首词不十分满意。曾在给李淑一的信中说："那首词不好，不要写了吧。"在他生前一直没把这首词公之于世。而毛泽还是很珍爱这首词的。他不仅抄存了这首词，而且还一再加工修改。毛泽东珍藏这首纯粹个人抒情的词章，实际上就是珍藏了对夫人杨开慧的一份真情至爱。他一再地加工修改，也是对这种真情至爱的一再品味。这使我们看到毛泽东性格和为人的另一面。正如后来毛泽东另一位夫人贺子珍所说："毛泽东是个很重感情的人。他的性格有豁达豪爽的一面，也有温情细致的一面。"深入研读《虞美人·枕上》这首词有助于我们更加全面地了解这位伟人的内心世界。

西 江 月

秋收起义①

一九二七年

军叫工农革命，
旗号镰刀斧头②。
匡庐一带不停留③，
要向潇湘直进④。

地主重重压迫，
农民个个同仇⑤。
秋收时节暮云愁，
霹雳一声暴动。

注释：

① 秋收起义：1927年9月，毛泽东根据中共八七会议的决定，在湖南东北部和江西西北部领导发动的农民、工人和一部分北伐军的武装起义。本词原题为《秋收暴动》。

② 斧头：中国工农革命军军旗图案中的锤子，当时常被误认为斧头。

③ 匡庐：首次发表时作"修铜"（修水、铜鼓）。后据作者修改的抄件改为"匡庐"。匡庐即庐山。传说商、周间有匡俗（一作匡续）在今江西庐山结庐，因称匡庐或庐山。见东晋慧远《庐山记》（一作《庐山记略》）。

④ 潇湘：首次发表时作"平浏"（平江、浏阳）。后据作者修改抄件改为"潇湘"，借潇水和湘江指湖南省。

⑤ 同仇：同心合力打击敌人。《诗·秦风·无衣》："修我戈矛，与子同仇。"

霹雳一声暴动
——读《西江月·秋收起义》

《西江月·秋收起义》是秋收起义壮丽的史诗。秋收起义是中国革命早期的伟大事件。1927年春夏，蒋介石与汪精卫先后发动了反革命政变，对共产党人和革命群众进行野蛮凶残的镇压和屠杀，轰轰烈烈的大革命失败了。白色恐怖笼罩着神州大地，到处是腥风血雨。中国共产党为了挽救革命，在八七会议上确定了武装反抗国民党反动派的屠杀政策和开展土地革命的总方针，并决定发动农民在秋收季节举行武装起义。会后毛泽东在湖南东北部和江西西北部领导安源工人、湖南江西的农民和一部分北伐军，成立了一支工农革命军。于9月9日举行武装起义。经过激战，起义部队于19日在浏阳文家市会合，决定放弃攻打长沙的计划，向湖南、江西边界的井冈山进发。10月在井冈山创立了第一个农村革命根据地，开辟了中国革命胜利的道路。这首词就是这一伟大革命创举的史诗。

词的上阕写工农革命军的诞生和行动。

"军叫工农革命，旗号镰刀斧头。"开头两句写工农革命军的成立，郑重地交代了这支军队的名称和旗号，表明这支军队是由共产党领导的，主要由工人、农民组成的，代表工农劳苦大众的利益，为工农劳苦大众而战的新型革命军队。写得堂堂正正，使人感到这是一支雄壮之师、威武之师、正义之师、革命之师。这支革命军队是秋收起义的核心力量，也是广大农民群众武装暴动的火种。"匡庐一带不停留，要向潇湘直进"，后两句点明了秋收起义的爆发之地和起义军行动的方向。"匡庐""潇湘"原作"修铜""平浏"，过于平实具体，而又不完全确当，改为"匡庐"即江西著名的庐山;"潇湘"即湖南长沙著名的潇水湘江。以江西的名山指代江西,以湖南长沙的秀水指代湖南长沙。不仅涵盖更广更为确切,而且意象更优美,境界更壮阔,使诗意和美感大大增强。"不停留"突出了起义军任务的重大紧迫;"直进"表现了起义军勇往直前的英雄气概和直捣敌人要害的坚强意志。

词的下阕写秋收起义爆发的原因和起义的强大声势与深远影响。

"地主重重压迫,农民个个同仇。"生动地描述了当时农村尖锐的阶级对立的情势,深刻地揭示了起义爆发的正义性和必然性。是地主阶级的残酷剥削和沉重压迫,迫使广大农民同仇敌忾,奋起反抗。"重重"形容地主阶级政治经济各方面压迫的繁重,"个个"突出了农民群众齐心反抗的势力之强。随着阶级矛盾的激化和共产党人的引导,广大农民群众正在觉醒起来、发动起来、组织起来、武装起来,万众一心,群情激昂。广大农民群众的武装暴动一触即发,箭在弦上。"秋收时节暮云愁,霹雳一声暴动"点明题意,振起全篇。秋收时节是农民收获的季节,也是地主阶级催逼农民交租交税的时候,辛勤劳动一年的农民被逼交过租税,所剩无几,生计无着,愁思百结,完全没有收获的欢乐。"暮云愁",暮色沉沉黑云惨淡的景象,使人联想起"黑云压城城欲摧"和"愁云惨淡万里凝"的情景。既反映了当时广大贫苦农民愁苦暗淡的心态,也是农民武装暴动之前形势的写照。饥寒交迫愁苦无告的工农劳苦大众,只有拿起武器斗争,才能为自己打开一条生路,随之而来的就是"霹雳一声暴动"。"霹雳一声"的形容,突出了暴动的迅猛声势和强大威力，同时也与上句的"暮云"相照应。农民群众的武装暴动像一声惊雷震天动地，使反动派胆战心惊，使劳苦大众惊醒奋起；并将以霹雳般的气势和威力摧毁万恶的旧世界旧社会，开辟工农劳苦大众翻身解放，当家做主的新时代新天地。

毛泽东这首《西江月·秋收起义》给人最强烈的感受是堂堂正正、造反有理的浩然之气和雷霆万钧、迅猛直前的强大声势，具有一种理直气壮、刚正强劲的力度美。

毛泽东这首词是秋收起义的史诗，在艺术上最突出的特色是风格朴实凝重，表现多用赋体，语言通俗质直，明白如话。这是由这首词所写的题材内容和接受对象所决定的。它所表现和歌颂的是工农起义，所面向的接受者是广大工农兵群众，它不能不使用群众易于理解的语言和表现方式。毛泽东当然深知诗词艺术的特点，懂得过分的浅白直露，会减少诗味，甚至会抹杀诗意与美感。所以时过境迁，诗人更多地从艺术价值来考虑时，又对这首词进行了艺术加工，把"修铜"和"平浏"改为"匡庐"与"潇湘"即是。词中"暮云愁"的描写与"霹雳一声"的形容也都寓意深远，含蓄有味。但从整体来看诗人自己可能还不十分满意，也许这就是诗人生前没有把这首词收入《毛主席诗词》的原因吧。

六 言 诗

给彭德怀同志[①]

一九三五年十月至一九四七年夏

山高路险沟深,骑兵任你纵横[②]。
谁敢横枪勒马？惟我彭大将军！

又

山高路远坑深,大军纵横驰奔[③]。
谁敢横刀立马？惟我彭大将军！

注释：

[①] 彭德怀（1898—1974）：湖南湘潭人。1928年4月加入中国共产党，7月领导平江起义参加红军，任红军第五军军长。1930年6月任红军第三军团总指挥。8月与红军第一军团会合组成红军第一方面军。1935年红军长征到哈达铺时，红一方面军主力与军委纵队整编为中国工农红军陕甘支队。毛泽东兼任政委，彭德怀任司令员。10月到陕北吴起镇，彭德怀指挥红军击败了跟追的敌军骑兵。毛泽东写了六言诗《给彭德怀同志》。解放战争时彭德怀任西北野战军司令员兼政委。于1947年先后取得青化砭、羊马河、蟠龙镇和沙家店大捷。毛泽东根据陕北战场的情势改写重书了这首诗。这首诗有两种版本，没有作者手迹。一种见于《彭德怀自述》；另一种首见于1947年8月1日的《战友报》(冀鲁豫军区政治部主办)。两种版本具有同等价值，应当并存。

[②] 骑兵：指宁夏、甘肃敌人马鸿逵、马鸿宾的骑兵。

[③] 大军：在陕北战场作战的西北野战军。

惟我彭大将军
——读《六言诗·给彭德怀同志》

彭德怀是深受人民爱戴的无产阶级革命家，是党、国家和军队的杰出领导人，是著名的军事家和政治家。在近半个世纪的革命斗争中，他英勇奋斗南征北战，为中国革命立下赫赫战功，为人民军队的发展壮大倾注了大量心血，为新中国的创立和建设做出了卓越贡献。从《彭德怀自述》看，他很敬佩毛泽东，在许多关键时刻和关键问题上，他是站在毛泽东一边的，是支持和拥护毛泽东的正确主张和英明领导的。当然他和毛泽东也有过分歧和误解，在《彭德怀自述》中也直言不讳。1959年7月党中央在庐山开会，彭德怀给毛泽东写了一封信，认为总路线、大跃进和人民公社运动当中，有一些"左"的现象需要纠正。毛泽东把这封信看作"一个右倾机会主义的纲领"，错误地发动了对彭德怀的批判。1962年彭德怀给党中央和毛泽东写了八万言的申诉信。1965年，毛泽东派彭德怀任西南国防建设副总指挥，并亲自找彭德怀谈话。他说："也许真理在你那边。"又说："我过去反对彭德怀同志是积极的，现在支持他也是诚心诚意的。对老彭的看法应当是一分为二，我自己也是这样。在立三路线时，三军团的干部反对过赣江。彭说要过，一言为定，即过了赣江。在粉碎蒋介石一、二、三次'"围剿"'时，我们合作得很好。反革命的富田事变，写了三封挑拨离间的假信，送给朱德、彭德怀、黄公略同志。彭立即派专人将此信送来，三军团前委还开了会，发表了宣言，反对了富田事变。这件事处理得好。反对张国焘的分裂斗争也是坚决的。解放战争，在西北战场成绩也是肯定的。那么一点军队，打败了国民党胡宗南那样强大的军队。这件事让我经常想起来。在我的选集上还保存你的名字。为什么一个人犯了错误,一定要否定一切呢?"他还对彭说:"历史上,真正的同志决不是什么争论都没有,不是从始到终,从生到死都是一致的! 有争论,有分歧不要紧,要服从真理,顾全大局,大局面前要把个人的意见放一放。"还恳切地对彭说:"你的事,看来是批评过了,错了,等几年再说吧。但你自己不要等,要振作,把力气用到办事情上去。"并说:"我没有忘了你,这些年我一直在想你的事。你也不要记账,日久见人心,我们再一起往前走吧!"两个老战友又"说通了"(见《在彭总身边》)。不幸的是,不久"文化大革命"开始了。在动乱中彭德怀遭到残酷迫害,离开了人世。毛泽东两次写给彭德怀同志的诗,是两个老战友之间关系的历史见证。

1935年10月,红军长征到达陕北的吴起镇。国民党的马家骑兵也尾追过来。毛泽东说,决不能把追敌带进陕北苏区。他同周恩来、彭德怀、叶剑英等人研究,决定利用吴起镇一带有利的地形条件,打敌人一个伏击。战斗的当天拂晓,毛泽东一见彭德怀就说:"这个戏是你唱主角,今天看你的戏了。"这一仗打得很漂亮。胜利后就写了这首六言诗《给彭德怀同志》,是对彭德怀同志的赞赏和嘉许,也表明了对彭德怀的高度信赖。

诗的前半写战场地势的特点和敌人骑兵的横行无忌,表达了战胜敌人的信心和对敌人的蔑视。首句"山高路险沟深",写吴起镇一带战场地形的特点。当时毛泽东和彭德怀为部队拟写的电报中就有"山高路险沟深"一句。诗人用"山高""路险""沟深"三个并列的主谓短语和"高""险""深"

三个描写静态的形容词，不仅烘托出临战之前战场上那种紧张肃穆的气氛，而且准确地突出了有利于我而不利于敌的战场地形特点。在这样的战场上敌人的兵力无法展开，骑兵的优势更难发挥。据参加当年战斗的曹丹辉同志回忆：当时红军进入吴起镇一带山头阵地，一切都已准备好，只待敌人的骑兵来送死。接着诗人就从敌人一方来着笔："骑兵任你纵横。"在"山高路险沟深"的战场上，任凭你敌人的骑兵乱冲乱撞吧，看你还能横行几时！"骑兵"这里指跟追红军的敌人的骑兵。"纵横"原意为奔驰无阻。这里是横行无忌，乱冲乱撞。"任你纵横"表现了红军将士胸有成竹、胜利在握的从容镇定和对骄横愚蠢的敌人的蔑视。据曹丹辉同志回忆：当时我军在山头上，只见烟尘滚滚，敌人的骑兵朝我阵地冲来。当倒霉的敌人进到红军埋伏的山沟时，我军的轻重机枪同时欢叫起来，数不清的敌人从乱窜嘶叫的马上翻滚下来，有的和马一起滚进山沟里，侥幸活命的敌人仓皇逃走，英勇的红军在彭德怀同志的指挥下，给跟追的敌人骑兵以迎头痛击，使骄横愚蠢的敌人骑兵遭到应得的惩罚，并创造了步兵追骑兵的奇迹。

　　诗的后半刻画了在战场上指挥红军迎击追敌的彭德怀同志的高大形象，是对彭德怀同志热烈的赞许。"谁敢横枪勒马"，先用诘问突出强调。"横枪"原是古时作战把枪横过来拦挡敌人。这里指拦挡跟追的敌人骑兵。"勒马"是收紧缰绳掉转马头迎击敌人。"横枪勒马"十分传神地刻画了一个敢于挺身迎战、拦挡追敌、浑身是胆、威武高大的将军的形象。用"谁敢"设问，宕开一笔，造成一个悬念，使诗意更曲折，也使将军的形象更加引人注目，同时也是为末句蓄势。最后一句点出敢于"横枪勒马"的将军的大名："惟我彭大将军。""惟"同"唯"，是只有的意思，表示强调。一个"我"字表达了极其亲切自豪的感情。在"将军"前面又加一"大"字，不仅更突出了彭德怀同志的威名和气概，同时也表明诗人为我们党和红军有彭德怀同志这样英勇善战的杰出将领而自豪，表达了对彭德怀同志的器重、赞许和无限信赖，字里行间显示出诗人自己那种领袖的恢宏气度。

当时毛泽东把这首诗写给彭德怀同志。彭德怀看了以后，把末句改为"惟我英勇红军"。彭德怀改这一句也改得好。他把胜利、功绩和荣誉归于党所领导的英勇的红军，归于革命集体和广大革命同志，表现了谦虚朴实的高尚品德，展示了无产阶级革命家崇高的精神境界。

1947年2月，蒋介石集中兵力进攻山东解放区和陕甘宁边区。3月胡宗南大举向延安进犯。毛泽东留在陕北指挥全国的解放战争，彭德怀肩负着保卫毛泽东的重任。他率领西北野战军两万多人，与胡宗南二十多万军队周旋。5月4日蟠龙大捷喜讯传来，毛泽东异常兴奋地说："要为彭大将军庆功呢！"再次提到"彭大将军"这个称号（见《叶子龙回忆录》）。大约就在这个时候，毛泽东根据当时陕北战场的情势改写了《给彭德怀同志》这首诗。可能这就是1947年开始传诵的另一个版本的来历。同年秋天沙家店大捷后，毛泽东重书的也许就是这个改写后的版本。这个版本诗的首句改为"山高路远坑深"，突出了整个陕北战场"地形险要""回旋地区大"[①]的特点，把原句针对吴起镇一带地形的"路险"改为"路远"，突出了敌人远途进攻的疲劳和补给的困难。把原句的"沟深"改为"坑深"，含义更深刻，也更丰富。"坑"是深谷的意思。"坑深"比"沟深"更加惊险，同时"坑"又让人联想起"陷坑"和"墓坑"。敌人进入陕北解放区就像野兽掉进深深的陷阱当中，陕北战场就是敌人的墓坑，将敢于来犯之敌统统埋葬。写景之中洋溢着决战决胜的信心。第二句"大军纵横驰奔"由原句写敌军改为写我军，突出了战争态势的变化。"大军"表明了我西北野战军的威武雄壮。当时我西北野战军牢牢地掌握着战争的主动权，采用诱敌深入、牵着敌人的鼻子走的"蘑菇战术"[②]，大踏步前进，大踏步后退，忽东忽西，进退自如，灵活机动地与敌人周旋。"纵横驰奔"准确地表现了我西北野战军在陕北战场上的行动特点。第三句把原句的"横枪勒马"改作"横刀立马"。由原句写将军掉转马头，拦挡跟追的敌人，改为写将军能够在运动中把握战机，当机立断，敢于与敌人短兵相接，痛歼敌军。不仅表现了将军的胆略和勇气，而且进一步突出了将军的英明与果断。这首诗前三句字句的改变，表现了从红军长征到解放战争敌我双方在战场上的态势发生了重大的根本的变化。最后一句依然是"惟我彭大将军"，再一次肯定了彭德怀同志指挥作战的艺术和非凡的胆略及其在人民革命战争中的重大作用和巨大贡献，表现了对彭德怀同志的热烈赞许与高度信赖。

  毛泽东这首六言诗在他的诗词中别具一格。我国古典诗歌以四、五、七言为主。六言诗被认为"诗人赋咏之余"，"不入大方之家"，所以整篇的六言诗不多见，写得成功的完美的佳作就更少了。在历来的古诗选本中，也很少六言诗入选。人们差不多把六言诗忘掉了，许多人都不知道还有六言诗。当然，六言诗不为人们所重视，也有它自身的原因。清人赵翼在《陔余丛考》中说："此体非天地自然之音节，故虽工而不入大方之家耳。"六言诗一般每句三顿，每顿两个字，容易流于平板单调。不像五、七言诗，每顿有两个字的，有一个字的，音节参差错落，读起来抑扬顿挫，富于变化。所以清人钱木菴在《唐音审体》中说："六言声促调板，绝少佳作。"毛泽东这首六言诗，虽初为即兴之作，但在艺术上还是很成功的。诗的首句连用三个并列的短语。第二句使用倒装的句式，第三句运用设问。末句开头则用虚词"惟"表示强调。句法灵活多变，写得活泼流动，毫无一般六言诗的板滞之感。短短四句，有景有情，有人物，有意境，有气势。内容丰富，诗意盎然，有很高的艺术性和审美价值，是六言诗中成功的佳作。与历代的六言诗比起来，也是很出色的。

  关于这首诗的两种版本，王焰写了《毛泽东没有留下手稿的一首诗》一文，对这首诗写作、流传及发表的情况作了系统的介绍。最后肯定了1947年开始传诵的版本，而否定了彭德怀自己提供的版本。1986年版的《毛泽东诗词选》正文也采用1947年开始传诵的版本。此后出版的毛泽东诗词鉴赏的著作也都沿袭1986年版《毛泽东诗词选》。公木在笺释"大军纵横驰奔"一句时，还特别指出："另稿作'骑兵任你纵横'。大军，自称，有自豪感；'骑兵'指敌方，意不谐，且'横'字失韵。当以'大军'句为是。"③我们认为在看不到作者手稿的情况下，最早看到这首诗原稿的当事人彭德怀提供的版本具有最高的权威性。而就两种版本的字句来看，彭德怀提供版本的字句最切合1935年10月红军在吴起镇打敌人骑兵的实际。"骑兵"就是敌人的骑兵，于诗意并无不谐。就湖南方音而言，"横"也不算失韵。这首诗在结构和用韵上，与《西江月·井冈山》上阕"山下旌旗在望，山头鼓角相闻。敌军围困万千重，我自岿然不动"颇有相近之处。"敌军围困万千重"句也写敌人，于意并无不谐。"闻""重""动"以方音相押，也不算失韵。其实这正是毛泽东用韵的一个特点。"横"字的使用，反更使人相信它确实是毛泽东的原句。而"山高路远坑深，大军纵横驰奔"等句，解释为写红军长征的全过程，却有失于牵强空泛。当然，1947年开始传诵的版本，也不容轻易否定。这个版本的字句虽不切合1935年10月红军在吴起镇打敌人骑兵的实际，却与1947年陕北战场的形势很吻合。1947年开始传诵和毛泽东在沙家店大捷后书写的当为毛泽东1947年改写后的版本。我们认为两种版本都出自毛泽东之手，具有同等重要不可相互替代的价值，应当并存。

注：

① 《一九四七年四月九日的通知》，载《毛泽东选集》第四卷，第1165页。
② 《关于西北战场的作战方针》，载《毛泽东选集》第四卷，第1166页。
③ 公木：《毛泽东诗词鉴赏》，长春出版社1994年版，第266页。又公木同志笺注二云："'谁敢横刀立马'，另稿作'谁能横枪勒马'。"按，引文中的"能"字误，两种版本都作"敢"。

临江仙

给丁玲同志①

一九三六年十二月

壁上红旗飘落照②,
西风漫卷孤城。
保安人物一时新③。
洞中开宴会,
招待出牢人。

纤笔一枝谁与似④?
三千毛瑟精兵⑤。
阵图开向陇山东⑥。
昨天文小姐,
今日武将军。

注释：

① 丁玲（1904—1986）：原名蒋冰之，湖南临澧人。1932年参加中国共产党。1933年遭国民党便衣暗探绑架。1936年逃离被国民党囚禁的南京。同年11月到达当时中共中央驻地保安。

② 壁：壁垒，古代军营的围墙。保安曾为古代驻军的要塞。这里"壁"指保安的城墙。

③ 保安：在陕西省西北部，当时为中共中央所在地，1936年改名志丹县。

④ 纤笔：精巧细小的笔。

⑤ 毛瑟：德国毛瑟工厂所制造的步枪和手枪。孙中山在1922年8月24日《与报界的谈话》中说："常言谓：一支笔胜于三千毛瑟枪。"

⑥ 阵图：古代军队作战的队列图。这里指红军部队。陇山：六盘山南段的别称，在陕西陇县西北，延伸于陕甘边境。

昨天文小姐，今日武将军
—— 读《临江仙·给丁玲同志》

　　毛泽东这首《临江仙》是1936年12月赠给丁玲同志的。丁玲是国内外著名的女作家，出生于湖南临澧一个名门望族大家庭里。在她出生的时候，家道已经败落。她4岁的时候死了父亲，成为一个贫穷的孤女。她的母亲冲出封建家庭的牢笼，走上社会从事教育工作。丁玲跟着母亲受到良好的教育。五四运动以后，她开始接触新文学，接受了新思想。中国共产党成立前后，她接近过一些著名的革命人士，受到党的影响。1927年大革命失败，国民党反动派的残酷屠杀给她很大震动，使她对现实有了更加清醒的认识，思想也更加倾向革命。她开始用"丁玲"这个笔名从事创作，成为当时文坛上的一颗新星。1930年她参加了党所领导的"左联"，1932年加入了中国共产党。她的创作和社会活动为反动派所不容。1933年5月她被特务秘密绑架，押送南京。1936年夏，丁玲同党取得联系，躲过特务的监视，逃离南京。11月进入陕北革命根据地。丁玲来到当时党中央所在地保安时，人们在窑洞中设宴热烈地欢迎她。毛泽东、周恩来、张闻天等领导人都参加了欢迎丁玲的宴会。后来毛泽东问丁玲打算做什么，她回答："当红军。"毛泽东高兴地说："好呀！还赶得上，可能还有最后一仗，跟着杨尚昆他们领导的前方总政治部上前方去吧！"不久丁玲随红军去了陇东。毛泽东对丁玲同志深入部队走上前线非常高兴。因为曾在窑洞里设宴欢迎这位出生于湖南临澧的女作家，毛泽东特地选用《临江仙》这个词牌写了一首词，用电报发给一方面军转给丁玲。1937年春，丁玲陪同史沫特莱来到延安。毛泽东又亲笔录写全文送给她。这首热情洋溢的词对丁玲到陕北革命根据地来表达了热烈的欢迎，对她参加红军到前方去的行动表示高度的赞赏。

词的上阕写对丁玲同志的热烈欢迎。

"壁上红旗飘落照，西风漫卷孤城。"开头两句生动地描绘了古城保安的革命新气象。保安在陕西西北部，古时候曾是西北的一个军事要塞。党中央驻在这里以后，偏僻古老的保安成为举世瞩目的地方，成为革命者向往的圣地。斯诺的《西行漫记》谈到保安的时候说："小村庄在西北很多，但城市不论大小都不常见……因此，纵马登上崎岖的山顶，看到下面苍翠的山谷中保安的一片古老的城墙，确实使人感到十分意外。在唐朝和金朝的时候，保安曾是抵御北方游牧民族入侵的要塞。至今人们犹可在一条狭仄的隘口两旁，看到堡垒的残迹，被下午的阳光染成一片火红色……保安还有一座内城，从前驻过边防军；最近经过红军修缮的一道高大的用作防御的砖墙，围绕着约莫一英里见方的地方，就是现在保安城的所在。"从斯诺的记述可以看出毛泽东对保安景色的描写是十分精当的。提到"孤城"，人们自然会联想到唐代诗人王之涣"一片孤城万仞山"和宋代词人范仲淹"千嶂里，长烟落日孤城闭"的名句，而毛泽东笔下的孤城保安，却别有一番境界：古老高大的城墙，落日火红的光辉，城头上在西风中飘动舒卷的红军的军旗，构成了一幅鲜明的富有时代特点的古城落照图。也使人感到这是一方革命者自由解放的热土。"西风""落照"巧妙地点明了丁玲到达保安的时节和人们在窑洞中设宴欢迎丁玲的时间。

"保安人物一时新"，一方面点明欢迎丁玲的地点，同时由写景转入写人。"人物一时新"含义极为丰富，既指经过长征来到保安的共产党人，又包括来自全国各地的知识青年和革命者，也指丁玲的到来。新的人物的到来给古老偏僻的保安带来革命的生气，也是革命队伍兴旺的标志。字里行间洋溢着对丁玲同志远道而来的无限喜悦之情。

"洞中开宴会，招待出牢人。"上阕最后两句写对丁玲热烈隆重的欢迎。窑洞中的宴会当然没有高楼大厦中的宴会豪华气派，却洋溢着革命大家庭的淳朴热诚和温馨亲切。丁玲同志这样回忆当时的感受："我第一次见到毛主席、周副主席等领导同志，就是在一间大窑洞里举行的欢迎我的晚会上。这是我有生以来，也是一生中最幸福最光荣的时刻吧。我是那么无所顾虑，欢乐满怀的第一次在那么多的领导同志面前讲话。我讲了在南京的一段生活，就像从远方回到家里的一个孩子，在向父母亲喋喋不休的饶舌。"（丁玲《到前线去》序）当时革命根据地的物质生活条件很差，人们举行有毛泽东、周恩来和张闻天等主要领导同志参加的宴会招待丁玲是非常隆重盛大的。这是对丁玲最热烈的欢迎，也是党对从远方归来的饱受敌人迫害、历经磨难的儿女的亲切抚慰。"洞中"二字是写实，突出了陕北革命根据地典型的生活环境。同时也使人联想到古老的保安别有洞天，这里聚集的都是非凡的神通广大的人物。并巧妙地与所用的词牌及赠送的人物相照应。有一种幽默诙谐的意味，表现了诗人艺术创作的智慧和乐观洒脱幽默风趣的性格。

词的下阕是对丁玲同志高度的赞许。

"纤笔一枝谁与似？三千毛瑟精兵。"这里诗人借用革命先行者孙中山先生《与报界的谈话》："常言谓：一支笔胜于三千毛瑟枪。"把丁玲那支犀利的笔比作精良的武器，说它能抵上三千拿着毛瑟枪的精锐战士。称赞丁玲写的革命文学作品是打击敌人、消灭敌人的有力武器，在革命斗争中有强大的战斗作用。诗人特别采用设问的句式，不仅有波澜起伏之妙，而且也是突出强调革命文学的作用。运用孙中山先生名言的今典，更风趣也更有说服力，能够轻松地得到更多人的认同。

"阵图开向陇山东"，由议论转为叙述。写红军部队的行动，也点明了丁玲的行踪。写得威武雄壮很有气势，为刻画丁玲英武的形象创造了典型环境。最后诗人满怀喜悦、风趣幽默地写道："昨天文小姐，今日武将军。"从"昨天"到"今日"，记录了丁玲跨越的时代；从"文小姐"到"武将军"，体现了丁玲在人生道路上飞跃进步的历程，使参加红军、勇赴前线的丁玲的英武形象跃然纸上。赞赏之情溢于言表，是对丁玲深入红军，走上前线的热烈赞扬，也是勉励丁玲坚定不移地走与工农兵相结合的道路。

这首词在结构上以丁玲的行踪为顺序，展现各种场景与图像。从保安风光和人物的全景到窑洞中欢迎宴会的特写；从陇东战场红军千军万马的扫描，到"文小姐"与"武将军"的对照，像一部精彩的影视短片。有景色的摄取，有人物的刻画，也有意境的创造，使人感到美不胜收。既朴实亲切，又幽默风趣，是寄赠词的上乘之作。

五 律

挽戴安澜将军①

一九四三年三月

外侮需人御，将军赋采薇②。

师称机械化，勇夺虎罴威③。

浴血东瓜守④，驱倭棠吉归⑤。

沙场竟殒命，壮志也无违。

注释：

① 戴安澜（1904—1942）：号海鸥，安徽无为人。黄埔军校毕业后，曾参加北伐。在抗击日本侵华战争中，战功卓著。1939年任国民党第五军第二〇〇师师长，被授予陆军少将军衔。1942年3月，率第二〇〇师出师缅甸，协同英军对日作战。在孤军深入的情况下，指挥部队英勇奋战，重创日军，解救了被围困的英军。同年5月，在率师返国途中，遭日军伏击，身受重伤，不幸牺牲。不久，被国民党政府追赠为陆军中将。1956年，中央人民政府内务部追认戴安澜为革命烈士；1985年，由中华人民共和国民政部颁发革命烈士证书。

② 赋采薇：赋，朗诵。这里为赋诗言志。采薇，《诗经·小雅》中有《采薇》篇。小序曰："遣戍役也。文王之时，西有昆夷之患，北有狎狁之难，以天子之命，命将率，遣戍役，以守卫中国，故歌《采薇》以遣之……"赋《采薇》以言志，谓戴安澜将军毅然远征，勇赴国难。

③ 虎罴（pí）：凶猛的野兽。这里比喻凶恶的敌人。

④ 东瓜：即同古，缅甸南部重镇。

⑤ 棠吉：缅甸中部地名。

外侮需人御,将军赋采薇
——读《五律·挽戴安澜将军》

戴安澜是杰出的国民党抗日爱国将领,在长城古北口抗战、台儿庄大血战、武汉大会战和昆仑关争夺战等重大战役中,屡立战功。1942年3月率部出师缅甸,孤军深入,英勇奋战。在给妻子的信中说:"现在孤军奋战,决心全部牺牲,以报国家养育!为国家战死,事极光荣。"在给日军重创以后,率师归国,途中遭日军伏击,身负重伤牺牲。中国共产党人给这位抗日爱国将领很高的评价。周恩来称他为"黄埔之英,民族之魂"。朱德和彭德怀在挽联中说:"将略冠军门,日寇几回遭重创;英魂羁缅境,国人无处不哀思。"远在延安的共产党最高领袖毛泽东精心结撰了这首《五律·挽戴安澜将军》,表达了对这位抗日英雄热烈的赞许、崇高的敬意和深挚的哀悼。

"外侮需人御,将军赋采薇。"首联热烈赞许戴安澜将军抗日御侮、出师远征的壮举。"外侮需人御",首先揭示了日寇侵略、民族危亡、国难当头的历史大背景,肯定了戴安澜将军出师远征的正义性。也使人自然联想起"兄弟阋于墙,外御其侮"的古训,从而表达了诗人团结抗敌,一致对外的理念。"将军赋采薇"则用远征赴敌的典故表现了戴安澜将军慷慨出征、勇赴国难的英雄气概与爱国精神。从写作看叙事雍容朴实,文辞高古典雅。

"师称机械化,勇夺虎罴威。"颔联写戴安澜将军所率二〇〇师的军威。称赞戴师装备精良,将士勇猛,具有压倒敌人的气势。大灭了日本侵略者的威风,大长了抗日盟军的志气。写得气韵生动,神采飞扬。

"浴血东瓜守,驱倭棠吉归。"颈联写戴师艰苦顽强的战斗历程,称赞戴安澜将军战绩卓著，扬威国外。可谓笔酣墨饱，悲壮淋漓。

"沙场竟殒命，壮志也无违。"末联对戴安澜将军不幸牺牲深表震惊和痛惜，并认为将军为国牺牲实现了自己的壮志。称赞戴将军为抗战报国而死，死得重于泰山，是死得其所，虽死犹荣。同时勉励人们继承戴安澜将军的壮志，坚持团结，一致抗日。同心同德，前仆后继，彻底打败日本侵略者。情真而意切，语短而心长。

毛泽东这首《五律·挽戴安澜将军》热烈赞颂国民党抗日爱国将领抗战报国的义举，表现了中国共产党人鲜明的民族立场。表明共产党人以民族大义为重，支持一切爱国力量反对日本帝国主义侵略的正义行动，光明磊落，坦荡无私。向世人表明共产党人才是团结抗战的模范，才是全民族最大利益的忠实代表者。与国民党反动派不顾民族利益和抗战大局，悍然制造"皖南事变"掀起反共高潮形成鲜明对比。在当时有很强烈的现实政治意义。

毛泽东这首挽诗，要与当时许多要人名人之作陈放在一起，自然要精心结撰，力求完美。不仅对仗、平仄、用韵都很考究，词语的运用也很见工力。既有"赋采薇"那样的古典，也用"机械化"这样的新词。"东瓜""棠吉"两个地名，也别有双关的深意。"东瓜"这个地名，会使人联想到称代将军出外驻守的典故"瓜戍"（出《左传》）；"棠吉"这个地名，也很容易使人联想到《诗经·小雅》中著名的篇章《棠棣》。"兄弟阋于墙，外御其侮"的名言就出于这首诗。诗人把古今中外融合在一起，既有渊雅流丽的风致，又有鲜明的时代特色。和谐自然，相映生辉。各尽其妙，相得益彰。特别是诗人把当代外国的地名与中国的古典结合起来，使人产生丰富的联想，增强了诗的表现力，增加了诗的思想感情容量，丰富了诗的含义。同时又妙合无间，不露形迹。对不熟悉有关典故的人来说，也都能读懂；对熟悉有关典故的人来说，则能体会出更多的深层含义，充分地体现了这位共产党领袖的文采风范和文学造诣。

五 律

张冠道中[1]

一九四七年

朝雾弥琼宇[2],征马嘶北风[3]。

露湿尘难染[4],霜笼鸦不惊。

戎衣犹铁甲[5],须眉等银冰。

踟蹰张冠道[6],恍若塞上行[7]。

注释:

[1] 张冠道中:1947年3月中旬,胡宗南指挥国民党军十四万余人,向中共中央所在地延安发动进攻。3月18日,毛泽东率领中共中央机关撤离延安。从3月下旬到4月初,转战于陕北延川、清涧、子长、子洲、靖边等县。张冠道是他当时转战中经过的一条道路。

[2] 琼宇:玉宇,指天空。

[3] 征马:指战马。嘶北风:在怒号的北风中长鸣。

[4] "露湿"句:写寒露打湿黄土地,尘土难以沾染衣物。

[5] "戎衣"句:写军服因雾沾露湿和汗水而结冰,像铁衣一样又重又硬。

[6] 踟蹰(chí chú):徘徊不进。

[7] 塞上:边远地区,指我国北方长城内外。4月初毛泽东到陕北青阳岔,已靠近长城。

踟蹰张冠道，恍若塞上行
——读《五律·张冠道中》

《五律·张冠道中》是1947年3月18日晚毛泽东率中共中央机关撤离延安不久，在陕北转战途中写的。据毛泽东的机要秘书叶子龙回忆，毛泽东撤离延安后，就日夜不停地在山中行军，与敌人周旋，待机歼敌。3月25日傍晚接到我军青化砭告捷的电报后，休息一天。从3月27日开始又在山沟里进行艰苦的夜行军。虽然是春天了，但水面的冰还没有完全融化，加上时断时续的雨，山里的夜晚既寒冷又潮湿。这首《五律·张冠道中》大约作于3月底4月初，是当年艰苦转战生活的纪实。诗中生动地描绘了艰苦的行军战斗环境，象征性地写出了敌人重兵来犯的形势，表现了不畏艰险战胜敌人的乐观战斗精神，表达了对陕北解放区的深厚感情和保卫陕北解放区的坚强意志。

诗的前半以写景为主，描绘了转战途中艰苦的战斗环境。"朝雾弥琼宇，征马嘶北风。"首联写黎明时分放眼望去，清晨的大雾弥漫天空。只能听到战马在北风中嘶鸣。诗人先从大处着笔写远景，给人们展示一个苍茫壮阔的境界。"露湿尘难染，霜笼鸦不惊。"颔联写俯视脚下，黄土地被寒露打湿，尘土难以沾染行人的衣物；浓霜笼罩着万物，大地鸦雀无声。这里诗人又从小处着笔，突出环境的冷寂清静。首联的"朝雾""北风"既是写实，又象征性地写出了敌人重兵来犯，铺天盖地，气势凶猛的严峻形势。在诗人的心目中陕北的天空最明朗最美好；陕北的土地最神圣最洁净。诗人用"琼宇"来写陕北的天空；用"尘难染"来写陕北的大地，字里行间洋溢着热爱陕北解放区的无限深情。诗的前半没有直接写人，而是以景衬人，人在其中。从战马嘶鸣,我们分明感觉到有一支斗志高昂的部队在行进;从尘土不起,鸦雀不惊,更使人们感到这支部队行动的机密,纪律的严明。

诗的后半主要写人,抒发乐观战斗的豪情。"戎衣犹铁甲,须眉等银冰",颈联把目光投向经过一夜行军,一路风霜的将士,露水和汗水湿透了他们的军衣,冰结了的军衣像铠甲一样又重又硬;再看人们脸上胡须眉毛都凝结了冰凌,就像银白的冰花一样。彼此相视,不禁哑然而笑。在风霜严寒之中,别是一番情趣。这里对将士肖像的描写,既衬托出环境的严酷,又表现出革命将士不畏艰难困苦的乐观主义精神。"踟蹰张冠道,恍若塞上行",尾联一方面交代行军路线,点明题目;同时也更进一步表现了将士的精神面貌和心理状态。在陕北艰苦转战的将士胸有成竹,胜券在握,格外从容镇定。他们像古代戍守边塞的将士一样,既感受到"春风不度玉门关"的艰苦,又充满了"不教胡马度阴山"的豪情。从而巧妙地表达了粉碎胡宗南对陕北解放区进犯的坚强意志。全篇戛然而止,让人回味无穷。

毛泽东这首五律写将士艰苦转战与敌人周旋的情景。移步换景,层次井然。随着时间的推移,场景不断变换。写景由远及近,从大到小;写人由外到内,由形到神。前半以写景为主,以景衬人;后半以写人为主,以人衬景。景色人物交相映衬。

毛泽东这首诗充满了风云之气。与他多数的诗词比起来,除了豪壮之外,多了几分凝重,与他的《西江月·秋收起义》有点相近,二者都写于事关重大的关键时刻,与诗人当时的心情和作品的内容分不开。

五　律

喜闻捷报

一九四七年

中秋步运河上，闻西北野战军收复蟠龙作①。

秋风度河上②，大野入苍穹③。
佳令随人至④，明月傍云生。
故里鸿音绝⑤，妻儿信未通⑥。
满宇频翘望，凯歌奏边城⑦。

注释：

① 1947年8月，西北野战军在陕北取得沙家店战役胜利，转入战略反攻。9月又收复青化砭、蟠龙等城镇。蟠龙是延安城东北七十多里的一个古镇，为当年蒋介石进攻陕北时重要的物资补给基地。1947年9月23日到10月16日毛泽东住陕北佳县神泉堡，农历中秋节（9月29日）就是在神泉堡度过的。神泉堡在佳县佳芦河以南，依山傍水，东南是一条大川，村南有一条很长的深沟（杨庆旺《毛泽东指点江山》）。运河，当指神泉堡北面的佳芦河。

② 度：通"渡"，过的意思。

③ 大野：一望无际的原野。入：融进。苍穹（qióng）：苍茫的天空。

④ 佳令：美好的节令，这里指中秋节。

⑤ 鸿音绝：音信断绝。鸿，大雁。《汉书·苏武传》有"雁足传书"之说。

⑥ 妻儿信未通：1947年秋，毛泽东井冈山时期结婚的妻子贺子珍带领毛泽东的次子毛岸青和女儿娇娇（李敏）从苏联回到哈尔滨。时值解放战争战事紧张，路途阻隔，毛泽东还未能和他们通信。中秋过后毛泽东于1947年10月8日给毛岸英写信说："告诉你永寿（即毛岸青）回来了，到了哈尔滨……这个孩子很久不见，很想见到他。"又说："你给李讷写信没有？她和我们已很近，时常有信有她画的画儿寄来，身体好。我和江青都好。"当时江青随行，李讷常有信，可见这里所说的"妻儿"指贺子珍、毛岸青和李敏。

⑦ "凯歌"句：指1947年9月中旬收复青化砭、蟠龙等重镇的重大胜利。当时陕北解放区习称边区，故称青化砭、蟠龙等城镇为边城。

满宇频翘望，凯歌奏边城
——读《五律·喜闻捷报》

1947年3月，毛泽东撤离延安之后，一直艰苦地转战陕北各地，指挥着全国的解放战争。同时与西北野战军一起，以"蘑菇战术"与敌人周旋，把敌人磨得筋疲力尽，然后集中优势兵力将其歼灭，先后取得青化砭、羊马河和蟠龙镇战役的胜利。毛泽东运筹于帷幄之中，决胜于千里之外。经过一年的内线作战，全国各个战场歼灭了敌人大量的有生力量。从1947年7月开始，人民解放军按照毛泽东规定的战略计划，由内线转到外线作战，由战略防御转入战略进攻，战争形势发生了根本改变。西北野战军也在8月下旬转入反攻。沙家店大捷后，毛泽东高兴地说："陕北战争已经翻过山坳，最吃力最困难的时期已经过去了。"毛泽东格外轻松开朗。中秋佳节到来，毛泽东兴致勃勃地在河边漫步赏月时，又听到西北野战军收复蟠龙的喜讯。喜不自胜，欣然命笔，写下这首《五律·喜闻捷报》，反映了陕北战局的巨大变化，表达了无限的喜悦之情。

诗的前半写北国中秋的壮美景色及观感。

"秋风度河上，大野入苍穹。"首联写漫步河边之所见。阵阵秋风从河上吹来，使人身心清爽，精神振奋；辽阔的原野与远天相接，好一派天高地远的景象，令人心旷神怡。与《五律·张冠道中》"朝雾弥琼宇，征马嘶北风"的景象形成鲜明对比。"蘑菇战术"的成功，结束了诗人半年来在陕北的山沟里与敌人周旋的艰苦日子，迎来了放开手脚向敌人反攻的喜人局面，给人"柳暗花明又一村"之感。景物描写之中流露出战争形势的变化给诗人带来的欢快欣喜之情。

"佳令随人至，明月傍云生。"颔联写中秋望月之观感。美好的中秋节随着人们胜利的喜悦而至，一轮明月伴着彩云出现在天空。中秋恰逢胜利至，明月正于喜时圆。人逢喜事精神爽，月到中秋分外明。真是佳节有知，明月有情，天遂人意。字里行间洋溢着无限的欣喜之情。

诗的后半是抒情，抒发了乡情、亲情和胜利的豪情。

"故里鸿音绝，妻儿信未通。"颈联写由中秋望月引起的思乡思亲之情。古人说"每逢佳节倍思亲"，又说"月是故乡明"。自古以来中秋的明月最能引发人们思乡思亲的情绪。由于战争，故乡的亲友音信隔绝；从异国归来久别的老妻、少子和娇女尚在远方，音讯未通，更牵动着诗人的心，使诗人产生了像杜甫"今夜鄜州月，闺中只独看。遥怜小儿女，未解忆长安"那样的心情与感受。据李敏（娇娇）回忆，当时年幼的她还弄不清毛泽东是不是她的亲爸爸。这一联充满了对家乡亲人的思念与关爱，也隐含着胜利的欣慰与喜悦。正是战争的胜利才使诗人有暇在中秋的月光下细细品味这浓郁甜美的乡情与亲情。正如贺子珍所说："毛泽东是一个很重感情的人，他的性格有豁达豪爽的一面，也有温情细致的一面。"

"满宇频翘望，凯歌奏边城。"尾联点明题目，抒发了胜利的豪情。毛泽东是个感情丰富的人，更是一个胸怀广阔的人。他的心是同广大人民连在一起的。诗的末联由己及人，联想到陕北和全国人民在中秋之夜的共同心愿。在这中秋明月之夜，在这个象征着美满团圆的佳节里，陕北和全国人民无不时时翘首仰望天上的明月，期盼着团圆与幸福，期盼着胜利与光明。就在这个时候，从陕北前线传来了胜利的捷报，广大军民欢声雷动，胜利的歌声响彻边城上空。如今"蘑菇战术"完全成功，将士们的决心圆满实现，人民团圆幸福的日子就要到来了。字里行间洋溢着中秋之夜听到捷报的无限喜悦和胜利的豪情。与《五律·张冠道中》的结尾"踟蹰张冠道，恍若塞上行"彼此映衬，遥相呼应。

不少人以这首诗与杜甫的《闻官军收河南河北》作比，从二者表达的无限欣喜之情看，当然不能说无相通之处。若从艺术表现来看，我倒觉得与杜甫的《春夜喜雨》更相近，无论是手法、意境还是韵脚，都有相同或相近之处。如"佳令随人至，明月傍云生"与"好雨知时节，当春乃发生"。都用了拟人的手法。又如"满宇频翘望，凯歌奏边城"与"晓看红湿处，花重锦官城"都有诗人的想象在其中。至于这两联所用的韵脚则完全相同。二者写"喜"全篇都不见一个"喜"字，都是从景物描写中表现发自内心深处的喜悦之情。二者都用了反衬的艺术表现方法。《春夜喜雨》"野径云俱黑，江船火独明"一联，用"江船火独明"来反衬夜黑云浓。《喜闻捷报》"故里鸿音绝，妻儿信未通"一联，好像是写中秋月夜的缺憾，而在中秋明月之下，思念家乡的亲友，回忆与远方的亲人一起度过的美好光景，细细品味人间那种浓郁甜美的乡情与亲情，未尝不是一件快事，一件乐事。俗话说"要想甜，加点盐"，以适度的苦来反衬乐，正是艺术的辩证法。

毛泽东的《五律·张冠道中》与《五律·喜闻捷报》是姊妹篇，二者相互关联，彼此照应，是解放战争时期诗人转战陕北的史诗。但诗人生前没有公开发表，甚至不肯示人，大约是感到在艺术上未臻完美。如有些地方于律未合。再如"故里鸿音绝，妻儿信未通"二句就略有重复，后一句又过于直白，显得诗味不足。此外，可能还和诗中涉及诗人复杂而又敏感的家庭关系分不开。

浣 溪 沙

和柳亚子先生

一九五〇年十一月

颜斶齐王各命前①，

多年矛盾廓无边②，

而今一扫纪新元。

最喜诗人高唱至③，

正和前线捷音联④，

妙香山上战旗妍⑤。

附柳亚子原词

浣 溪 沙

中央戏剧学院舞蹈团演出《和平鸽》舞剧，欧阳予倩编剧，戴爱莲女士导演兼饰主角，四夕至五夕⑥，连续在怀仁堂奏技⑦。再成短调，欣赏赞美之不尽矣！

白鸽连翩奋舞前，

工农大众力无边，

推翻原子更金圆。

战贩集团仇美帝⑧，

和平堡垒拥苏联，

天安门上万红妍！

注释：

① "颜斶（chù）"句：颜斶，战国时齐国人。《战国策·齐策四》称，齐宣王召见颜斶，说："斶前！"斶也说："王前！"齐宣王不高兴。斶说："夫斶前为慕势，王前为趋士。与使斶为趋势，不如使王为趋士。"这是比喻蒋介石要柳亚子听他的反革命主张，柳亚子要蒋介石听他的革命主张。齐王与颜斶的关系也是在朝的国民党与在野的共产党关系的写照。

② 廓：广大。

③ 高唱：高妙的词作。指柳亚子原唱《浣溪沙》。

④ 前线捷音：这里指抗美援朝前方传来的捷报。

⑤ 妙香山：在朝鲜西北部。妍：美丽。

⑥ 四夕至五夕：指1950年10月4日晚和5日晚。

⑦ 奏技：献艺，演出。

⑧ "战贩"句：美国和其他帝国主义国家的反动派在"二战"后不久竭力煽动新的世界战争，从而使他们的军火商得利，被称为战贩集团。1950年10月美国纠集十五国军队，打着联合国的旗号侵入朝鲜北部，威胁中国东北，战争气焰极为猖獗。中国人民在抗美援朝斗争中发起了仇视、鄙视、蔑视美帝的宣传运动。本句的"战贩集团"和"美帝"同是"仇"的宾语（主语"我们"省略），跟下句的句式相同。

最喜诗人高唱至
——读《浣溪沙·和柳亚子先生》

《浣溪沙·和柳亚子先生》是毛泽东继1950年10月作《浣溪沙·和柳亚子先生》之后，又一首同柳亚子先生唱和的词作。1950年10月4日和5日晚，柳亚子先生接连在怀仁堂观看了舞剧《和平鸽》的演出。词兴勃发，又写了一首《浣溪沙》词，表达对舞剧的欣赏赞美之情，歌颂了中国革命的伟大胜利，表现了强烈的反帝爱国热情。毛泽东看到这首词的时候，抗美援朝战争已经开始，志愿军在朝鲜前线捷报频传。毛泽东无限欣喜，于当年11月又作了这首《浣溪沙·和柳亚子先生》，对柳亚子先生的人格骨气和充满反帝爱国激情的词作表示由衷的赞赏，并以精约的笔墨概括了中国共产党领导中国人民经过长期艰苦的斗争，战胜以蒋介石为代表的国民党反动派的伟大胜利，表达了对中国人民志愿军抗美援朝旗开得胜的无限欣喜与自豪。

词的上阕对坚持进步主张与反蒋斗争的柳亚子先生的人格和骨气表示赞赏；并概括了中国共产党领导广大革命人民推翻蒋介石独裁统治的伟大胜利及其深远意义。与柳亚子先生原词上阕所说的"工农大众力无边，推翻原子更金圆"相应和。首句"颜斶齐王各命前"，用了《战国策·齐策四》里的典故，齐王召见颜斶，说："斶前！"颜斶也说："王前！"齐王很不高兴，说："王者贵乎？士贵乎？"颜斶说："士贵耳，王者不贵。"这里诗人一方面以齐王喻蒋介石，以颜斶喻柳亚子先生，说明蒋介石要柳亚子先生听从他的反革命主张，而柳亚子先生则要求蒋介石听从他的革命主张，表现了柳亚子先生刚直不阿的品格与蒋介石骄横跋扈的嘴脸。柳亚子先生原词上阕，热烈赞颂工农大众的革命力量，诗人则以赞赏柳亚子先生的为人和骨气来回应。对于柳亚子先生的骨气，诗人历来非常赞赏。早在1937年致何香凝先生的信中就说："像这样有骨气的旧文人，可惜太少，得有一二个，拿句老话说，叫作人中麟凤。"1944年11月21日，诗人又致信柳亚子先生本人说："广州别后，十八年中，你的灾难也受得够了，但是没有把你压倒，还是屹然独立的，为你并为中国人民庆贺！"对柳亚子先生的"硬骨头"精神深表赞许。另一方面"颜斶齐王各命前"也是当时以蒋介石为头子把持着全国政权"在朝"的国民党反动派与代表广大革命人民而尚未取得全国政权"在野"的共产党关系的写照。共产党要求实行和平与民主，蒋介石则坚持独裁和内战。"多年矛盾廓无边"，长期以来中国共产党领导的广大革命人民和像柳亚子先生那样的爱国民主人士与独夫民贼蒋介石的矛盾是太深太广了。这种矛盾表现在内政、外交、经济、军事、文化等各个方面，可说是无所不在。诗人用"廓无边"来形容是十分精当的。1927年蒋介石背叛了孙中山联俄、联共、扶助农工的三大政策，发动了"四一二"反革命政变，"把人民推入了十年内战的血海"。①抗日战争期间"他消极抗战，积极反共"。②一次又一次掀起反共高潮，甚至制造了震惊中外的"皖南事变"。抗战胜利后，他又要"垄断胜利果实"，"对人民是寸权必夺，寸利必得"。③不顾共产党和爱国民主人士的反对，坚持实行独裁统治，并依靠美帝国主义的支持，悍然发动了全国规模的内战。中国共产党领导广大革命人民并团结爱国民主人士在各方面与国民党反动派进行了针锋相对的斗争。"而今一扫纪新元"，经过三年人民解放战争，打败了美帝国主义武装的蒋介石的八百万军队，推翻了蒋家王朝的独裁统治和压在中国人民头上的三座大山，扫清了蒋介石国民党在中国大陆的反动势力。中国共产党与各民主党派及爱国民主人士团结合作，建立了独立、和平、民主的新中国，开创了中国历史上人民当家做主的新纪元，字里行间洋溢着胜利的喜悦与豪情。词的上阕以精切的典故和壮阔的诗句表现了柳亚子先生刚直不阿的品格与骨气，展现了从蒋介石上台到新中国成立这一时期中国社会尖锐复杂的矛盾斗争和深刻巨大的变革，满怀激情地赞颂了中国革命的伟大胜利。

　　词的下阕热烈地赞颂了柳亚子先生充满反帝爱国热情的词作，表达了抗美援朝旗开得胜的无限欣喜。"最喜诗人高唱至"，下阕开头首先点明"和柳亚子先生"题意。"最喜"形容诗人极度欣喜兴奋的心情。"高唱"是高超美妙的佳作，指柳亚子先生充满反帝爱国激情"读之使人感发兴起"的《浣溪沙》。这首词不仅抒写了柳亚子先生个人高尚的情怀，同时也表达了各民主党派爱国民主人士的共识和全国人民的心声，体现了举国上下团结一心、同仇敌忾的精神，使诗人感到极度的欣喜感奋。"正和前线捷音联。"为了抗美援朝，保家卫国，中国人民志愿军于1950年10月19日跨过鸭绿江与朝鲜人民军并肩作战，抗击美国侵略军。自10月25日至11月8日，以迅雷不及掩耳之势，歼敌一万五千余人，将战线从鸭绿江边推进到清川江以南。志愿军首战告捷，给美国侵略者当头一棒，打破了美国侵略者的美梦，粉碎了美军不可战胜的神话。柳亚子先生的"高唱"正巧与志愿军抗美援朝旗开得胜的捷报同时而来，对诗人来说可谓双喜临门喜上加喜。"妙香山上战旗妍。"妙香山是朝鲜西北部著名的山脉，主峰海拔一千九百多米。美国侵略者不甘心失败，于11月6日开始进行反扑。志愿军采取诱敌深入的方针，将敌人诱至定州、积香山、新兴洞、妙香山等我军预定作战地区，然后突然进行还击，歼敌三万余人，收复了"三八线"以北大部失地，取得了第二次战役的胜利，扭转了朝鲜战局。中国人民志愿军的战旗，闪耀着鲜艳夺目的光彩在妙香山上迎风招展，高高飘扬。向全世界宣告：侵略者必败，人民必胜。使全世界被侵略被压迫的人民扬眉吐气。词的下阕有声有色地表现了诗人无限喜悦自豪的心情，赞颂了中朝人民反侵略战争的伟大胜利。

　　毛泽东这首词和柳亚子先生原唱各有鲜明的艺术个性。毛泽东这首词言简意深、意境高远，雄浑豪放，气势磅礴。所谓言简，一是言语简约。全词只有四十二个字；二是词语简明。除了首句的典故，古书读得不多的人一下不易看懂外，其余词句几乎都明白如话。所谓意深，一是内容深广，含义精深。全词寥寥数句，反映了柳亚子与蒋介石、共产党与国民党的关系，概括了二十多年中国社会各种复杂尖锐的矛盾斗争和深刻巨大的变化，表现了人民革命力量的发展壮大。中国共产党领导中国人民，经过二十多年艰苦卓绝的斗争，推翻了蒋介石的独裁统治，建立了人民当家做主的新中国。现在站起来的中国人民又敢于同世界上的头号帝国主义较量，在朝鲜战场上打败了美国侵略者，使全世界被压迫被侵略的人民和民族拍手称快。二是意味深长。毛泽东这首词虽然明白如话，却很耐人寻味，给人们留下了广阔的思考余地。特别是开头的典故，借古喻今，生动形象，妙在双关，含蓄有味。正是诗人所说的"从平易见精深"。这首词的上阕从古老的典故，说到多年的矛盾，再到新纪元，给人以久远的历史感。词的下阕从"高唱至"到"前方捷音"，再到"妙香山上"，更把人们的想象引向遥远的空间。全词构成一个远大的时空境界。柳亚子先生说："我论诗不喜艰涩，主张风华典丽。"而晓畅明快、风华典丽正是柳亚子先生这首《浣溪沙》的特色。所谓明就是言辞直截了当，不讲曲折委婉，使人一目了然，一览无余。所谓快就是快言快语，痛快淋漓。至于"白鸽连翩奋舞前""天安门上万红妍"，明快之外，更兼有风华典丽的特色。

　　1950年10月到11月，毛泽东先后写了两首《浣溪沙·和柳亚子先生》。诗人生前为什么没有将这两首同题之作同时发表，而只发表了前一首呢？这当因为前一首更完美，而后一首还有一些诗人自己不甚如意的地方。让我们比较一下两首诗中一些含义相近的句子。如"百年魔怪舞翩跹"与"多年矛盾廓无边"；"一唱雄鸡天下白"与"而今一扫纪新元"等。前者采用比兴象征手法，形象鲜明生动，耐人寻味；后者直赋其事，诗味比较淡薄。前者虽用比喻象征，但意义却比较明确；后者虽字面上通俗直白，而其中的意义不易把握,人们对它有多种不同理解,又似乎都不十分确当,造成"诗无达诂"的现象。

注:

① ② ③ 《抗日战争胜利后的时局和我们的方针》,载《毛泽东选集》第四卷,第1071、1075、1072页。

七 律

和周世钊同志①

一九五五年十月

春江浩荡暂徘徊,又踏层峰望眼开。
风起绿洲吹浪去,雨从青野上山来。
尊前谈笑人依旧②,域外鸡虫事可哀③。
莫叹韶华容易逝④,卅年仍到赫曦台⑤。

注释：

① 周世钊（1897—1976）：湖南宁乡人，毛泽东在湖南省立第一师范学校的同学，曾加入新民学会，长期从事教育工作。新中国成立后，历任湖南省立第一师范学校校长、湖南省教育厅厅长、湖南省副省长。与毛泽东信件来往颇多，并有诗词唱和。

② 尊前：酒席前。尊，同"樽"，酒杯。

③ "域外"句：域外，国外。鸡虫事：唐代杜甫《缚鸡行》："小奴缚鸡向市卖，鸡被缚急相喧争。家中厌鸡食虫蚁，不知鸡卖还遭烹。虫鸡于人何厚薄？吾叱奴人解其缚。鸡虫得失无了时，注目寒江倚山阁。"本句指苏联贝利亚事件。赫鲁晓夫当权后，于1953年12月突然处决了前苏共政治局委员、内务部部长贝利亚。贝利亚在斯大林时期处决过许多人，而他又突然被处决，正如鸡吃虫、鸡又被杀一样。毛泽东不赞同赫鲁晓夫的做法，所以认为"事可哀"。1957年11月毛泽东去苏联还当面问赫鲁晓夫："你们对贝利亚……当时能不能留下来呢？"又说："留下人头可以弄清问题。"（权延赤《毛泽东与赫鲁晓夫》）

④ 韶华：美好的年华，指人的青年时代。

⑤ 赫曦（xī）台：在湖南长沙岳麓山岳麓书院。赫曦，光明盛大的样子。最早见于屈原《离骚》："陟升皇之赫戏兮，忽临睨夫旧乡。"注云："戏"，字同"曦"。"赫曦"，光明貌。宋朱熹《云谷山记》："余名岳麓山顶曰赫曦，张伯和父为大书台上。"朱熹、张栻作《登岳麓赫曦台联句》诗："泛舟长江渚，振策湘江岑。烟云眇变化，宇宙穷高深。怀古壮士志，忧时君子心。寄言尘中客，莽苍谁能寻？"清代因山上的台已毁，将原"赫曦台"匾额悬于岳麓书院"前台"，由此前台更名赫曦台。

尊前谈笑人依旧
——读《七律·和周世钊同志》

毛泽东的《七律·和周世钊同志》是一首友谊之歌，也是一首青春之歌。

1955年6月中旬，毛泽东来到长沙。他早年在这里学习工作，从事革命活动，结交了不少好友，与同学少年一起度过许多峥嵘岁月与青春年华。6月20日毛泽东在同学好友周世钊等人陪同下，先到湘江畅游一个多小时。上岸后又去岳麓山，一路谈笑风生，健步登上矗立在岳麓高峰的云麓宫，又到望湘亭凭栏远眺。后来就在望湘亭共进午餐，谈笑甚欢。饭后下了一阵小雨，更增添了诗意与游兴。陪同游览的老友周世钊归来后，写了一首《七律·从毛主席登岳麓山至云麓宫》："滚滚江声走白沙，飘飘旗影卷红霞。直登云麓三千丈，来看长沙百万家。故国几年空兕虎，东风遍地绿桑麻。南巡已见升平乐，何用书生颂物华。"后来他把这首诗与其他几首诗词寄给了毛泽东。10月4日毛泽东给他回信说："读大作各首，甚有兴趣。奉和一律，尚祈指正。"同时录寄了《七律·和周世钊同志》这首诗。

周世钊所作借记游而颂盛世。诗的前半记游写景，写登岳麓高峰所见。抒发了随从毛泽东登高的豪情，描写解放后长沙繁荣兴旺的新气象，赞颂毛泽东对长沙人民的关怀。

毛泽东的和诗则借记游来抒豪情而表友情，诗的前半也是记游写景。首联"春江浩荡暂徘徊，又踏层峰望眼开"，先从游踪写起。诗人旧地重游，先畅游湘江，又健步登峰，可见游兴之浓。"春江"之"春"，不是季节的写实，而是诗人的主观感受。除了因"久雨初晴"，"初夏的凉风掠过水面，吹到人身上，使人感到格外舒适"外，主要是形容湘江景色的美好。

提到"春江",人们就会联想到"春江水暖鸭先知""春来江水绿如蓝",从而增强湘江给人的美感,同时也突出了自己畅游湘江的欣喜与适意。"浩荡"形容水势的浩大,江面的宽阔。"徘徊"原为走来走去,这里是活动从容自在。当时诗人在宽阔的江面上"时而侧泳,时而仰泳,态度安闲,显得轻松不费力气,恰像安卧在微波软浪上面,让他平稳舒缓地向前推进",乐趣无穷。可是仅仅一个小时就上岸了,对诗人来说是太短了,所以说是"暂徘徊"。"又踏层峰"与周世钊原诗中的"直上云麓"相应和,而更突出游程的紧迫和奋力攀登的豪迈气概。"望眼开"写站在高峰纵目远眺视野极其开阔。诗人的眼界不限于周诗所说的"长沙百万家",而是把目光投向农村那个更为广阔的天地。颔联接着写极目远望所见的景色:"风起绿洲吹浪去,雨从青野上山来。"与周诗所写的"东风遍地绿桑麻"相应和而更为空蒙灵动,把我们带进一个无限深远,而又十分亲切、生机勃勃、充满希望的绿色世界。诗人当年登上岳麓高峰之后确曾下过一阵小雨。单就景物描写来说,这一联也可说是纪实,而作为诗人创造的艺术意象来看,则有着更为丰富和深远的寓意。它首先使人联想到神州大地风调雨顺,春意盎然。新生的祖国蒸蒸日上,朝气勃勃,充满了青春的活力,又使人联想到当时正在蓬勃开展的农业合作化运动。农业合作化的春风吹遍广大农村,必将春风化雨,使"农民群众共同富裕起来",也使人联想到毛泽东30年来的革命生涯。当年从长沙走向全国,在全国解放之后如今又回到长沙,"谈笑凯歌还"。短短一联含蕴无穷。真可谓妙手偶得的神来之笔。

周世钊原诗的后半记事抒怀。记毛泽东南巡长沙,颂扬革命的胜利和大好形势。毛泽东这首和诗的后半也是记事抒怀。记友人欢聚,抒发友情与豪情。颈联"尊前谈笑人依旧,域外鸡虫事可哀",主要写友人欢聚的情景。"尊前谈笑"生动地描绘了老友相聚亲切融洽、畅所欲言的热烈气氛,和人们开怀畅饮、议论风生、放声大笑、神采飞扬的情态。在筵席上大家的友情依旧、才情依旧、豪情依旧、朝气依旧、情怀依旧。诗人伫立岳麓山顶的望湘亭凭栏远眺,放眼世界,联想起杜甫《缚鸡行》最后两句:"鸡虫得失无了时,注目寒江倚山阁。"联想起不久前苏联发生的贝利亚事件。而赫鲁晓夫得志便猖狂,翻脸不认人,正与"尊前谈笑人依旧"形成极鲜明的对比。毛泽东当时认为赫鲁晓夫的所作所为,只能使亲者痛,仇者快,所以说"事可哀"。毛泽东与友人欢聚一起叙友情,话别后,忆往昔,看今朝。海阔天空,无所不谈。而谈得最多的当然是革命的胜利与大好形势。也就是周诗中所说的"故国几年空咒虎,东风遍地绿桑麻"。贝利亚事件是苏共领导集团内部权力之争的信号,给国际共运蒙上一层阴影。这里毛泽东特意指出国际形势中的阴暗面,是对周世钊诗中对形势看法的重要补充。也说明诗人以唯物辩证的方法观察事物,始终保持清醒的头脑,"心忧天下"的情怀依旧。当时中央对此事的态度尚未公开。诗人在同友人的聚会中谈及此事,并在和诗中委婉地表露了对此事的看法,进一步表明诗人与老友周世钊相知相交之深,可以完全信任,互相交心。

最后一联:"莫叹韶华容易逝,卅年仍到赫曦台。"针对周诗末联而发,既是对友人的劝勉,也是诗人的自励。周诗末联自称"书生"。他给毛泽东的其他诗词中,还有"鲰生垂老逢嘉庆,喜见车书共一家"(《中秋北上》)一类诗句。一方面对国家的统一兴旺感到欣喜,同时又流露出一种迟暮之感和自卑心理。毛泽东曾给他写信说:"兄过去虽未参加革命,教书就是有益于人民的。"并说他"骏骨未凋,尚有生气"。在这首诗的结尾毛泽东再次肯定友人几十年的教育生涯并不是年华虚度。而今能"直上云麓三千丈",可见友人仍保持着青春的豪情、朝气与活力。从而勉励友人振奋精神,大有作为。同时也表现了自己"踏遍青山人未老"的豪壮情怀和老当益壮奋斗不息的精神。最后还有一点要指出:"赫曦台"的"赫戏(曦)"一词来自屈原的《离骚》。毛泽东的和诗以"赫曦台"作结,也是借用《离骚》当中"陟升皇之赫戏(曦)兮,忽临睨夫旧乡"的诗意,来表达对故土长沙的深深眷念。并与周世钊原诗的"来看长沙百万家"相应和。

《七律·和周世钊同志》开篇的一个"春"字,定下了全篇的色调与情调,具有笼括全篇的作用。全诗充满了青春的气息、青春的朝气、青春的豪情与青春的活力。诗中写春江、春山、春风、春雨与绿洲、青野,可说是大自然的青春之歌。诗中还写了"尊前谈笑人依旧""卅年仍上赫曦台",则是永葆青春的人生颂歌。诗中写老友重逢,共饮同游;世事沧桑,友情依旧;劝勉鼓励,情深意厚,是一首真挚动人的友谊之歌。

周世钊所作原诗写得有声有色有气势,是一首不可多得的佳作。虽然也用比兴和夸张,总的来说偏于写实。毛泽东的和诗,思维更开阔活跃,意境更空蒙灵动,风格也更飘逸洒脱,更为含蓄精练,耐人寻味。毛泽东这首和诗与周世钊原作都从孟浩然的《过故人庄》汲取若干诗意。毛泽东和诗中的"风起绿洲吹浪去,雨从青野上山来",与孟浩然诗中的"绿树村边合,青山郭外斜",毛泽东和诗中的"尊前谈笑人依旧",周世钊原唱中的"东风遍地绿桑麻"在字句和意念上也都与孟浩然的《过故人庄》有联系。这说明我们的文艺不可能完全脱离传统凭空创造。在如何从传统诗文汲取营养进行新的艺术创造方面,给我们以宝贵启示。

五 律
看 山

一九五五年

三上北高峰①,杭州一望空。
飞凤亭边树,桃花岭上风。
热来寻扇子,冷去对佳人。
一片飘飖下②,欢迎有晚鹰。

注释:

① 北高峰:在浙江省杭州市灵隐寺后,与南高峰相对峙,为西湖群山之一。在北高峰附近有飞凤亭、桃花岭、扇子岭、美人峰等名胜。根据作者自注,诗中的"扇子"指扇子岭。"佳人"指美人峰。

② "一片"句:初稿有"一片是苍鹰"句。本句写鹰高下盘旋飞翔之状。

三上北高峰
——读《五律·看山》

杭州是我国著名古都之一。名胜古迹星罗棋布，不胜枚举；山水风光优美清秀，雄奇壮丽。20世纪50年代中期毛泽东多次来到杭州。当时经济建设进展顺利，社会面貌日新月异。毛泽东心情欢畅，工作之余，常爬山游览，锻炼身体，并先后写下了《五律·看山》和《七绝·观潮》等四首寄情山水的写景纪游之作。

毛泽东在杭州游览最多的是北高峰。北高峰在杭州灵隐寺后，可以俯瞰杭州全景。附近有飞凤亭、桃花岭、扇子岭、美人峰等名胜。《五律·看山》就是1955年他三次登临北高峰之后的即兴之作。

"三上北高峰，杭州一望空。"首联开门见山，总写登临感受。开篇先从登峰写起。"三上"的"三"可能是实数，也可能是表示多的虚数。"三上北高峰"，可见游兴之高，乐此不疲。诗人为何对北高峰特别喜爱呢？接着就有了答案："杭州一望空。"站在这里杭州的景色一览无余，尽收眼底。毛泽东喜欢爬山。他说："爬山是全身运动。既能增强体质，又能观赏风景，还可以使人心胸开阔。只有站得高才能看得远。这是一举三得。"① 诗人对北高峰情有独钟，就是站在这里可以总览杭州全景。杭州古称钱塘，为东南形胜之地。北宋词人柳永的《望海潮》描写了杭州当年的气象，有"烟柳画桥，风帘翠幕，参差十万家。云树绕堤沙，怒涛卷霜雪，天堑无涯"及"重湖叠巘清嘉。有三秋桂子，十里荷花"之句。宋南渡，于此建都，称临安，更是"山外青山楼外楼"。而毛泽东眺望杭州则把目光聚焦于西湖群山的四季景色。

中间两联由北高峰附近的名胜展开联想，写西湖群山丰富多变的风光。"飞凤亭边树，桃花岭上风"写飞凤亭边的修竹嘉树青翠葱茏，桃花岭上桃花盛开，笑迎春风，翠林红花交相辉映。前者显然是由飞凤亭联想到古人关于凤凰的传说。相传凤凰为百鸟之长，性行高洁。非梧桐不栖，非竹实不食，所以特别突出飞凤亭边的修竹嘉树。后者显然由桃花岭联想到唐人崔护"桃花依旧笑春风"的名句，特意来写桃花岭上的春风。"热来寻扇子，冷去对佳人"，是说夏季炎热之时就去寻游扇子岭；秋冬天冷时节，就去观赏美人峰。扇子指扇子岭，形状极像扇子。由于心理作用，看到扇子会使人凉意顿生。佳人指美人峰，美人峰美似美人，美人温柔可亲，面对美人会有一种亲切温暖之感。中间两联由各处名胜的名称生发联想，巧妙地把季节和名胜联系起来，写登临北高峰眺望各处名胜所引起的丰富多变的美感，说明游览西湖名胜四季皆宜。无论何时登临，都能感受到西湖群峰之美，同时也表现了诗人的幽默风趣和轻松欢快的心情。

末联变换视角，特写天空的雄鹰。"一片飘飘下，欢迎有晚鹰。"诗人抬头望去，秋冬的晚空中一只雄鹰像一片树叶飘飘荡荡，张开双翅盘旋而下扑向群峰，好像欢迎远方来的客人。这里诗人又把人们的视线引向广阔的天空，进一步开阔了诗的意境。用雄鹰加以点染，更给画面增添了生气，使之更加生机盎然，并使景物与人物互动，增添了游山之佳趣。

这是一首纯粹的写景记诗，主要通过对自然美景的描绘和由此引起的联想，给人以新鲜生动和丰富的美感，同时也表现了诗人自己热爱自然美景的生活情趣，展现了诗人轻松欢快开阔明朗的心境，体现了诗人幽默风趣的个性和丰富的艺术想象力，在毛泽东的诗词中别具一格。

注：

① 杨庆旺：《毛泽东指点江山》（下），中央文献出版社2000年版，第1428页。

七 绝

莫干山①

一九五五年

翻身复进七人房②,回首峰峦入莽苍。
四十八盘才走过③,风驰又已到钱塘④。

注释:

① 莫干山:在浙江省德清县西北。相传春秋时吴国在此铸莫邪、干将二剑,故名。为浙北避暑、休养胜地。

② 七人房:指作者使用的卧车,可坐七人。

③ 四十八盘:泛写曲折盘旋的山间公路。

④ 钱塘:旧县名。这里指杭州市。

回首峰峦入莽苍
——读《七绝·莫干山》

莫干山在浙江省德清县西北，离杭州84公里，相传是春秋时吴国干将、莫邪铸剑之处，并因此而得名。这里山势巍峨，怪石嶙峋，云雾缭绕，泉水淙淙。山上翠竹密林，绿荫环绕，还有不少亭台别墅和名胜古迹，景色绝佳。1955年，毛泽东在杭州期间同身边的工作人员专程游览了莫干山。在山行道上他情不自禁地边走边吟诵前人描绘莫干山的诗句："参差楼阁起高岗，半为烟遮半树藏。百道泉源飞瀑布，四周山色蘸幽篁。"他时而观赏瀑布，时而远眺山河，沉浸在莫干山的美景和游赏的欢快之中。在返回杭州的途中诗人依所诵前人诗韵即兴口占这首《七绝·莫干山》。

毛泽东吟诵的前人诗句，写了莫干山的楼阁、高岗、烟云、树木、泉源、瀑布、山色、幽篁，对莫干山的景物作了客观工细全景式的描绘。而毛泽东这首《七绝·莫干山》则另辟蹊径，别开生面。诗人没写登山游览的过程，也没有全面具体地描写登山所见的景物，而是写回程之中的感受，通过诗人的主观感受，用写意笔墨写出莫干山雄浑高大的气象和使人依依不舍的美景，表达了畅游莫干山那种轻松欢快的心情。

首句"翻身复进七人房"，先从乘车启程返回写起，诗人转身进入卧车启程返回杭州。"翻身复进"，表现了行动的矫捷和精力的充沛。诗人在畅游了莫干山的风景名胜之后依然兴致勃勃，毫无倦意。"七人房"是可乘七人的轿车的戏称，更体现了诗人幽默诙谐的风趣和轻松欢快的心情。

次句"回首峰峦入莽苍"写诗人对莫干山的依依不舍之情。当诗人启程返回的时候，情不自禁地回过头来，再看一看莫干山群峰山峦雄浑高大的身影，直到它渐渐地隐没在一派迷茫之中。好山好水看不足，诗人在返回的途中余兴未尽，回味无穷。莫干山的美景深深地吸引着诗人，诗人依旧沉浸在畅游莫干山的美感之中。

第三句"四十八盘才走过"写乘车下山的情景。诗人乘坐的卧车沿着山路曲折盘旋而下，飞快地到达山脚，给人一路风光目不暇接、一掠而过之感。"四十八盘"极写山路的迂曲险峻，也突出了山势的巍峨峥嵘，走过"四十八盘"就意味着下了莫干山来到山下。

末句"风驰又已到钱塘"写飞速到达杭州的情景。诗人刚到莫干山下，转眼就到钱塘江大桥，万家灯火的杭州已在眼前。"风驰"二字极写车速之快。

诗中用"进""入""过""到"几个动词，一气而下，写出从莫干山返回杭州的全过程，全从动态着笔，全诗充满了动感。又用"才""又"等虚词紧相呼应写返回速度之快，又以车行之快，表现途中无限畅快之感。与李白《朝发白帝城》中的"两岸猿声啼不住，轻舟已过万重山"和杜甫《闻官军收河南河北》中的"即从巴峡穿巫峡，便下襄阳向洛阳"有异曲同工之妙。

这首诗为诗人即兴之作，出口成章，一气呵成，充分显示了作者的才情。作者对于诗歌特重思想内容和社会作用，对自己一些写景纪游闲适娱情之作恐未重视，未作精心加工，因而在毛泽东诗词当中未臻上乘。

七 绝

五云山①

一九五五年

五云山上五云飞,远接群峰近拂堤②。
若问杭州何处好,此中听得野莺啼。

注释:

① 五云山:是浙江省杭州市西湖群山之一,邻近钱塘江。据传因有五色彩云萦绕山顶经时不散而得名。
② 堤:指钱塘江的江堤。

五云山上五云飞
——读《七绝·五云山》

五云山是杭州西南临近钱塘江的一座高峰,山上有寺庙,相传因有五色彩云萦绕山顶经久不散而得名。五云山是杭州比较偏远的一处景点,上下山有五十里。从山脚到公路还有十几里要步行。出生于偏远山区、长期在边远山区生活战斗、领导中国革命的毛泽东来到这里会有一种亲切的回归感,因而对五云山情有独钟,认为这里是杭州最佳之处,为它写了这首《七绝·五云山》,有声有色地描绘了五云山的美景,表达了自己无比欢畅的情怀。

诗的前半,主要从视觉着笔,写登高所见,着重写山之高与云之美。

首句"五云山上五云飞",说五云山高耸入云,山顶上彩云萦绕,随风飞飘。开门见山,点出"五云山"本题,并突出了五云山的高与美。

次句"远接群峰近拂堤",写登高所见。诗人站在五云山上放眼望去,彩云连接着远方的群峰;俯瞰山下,彩云又飘拂过钱塘江堤。这里诗人用彩云把远方的群峰与近处的钱塘江堤连接起来,统一在一个画面当中,从而为我们展示了一幅充满动感多姿多彩的图画。

诗的后半主要从听觉着笔,写山中所闻,着重写山野偏远幽静,莺歌优美动听。

第三句"若问杭州何处好"是一个提示,也是一个过渡。诗人宕开一笔,用设问给人们造成一个悬念,从而引起人们探索的兴趣,起到突出加重末句,为末句蓄势的作用。

末句"此中听得野莺啼"揭示答案,画龙点睛。"莺啼"是江南也是杭州标志性的景物。人们常用"杂花生树,群莺乱飞""千里莺啼绿映红"来描写江南的风光。唐代大诗人白居易的《钱塘湖春行》也用"几处早莺争暖树"来描写杭州西湖早春的景象。西湖边上还有一处"柳浪闻莺"的景点,然而在游人如织、人声嘈杂的西湖边闻莺,与在偏远清幽的五云山山野闻莺是不可同日而语的。五云山山野的莺啼,因为环境清幽,加上四周山峦的回应,更加清丽婉转,优美动听。在这里闻莺更有一种远离闹市回归自然的野趣。五云山绚丽多彩的景色与美妙动听的莺啼,构成一个有声有色、充满活泼生机的美好境界,使人感到五云山确实是杭州绝佳的去处。

　　这首《七绝·五云山》与《五律·看山》两首诗与《七绝·莫干山》写法不同,都是开门见山的正面描写。《五律·看山》是多处景点,不同季节全景式的描写,显得更丰富多彩;而《七绝·五云山》则是一处景点的特写,景色的描写更充分,也更跌宕有致。

七 绝
观 潮①

一九五七年九月

千里波涛滚滚来,雪花飞向钓鱼台②。
人山纷赞阵容阔,铁马从容杀敌回③。

注释:

① 观潮:指观赏浙江省钱塘江口的涌潮。钱塘潮以每年阴历八月十八在海宁所见最为壮观。作者在1957年9月11日(即阴历八月十八),曾于海宁七星庙观潮。

② 钓鱼台:即钓台,在钱塘江中段的富春江边,相传为东汉严光(字子陵)隐居垂钓的地方。

③ 铁马:配有铁甲的战马,借喻雄师劲旅。陆游《十一月四日风雨大作》:"夜阑卧听风吹雨,铁马冰河入梦来。"

人山纷赞阵容阔
——读《七绝·观潮》

钱塘江涌潮是古今一大奇观。南宋周密的《武林旧事·观潮》记载:"浙江之潮,天下之伟观也。自既望以至十八日为最盛。方其远出海门,仅如银线;既而渐近,则玉城雪岭,天际而来。大声如雷霆,震撼激射,吞天沃日,势极雄豪。"而观潮就成为杭州一大盛事。南宋吴之牧《梦粱录·观潮》云:"每岁八月内,潮怒胜于常时。都人自十一日起,便有观者。至十六、十八日倾城而出,车马纷纷。十八日最为繁盛,二十日则稍稀矣。"

其实早在汉唐已有观潮的习俗了。1957年9月11日(阴历八月十八日),毛泽东从杭州来到浙江海宁盐官镇郊的七星庙观潮。中午12时20分,潮水奔涌而来,借着风势,发出沉闷的隆隆巨响。毛泽东双目凝视着大潮,微笑着拍手,大家也跟着一起拍手。大潮过后毛泽东一面坐在椅子上休息,一面向随行人员讲解由月亮引起潮汐的道理。①随后写下了《七绝·观潮》这首诗,生动地描绘了观潮所见的壮美景色,抒发了欣喜亲切的独特感受。

诗的前半写江潮猛涨的情景。

首句"千里波涛滚滚来",写海潮初涨的实景。辽阔千里的海面上波涛滚滚奔涌而来。"千里"二字极写钱塘江口外海面的辽阔。"滚滚"二字,既形潮水奔涌之状,又摹波涛隆隆之声,写潮水奔涌而来的迅猛态势,极为生动传神。

次句"雪花飞向钓鱼台",极写江涛浩大的气势。海潮涌入钱塘江口逆江而上,涌积相推形成滔天巨浪,溅起雪白的浪花,好像要飞洒到钱塘江上游六百里外的钓鱼台一样。这里诗人通过想象夸张极写江涛的威势。

诗的后半以军阵喻江潮由进而回的情景。

第三句"人山纷赞阵容阔",通过人们对江潮的称赞叹赏,写江潮如千军万马奔腾喧嚣齐头推进的壮阔气象。"人山"极写观潮时人山人海的场面与江潮同样壮观,互相映衬。"纷赞"生动地描绘了人们面对钱江大潮指点评说、交口称赞的神态,表现了钱江大潮神奇的魅力和人们观赏钱江大潮的惊喜,同时也体现了人对大自然的主体地位和主体意识。

末句"铁马从容杀敌回",写钱塘大潮回落的情景。回落的江潮波光闪耀,像一队队披挂铁甲的战马杀败了敌人从容归来。在长征路上走过像"倒海翻江卷巨澜,奔腾急,万马战犹酣"的连绵群山,在解放战争中指挥着千军万马大进军的诗人,看着像千军万马杀敌归来的钱江浪潮,就像看到了老朋友老部下,那样熟悉,那样兴奋,拍手笑迎,表现了无限的亲切喜悦之情,绝无古人观潮诗中那种心惊胆寒的神秘恐惧之感。

毛泽东这首《七绝·观潮》虽然也是一首即兴之作,但在思想内容和艺术表现方面却有许多值得称道的地方。首先,这首观潮诗既见物又见人。它不仅生动地描绘了钱塘大潮的浩大声势,而且写出了人们观潮的壮观场面,表现了人民群众乐观昂扬的精神状态,表明了人对大自然的主体意识和人与自然的亲和关系。在艺术表现上讲究虚实结合。首句写眼前实景,次句则为想象夸张,一实一虚,相得益彰。这首诗还很注重艺术结构的严整。篇幅虽短,却写出了潮起潮退、潮涨潮落、潮来潮回的全过程。前半写大潮来得迅猛,后半写江潮回得从容。前后映衬,首尾呼应。诗中既描绘了钱塘江潮浩大的声势，又写出人们观潮的壮观场面；既表现了人民群众的精神状态，也表达了自己的内心感受，表现了惊人的艺术想象力和非凡的艺术创造力。

注：

① 参见项伟《毛泽东海宁观潮小记》，《周末报》。

七　绝

刘　蕡①

一九五八年

千载长天起大云,中唐俊伟有刘蕡。
孤鸿铩羽悲鸣镝②,万马齐喑叫一声③。

注释:

① 刘蕡(fén)(?—849年):字去华,唐幽州昌平(今北京市昌平)人。唐文宗大和二年(828),举贤良方正,刘蕡对策称:"宫闱将变,社稷将危,天下将倾,海内将乱。""阍寺持废立之权","四凶在朝,虽强必诛"。指出唐王朝面临着严重的政治危机,痛论宦官专权危害国家,劝皇帝诛灭他们。在当时引起强烈反响。考官赞赏刘蕡的文章,但惧怕宦官的权势,不敢录取他。令狐楚、牛僧孺都征召他为从事,后授秘书郎。大和八年(834)王质出任宣歙刺史兼观察使,召裴夷直、刘蕡、赵晳等为从事,皆一代名流。后刘蕡遭宦官诬陷,贬柳州司户参军。唐宣宗大中二年(848)遇旧时同僚友人李商隐。大中三年(849)客死浔阳。李商隐有《赠刘司户蕡》及哭刘蕡诗多首。作者在读《旧唐书·刘蕡传》时,对刘蕡的策论很赞赏。旁批:"起特奇。"

② "孤鸿"句:孤鸿,孤单失群的大雁,喻指刘蕡。铩(shā)羽,羽毛摧落,这里比喻受挫、失意。鸣镝(dí),也叫响箭,这里比喻宦官对刘蕡的中伤和打击。

③ "万马"句:万马齐喑(yīn),亦作"万马皆喑"。喑,哑。苏轼《三马图赞引》:"振鬣长鸣,万马皆喑。"谓骏马抖动颈上的鬃毛嘶叫时,其他的马都哑然无声。后来用来比喻一种沉闷的局面。叫一声,喻指刘蕡冒死发出痛斥宦官的呼声。

中唐俊伟有刘蕡
——读《七绝·刘蕡》

从1958年起毛泽东大力提倡解放思想，破除迷信，"振奋敢想、敢说、敢做的大无畏创造精神"①。为此他在各种场合提到从屈原、贾谊到鲁迅、聂耳等许多古今人物，并先后写下一些歌咏历史人物的咏史诗，进一步丰富了他诗歌创作的题材。他在1958年写的《七绝·刘蕡》是其中最早的一首。诗中热烈赞扬中唐杰出的政论家刘蕡面对国家政治危机深重的时局，大声疾呼，猛烈抨击宦官专权乱政的大无畏精神，并对他备受黑暗势力摧挫压抑的不幸遭遇表示极大的同情与义愤。

起句"千载长天起大云"写远在千年之前，辽阔的天空风起云涌，黑沉沉的浓云铺天盖地是那么昏暗险恶，又那么压抑沉闷。就字面来看是写深远的时空景象，实际上正是中唐社会与时局的写照。诗人用比兴象征的手法描绘了中唐以后宦官专权、藩镇割据及朋党相争所形成的尖锐复杂的社会矛盾、动荡险恶的时局及压抑沉闷的政治空气。

次句"中唐俊伟有刘蕡"是说就在中唐这样的社会历史背景下，出了刘蕡这样一个优秀杰出的人物。《旧唐书》本传说他"博学善属文，尤精《左氏春秋》。与朋友交，好谈王霸大略。耿介疾恶，言及世务，慨然有澄清之志"。可见刘蕡是一位学识渊博、文章高妙、精通古史、富于才略、光明正大、疾恶如仇、以天下为己任的豪杰之士，史称"一代名流"。他在应贤良方正直言极谏科考试的对策中，开篇就直言："臣诚不佞，有匡国致君之术，无位而不得行；有犯颜敢谏之心，无路而不得进。但怀愤郁抑，思有时而一发耳。"毛泽东看了不禁拍案叫绝，随手批了"起特奇"三个字。这里又以"俊伟"二字来褒美他，对刘蕡的赞誉叹赏可说是无以复加了。像刘蕡这样的豪杰之士，生于中唐那样一个黑暗动荡政局险恶的时代，他将何以自处？他的命运又将如何呢？

最后两句写刘蕡的悲壮人生及其大无畏的精神。"孤鸿铩羽悲鸣镝"，就字面来看是写一只奋力高飞的孤雁被响箭射中，羽毛摧落，死得惨烈。实际上是用比兴象征的手法概括了刘蕡在那个黑暗险恶时代的悲壮人生。刘蕡因在对策中痛斥宦官专权乱政、危害国家，力劝皇帝诛灭他们，因而遭到宦官的嫉恨，饱受打击。先是考官慑于宦官的淫威，不敢录取；后因宦官诬陷，贬为柳州司户参军，终于客死他乡。诗人以"孤鸿"喻刘蕡，突出其志向高远、奋发有为，既写其卓尔不群，又写其势单力弱，十分精当。字里行间充满了对这位胸怀壮志而横遭摧残的悲剧英雄的深切同情与痛惜。末句"万马齐喑叫一声"，字面上是说在万马哑然无声之时，一匹骏马却抖动鬃毛奋力发出一声嘶鸣，冲破了沉闷的空气。这里诗人又以骏马喻刘蕡，热烈赞颂刘蕡敢说敢干的大无畏精神。正如刘蕡对策所说，当时宦官"威慑朝廷，势倾海内。群臣莫敢指其状，天子不得制其心"。在宦官这种高压之下，许多士人忍气吞声、噤若寒蝉，唯独刘蕡敢于挺身而出，公开发表猛烈抨击宦官的言论。言人所不敢言，道人所不敢道。惊世骇俗，振聋发聩，冲破了当时政治上的沉闷局面，使正直之士为之一振。在刘蕡身上充分体现了毛泽东当时大力提倡的高屋建瓴、势如破竹的气概和敢说敢做的大无畏精神。最后两句以孤鸿与骏马为喻进一步突出了刘蕡的

"俊伟"。

全诗多用比兴象征。诗人以"长天大云""万马齐喑"喻中唐社会极度的动荡黑暗和沉闷压抑；以孤鸿骏马喻刘蕡志存高远，奋发有为，卓尔不群，豪壮无畏。境界阔大高远，意象鲜明生动。诗意含蓄蕴藉，情感鲜明强烈。既寓意深远，耐人品味，又有震撼和鼓舞人心的艺术力量。

注：

① 见毛泽东1958年3月在成都会议上的讲话。

七　绝

屈　原

一九六一年秋

屈子当年赋楚骚①，手中握有杀人刀②。
艾萧太盛椒兰少③，一跃冲向万里涛④。

注释：

① 屈子：指屈原（约前340—前278），名平，字原，战国楚人，是我国最早的大诗人。曾辅佐楚怀王，官至左徒、三闾大夫，主张变法图强，遭谗去职。先后被放逐于汉北、江南。公元前278年，秦军攻破楚国的郢都。因无力挽救楚国的危亡，深感自己的政治理想无法实现，遂投汨罗江而死。

② "手中"句：喻指屈原作《离骚》所发挥的战斗作用。

③ 艾萧：即艾蒿，臭草。这里比喻奸佞小人。椒兰：申椒和兰草，皆为芳香植物。这里比喻贤德之士。

④ "一跃"句：指屈原在悲愤和绝望中投汨罗江而死。

屈子当年赋楚骚
——读《七绝·屈原》

屈原是中国第一位伟大爱国诗人。《史记·屈原列传》说他"博闻强记，明于治乱，娴于辞令"。初为楚怀王司徒，甚受信任。屈原主张革新政治，举贤授能，修明法度，富国强兵，进而统一全国。曾为楚王起草"宪令"，因上官大夫靳尚的谗毁，王怒而疏远屈原。后楚败于秦，他奉命出使齐国，归来为三闾大夫。不久又遭排斥，放逐汉北。顷襄王即位，谗谀用事，又被放逐于江南，流浪于沅湘一带。长期的贬逐，使他从上层走向民间，并发愤写出《离骚》等光辉诗篇。公元前278年，秦兵攻陷郢都，楚国濒于危亡。屈原深感理想破灭，于阴历五月五日投汨罗江而死。屈原的一生是悲剧的一生，但他热爱祖国的崇高思想和不妥协的斗争精神受到世代人民的敬仰。阴历五月五日成为中国人民纪念屈原的传统节日。屈原坚持真理、敢于斗争、宁死不屈的反抗精神，更常常得到具有浪漫诗人气质的政治家毛泽东的共鸣。他在一封信中写道："我今晚又读了一遍《离骚》，有所领会，心中喜悦。"据他的秘书林克回忆："他研读楚辞，特别对三闾大夫、爱国诗人屈原的《离骚》百读不厌，常掩卷长思，不能自已。"1961年秋，我国遭受三年自然灾害，国民经济面临严重困难。苏联领导人又挑起中苏论战，并从政治、经济和军事上对我国施加巨大压力。不少国家的共产党跟着苏共的指挥棒转，坚持革命原则的马列主义政党一时成了少数。毛泽东就写了《七绝·屈原》，热烈赞颂屈原敢于坚持真理、批判君恶、对腐败的统治者投以批判的匕首，及宁死不屈的斗争精神。

"屈子当年赋楚骚"，首句开门见山，直赋其事，但写得富有情韵，并给我们留下广阔的想象的空间。称屈原为屈子，表达了崇敬喜爱之情和亲切之感。"当年"二字，首先让我们联想到屈原生活的那个大变革大动荡的战国时代，正是楚国兴衰存亡的关键时刻。坚持革新、与时俱进则兴；苟且偷安、保守倒退则衰。对楚王来说，亲贤远佞则兴盛，亲佞远贤则败亡。其次使我们联想到屈原当时的遭遇。不幸的是楚国的革新半途而废。楚怀王昏聩不明，听信谗言。楚国腐朽的旧贵族集团群小得势，使代表革新进步势力的屈原，忠而见疏，信而见疑。接连遭受打击的屈原坚持真理，坚持斗争，毫不妥协，绝不屈服。长期的贬逐，使他走向民间，接近社会生活，从而写出《离骚》等发愤之作。"赋楚骚"表达了对屈原文学才华和斗争精神的赞赏。这里用"楚骚"而不用《离骚》，既突出了屈原和楚辞的主要代表作品《离骚》，也包括了《九歌》《九章》及《天问》等屈原其他的楚辞作品，更全面地概括了屈原的文学成就，也突出了屈原创造楚辞体（又称骚体诗）的杰出贡献。

"手中握有杀人刀"，次句喻指屈原所作《离骚》等"放言无惮，为前人所不敢言"（鲁迅语）的浪漫主义杰作强大的战斗威力。毛泽东认为："骚体是有民主色彩的，属于浪漫主义流派，对腐败的统治者投以批判的匕首，屈原高居上游。"① 屈原在《离骚》等诗中大胆地"批判君恶"。他怨怪楚王言而无信，变化无常，在革新的道路上半途而废：

  曰黄昏以为期兮，羌中道而改路。
  初既与余成言兮，后悔遁而有他。
  余既不难夫离别兮，伤灵修之数化。

他责难楚王昏聩糊涂，不察忠良，反信谗佞：

  荃不察余之中情兮，反信谗而齌怒。
  ……　……
  怨灵修之浩荡兮，终不察夫民心。

他无情地解剖了腐朽的旧贵族集团群小，也就是屈原所谓的"党人"丑恶的灵魂：

  惟夫党人之偷乐兮，路幽昧以险隘。
  ……　……
  众皆竞进以贪婪兮，凭不厌乎求索。
  ……　……
  众女嫉余之蛾眉兮，谣诼谓余以善淫。
  固时俗之工巧兮，偭规矩而改错（措）。
  背绳墨以追曲兮，竞周容以为度。

  指斥旧贵族集团群小苟且偷安，怀奸误国，争权夺利，贪得无厌，破坏法度，妒贤嫉能，取巧钻营，造谣进谗。痛快淋漓地揭露了楚国旧贵族集团的腐朽本质和丑恶灵魂，可谓入木三分，刺刀见红，显示了强大的批判战斗作用。

  "艾萧太盛椒兰少"，第三句仍用比兴象征，写以屈原为代表的革新进步势力与腐朽的旧贵族集团力量对比的悬殊。艾萧为臭草，喻邪恶党人，也就是楚国旧贵族集团群小。楚国腐朽的旧贵族集团邪恶势力根深蒂固，盘根错节。他们人数众多，朋比为奸，包围在楚王周围。他们身居高位，左右着楚国的政局。特别是楚王昏聩糊涂，不辨是非，听信谗言，更助长了旧贵族邪恶势力嚣张的气焰，所以说"艾萧太盛"。"椒兰"即申椒和兰草，都是芳香植物，喻贤德之士，也就是以屈原为代表的革新进步正义力量。新兴力量在开始时本来就比较弱小，其中一些不能严格要求自己的不坚定分子，还会在旧贵族腐朽邪恶势力的高压或个人功名利禄的诱惑下变质，与邪恶势力同流合污。所以屈原一再叹息："哀群芳之芜秽。""兰芷变而不芳兮，荃蕙化而为茅。何昔日之芳草兮，今直为此萧艾也？"感到无比痛心。正是由于新旧势力力量对比的悬殊，造成了楚国的败亡和屈原的悲剧。

末句"一跃冲向万里涛"，写楚国江河日下，濒临灭亡。屈原理想破灭，极度悲愤，自沉汨罗，以身殉国、以身殉志的悲壮场面。"一跃"写屈原行动果决，毫不犹豫，义无反顾。一个"冲"字显示出屈原以死向当时楚国黑暗的社会现实抗争的勇气和视死如归的英雄气概。屈原的死是对楚国黑暗邪恶势力的控诉，也是屈原生命和人格的最后闪光。"万里涛"三字，"篇终接混茫"，把我们带进一个无限深远壮阔的境界。那滔滔滚滚的江水寄托着广大人民永久的怀念，也象征着屈原的精神如江河行地，将万古流传。

毛泽东这首《七绝·屈原》艺术地概括了屈原生活的那个时代楚国新旧势力剧烈斗争的形势和屈原斗争的一生、悲剧的一生，热烈地赞颂了屈原辉煌的文学成就和批判战斗的精神。从"屈子当年赋楚骚"，使我们联想到毛泽东写这首《七绝·屈原》的当年所写的诗词与"屈子当年赋楚骚"的密切联系。毛泽东1961年写的《七律·和郭沫若同志》和《离骚》的批判战斗精神；《卜算子·咏梅》和《九章·橘颂》所表现的高洁情志；《七律·答友人》与《九歌·湘夫人》中帝子和洞庭的优美，形象与境界都是一脉相承的。可以说毛泽东这些诗词是屈原楚骚的思想艺术在新的历史时代的发扬光大，所以毛泽东说"我们就是他生命长存的见证"。[2]

毛泽东这首七绝短小精悍、尺幅万里，有很强的艺术概括力，并力求打破一般套路，在艺术上有所创新。只是诗中"手中握有杀人刀"的比喻，虽有其贴切的一面，但与同年所写的《七律·和郭沫若同志》中"金猴奋起千钧棒"比起来，缺少诗意的夸张与美感，也和人们心目中屈原的诗人形象不太和谐。也许这就是毛泽东生前没有公开发表这首绝句的原因吧。

注：

[1]《关于枚乘〈七发〉》。

[2]《费德林回忆录：我所接触的中苏领导人》，转引自张贻玖《毛泽东读诗：记录和解读毛泽东的读诗批注》，当代中国出版社2012年版，第15页。

七绝二首

纪念鲁迅八十寿辰①

一九六一年

其一

博大胆识铁石坚,刀光剑影任翔旋。

龙华喋血不眠夜,犹制小诗赋管弦②。

其二

鉴湖越台名士乡③,忧忡为国痛断肠。

剑南歌接秋风吟④,一例氤氲入诗囊⑤。

注释：

① 鲁迅（1881—1936）：浙江绍兴人，本名周树人，现代伟大的文学家、思想家和革命家。

②"龙华"二句：1931年2月7日深夜，国民党反动派在上海龙华，秘密杀害包括"左联"作家柔石、胡也频、李伟森、白莽、冯铿在内的革命青年24人。喋（dié）血，血流遍地。鲁迅在《为了忘却的记念》一文中说："在一个深夜里……我沉重地感到我失掉了很好的朋友，中国失掉了很好的青年，我在悲愤中沉静下去了，然而积习却从沉静中抬起头来，凑成了这样的几句：'惯于长夜过春时，挈妇将雏鬓有丝。梦里依稀慈母泪，城头变幻大王旗。忍看朋辈成新鬼，怒向刀丛觅小诗。吟罢低眉无写处，月光如水照缁衣。'但末二句，后来不确了，我终于将这写给一个日本的歌人。"小诗即指文中这首《七律·无题》。赋管弦，指配上音乐。

③"鉴湖"句：鉴湖在浙江省绍兴城西南两公里，附近有宋诗人山阴人陆游吟诗处的快阁。清末女革命家秋瑾（1875—1907），亦是山阴人，自号鉴湖女侠。越台，即越王台，春秋时越王勾践在会稽（今绍兴）为招纳贤士而建。本句说鲁迅的故乡绍兴是古今名人荟萃之地。

④ 剑南歌：指陆游的诗歌，陆游有诗集《剑南诗稿》。秋风吟：指秋瑾的诗歌，秋瑾有主要代表作《秋风曲》，也指鲁迅的诗歌。鲁迅生前所写的最后一首诗《亥年残秋偶作》云："曾惊秋肃临天下，敢遣春温上笔端。尘海苍茫沉百感，金风萧瑟走千官。老归大泽菰蒲尽，梦坠空云齿发寒。竦听荒鸡偏阒寂，起看星斗正阑干。"诗中的"金风"即秋风。

⑤"一例"句：一例，意即一律，一样。氤氲（yīnyūn），形容烟或云气很盛，这里比喻陆游、秋瑾和鲁迅的诗篇，富有诗味和爱国热忱。诗囊，装诗的袋子。李商隐《李长吉小传》称，李贺"背一古破锦囊，遇有所得，即书投囊中"。

博大胆识铁石坚
—— 读《七绝二首·纪念鲁迅八十寿辰》

毛泽东和鲁迅是20世纪中国两大伟人。毛泽东说过："我跟鲁迅的心是相通的。"在现代人物中，毛泽东最钦佩最敬仰的就是鲁迅。他说鲁迅"不但是伟大的文学家，而且是伟大的思想家和伟大的革命家"，是"空前的民族英雄"，[①]并称"鲁迅是中国的第一等圣人"，而自己"是圣人的学生"（1971年11月在武汉的谈话）。毛泽东高度赞赏鲁迅的硬骨头精神。他说："鲁迅的骨头是最硬的，他没有丝毫的奴颜和媚骨，这是殖民地半殖民地人民最可宝贵的性格。"[②]1961年是我国国内面临严重经济困难的时候，也是国际敌对势力甚嚣尘上，从各方面对我国施加重压的时候，鲁迅那种硬骨头精神更显得特别可贵。时值鲁迅八十周年诞辰，毛泽东写了《七绝二首·纪念鲁迅八十寿辰》，弘扬伟大的鲁迅精神。

第一首称颂鲁迅伟大的精神品格。

"博大胆识铁石坚，刀光剑影任翔旋。"诗的前半赞扬鲁迅伟大的精神品格和高超的斗争艺术。"博大胆识"是说鲁迅见识深远，英勇无畏。称赞鲁迅的政治远见和社会洞察力，以及面对白色恐怖毫无畏惧，从不退缩的战斗勇气。"铁石坚"比喻鲁迅坚强不屈的硬骨头精神。"刀光剑影任翔旋"称赞鲁迅的斗争勇气和斗争艺术。"刀光剑影"形容反动派制造的杀气腾腾的白色恐怖，写敌人的凶残，环境的险恶。"任翔旋"写鲁迅镇定自如，从容应对，以韧性的战斗和"壕堑战术"与反动派周旋。称赞鲁迅不仅敢于斗争，而且善于斗争。

"龙华喋血不眠夜，犹制小诗赋管弦。"诗的后半以鲁迅于"左联"五烈士在龙华被杀害之后,"怒向刀丛觅小诗"的典型事例,赞颂鲁迅面对反动派的屠刀毫不畏惧的战斗精神,以及鲁迅在中国最黑暗年月的韧性战斗风格。"龙华喋血"指1931年2月7日夜,国民党反动派在上海龙华秘密杀害包括柔石等"左联"五烈士在内的24名革命青年。"当时上海的报章都不敢载这件事。"鲁迅对反动派的血腥罪行感到无比愤怒,在中国最黑暗的时刻,在白色恐怖最严重的腥风血雨中,写下了《七律·无题》("惯于长夜过春时")这首诗。后来又"将这写给一个日本的歌人",公之于世,怒斥反动派野蛮残杀革命青年的血腥罪行,表达对革命烈士的沉痛悲悼。诗人把"喋血夜"与"犹制小诗"联系起来,表现了鲁迅不被反动派的屠刀所吓倒,而把作为战斗匕首的小诗投向敌人的大无畏精神。

第二首由鲁迅"犹制小诗"联想到鲁迅家乡绍兴著名的爱国诗人,追溯鲁迅的爱国思想和不怕牺牲的斗争精神渊源所自,勉励人们向鲁迅学习,继承发扬爱国斗争的优良传统。

"鉴湖越台名士乡,忧忡为国痛断肠。"诗的前半说明鲁迅和家乡绍兴的爱国诗人有共同的"忧忡为国"的高尚情怀。鉴湖又称镜湖,越台即越王台,春秋时越王勾践为招纳贤才而建,都是绍兴的名胜古迹,这里作绍兴的代称。绍兴是古今名人荟萃之地,这里有卧薪尝胆的越王勾践;有写过《兰亭集序》的东晋大书法家王羲之;有唐代著名的诗人贺知章。其中最有名影响最大的是身居鉴湖、志在中原,临终之际"但悲不见九州同"的南宋伟大爱国诗人陆游,和自号"鉴湖女侠"、高唱"将军大笑呼汉儿,痛饮黄龙自由酒"的近代女革命家秋瑾。鲁迅和陆游、秋瑾等著名爱国诗人一样有着"忧忡为国"的高尚情怀,继承了他们的爱国思想和斗争精神,发扬了他们的优良传统。鲁迅的爱国思想和斗争精神与他们是一脉相承的。鲁迅说:"'会稽乃报仇雪耻之乡',身为越人,未忘斯义。"③鲁迅特别景仰乡里贤俊,重视乡邦的光荣传统。他在《〈会稽郡故书杂集〉序》中说:"书中贤俊之名,言行之迹,风土之美,多有方志所遗,舍此而不可更见。

用遗邦人，庶几供其景行，不忘于故。"可见鲁迅对乡里贤俊的景仰，对乡邦光荣传统的重视和对乡土之美的热爱。鲁迅就是在绍兴这个具有爱国名士忧国忧民的人文环境和具有风土之美的自然环境中产生并成长起来的。

"剑南歌接秋风吟，一例氤氲入诗囊。"剑南歌，指陆游的诗歌，陆游有诗集《剑南诗稿》。秋风吟，指秋瑾的诗歌，《秋风曲》为其代表作之一，也指鲁迅的诗作。鲁迅生前所作的最后一首诗《亥年残秋偶作》，也深为毛泽东熟悉、欣赏和喜爱。"一例氤氲"是同样弥漫着浓郁的诗味，洋溢着爱国爱民的热忱。"诗囊"，盛诗的袋子，用唐人李贺的典故。"入诗囊"这里是说成为诗歌宝库中的珍品。诗的后半称赞鲁迅的诗歌和陆游、秋瑾等人的诗歌一样富有浓郁的诗味，充满了爱国热忱，都是诗歌宝库中的珍品，是我们宝贵的精神财富，从而肯定了鲁迅诗歌的思想艺术价值，表达了对鲁迅诗歌的欣赏和珍爱。这首诗进一步勉励人们以鲁迅继承发扬前人的爱国传统为榜样，珍爱并学习鲁迅的作品，继承发扬伟大的鲁迅精神。

毛泽东这两首七绝，各自成章，各有侧重；而又密切关联，互为补充。其一着重写鲁迅伟大的精神品格、战斗勇气及斗争艺术；其二着重写鲁迅强烈高尚的爱国情怀，并由其精神品格思想情怀写到其渊源所在。从"犹制小诗赋管弦"，写到鲁迅诗歌的思想艺术价值。这两首七绝的语言既高度凝练而又生动形象。其一用"博大胆识铁石坚"，写鲁迅伟大的精神品格；其二用"忧忡为国痛断肠"写陆游、秋瑾和鲁迅强烈高尚的爱国情怀，无不"一言以蔽之"具有高度的艺术概括力。其一用"刀光剑影任翔旋"写鲁迅在白色恐怖的险恶环境中从容不迫的韧性的战斗；其二用"一例氤氲入诗囊"写鲁迅的诗歌洋溢着爱国热情和浓郁的诗味，具有珍贵的思想艺术价值。无不生动传神，具有很强的艺术表现力。

注：

① ②《新民主主义论》，载《毛泽东选集》第二卷，第698页。
③《致黄苹荪》（1936年2月10日），载《鲁迅书信选集》，第260页。

杂言诗

八连颂

一九六三年八月一日

好八连①,天下传。为什么? 意志坚。

为人民,几十年。拒腐蚀,永不沾。

因此叫,好八连。解放军,要学习。

全军民,要自立。不怕压,不怕迫。

不怕刀,不怕戟②。不怕鬼,不怕魅③。

不怕帝,不怕贼。奇儿女,如松柏。

上参天,傲霜雪。纪律好,如坚壁④。

军事好,如霹雳⑤。政治好,称第一。

思想好,能分析。分析好,大有益。

益在哪? 团结力。军民团结如一人,

试看天下谁能敌。

注释：

① 好八连：1963年4月25日，国防部批准授予驻守上海某部八连"南京路上好八连"的光荣称号。1949年5月，这个连队进驻上海南京路。经过十四年，连队身居闹市，一尘不染，勤俭节约，克己奉公，热爱人民，助人为乐，受到群众的热烈赞扬，成为全军全国学习的榜样。

② 戟（jǐ）：古代一种在长柄枪尖旁附有月牙状利刃的兵器，可作刺杀用。

③ 魅（mèi）：古代传说中的鬼怪。

④ 坚壁：坚守营垒。

⑤ 霹雳：疾雷声。形容气势威猛迅疾。

奇儿女，如松柏
——读《杂言诗·八连颂》

八连，是人民解放军驻上海南京路某部八连。这个英雄的连队在新中国成立以后，从炮火纷飞的战场，来到灯红酒绿的上海南京路。环境变了，任务变了，但是革命战士艰苦奋斗的政治本色始终不变。报纸上报道了他们感人的事迹，文艺工作者把他们发扬艰苦奋斗革命传统的平凡而光辉的事迹编成话剧《霓虹灯下的哨兵》。八连"身居闹市，一尘不染"的光辉事迹传遍全国，成为全军的一面红旗，成为全国人民学习的榜样。1963年4月，国防部正式授予八连"南京路上好八连"的光荣称号。1963年8月1日，在举国上下欢庆中国人民解放军建军三十六周年的日子里，毛泽东以无限欣慰的心情写下了《八连颂》这支人民军队的颂歌。在这首诗里，诗人从八连写到全军，从全军写到全国，热烈地赞颂了全党全军和全国人民团结一致，万众一心，扭转困难局面的大无畏的英雄气概，赞扬了中华儿女对社会主义事业的坚定信念，是中华儿女的正气歌和志气歌。

全诗大体分三层意思。第一层开门见山。首先从好八连命名写起："好八连，天下传。为什么？意志坚。为人民，几十年。拒腐蚀，永不沾。因此叫，好八连。"一开头，诗人就以通俗明快的语言，赞颂好八连名扬天下，并说好八连之所以称好八连，成为全军和全国人民学习的榜样，在于他们有坚强的革命意志。在几十年中牢记我军"为人民"的宗旨，能够发扬我军艰苦奋斗的光荣传统，"拒腐蚀，永不沾"，能够做到"身居闹市，一尘不染"，保持人民军队艰苦奋斗的政治本色。第二层诗人结合当年的形势，向全国军民发出伟大号召："解放军，要学习。全军民，要自立。不怕压，不怕迫。不怕刀，不怕戟。不怕鬼，不怕魅。不怕帝，不怕贼。"在20世纪60年代初，国际上出现了反华的恶浪，我们的国民经济也遇到暂时的严重困难。这里毛泽东号召全国军民向好八连学习，发扬艰苦奋斗、奋发图强、自力更生、独立自主和"八不怕"的大无畏精神。所谓"八不怕"就是不怕敌人对我们施加各种压力；不怕敌人的战争威胁和武装挑衅；不怕敌人的明枪暗箭和阴谋诡计；不怕帝国主义和机会主义。号召我们发扬革命的硬骨头精神，去战胜困难，夺取社会主义事业的新胜利。最后一层，诗人的笔锋又转向对好八连的赞颂。与第一层相呼应，进一步具体说明好八连好在哪里："奇儿女，如松柏。上参天，傲霜雪。纪律好，如坚壁。军事好，如霹雳。政治好，称第一。思想好，能分析。分析好，大有益。益在哪？团结力。军民团结如一人，试看天下谁能敌。"诗人赞颂好八连是中华民族的优秀儿女，像顶天立地的松柏，巍然挺立，刚毅不拔，坚贞不渝，正气凛然。不怕冰霜风雪，能经得起严酷的考验。称赞他们能严守革命纪律，有过硬的军事技术和雷厉风行的战斗作风。有良好的政治素养和政治工作，在全军全国堪称第一。称赞他们有高度的马列主义思想修养，善于用唯物辩证观点分析事物，能分清敌我，分清是非，分清成绩和缺点，分清主流和支流，正确地处理各种不同性质的矛盾，从而加强了军队内部和军民之间的团结。诗人满怀豪情地指出只要全国军民紧密团结，我们就能无敌于天下。这里诗人分别从纪律、军事、政治和思想四个方面，盛赞这个英雄的连队，不仅为人民军队的建设和全国军民学习好八连指明了方向，而且表达了无限的赞赏欣慰之情。

在毛泽东诗词当中，《八连颂》别具一格。诗人运用了明白如话的语言和歌谣体顺口溜的形式。这首先是由诗的内容和读者的需要决定的。毛泽东一向主张："到什么山上唱什么歌。"①认为文艺作品"都应是适合大众需要的才是好的"②。

这样写好懂易记，便于在广大群众中流传。另外，毛泽东在给陈毅谈诗一封信中，谈到新诗的时候说："用白话写诗，几十年来，迄无成功。民歌中倒是有一些好的，将来趋势，很可能从民歌中吸取养料和形式，发展成为一套吸引广大读者的新体诗歌。"《八连颂》这首诗也是诗人有意识地使用白话，采取通俗的歌谣体顺口溜形式的新尝试。

《八连颂》在表现手法上以赋为主，兼用比兴。在语言艺术上，除明白如话外，既有像"八不怕"和"四好"那样滔滔不绝的排比，也有像"拒腐蚀，永不沾""奇儿女，如松柏"和"军民团结如一人，试看天下谁能敌"那样简劲挺拔的警句。有的地方，还采用了歌谣中常用的接字勾句（又称顶针）的技巧，体现了诗人从民歌中吸取养料和形式，探索新诗体的形式的努力。大约因为有的句子过于直白，诗味不足。毛泽东对自己的初步尝试好像不完全满意，所以1963年12月结集出版《毛主席诗词》时批示："《八连颂》另印，在内部流传，不入集中。"

注：

① 《反对党八股》，载《毛泽东选集》第三卷，第834页。
② 《致路社》，1939年1月31日。

念奴娇

井冈山

一九六五年五月

参天万木,
千百里,
飞上南天奇岳①。
故地重来何所见,
多了楼台亭阁。
五井碑前②,
黄洋界上,
车子飞如跃。
江山如画,
古代曾云海绿③。

弹指三十八年,
人间变了,
似天渊翻覆。
犹记当时烽火里,
九死一生如昨。
独有豪情,
天际悬明月,
风雷磅礴。
一声鸡唱,
万怪烟消云落。

注释：

① 南天：南方的天空，即南方；奇岳：雄奇的山岳，指井冈山。

② 五井碑：井冈山上有大井、小井、上井、中井、下井等地，总称五井。明清以来立有五井碑，现已毁。

③ "古代"句：有人说，这里古代曾经是绿海。海绿是绿海的倒置。

飞上南天奇岳
——读《念奴娇·井冈山》

《念奴娇·井冈山》是《水调歌头·重上井冈山》的姊妹篇。这两首词都是1965年5月下旬，毛泽东重上井冈山时所作。《水调歌头·重上井冈山》于1976年作者生前发表，而《念奴娇·井冈山》于1986年作者逝世十年之后才公布于世。这首词的内容与《水调歌头·重上井冈山》相近。它以比较平实的语言描绘了井冈山的美景与新颜，赞叹井冈山的沧桑巨变。回忆了从井冈山开始的艰险而光辉的战斗历程，抒写了发扬井冈山革命精神、继续革命、不断革命的豪情壮志。

词的上阕写重上井冈山所见井冈山的新颜和巨变。

"参天万木，千百里，飞上南天奇岳。"开头三句写一路上山的情景。诗人驱车在井冈山千里林海中穿行，飞快地到达耸峙南国、高插云天、雄奇壮丽的井冈山。"参天万木"写井冈山地区树高林密。"千百里"既写井冈山林海辽阔，又写来路遥远。"飞上南天奇岳"则一笔几写，既写对井冈山神往已久，急切上山的心情，又写出飞速到达井冈山的豪情与喜悦；同时也写出井冈山的巍峨峥嵘气势非凡，可谓神来之笔。开头三句给我们展示了一个形象鲜明富有动感的艺术境界，给我们一种灵动而又崇高的美感。

"故地重来何所见，多了楼台亭阁。五井碑前，黄洋界上，车子飞如跃。"写当年生活战斗过的井冈山的新貌。1927年毛泽东带领秋收起义的部队来到井冈山，创建了第一个农村革命根据地，开辟了以农村包围城市，武装夺取政权的中国革命胜利的道路。诗人走遍了井冈山的山山水水，熟悉井冈山的一草一木，与井冈山的人民生死与共、血肉相连，"故地重来"

饱含着对井冈山深厚的怀念、热爱和关切之情。诗人用"多了楼台亭阁"来写井冈山的建设成就和新貌。新中国成立后，井冈山修建了公路、工厂、水库、学校、幼儿园、邮电局、烈士纪念塔、革命博物馆等，昔日硝烟弥漫，枪炮轰鸣的穷乡僻壤，变得和平安宁，走向富裕繁荣。大小五井"车子飞如跃"；黄洋界上，天险变通途。古老闭塞的井冈山，开始了现代化的进程。当今的井冈山已是"旧貌变新颜"了。

"江山如画，古代曾云海绿"二句赞叹井冈山的美好景色和沧桑巨变。是上阕的总括收束，也是词的上阕意义的深化和意境的开拓，由井冈山推及祖国的万里江山；由今天追溯到遥远的古代；把我们的想象带进一个无限深远的时空境界，为下阕写三十八年的"天渊翻覆"设伏铺垫。

词的下阕写重上井冈山所感。抚今追昔，展望未来。

"弹指三十八年，人间变了，似天渊翻覆"，由井冈山"旧貌变新颜"联想到38年来全中国社会的巨变。从1927年初上井冈山到1965年重上井冈山已经38年，就像弹动一下手指，很快地过去了。就在这"一弹指间"，中国人民在共产党和毛泽东的领导下，推翻了压在自己头上的三座大山，成为国家的主人，并在中国大地上进行了轰轰烈烈波澜壮阔的社会主义革命和建设，中国社会发生了前所未有的极其深刻的变革，"如天渊翻覆"。"弹指"原为佛家语，极言时间之短。38年与人类历史的长河相比，只不过像"一弹指间"那样短暂。中国革命的胜利和中国社会的巨变与我们达到革命最终目标的伟大征程相比只是一个短暂的开端，也就是诗人说过的

"万里长征的第一步"。而这"第一步"又是如何走过来的呢？于是诗人抚今追昔，回忆起革命战争年代艰险悲壮的战斗历程："犹记当时烽火里，九死一生如昨。"正是革命志士历尽艰险和革命烈士流血牺牲换来了中国革命的胜利和中国社会的巨变。"九死一生"既言革命之艰险，亦言牺牲之巨大。仅就中央红军长征而言，从福建江西根据地出发的八万多红军，到达陕北时不足一万，而到达陕北的红军无不"经历了数不尽的艰难险阻"。无论从哪种意义上说"九死一生"都完全是实情。"犹记""如昨"极写当年的革命战争给诗人留下的极其深刻终生难忘的印象。诗人作为当年革命战争的亲历者，永远不会忘记为革命而牺牲的千千万万的先烈，永远都会把"敌军围困万千重"的艰险岁月记得清清楚楚。当年革命战争的亲历者永远不会忘记，革命的后来人也永远不能忘记。忘记过去就意味着背叛，井冈山的革命精神要一代一代传下去。所以诗人接着写道："独有豪情，天际悬明月，风雷磅礴。"革命胜利了，艰险的革命年代过去了。中国社会发生了"天渊翻覆"的巨变，只有革命的豪情永远不变，如高悬天边的明月永放光辉，普照人寰，革命的风雷将继续磅礴激荡于天地之间。这里所说的"豪情"，远而言之是指共产主义的崇高理想，是解放全人类的伟大抱负和扫除一切害人虫的雄心壮志；近而言之是开辟井冈山道路的革命首创精神和井冈山儿女敢于斗争、敢于胜利的革命英雄主义。

"一声鸡唱，万怪烟消云落。"结尾二句展望未来，诗人坚信有朝一日，兴妖作怪、兴云吐雾、猖狂一时的国内外的反动邪恶势力将被革命正义力量一扫而空。这里所说"万怪"当指诗人心目中的国内外修正主义者与各种危害人民危害革命的邪恶敌对势力。

这首词与《水调歌头·重上井冈山》一样描绘了井冈山的新貌，回顾了从上井冈山开始的38年的革命战斗历程，也就是诗人认为他一生所做的第一件大事。抒发了发扬井冈山的革命精神，不断革命，继续革命，开始做他一生中第二件大事——发动"文化大革命"的心志。

《念奴娇·井冈山》与《水调歌头·重上井冈山》是同时同地创作的同一题材、内容相近的两首词，艺术上各有千秋，内容上互为补充。《念奴娇·井冈山》开篇具体生动，意境鲜明，以情韵见长；而《水调歌头·重上井冈山》开篇简劲有力，出语不凡，以气势取胜。《念奴娇·井冈山》写井冈山新貌具体平实，更切合井冈山的实境，更能突出井冈山的特点；《水调歌头·重上井冈山》写井冈山的新颜生动活泼，有声有色，意境更鲜明，更富有诗意。《念奴娇·井冈山》写38年的战斗历程主要用内心直白，写革命的艰难险阻，说明革命胜利来之不易，具有深刻的教育意义；《水调歌头·重上井冈山》主要用比兴象征写革命的轰轰烈烈，突出英雄的气概和革命的豪情，富有鼓舞人心的力量。总的来看，《念奴娇·井冈山》更具现实主义精神，写得比较平直，有点散文化，诗味略显不足；《水调歌头·重上井冈山》更富于浪漫主义激情，写得更有气势，更富于想象，诗味也更加浓郁，所以诗人生前选了《水调歌头·重上井冈山》公开发表。虽然《念奴娇·井冈山》与《水调歌头·重上井冈山》比起来略逊一筹，但它也具有《水调歌头·重上井冈山》不可完全替代的思想艺术价值，所以诗人也把这首词保留下来，使我们有幸在20年后来品读这篇佳作。

七 律

洪 都①

一九六五年

到得洪都又一年,祖生击楫至今传②。

闻鸡久听南天雨③,立马曾挥北地鞭④。

鬓雪飞来成废料,彩云长在有新天。

年年后浪推前浪,江草江花处处鲜。

注释:

① 洪都:指江西省南昌市。隋、唐、宋三代都以南昌为洪州治所,又为东南都会,故称洪都。

② 祖生击楫:祖生,即东晋名将祖逖。公元304年匈奴族刘渊在黄河流域建立汉国。中原大乱,祖逖率领亲党数百家来投镇守建邺(今南京市)的晋元帝司马睿。313年祖逖要求率兵北伐,被任命为奋威将军、豫州刺史,率部曲百余家渡江北上,"中流击楫而誓曰:'祖逖不能清中原而复济者,有如大江!'辞色壮烈,众皆慨叹"。击楫,敲打船桨,后用来形容有志报国的抱负和气概。

③ 闻鸡:即闻鸡起舞。《晋书·祖逖传》:"(祖逖)与司空刘琨俱为司州主簿,情好绸缪,共被同寝。中夜闻荒鸡鸣,蹴琨觉曰:'此非恶声也。'因起舞。"祖逖和刘琨年轻时都有大志,互相勉励振作,因此听到鸡鸣就起床舞剑,后以"闻鸡起舞"比喻有志之士及早共同奋起行动。

④ 立马:骑在马上使马站着准备出征进攻敌人。"挥北地鞭",化用"争着先鞭"的典故。《晋书·祖逖传》和《晋书·刘琨传》说,当年祖逖渡江北上,转战中原各地,刘琨"闻逖被用,与亲故书曰:'吾枕戈待旦,志枭逆虏,常恐祖生先吾著鞭。'"

彩云长在有新天
——读《七律·洪都》

洪都是旧南昌府的别称。这里指江西省南昌市，是著名的历史文化名城。被毛泽东称为"英俊天才"的初唐青年诗人王勃在《秋日登洪府滕王阁饯别序》中称"豫章故郡，洪都新府"，赞美这里"物华天宝""人杰地灵"。还留下了"老当益壮，宁移白首之心；穷且益坚，不坠青云之志"及"落霞与孤鹜齐飞，秋水共长天一色"等千古流传的名句。南昌又是重要的革命纪念地。1927年8月1日，这里爆发了共产党人领导的南昌起义，打响了武装反抗国民党反动派的第一枪，诞生了完全由共产党领导的人民军队。1965年12月24日，在"文化大革命"前夕，毛泽东从杭州来到南昌，住进了赣江边上的一座宾馆里。面对着滚滚的江水，古往今来的许多人事涌上心头。他抚今追昔，思绪万千，奋笔写下了《七律·洪都》这首诗。诗中回顾了中国革命艰难漫长而又豪壮光辉的历程，表达了自己老当益壮继续革命的决心。

诗的前半由滚滚江水联想起"祖生击楫"的典故。巧借祖逖、刘琨的故实，概括了中国共产党人领导中国革命艰苦光辉的历程。

"到得洪都又一年，祖生击楫至今传。"起句点醒题目之后，接着就引出"祖生击楫"的典故：东晋名将爱国志士祖逖，率众渡江北伐，中流击楫，立誓收复中原。这里诗人用忠心报国、立誓北伐的爱国志士祖逖，喻大革命时期北伐军中的共产党人。在北伐战争当中共产党人最坚决、最英勇，特别是共产党人叶挺的独立团，作为北伐的先遣队冲锋陷阵，连立战功，为所在的四军赢得了"铁军"的称号。他们的赫赫战功和英雄业绩一直为人们所传颂。也正是这些北伐军中的共产党人和由共产党掌握及受共产党影响的北伐军，在国民党反动派背叛革命、疯狂屠杀共产党人和革命群众的危急关头发动了南昌起义，表现了共产党人武装反抗的英雄气概和坚持革命理想的坚强意志，正如王勃的名句所说："穷且益坚，不坠青云之志。"也正如毛泽东的名句所说："为有牺牲多壮志，敢教日月换新天。"

颔联"闻鸡久听南天雨，立马曾挥北地鞭"，则用祖逖和刘琨"闻鸡起舞"与"争着先鞭"的典故，写中国共产党人领导人民军队长期南北转战，取得革命胜利的光辉历程。出句中的"闻鸡"即"闻鸡起舞"。《晋书·祖逖传》说祖逖和刘琨是胸怀大志的好朋友，感情亲密，"共被同寝"。祖逖半夜听到鸡叫，就把刘琨踹醒。两人一起舞剑，刻苦练功，准备及早共同实现报国大志。南昌起义和秋收起义后，毛泽东和朱德先后率领起义部队来到井冈山。他们像祖逖和刘琨一样结下亲密的友情，人称"朱毛"。毛泽东曾改李白诗作《送朱德》云："桃花潭水深千尺，不及你我手足情。"他们亲密合作，创建了红四军和中央苏区，聚集发展革命力量，壮大革命队伍，准备以农村包围城市，夺取全国政权。正像当年祖逖刘琨"闻鸡起舞"一样。此后共产党领导人民军队和根据地的人民主要在我国南方进行将近十年的土地革命战争，经历了各种斗争的风风雨雨，所以说是"久听南天雨"。对句"立马曾挥北地鞭"，则化用"争着先鞭"的典故。《晋书·祖逖传》和《刘琨传》说，当年祖逖渡江北上，转战中原各地，收复河南全境，打到黄河边上。刘琨"闻逖被用，与亲故书曰：'吾枕戈待旦，志枭逆虏，常恐祖生先吾著鞭。'"这里用祖逖北进中原，收复失地，喻共产党领导红军长征北上到达北方，并率先开赴抗日前线，转战于北方敌后。正如朱德《寄语蜀中父老》诗云："伫马太行侧。"经过八年艰苦抗战，打败了日本侵略者。又经过三年解放战争，打败了国民党反动派，打出了一个新中国。诗的前半巧用祖逖、刘琨的典故，生动含蓄地概括了中国共产党领导人民军队转战祖国南北各地，最终取得伟大胜利的丰功伟绩，是伟大的人民军队的英雄史诗。

诗的后半采用比兴象征抒写了老当益壮继续把革命事业推向前进的雄心壮志。

颈联"鬓雪飞来成废料,彩云长在有新天"是诗人诙谐风趣的自嘲和对革命先烈的崇高礼赞。诗人的自嘲实际上是自赞,表现了诗人的乐观开朗与豁达洒脱,其中的潜台词或者言外之意就是王勃所说的"老当益壮,宁移白首之心"。"彩云长在有新天"则是"落霞与孤鹜齐飞,秋水共长天一色"的凝缩与翻新。"彩云"即是彩霞,也就是"落霞",这使我们联想起小名"霞姑"的杨开慧烈士。杨开慧烈士字"云锦"也是彩云的意思。在毛泽东的心目中她就是千千万万个烈士的代表。"彩云长在"就是颂扬革命先烈忠魂长在,精神永存。正是有了革命先烈的流血牺牲才有当今的新天地,是他们用鲜血和生命换来了我们今天美好幸福的生活。毛泽东曾经深情地对身边工作的同志说:"没有这些同志的光荣牺牲,哪有我们今天的胜利。"同时"新天"二字,也使我们联想起"秋水共长天一色"的清明美好的境界。

末联"年年后浪推前浪,江草江花处处鲜",纯用富有哲理意味的比兴象征,给我们留下了广阔的想象的空间,引发了我们丰富的联想。首先使我们联想到随着社会主义建设的开展,坐落在赣江之滨的历史文化名城和革命圣地南昌,如今生机勃勃欣欣向荣,"旧貌换新颜"。又使我们联想到南昌的历史文化传统和南昌起义的革命传统代代相传,正在新时代发新绿,开新花。也使我们联想到革命事业像"后浪推前浪"一样后继有人,千千万万的接班人正在茁壮成长;诗人曾经说过,"世界是青年的。'长江后浪推前浪',譬如积薪,后来者居上。"① 更使我们想到只要继续不断把革命推向前进,我们祖国的江山就处处是春天,永远是春天。从写作来看,末联出句的"年年"二字与首联出句的"又一年"遥相呼应,首尾圆合,结构严整。

毛泽东这首七律《洪都》巧妙地借用历史典故和比兴象征的手法,概括了中国共产党人率领人民军队南征北战夺取革命胜利的英雄史诗。也就是毛泽东所说的他一生做的第一件大事。表达了自己老当益壮继续把革命推向前进的雄心，要开始做他一生的第二件大事——"文化大革命"。

　　有人提出，为什么毛泽东没有提到与南昌有密切关系的"英俊天才"王勃及其名文《滕王阁序》？也没有提在中国革命史上具有重大意义的南昌起义？其实毛泽东已把王勃《滕王阁序》中名句所表达的积极思想和优美意境完全融入了自己的诗篇。诗中巧借历史典故热烈地赞颂了南昌起义的领导者和参加者，高度地赞扬了从南昌起义诞生的人民军队南征北战的丰功伟绩。不提王勃其人其文而用其意，没有一字直接写南昌起义而又几乎处处在写南昌起义，这就是前人所说的"不著一字，尽得风流"吧。

　　2011年12月24日，南昌各界群众在抚河公园纪念毛泽东诞辰118周年，来自南昌大学、江西财经大学、江西农大、江西师大、南昌工程学院、华东交大的百名师生高唱"好好学习，天天向上""世界是你们的，也是我们的。但是归根结底是你们的。你们年轻人朝气蓬勃，正在兴旺时期，好像早晨八、九点钟的太阳。希望寄托在你们身上"，展现了年青一代蒸蒸日上的勃勃生机。也算是"年年后浪推前浪，江草江花处处鲜"吧。

注：

① 《在中央八大二次会议上的讲话提纲》。

七 律

有所思①

一九六六年六月

正是神都有事时②,又来南国踏芳枝③。
青松怒向苍天发,败叶纷随碧水驰。
一阵风雷惊世界,满街红绿走旌旗。
凭阑静听潇潇雨④,故国人民有所思⑤。

注释:

① 有所思:汉乐府古题。古辞云:"有所思,乃在大海南。何用问遗君,双珠玳瑁簪。用玉绍缭之。闻君有他心,拉杂摧烧之。摧烧之,当风扬其灰。从今已往,勿复相思。相思与君绝,鸡鸣狗吠,兄嫂当知之。妃呼豨。秋风肃肃晨风飔,东方须臾高知之。"写女子与变心的情人决绝时矛盾复杂的心情。这里用乐府古题写时事。曾是中央文革小组成员的戚本禹回忆说:"有(一)次我对她(江青)说:我去北大等一些地方看了,到处都是标语,有红的、黄的、绿的很壮观,一派革命的朝气蓬勃的气象。后来主席在《有所思》这首诗就有'一阵风雷惊世界,满街红绿走旌旗'的诗句,我知道那是江青把我的报告给了主席。"(见复兴网)

② 神都:古谓京城。这里指首都北京。

③ 南国:中国南方的泛称。当时作者正在南方巡视。

④ "凭阑"句:化用岳飞《满江红·怒发冲冠》词中"凭栏处潇潇雨歇"句。阑,同"栏"。潇潇:骤急的雨势。

⑤ 故国:祖国。此句化用杜甫《秋兴八首》其四中"故国平居有所思"句。杜诗中的故国指京城长安。

故国人民有所思

——读《七律·有所思》

"文化大革命"是新中国成立后规模最大历时最久的政治运动。毛泽东说是他一生所做的第二件大事。1966年5月16日，中共中央通过了《中国共产党中央委员会通知》，标志着长达十年的"文化大革命"正式开始。从5月15日到6月15日，毛泽东在风景秀丽的杭州。6月16日他离开杭州，在南昌和长沙各住一宿，18日到韶山滴水洞，住了十一天。6月28日来到白云黄鹤的地方武汉。这段时间"文化大革命"在北京狂飙突起，举世震惊。毛泽东身在南国遥望北京，感情激荡，心潮起伏，就以乐府古题"有所思"为题，走笔写下了这首七律。我们可以通过"文化大革命"之初，诗人这篇内心的自白来透视他发动"文化大革命"的初衷和他当时复杂的心态。

"正是神都有事时，又来南国踏芳枝。"首联交代了自己"文化大革命"之初的行踪。这里所说的"事"就是"文化大革命"。诗人只用一个"事"字轻轻点出，一笔带过。举重若轻从容自信。"又来南国踏芳枝"，表现了柳暗花明又一春（村）的开朗喜悦的心境。诗人对他亲自发动的"文化大革命"拿得起、放得下，显得轻松而超脱，表现了洒脱的襟怀与宏伟的气度。

颔联"青松怒向苍天发，败叶纷随碧水驰"，就字面来看是承首联对句写"南国踏芳"所见的景象：青松勃发，直指苍穹；碧水奔流，冲刷腐败。两组意象一上一下、一纵一横，构成一个色彩鲜明的立体空间，展示了一个富有动感的优美境界。实际上是用比兴象征即景抒情，借物言志。青松是毛泽东诗词常用的喻象，在诗人的心目中是真正的共产党人和马列主义革命战士的形象，或"乱云飞渡仍从容"，挺拔刚劲，从容镇定，不怕风云变幻；或"上参天，傲霜雪"，顶天立地，不畏严酷环境的考验。而这里的青松则取进攻态势，如同"天兵怒气冲霄汉"，锋芒直指最高层，也就是他心目中的那个"资产阶级司令部"。奔腾的碧水则象征革命的洪流，而"败叶"则喻指各种陈旧腐败的事物，如当时所说的封资修的残余势力及其腐朽的意识形态。诗人用比兴象征的手法生动形象地概括了"文化大革命"的性质、内容和方向。诗的情调由首联的轻松开朗而一变为峻急激切。

"一阵风雷惊世界，满街红绿走旌旗。"颈联采用虚实结合的手法有声有色地描绘了"文化大革命"的声势和场面。出句字面仍写自然景象，保持全诗意脉连贯。这里的"风雷"也是毛泽东诗词常用的喻象，一般喻指猛烈的气势磅礴的革命运动，这里喻"文化大革命"的蓬勃兴起和浩大声势。对句则描写"文化大革命"初期的狂热景象：满街红红绿绿的大字报、大标语，身穿绿军装、臂戴红袖章的红卫兵举着红旗高呼口号在大街上游行破"四旧"，形成一片红色的海洋。毛泽东认为群众发动起来了。诗的情调又一变而为振奋昂扬。

从20世纪50年代中期以后，国际国内发生的一些事件，使毛泽东对国内阶级斗争的形势、对发生和平演变和出现修正主义的危险的估计越来越严重。60年代城乡社教中出现的一些问题甚至使他感到中央出了修正主义，走资派在中央形成了一个资产阶级司令部。过去的各种斗争都不能解决问题，只有实行"文化大革命"公开地、全面地、自下而上地发动广大群众来揭发批判党和政府及社会生活中的阴暗面，才能把被走资派篡夺的权力重新夺回来，达到"反修防修"的目的。诗的中间两联用比兴象征虚实结合的手法，从"文化大革命"的性质、内容和方向，写到"文化大革命"的声势、规模和方式，形象地展现了毛泽东心目中"文化大革命"的蓝图。

末联"凭阑静听潇潇雨，故国人民有所思"就字面而言是承颈联出句而来，从"风雷"写到"骤雨"。面对着疾风暴雨般的群众运动和"文革"之初天下大乱的局面，诗人一面是壮怀激烈，一面又冷静沉思。出句点化岳飞《满江红》"怒发冲冠，凭栏处，潇潇雨歇"的意象，表明自己壮怀激烈，决心把"文化大革命"进行到底。对句则化用杜甫《秋兴八首》其四"故国平居有所思"的成句，点出《有所思》本题。改"平居"为"人民"曲折地表明为了祖国的前途和人民的命运，与心目中的"走资派"公开决裂的复杂心情。同时面对着群众运动的"潇潇雨"，诗人冷静地思考着"文化大革命"将如何发展？会经历怎样的曲折？如何由天下大乱达到天下大治？字里行间流露出一种沉郁悲壮的情调，还有一点隐隐约约的孤独寂寞之感。面对着狂热的群众运动，毛泽东还保持着政治家头脑的冷静与清醒。他在不久之后写给江青的信中说："人贵有自知之明。"又说："事物总是要走向反面的，吹得越高，跌得越重，我是准备跌得粉碎的。"还说："全世界一百多个党，大多数党不信马列了，马克思、列宁也被人们打得粉碎了，何况我们呢？"表达了与这首诗相同或相近的心境。

深沉的故国人民之思是毛泽东这首《七律·有所思》的基调。他认为自己所做的一切都是为了党不变修、国不变色，不让人民长期流血牺牲得到的权力得而复失。他对身边的护士长吴旭君说过："我多次提出主要问题，他们接受不了，阻力很大。我的话他们可以不听，这不是为了我个人，是为将来这个国家、这个党，将来改变不改变颜色，走不走社会主义道路的问题。我很担心，这个班交给谁我能放心。我现在还活着呢，他们就这样！要是按照他们的做法，我以及许多先烈们毕生付出的精力就付诸东流了。"

又说:"我没有私心,我想到中国的老百姓受苦受难,他们是想走社会主义道路的。所以我依靠群众,不能让他们再走回头路。"① 他始终认为自己的理论和实践是马克思主义的,是巩固无产阶级专政、防止资本主义复辟所必需的。在"文革"的复杂环境中,他还响亮地提出"备战、备荒、为人民",始终把国家的安全和人民的利益作为考虑问题的出发点。在"文革"中,他提出"要文斗,不要武斗",并号召"要抓革命促生产,促工作,促战备"。后来又根据人民的意愿提出"以安定团结为好","把国民经济搞上去",然而"树欲静而风不止",他的这些指示未能得到很好的落实。许多干部群众对这场"文化大革命"不太理解,他们不相信久经考验的中国共产党会变修,想不到资本主义会在中国复辟。特别是不少领导干部对"文革"有抵触情绪。正如毛泽东所说:"赞成的人不多,反对的人不少。"林彪一伙在"文革"初期,以极"左"的面目出现,把"个人崇拜"推向极致。名曰树毛泽东的"绝对权威",实际上是树他们自己。而党内的走资派则挑动群众斗群众,转移斗争的大方向,来保他们自己。在群众当中也有"怀疑一切,打倒一切"的无政府主义和"唯我独革"等错误的思想认识,从而造成"打倒一切,全面内战"的问题。也由于毛泽东身后真正坚强的马列主义者不多,"文革"最终未能达到预期的目的。这是中国人民的不幸,也是毛泽东的悲剧。因为毛泽东始终以国家和人民的利益为出发点,不遗余力地捍卫国家和人民的根本利益,所以广大人民群众理解他、敬爱他,把他看作自己的伟大领袖和导师。

《有所思》是汉乐府古题。以乐府古题写时事起于曹操,其《薤露行》《蒿里行》《短歌行》等都是以乐府古题写时事的名篇,反映了汉末动乱的现实,流露出伤时悯乱之情。钟嵘《诗品》说:"曹公古直,甚有悲凉之句。"毛泽东这首《七律·有所思》继承了曹操以乐府古题写时事的传统,反映了"文化大革命"之初动乱的现实,抒发了忧国忧民的情怀,也不乏悲凉之句,但在艺术表现上却一反曹操的"古直"。毛泽东这首《有所思》多用比兴,清新流丽，富有鲜明的时代特色。以律诗的形式写乐府古题更是前无古人的艺术创新，在毛泽东诗词中也别具一格。诗中多用比兴象征，主要从自然景象和人与自然的关系着笔。从青松怒发写到碧水奔驰；从滚滚风雷写到潇潇骤雨；从"南国踏芳"写到"凭栏听雨"。或即景抒情，或借物言志，生动形象地写出"文革"的性质、内容、方向和声势、规模、方式，以及从春到夏"文革"形势的发展变化。诗人还巧妙借用汉乐府《有所思》的古辞来表情达意。《有所思》是汉乐府的名篇。毛泽东曾反复圈画、研思玩味。古辞写女子与变心的情人决绝时矛盾复杂的心情。诗中说："闻君有他心，拉杂摧烧之。"当她知道情人变心时，不仅把准备赠给情人的精美赠品毁坏烧掉，还要"当风扬其灰"，可见她对情人变心强烈愤恨的决绝态度。可是当她回想起与情人约会的情景时，又感到旧情难忘。就在写这首《有所思》前后，毛泽东在韶山滴水洞住时谈到"文化大革命"要"烧一烧官僚主义，但不要烧焦了，烧焦了就不好吃了"②。这里所说的"官僚主义"就是"走资派"的同义语。他曾在一个报告上批示："官僚主义者阶级与工人阶级和贫下中农是两个尖锐对立的阶级，这些人已经变成或者正在变成吸工人血的资产阶级分子。这些人是斗争的对象、革命的对象。"③毛泽东对他心目中的走资派，正像《有所思》中的女子对变心的情人一样。一方面不能容忍，强烈愤恨，要同他们决裂，对他们进行公开的揭露和批判，要在"文革"中烧一烧他们。另一方面他又曾长期与这些人同甘苦、共命运。这些人在民主革命中为人民做过好事，为革命立过功，因而对他们还是要"治病救人"，不能"残酷斗争，无情打击"。在他们认识了错误，愿意改悔的时候，还是要使用他们的。"1966年8月，刘少奇、邓小平在党的八届十一中全会上受到批判，并实际上退出了中央领导工作。10月，中央工作会议继续批刘邓。在这次会议上，毛泽东说，刘邓及许多干部的问题仍然是人民内部矛盾。刘邓二人是搞公开的，要准许他们革命。也不能完全怪刘少奇同志、邓小平同志，他们两个同志犯错误也有原因。他还在邓小平送去审阅的检查上批示道：第一行'补过自新'之后，是否加几句积极的话，例如说，在自己积极努力和同志们积极帮助之下，我相信错误会得到及时纠正，请同志们给我以时间，我会站起来的。干了半辈子革命，跌了跤子，难道就一蹶不振吗？毛泽东亲自告诉邓小平怎样写检讨，他希望邓小平过关，他舍不得和邓小平决裂，他多么希望这位贤才能像当初在江西那样，和他紧紧地站在一起啊！"④毛泽东对他认为犯了严重错误的高层领导还是一看二帮，仁至义尽的。并且在其承认了错误，保证"永不翻案"后，重新加以重用。

毛泽东这首《七律·有所思》情调极富变化。时而开朗洒脱，时而峻急激切，时而昂扬振奋，时而又冷静沉思。既有李白的潇洒飘逸，也有岳飞的壮怀激烈；既有曹操的悲凉慷慨，也有杜甫的沉郁悲壮。曲折含蓄，耐人寻味，反映出作者复杂的心境，给人以丰富的美的感受。

注：

① 逢先知、金冲及主编：《毛泽东传〔1949—1967〕》（下卷），中央文献出版社2003年版，第1390页。

② 张耀祠：《毛泽东在"滴水洞"的前前后后》，《东西南北》2000年4月号。

③ 陈明显：《晚年毛泽东》，江西人民出版社2001年版，第426页。

④ 雷国珍、吴钰编著：《毛泽东大成智慧》，当代中国出版社2001年版，第245页。

七　绝

贾　谊①

贾生才调世无伦②，哭泣情怀吊屈文③。
梁王堕马寻常事④，何用哀伤付一生。

注释：

① 贾谊（前200—前168）：洛阳（今河南洛阳东）人。西汉政论家、文学家，时称贾生。早年以"能诵诗书属文"闻名郡中。初被汉文帝召为博士，不久迁为太中大夫。文帝想任为公卿，因遭大臣周勃、灌婴等排挤，贬为长沙王太傅。渡湘江时有感于屈原忠而见疏，作《吊屈原赋》，"因以自喻"。后被汉文帝召回长安，征拜为梁怀王太傅。梁怀王堕马而死，他认为自己"为傅无状"，忧郁自伤，不久去世。

② "贾生"句：化用唐代李商隐《贾生》"贾生才调更无伦"成句。才调：才气和风调。无伦：无与伦比，即无人能相提并论。

③ "哭泣"句：哭泣情怀：指贾谊《治安策》（又称《陈政事疏》）中所表现出来的忧国忧民的情怀。《治安策》开篇就说："臣窃惟事势，可为痛哭者一，可为流涕者二，可为长太息者六……"吊屈文，即《吊屈原赋》。

④ "梁王"二句：梁王，汉文帝的小儿子梁怀王刘胜（一作刘揖）。作者非常赞赏贾谊的才华，认为他因梁怀王刘胜堕马死去哀伤而死不值得，并深为惋惜。

贾生才调世无伦
——读《七绝·贾谊》

贾谊是西汉著名的政论家，也是屈原之后杰出的骚体诗人，像屈原一样是毛泽东终生喜爱与赞赏的人物。毛泽东早年写的《送纵宇一郎东行》中写道："年少峥嵘屈贾才，山川奇气曾钟此。"即以屈贾并称。他对贾谊的"少年英发"及"文章光昌流丽"一直都很欣赏，并先后写了一绝一律两首歌咏贾谊的诗篇，赞颂贾谊的绝世风华，对贾谊英年早逝、壮志未酬深表惋惜。

七绝《贾谊》的前半赞颂贾谊绝世无双的才华风调。

"贾生才调世无伦"，首句开门见山，给贾谊的才华风调作了一个"世无伦"的定位。史称贾谊"年十八，以能诵诗书属文称于郡中"。二十岁被汉文帝召为博士，不出一年越级提拔为太中大夫，还想任用他做公卿。在朝臣中贾谊最年轻。每次文帝下诏让朝臣议事，许多老先生不能发表意见，贾谊替他们对应，就像他们自己心里想的一样，于是"诸生以为能"。后因受老臣猜疑排挤，贬为长沙王太傅。汉文帝思念贾谊把他召回长安。召见之时，文帝深为贾谊的言谈所吸引。召见之后说："吾久不见贾生，自以为过之，今不及也。"连汉文帝也自叹不如，可见贾谊的才华风调在当时的确是无与伦比的。这里诗人化用了李商隐《贾生》中的成句，把虚词"更"换为实词"世"，更实实在在地肯定了贾谊无与伦比的绝世才华。毛泽东是从何着眼来肯定贾谊的才华风调呢？次句接着指出："哭泣情怀吊屈文。""哭泣情怀"是指贾谊在《治安策》（又称《陈政事疏》）中表现出来的忧国忧民、感时伤事的高尚情怀。贾谊的《治安策》开篇就说"臣窃惟事势,可为痛哭者一,可为流涕者二,可为长太息者六……"所以把贾谊在《治安策》中表现出来的情怀称为"哭泣情怀"。贾谊在《治安策》中尖锐地提出了当时内政、外交、军事、国防、经济等方面的许多重大问题,并结合历史经验与现实状况作了深入透辟的分析,提出了一系列革新主张与措施,表现了卓越的政治远见、强烈的忧患意识、敏锐的社会洞察力及以天下为己任、先天下之忧而忧的高尚情怀。"疏直激切,尽所欲言"(鲁迅语),具有一种势如破竹、高屋建瓴的气概。所以毛泽东认为《治安策》一文"是西汉一代最好的政论"。贾谊的"吊屈文"又名《吊屈原赋》,借凭吊屈原抒发了愤世伤时之情和怀才不遇之感,继承了屈赋的批判战斗传统。文采富丽,感情充沛,多用比兴象征,既是屈原之后的骚体赋的杰作,也是汉初抒情短赋的名篇。朱熹说:"自屈原之后,作者继起。独贾生以命世英杰之材,俯就骚律,非一时诸人所及。"可见贾谊的政治才华与文学才华在当时都是无与伦比的。另一方面在贾谊才华横溢的政论和辞赋中,也流露出一种感伤情调,带一点悲观色彩和老庄哲学的消极影响,缺乏一种不达目的誓不罢休的坚强意志。诗人用"哭泣情怀"来概括贾谊文章中表达的思想感情,很能体现贾谊的才情和品格,也展现了贾谊自身的弱点。在观点表达上更准确、更全面,在艺术表现上也更含蓄、更富有诗意。

　　诗的后半是对贾谊因梁王堕马哀伤早逝的惋惜,委婉地指出贾谊人生悲剧的主观原因。

　　"梁王堕马寻常事,何用哀伤付一生。"汉文帝把贾谊召回长安,很看重他的才学及品德,任命他为梁怀王刘胜的太傅。梁怀王是汉文帝的小儿子,又喜欢读书,汉文帝特别喜爱他。让贾谊做他的太傅是对贾谊的重托和信任。汉文帝还屡次向贾谊问梁怀王的进步与不足,可见关爱之深。后来梁怀王堕马而死,贾谊深感自己没有尽到太傅的责任,有负于汉文帝的重托和信任,过分自责,哭泣哀伤而死。时年三十三岁。这里诗人认为"梁王堕马"不过是一个平常的意外事故,与贾谊所能肩负的加强中央集权的历史使命和所要完成的巩固国家安定统一的大业比起来，算不得什么了不起的大事，为此而过分自责，哀伤而死，从而断送一生的事业，代价实在是太高了。"寻常事"与"付一生"对照鲜明而强烈，从而表现了诗人对才调绝世的贾谊因"梁王堕马"而哀伤早逝的深深惋惜之情。同时也委婉地指出贾谊的人生悲剧与他自身的弱点也分不开。贾谊对"梁王堕马"如此自责哀伤，主要是有感于汉文帝的知遇之恩。正是这种个人感恩思想，使他付出如此巨大的代价，成为他人生悲剧的重要原因之一。贾谊还在《鹏鸟赋》中说，真人"纵躯委命兮，不私与己。其生兮若浮，其死兮若休"。又说："不以生故自宝兮，养空而浮。"他认为"生不足悦，死不足患"（鲁迅《汉文学史纲要》），不必加意珍爱自己的生命。可见贾谊之死，因小失大，未得其所，与老庄的生死观对他的消极影响也是分不开的。

　　李商隐作《贾生》意在借嘲汉文帝以讽当世皇帝，抒发自己怀才不遇之感慨。毛泽东这首七绝《贾谊》则专论贾生。全篇以议论为主，兼明快与含蓄之胜。"哭泣情怀"一语，一笔两写，似赞似怜，亦颂亦讽，耐人寻味，含蕴无穷。使贾谊之才情品格、气质个性活脱而出；其俊伟与平凡，卓越与缺欠尽在一语中。篇末议论贾谊的人生悲剧，别具只眼，发前人之所未发；独抒己见，唱叹有情。

七 律

咏贾谊

少年倜傥廊庙才①，壮志未酬事堪哀。
胸罗文章兵百万②，胆照华国树千台③。
雄英无计倾圣主④，高节终竟受疑猜。
千古同惜长沙傅⑤，空白汨罗步尘埃⑥。

注释：

① "少年"句：是说贾谊年少有才，豪爽洒脱，是国家的栋梁之材。倜傥(tì tǎng)，卓异豪爽，洒脱不拘。廊庙，指朝廷。廊庙才，指才能和才气可任朝廷要职的人。

② 胸罗文章，指贾谊胸有锦绣文章。他的政论文如《过秦论》《治安策》《论积贮疏》等，提出一系列治国策略和革新主张，表现出卓越的政治远见和才能。兵百万，说贾谊的深谋远略相当于百万雄兵。

③ "胆照"句：胆照，肝胆相照，赤胆忠心。华国，即华夏，这里指汉王朝。树千台，指建立众多的诸侯国。汉制设立"三台"，即尚书为中台、御史为宪台、谒者为外台。建立众多的诸侯国则势将设立"千台"。贾谊主张加强中央集权，削弱诸侯王势力。他在《治安策》中指出："欲天下之治安，莫若众建诸侯而少其力。"

④ 雄英：出类拔萃的人。倾：倾倒，使人折服。圣主：借用古代称颂皇帝的惯用语，这里指汉文帝。

⑤ 长沙傅：指被贬为长沙王太傅的贾谊。

⑥ "空白"句：意为空说贾谊步了屈原的后尘。空白，徒然说，空说。汨罗：即汨罗江，这里化用屈原自沉汨罗江的典故。步尘埃，即步后尘，意谓贾谊走了屈原的老路，同样因谗言遭贬，壮志未酬。

少年倜傥廊庙才
——读《七律·咏贾谊》

七律《咏贾谊》与七绝《贾谊》两首诗题目只差一字,近于同题之作。为何同咏一人要写两篇,而两篇的内容与艺术表现又有何不同呢?七绝《贾谊》专写贾谊的才调、情怀及人生悲剧,多从人物自身着笔,很少涉及当时的社会历史背景,像一幅水墨速写的素淡的小像,略显人物的风神,没有工笔描画,没有背景渲染,也没有浓墨重彩;而七律《咏贾谊》则是工笔重彩、尽情渲染的历史人物画卷,把人物放到广阔的社会历史背景中,深刻地揭示了贾谊人生悲剧的社会历史原因及贾谊自身的历史教训。

"少年倜傥廊庙才,壮志未酬事堪哀。"开头一联首先突出了贾谊的政治才能,揭示出他壮志未酬的悲剧。起句盛赞贾谊是一个年富力强、卓尔不群的国家栋梁之材,把一个年少有为、豪爽洒脱的"英俊天才",一个有治国安邦才略的青年政治家的形象推展在我们面前。贾谊的政治才华是历来公认的。西汉著名的学者刘向说过:"贾谊言三代与秦治乱之意,其论甚美,通达国体。虽古之伊(尹)管(仲)未能远过也。"把他与商初贤臣助汤攻灭夏桀的伊尹和春秋初齐国贤相、在齐国进行改革并帮助齐桓公成就霸业的管仲相提并论。参加过"永贞革新"的中唐著名诗人刘禹锡也说"贾生王佐才"。按常理像贾谊这样的"英俊天才"应该是大展宏图,建立赫赫功业了。对句却急转直下,揭示出贾谊"壮志未酬"的悲剧。这不仅对贾谊个人来说是可哀的,对汉王朝而言也是可悲的。刘向指出:"使时见用,功化必盛。为庸臣所害,甚可悼痛。"汉文帝没用贾谊这个国家栋梁之材因而未能收到"功化必盛"之效。

毛泽东早年也曾说过："贾生，王佐之才，死之年才三十三耳。"① 对贾谊壮志未酬，英年早逝，不胜惋惜。

颔联紧承起句，盛赞贾谊的文才韬略和高风亮节。"胸罗文章兵百万"，是说贾谊胸中的锦绣文章能抵上百万雄兵。朝廷如能实行贾谊在《治安策》等文章中提出的谋略，就能像贾谊所说的"加之诸侯轨道，兵革不动，民保首领；匈奴宾服，四荒向风；百姓素朴，狱讼衰息"。这样运筹于廊庙之上，而化解内忧外患于无形之中，从而达到长治久安。贾谊的深谋远略岂不相当于百万雄兵？"胆照华国树千台"，写贾谊的赤胆忠心，高风亮节。"胆照"是肝胆相照，忠心耿耿。"华国"即华夏，这里指汉王朝。"树千台"也就是贾谊在《治安策》中所提出的"欲天下之治安，莫若众建诸侯而少其力"、这种加强中央集权，削弱诸侯势力的主张，完全是为了华夏国家的统一安定，是为了汉王朝的长治久安。这种主张不会给贾谊带来任何私利，而且会招致诸侯王的仇恨，有很大的政治风险。与贾谊同时而稍后的晁错为此而付出了生命的代价。贾谊提出这种主张对汉王朝真是肝胆相照，表现了对国家对民族的赤胆忠心，表现出高度的政治勇气，从而显示出他的高风亮节。

颈联承"壮志未酬"句一笔两写，既深刻地揭示了贾谊人生悲剧的社会历史原因，也委婉地指出了贾谊自身的弱点与教训。"雄英无计倾圣主，高节终竟受疑猜。"可痛的是像贾谊这样出类拔萃的人没有能使汉文帝倾服，他的高风亮节到底还是受到当朝权臣的猜疑。圣主指汉文帝。他是中国封建时代比较贤明的君主。他在位执政期间，继续执行汉初确定的与民休息的政策，减轻人民的负担，兴修水利，发展农业生产。对内削弱诸侯王的势力，对外抵御匈奴的侵犯，使汉王朝开始出现繁荣昌盛的局面。"文景之治"一直为历代史家所称道。另一面他又遵行汉初黄老无为的思想，主要是守成。缺乏开拓进取，未能大有作为。毛泽东又认为他是"守旧之君""无能之辈"。他是在陈平、周勃、灌婴等功臣诛灭吕后余党之后被拥立为皇帝的。虽然他也很赏识看重贾谊的才德，但在重大的人事问题上，他不能不顾忌健在的功臣的反对。他没有力排众议的魄力，不能大胆地破格重用像贾谊这样才略出众的年轻人。同时周勃、灌婴等当朝的功臣对贾谊又有种种猜疑，认为"洛阳之人年少初学，专欲擅权，纷乱诸事"。一疑他资历不够，实际经验不足，难挑重担；二疑他动机不纯，想个人专权；三疑他进行革新会把政事搞乱。这些是造成贾谊壮志未酬悲剧的社会历史原因。从另一方面看，他又有些急功近利，不够谦虚谨慎。他不能耐心等待，不能千方百计地说服汉文帝接受他的正确主张，也就是"无计倾圣主"；他又孤高自傲、目中无人。他在《吊屈原赋》中对当朝的大臣都以"铅刀""康瓠""罢牛""蹇驴"②视之。不能与当朝的功臣沟通，逐渐争取他们的理解、信任和支持，而"终竟受疑猜"。没有注意团结大多数朝臣，又经不起暂时的挫折，不能耐心地说服等待，则是贾谊人生悲剧的主观原因。从"少年倜傥廊庙才""胸罗文章兵百万，胆照华国树千台"，我们不难看出毛泽东自己的身影。然而毛泽东成功了，而贾谊却失败了。成败之机，不就在于毛泽东不怕挫折，能耐心等待，千方百计地说服别的领导接受自己的正确主张，能够团结大多数人一道工作吗？有人说"为毛泽东推崇与折服的，是贾谊的悲壮与孤傲"③，恐怕不太符合毛泽东的思想，也不符合毛泽东这首诗的原意。

　　末联评说前人歌咏贾谊的诗篇。"千古同惜长沙傅，空白汨罗步尘埃。"千百年来人们在痛惜贾谊壮志未酬的时候，千篇一律地空说贾谊步了屈原的后尘。所谓"空白"就是不切实际的空谈。首先，贾谊的悲剧与屈原的悲剧表面上有些相似，实际上有着本质的不同。贾谊所遇的汉文帝，虽为守成之君，未能大有作为，但也是历来公认的贤明的君主，并不是楚怀王那样的昏君。所以王勃说："屈贾谊于长沙，非无圣主。"汉文帝对贾谊的才德始终是看重赏识的。且不说当初将他召为博士，一年之中越级提拔为太中大夫，还打算任用他为公卿。只是为权臣所阻，暂时下放长沙，而又思念他把他召回长安。出于对贾谊才德的看重、信任、关切与爱护，让他暂离权力中心、是非之地，去辅助训导自己最心爱的儿子，明显的有储备人才，待时而用的意思。这一点贾谊也心领神会。所以梁王堕马他才那样哀伤、哭泣而死，因而前人说："谊亦天年早终，虽不至公卿，未为不遇也。"至于周勃、灌婴等人，都是为汉王朝南征北战出生入死的功臣和忠臣。他们出身下层，缺少文化，但忠心耿耿，久经考验，有实际能力。所以刘邦说周勃"厚重少文，然安刘氏者必勃也"。他们只是信不过贾谊这样缺乏锻炼和实际经验的青年知识分子。南宋的《葛立方诗话》说："议者谓谊所欲为，文帝不能用者，以绛、灌、东阳之属谗之尔，故谊之赋有云：'莫邪为钝，铅刀为铦；幹弃周鼎，宝康瓠兮。'观此有憾于绛、灌、东阳者。虽然，勃也，婴也，敬也，皆素有长者之誉，必不肯害贤而利己。"他们与楚国腐朽的旧贵族势力的代表上官大夫靳尚之流的谗谀小人有本质的不同，是不能等量齐观的。另外，认为贾谊步了屈原之后尘，把贾谊的悲剧与屈原的悲剧相提并论，就不能正视贾谊自身的弱点，找不到贾谊悲剧的主观原因，也就不能从贾谊的悲剧中汲取宝贵的历史教训。

毛泽东这首七律，以政治家历史辩证的眼光对贾谊作了全新的评价，也寄托了自己的人格理想和人生体验。既有高度热烈的颂扬赞赏，也有委婉深沉的感慨惋惜；既有激情的倾注，也不乏理性的思考。与前一首七绝比起来，诗题加了一个"咏"字。全诗一往情深，一唱三叹，感情色彩更加鲜明强烈，也更富有咏叹的韵味。

注：

① 《写给黎锦熙的信》，1916年12月9日。

② 铅刀：钝刀。康瓠：破烂的瓦壶。康：发空，不结实。瓠，同"壶"。罢牛：疲乏无力的牛。罢，同"疲"。蹇（jiǎn）驴：瘸驴。

③ 吴功正主编：《毛泽东诗词鉴赏》，凤凰出版社2001年版，第270页。

附录

附录一 《毛泽东诗词集》外诗词三首

蝶 恋 花

向板仓①

一九三〇年寒冬

霞光褪去何凄楚②,
万箭穿心不似这般苦。
奈何吾身百莫赎③,
待到九泉愧谢汝④。

无感霜风侵蚀骨⑤,
此生煎熬难与外人吐⑥。
恸声悲歌催战鼓⑦,
更起刀枪向敌仇⑧。

注释：

① 这首词首见李虹《毛泽东词〈蝶恋花·向板仓〉手稿揭秘》（载《党史文苑》2014年第3期）。板仓是杨开慧的出生地。1901年11月6日，杨开慧出生于湖南省长沙县清泰乡板仓冲杨家老屋。现为杨开慧纪念馆所在地。

②"霞光"句：霞光，喻指杨开慧。杨开慧，又名霞，字云锦。褪去，消失，逝去。这里指杨开慧牺牲。凄楚，凄惨痛楚，悲伤痛苦。《梁书·张缅传》所附张缵《南征赋》："听寡鹤之偏鸣，闻孤鸿之慕侣。在客行而多思，独伤魂而凄楚。"

③ 身百莫赎：也作"百身何赎"或"百身莫赎"，言虽百死其身亦不足偿所失之人，为追悼死者的极沉痛之辞。南朝梁徐悱之妻（刘令娴）《祭夫文》："一见无期，百身何赎。"语出《诗经·秦风·黄鸟》"如可赎兮，人百其身。"赎，换回。

④"待到"句：九泉，旧俗称人死后魂灵所归之地下，又称阴间。《又玄集》崔钰《哭李商隐》："九泉莫叹三光隔，又送文星入夜台。"谢，道歉，感谢。

⑤ 侵蚀：这里指侵害，伤害。

⑥ 吐：吐露，倾诉。

⑦"恸声"句：恸声，极度悲哀的声音。悲歌，悲痛地歌唱。汉乐府《悲歌》："悲歌可以当泣，远望可以当归。"

⑧ 更：更加。

恸声悲歌催战鼓
——读《蝶恋花·向板仓》

《蝶恋花·向板仓》是1930年寒冬时节毛泽东写的一首痛悼夫人杨开慧的词。"向板仓"就是面向板仓、心向板仓，情系夫人杨开慧。板仓是毛泽东的刻骨铭心之地。那是夫人杨开慧的出生地，1901年11月6日杨开慧就出生于湖南省长沙县清泰乡板仓冲的杨家老屋。青年毛泽东常去恩师杨昌济在长沙一师附近天鹅塘的"板仓杨"寓所问学，那里是毛泽东与杨开慧的初识之地。1927年8月底，毛泽东奉党的指示到湘赣边界组织领导秋收起义，他把夫人杨开慧和三个年幼的孩子安置在板仓隐蔽，在板仓与杨开慧告别。那是他与杨开慧的生死诀别之地。在他们别后的那些岁月，杨开慧在板仓独立支撑着一个上有老母下有幼子的家，还时刻惦记着毛泽东的冷暖与安危，可以想见她承受着多大压力。1930年10月24日，杨开慧与长子毛岸英、保姆陈玉英在板仓被湖南反动军阀何键逮捕入狱。面对反动派的严刑拷打，杨开慧大义凛然，坚贞不屈。她说："我死不足惜，愿润之的革命早日成功。"她坚信："共产党人是杀不绝的，革命总有一天要胜利。"①敌人要她声明与毛泽东脱离关系，她斩钉截铁地说："要我与毛泽东脱离关系，除非海枯石烂！"杨开慧曾在她的自述中说过："自从我完全了解他对我的真意，从此我有了一个新意识，我觉得我为母亲而生之外，是为他而生的。我想象着，假如有一天他死去了，我的母亲也不在了，我一定要跟着他死！假如他被敌人捉去杀了，我一定要同他去共着一个命运。"②对于牺牲，杨开慧早有思想准备，她在给弟弟杨开明的信中说："我总觉得我的颈项上，好像自死神那里飞起一根毒蛇一样的绳索把我缠着,所以我不能不早作准备!"③1930年11月14日,杨开慧在长沙浏阳门外识字岭英勇就义。她是为自己崇高的信仰和至爱的亲人壮烈牺牲的。限于当年信息传送的条件,毛泽东通过地下交通组织或敌人的报纸得知杨开慧牺牲的噩耗,大约已是12月份。杨开慧的牺牲使毛泽东心碎神伤,哀恸不已,他强忍悲痛组织领导红军进行反敌人第一次大"围剿"的准备。直到反"围剿"准备就绪,战斗打响前夕,战鼓即将擂动之时,毛泽东压抑已久的悲愤喷发出来,奋笔写下这首痛悼壮烈牺牲的夫人、向反对派讨还血债的誓词。

词的上阕写毛泽东对杨开慧壮烈牺牲的极度悲痛和无限痛惜,表达了对夫人杨开慧深深的愧疚和感谢之意。

"霞光褪去何凄楚,万箭穿心不似这般苦。"毛泽东首先用比兴和象征手法表达了自己得知杨开慧牺牲后极度凄惨痛楚的心情。杨开慧又名霞,字云锦,当年他们热恋时,通信中就以"霞""润"相称,所以诗人就以霞光消散比喻杨开慧的牺牲。凄楚是凄惨痛楚,语出《梁书·张缅传》所附的张缵的《南征赋》:"听寡鹤之偏鸣,闻孤鸿之慕侣。在客行而多思,独伤魂而凄楚。"这里诗人以"凄楚"写自己得知杨开慧牺牲时那种心碎神伤、凄惨痛楚的心情。《南征赋》这段叙写与诗人的境遇也有某些相近,自然会引起他的共鸣。杨开慧是诗人亲密的伴侣,也是志同道合的战友。他在《虞美人·枕上》中说:"晓来百念都灰烬,剩有离人影。"在《贺新郎·别友》中说:"算人间知己吾和汝。"并热切地期盼着"重比翼，和云翥"，从中可以看出他们那种难分难舍的挚爱之情及杨开慧在毛泽东心目中的地位。在《贺新郎·别友》的另一版本中诗人说："我自精禽填恨海，愿君为翠鸟巢珠树。"表明自己要以精卫填海的精神投身艰险的改天换地的伟大事业，而希望杨开慧和年幼的孩子有个美好安宁的生活环境，表达了对杨开慧母子安危的深切关注。诗人对杨开慧的感情越深厚，对杨开慧母子的安危越关切，杨开慧的牺牲在诗人内心引起的伤痛也就越强烈："万箭穿心不似这般苦。"表明自己内心的伤痛比"万箭穿心"更加强烈，充分地表达了诗人得知杨开慧牺牲时那种极度凄惨痛楚的心情。比前人所用"撕心裂肺""心如刀绞""剜心般的痛""心似热油浇"等比喻，形象更生动、感情更强烈、表达更有力、境界更开阔，也更切合诗人军事家的身份和悲壮的情怀。

"奈何吾身百莫赎，待到九泉愧谢汝"，是说我愿意死一百回来赎救你的性命，可惜无法实现，只有到九泉之下怀着深深的愧疚向你道歉致谢了。当年毛泽东得知杨开慧牺牲的噩耗时，在写给杨开慧的堂哥杨开益的信中也有"开慧之死，百身莫赎"的话。"百身莫赎"语出《诗经·秦风·黄鸟》，说为秦穆公殉葬的"三良"（子车氏三兄弟奄息、仲行和𫘧虎）是"百夫之特""百夫之防""百夫之御"，也就是可以抵得一百个人的杰出人物。表示"如可赎兮人百其身"，就是说如果可以赎救，愿意用一百个人将他赎回。杨开慧是旧社会的叛逆者，不仅自己"不作俗人之举"，而且著文对封建礼教和封建道德进行抨击，又是新时代的先行者，她不仅积极地开展学生运动，而且到工农群众中宣讲革命道理。1921年冬加入了中国共产党，是中共最早的女党员之一。蒋介石发动"四一二"政变后，杨开慧"是积极主张武装斗争的"④。她有坚定的信仰和卓越的胆识，是当时知识女性中的佼佼者，是站在时代前列的出类拔萃的人物。杨开慧的牺牲使诗人感到无限痛惜。多年来毛泽东"舍小家为大家，舍个人为人民"，置个人安危于度外，为革命四处奔波，出生入死。像鲁迅那样"挈妇将雏"去避难,他都无法做到,更不用说对爱妻和幼子悉心呵护了。杨开慧的壮烈牺牲,诗人感到深深的愧疚,觉得只有到九泉之下向夫人杨开慧表达歉疚和感谢之意了,说得极为痛切。

词的上阕把自己得知夫人杨开慧壮烈牺牲的凄惨痛楚和痛惜愧疚之情写得淋漓尽致,用"万箭穿心不似这般苦"突出了自己内心伤痛的强烈。

词的下阕侧重写悲痛的深长,表明内心深处的隐痛将是自己这一生一世的煎熬。强烈深长的悲痛将化为复仇的怒火。

"无感霜风侵蚀骨,此生煎熬难与外人吐。"当时正是霜风肆虐、"浓寒入肌骨"(杨开慧《偶感》)的严冬时节,而诗人却说风霜严寒对肌骨的侵害算不了什么,自己已经没有什么感觉,而难以向别人吐露倾诉的内心深处的隐痛才是对自己一生一世的折磨。这里诗人先从外在的霜风严寒写起,借以反衬自己内心伤痛的深长悲苦,从而表现了反动派的凶残对诗人的心灵伤害之深和对诗人的精神打击之大。

"恸声悲歌催战鼓,更起刀枪向敌仇。"极度的哀恸使诗人放声悲歌,以歌当哭。化悲痛为力量,加紧擂响战鼓,更加奋勇地举起刀枪向敌人复仇。诗人是伟大的革命家、坚强的革命战士,他虽然对夫人的牺牲心碎伤神,但不会在个人极度的哀伤中消沉,而只会更加奋起斗争。反动派的凶残虽能给诗人的心灵造成极大的伤痛,但无法摧毁他的革命意志和战斗精神,反而更点燃他强烈的复仇怒火,促使他以更高昂的斗志投入反"围剿"的战斗。正如他在自己的诗词中所说"为有牺牲多壮志""唤起工农千百万",最后两句是向反动派复仇的誓言,满腔的悲愤化为复仇的怒火!同时也是反敌人第一次大"围剿"的鼓角与战歌。

《蝶恋花·向板仓》是一首偏于个人抒情的婉约词。全词集凄楚、痛惜、愧疚、哀恸与悲愤为一体。如泣如诉,哀婉绝伦,声情并茂,凄美动人。同时又像诗人其他婉约词一样,婉约与豪壮共存。既有凄婉的儿女情长，又有悲壮的时代风云；既是悲情的宣泄，也是怒火的喷发；既是哀婉的悼亡之作，也是悲愤的复仇之音；既催人泪下，又震撼人心。

毛泽东是伟大的革命领袖，也是深于情的至情至性之人。他与杨开慧情深意笃，心心相印。在杨开慧生前，他说："算人间知己吾和汝。"（《贺新郎·别友》）杨开慧牺牲后，他又说："待到九泉愧谢汝。"毛泽东对杨开慧的情义可谓生死不渝、天长地久。在这首《蝶恋花·向板仓》中，诗人用"霞光"这美好的意象称代杨开慧，在新中国成立后写的另一首《蝶恋花·答李淑一》中，把杨开慧称为"骄杨"，有时也写作"杨花"⑤。在毛泽东的心目中杨开慧永远是那么美丽、圣洁、崇高、坚强。在毛泽东后来的诗篇中出现的"红霞万朵百重衣"（《七律·答友人》），"彩云长在有新天"（《七律·洪都》）的美好意象，无不寄托着诗人对杨开慧的深情怀念和热烈赞美。

国民党反动派在对毛泽东领导的红军进行军事大"围剿"的同时，也进行了疯狂的文化"围剿"。在杨开慧牺牲两个月后的1931年2月7日，国民党反动派在上海龙华秘密杀害24名革命青年，其中就有柔石、胡也频、白莽、李伟森、冯铿等"左联"五烈士。大约在2月下旬，鲁迅从外国报纸上得到消息，万分悲愤。在腥风血雨刀光剑影中写下一首《七律·无题》：

惯于长夜过春时，挈妇将雏鬓有丝。
梦里依稀慈母泪，城头变幻大王旗。
忍看朋辈成新鬼，怒向刀丛觅小诗。
吟罢低眉无写处，月光如水照缁衣。

诗中沉痛地哀悼死难的革命烈士，痛斥国民党反动派的血腥屠杀和黑暗统治。面对反动派的屠刀毫不畏惧，决心以诗文为武器与反动派斗争到底！毛泽东在七绝二首《纪念鲁迅八十寿辰》中，特别赞扬了鲁迅"龙华喋血不眠夜，犹制小诗赋管弦"的无畏的战斗精神。

毛泽东的《蝶恋花·向板仓》说："恸声悲歌催战鼓，更起刀枪向敌仇。"鲁迅的《七律·无题》说："忍看朋辈成新鬼，怒向刀丛觅小诗。"这两位当年反"围剿"战线的文武主将悼念革命烈士的诗词表现了同样的战斗精神，而在艺术上各有特色。毛泽东的《蝶恋花·向板仓》直抒胸臆，酣畅淋漓；鲁迅的《七律·无题》则深沉含蓄，耐人寻味。二者异曲同工，相映生辉。

注：

① 《杨开慧遗事》，海疆在线 www.jianhaizx.com。
② 王华、李林：《毛泽东与杨开慧》，中央文献出版社2006年版，第53—54页。
③ 王华、李林：《毛泽东与杨开慧》，中央文献出版社2006年版，第192页。
④ 丁晓平：《家世家书家风：毛泽东的亲情世界》，中国青年出版社2008年版，第60页。
⑤ 邵华著：《言诗寄情思》，载臧克家主编《毛泽东诗词鉴赏》，河北人民出版社1990年版，第380页。

五 绝

赞功臣①

一九五〇年春

惊涛拍孤岛,碧波映天晓。

虎穴藏忠魂,曙光迎来早。

附吴石临终诗二首

七绝二首

临终诗②

一九五〇年六月十日

天意茫茫未可窥③,悠悠世事更难知④。

平生殚力唯忠善⑤,如此收场亦太悲。

五十七年一梦中,声名志业总成空。

凭将一掬丹心在⑥,泉下差堪对我翁⑦。

注释：

① 诗最早见美华文，载中国共产党新闻网，题目是后人加的。这里功臣指中共在台地下工作者吴石等人。吴石墓志铭云："吴石，字虞薰，号湛然。一八九四年生于福建闽侯螺洲。早年参加北伐学生军，和议告成乃入伍生，而预备学校，而保定学校，嗣更留学日本炮兵学校与陆军大学。才学渊博，文武兼通，任事忠慎勤清，爱国爱民，两袖清风，慈善助人。于抗战期间运筹帷幄，卓著功勋。胜利后反对内战，致力于全国解放及统一大业，功垂千秋。台国防部参谋次长任内，于一九五〇年六月十日被害于台北，时年五十七岁。临刑遗书儿辈，谨守清廉勤俭家风，树立民族正气，大义凛然。一九七五年，人民政府追赠革命烈士。夫人王碧奎，一九九三年二月九日逝于美国，享年九十岁，同葬于此。"2013年10月，解放军总政治部联络部修建的无名英雄广场在北京西郊国家森林公园建成，纪念在台牺牲的先烈们。广场上有以吴石、朱枫、夏曦、陈宝仓等为原型的塑像。景观墙上镌刻着毛泽东主席这首《五绝·赞功臣》的手迹。

② 吴石《临终诗》亦载中国共产党新闻网，题目是笔者加的。

③ 茫茫：邈远，看不清。窥：这里是探测，知道，弄清楚。

④ 悠悠：这里是众多。

⑤ 殚(dān)：竭尽。

⑥ 凭：依靠，靠着。将，拿，用。掬(jū)，捧，双手捧着。丹心，赤诚的心。

⑦ 泉下：地下，指死后。差堪：稍微地，比较地能够。翁，父亲。

虎穴藏忠魂，曙光迎来早
—— 读《五绝·赞功臣》

1949年10月1日，中华人民共和国成立后，人民解放军继续乘胜进军，解放华东、中南和大西南地区。到1949年底，全部解放了除西藏之外的中国大陆地区，把国民党残余的军队赶到了海岛上去。1950年春夏，海南岛和舟山群岛解放，又把残余的国民党军队赶到了孤悬海外的台湾地区。国民党反动派败退台湾时，留下了大量的特务和土匪，在大陆进行破坏、捣乱，妄图东山再起。中共也派遣地下工作者，积极进行解放台湾的准备。

1949年11月27日，我女特派员朱谌之秘密赴台，通过我地下工作者"密使一号"吴石（时任台国防部参谋次长）获得了《台湾战区战略防御图》和《海防前线阵地兵力、火器配备图》。

毛泽东主席亲自审阅过中共中央军委总情报部呈交的军事情报，对国民党绝密文件《关于大陆失陷后组织全国性游击武装的应变计划》特别注意，并追问来源。李克农报告说是来自国民党上层"我们的人"，发报给三野十兵团。但按情报规定，李没有说出吴石的姓名和职务。毛泽东知道后，当即嘱咐："一定要给他们记上一功哟！"还在红竖格信纸上欣然赋诗，写下了这首五绝《赞功臣》。

诗的前半用比拟和象征写人民解放军攻占台湾的强大力量和气势，畅想台湾解放之后海峡之间明静美好的景象。

首句"惊涛拍孤岛"，象征性地写人民解放军攻占台湾的强大声势和敌我之间所处的态势。1950年春夏，人民解放军攻占了海南岛和舟山群岛，国民党残兵退守孤悬海外的台湾。人民解放军集结16个军的50万兵力，蓄势待发。即将发动的强大攻势，将使风雨飘摇岌岌可危的蒋政权受到强烈的震撼和致命的打击，从而完全结束蒋家王朝的统治。

次句"碧波映天晓"，写惊涛骇浪之后，晓日映照着大海的碧波。畅想台湾解放之后海峡之间明静美好的景象。人民解放军攻占台湾，将完成祖国统一的大业，一扫台湾海峡战争的风云。新中国将进入和平建设的新时期。字里行间充满了指挥若定的乐观自信和昂扬振奋。

诗的后半，盛赞战斗在隐藏战线的功臣忠于革命的高尚品德，讴歌他们将发挥的重大作用和将建立的不朽功绩。

三句"虎穴藏忠魂"，写潜伏在敌军高层的功臣处境的险恶，斗争的智勇和忠于革命事业的崇高品质。赞赏之情，溢于言表。

最后一句"曙光迎来早"，表明正是功臣们冒着极大的风险进行的卓有成效的努力，将使宝岛台湾早日迎来解放的曙光。热烈地肯定隐蔽战线的功臣对解放台湾的重大作用和不朽功绩，并流露出诗人无限的欣喜。

这首诗表现了人民解放军的强大力量和声威，热烈地赞扬隐蔽战线功臣的崇高品德和重大功绩。境界壮阔，气势雄伟，情感充沛，色彩明丽。与七律《人民解放军占领南京》同工而异曲，具有很强的思想意义和审美价值。

1950年6月美帝国主义发动侵朝战争，同时向台湾海峡派驻第七舰队，我解放台湾的战略行动受阻推迟。而吴石等在台地下工作人员，也因台湾的地下党组织被国民党破坏而英勇就义。吴石烈士在壮烈牺牲之时，还留下两首悲壮的《临终诗》。第一首写自己"平生殚力唯忠善"却将被反动派残杀的悲剧，抒发了强烈的悲愤情绪。第二首写自己"凭将一掬丹心在"，而无愧于先辈的教诲，使我们联想起文天祥"人生自古谁无死，留取丹心照汗青"的诗句，从而显示出吴石烈士死而无悔、死而无愧的革命精神和人格光辉。

  毛泽东主席说过："建立新中国死了多少人，有谁认真想过，我是想过这个问题的。"① 这也是我们应该时常想到，不能忘记的。忘记过去就意味着背叛。我们还从《赞功臣》这首诗中的"忠魂"二字，联想到诗人《蝶恋花·答李淑一》中"万里长空且为忠魂舞"和"忽报人间曾伏虎，泪飞顿作倾盆雨"的诗句，从而使我们感到革命的胜利，对革命果实的珍惜和继承革命先烈的遗志，才是对革命先烈最好的告慰。今天，我们一定要珍惜无数革命先烈用鲜血浇灌出来的胜利果实，不能让人民的江山得而复失。要努力完成先烈的遗愿，实现祖国的完全统一。

注：

① 逄先知、金冲及主编：《毛泽东传（1949—1976）》（下卷），中央文献出版社2003年版，第1390页。

四 言 诗

赠尼克松①

一九七二年二月

老叟坐凳②。
嫦娥③奔月。
走马观花。④

注释：

① 这是毛泽东主席为欢迎尼克松访华写的一首诗。应尼克松之请，写成三张条幅赠尼克松。尼克松（1913—1994）：美国第37任总统。1972年2月访华，是访问新中国的第一位美国总统。毛泽东主席会见他时以此相赠。

② 叟：古代对老年男子的一种称谓。《孟子·梁惠王上》："叟不远千里而来，亦将有以利吾国乎？"

③ 嫦娥：神话中月亮里的女神。详见《蝶恋花·答李淑一》注⑤。

④ 走马观花：比喻对事物大略地观察了解。

老叟坐凳　嫦娥奔月
——读《四言诗·赠尼克松》

1972年2月，美国总统尼克松访华，会见了毛泽东主席，并同周恩来总理会谈。中美双方经过谈判，于2月28日签订了《中美联合公报》。邀请敌对国家的元首来访，是中国外交史上的壮举，是老一代国家领导人在外交上的大手笔，充分地表现了老一代国家领导人的魄力、勇气和智慧。为了欢迎尼克松访华，毛泽东主席在会见尼克松时特作此诗相赠。

"老叟坐凳"写自己对尼克松访华的期待。老叟，犹言老头儿、老夫、老汉。诗人以长者自称。"坐凳"与"坐等"谐音双关，说自己坐在北京等待尼克松来访。邀请尼克松访华是中国外交的一着高棋，它将打破国际敌对势力对中国的封锁和孤立，极大地改善中国的外部环境，提高中国的国际地位。诗人对尼克松来访是相当期待的。这里也表明了诗人的主人地位，展现了诗人从容自信、不亢不卑的神态。

"嫦娥奔月"喻尼克松访华。嫦娥是古代神话中的仙女，也是人们心目中的美人。这里双关美国人，也就是美国总统尼克松。用"奔月"喻尼克松访华，一方面是写尼克松访华之难。中美两国长期隔绝，美国的"阿波罗号"虽已登月，但美国人却不能到新中国来，尼克松访华之难不亚于登月。另一方面也是写尼克松访华的重大意义。尼克松访华是中美关系的重大突破，打开了中美交往的大门，同时也打破了"二战"之后的世界格局。尼克松访华像人类登上月球一样举世瞩目，轰动全球，其意义不亚于"阿波罗号"登月。用"奔月"比喻尼克松访华赞扬了他打开中美关系的巨大的勇气，也表明他将发现一个完全的陌生的全新的世界。

"走马观花"总括尼克松访华的特点。尼克松访华只有一周,时光短暂,行程紧迫,对新中国只能有一个浮光掠影的观察和了解。尼克松访华只是中美交往的开始,中美两国只有扩大交往,彼此才能有更为深入的了解。

全诗运用比喻象征,谐音双关。巧妙精当,生动形象。字句简奥,而意味深长。在形式上也很独特。三句成篇,而互不押韵。在前人的诗中也极少见。唐人李德裕云:"古人辞高者,盖以言妙而工,适情不取于音韵;意尽而止,成篇不拘于只耦。故篇无定曲,词寡累句。"[1]毛泽东这首四言诗《赠尼克松》正是如此。

诗人说自己喜欢尼克松这样的右派。这首四言诗《赠尼克松》不仅文辞"雅润""兴寄深微"[2],同时也很幽默风趣,给人一种亲切喜悦之感。

总的来说,像这种打破常规,个性鲜明的诗篇,非毛泽东其人是写不出来的。

注:

[1] 胡震亨:《唐音癸签》,上海古籍出版社1981年版,第8页。

[2] 刘勰:"四言正体,雅润为本。"李白:"兴寄深微,五言不如四言。"参见胡震亨《唐音癸签》,上海古籍出版社1981年版,第16页。

附录二 毛泽东诗词辅读图

一、长沙老城图

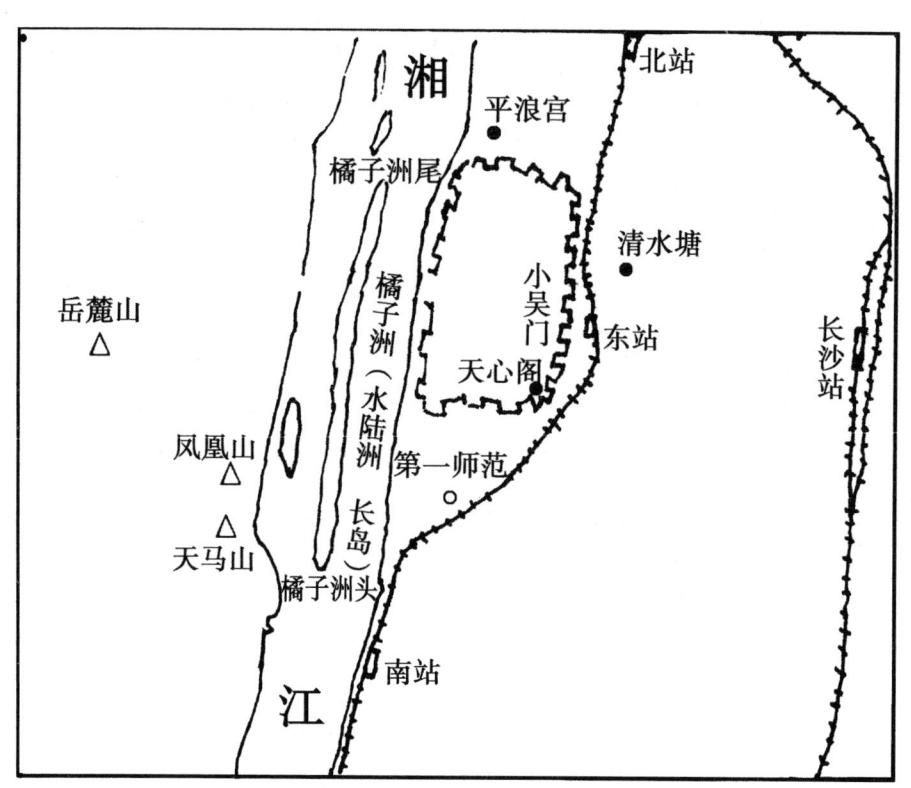

——五古《挽易昌陶》、七古《送纵宇一郎东行》、《贺新郎·别友》、《沁园春·长沙》、七律《答友人》、七律《和周世钊同志》示读

二、武汉形胜图

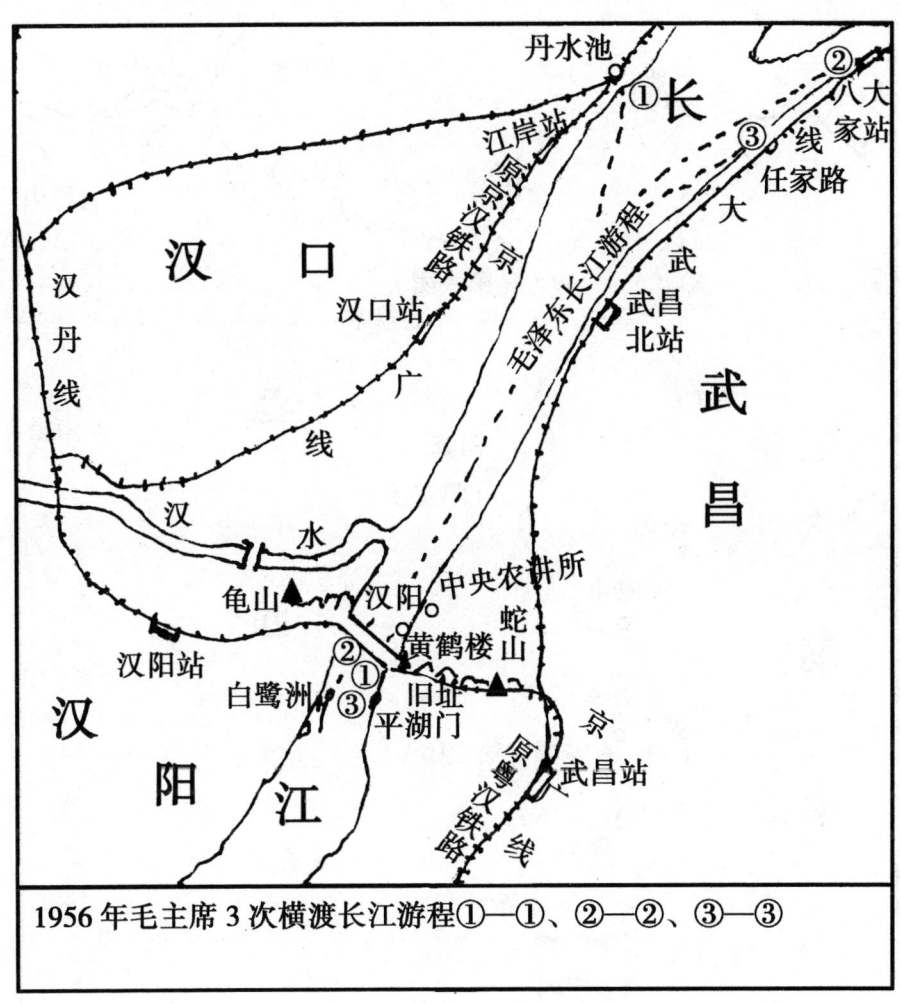

——《菩萨蛮·黄鹤楼》《水调歌头·游泳》示读

三、湘赣边界图

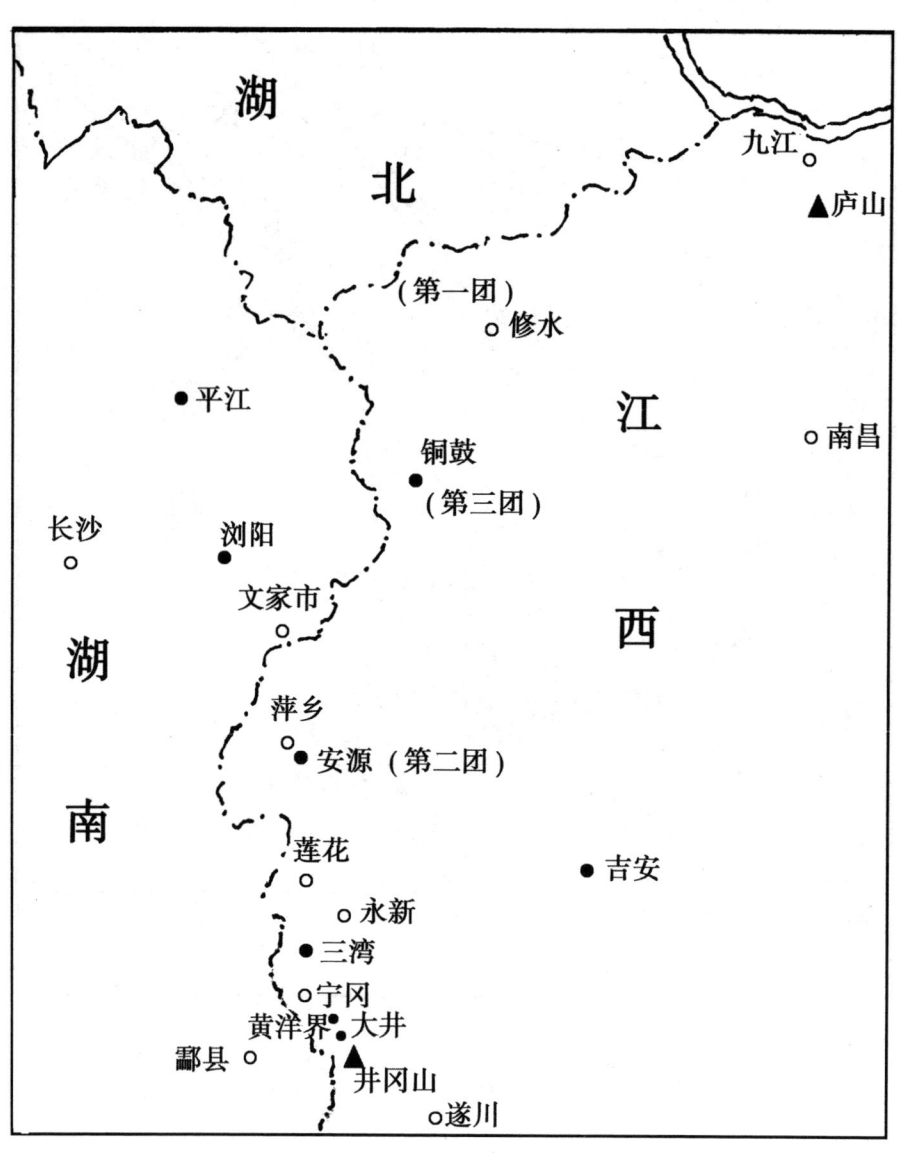

——《西江月·秋收起义》《西江月·井冈山》示读

四、闽西地区图

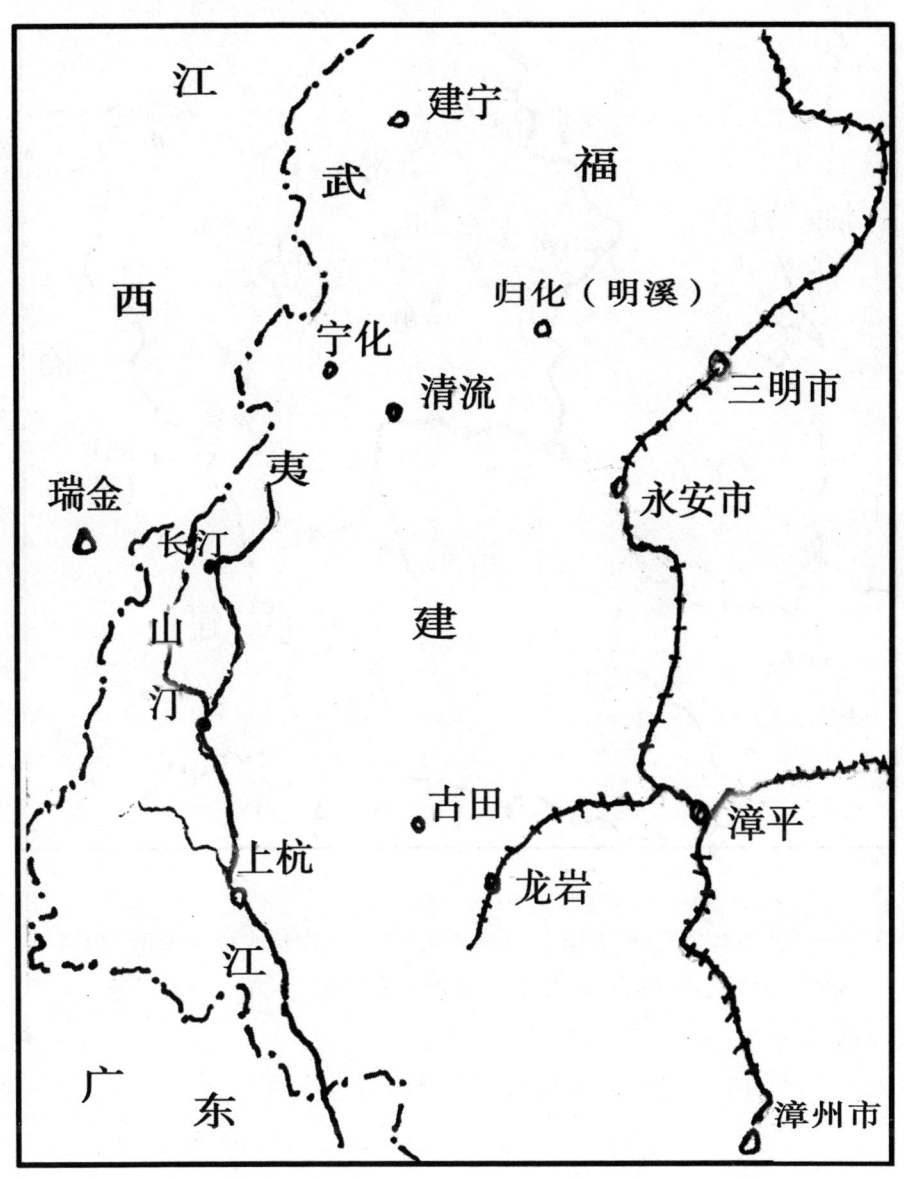

——《清平乐·蒋桂战争》《采桑子·重阳》《如梦令·元旦》示读

五、中央苏区图

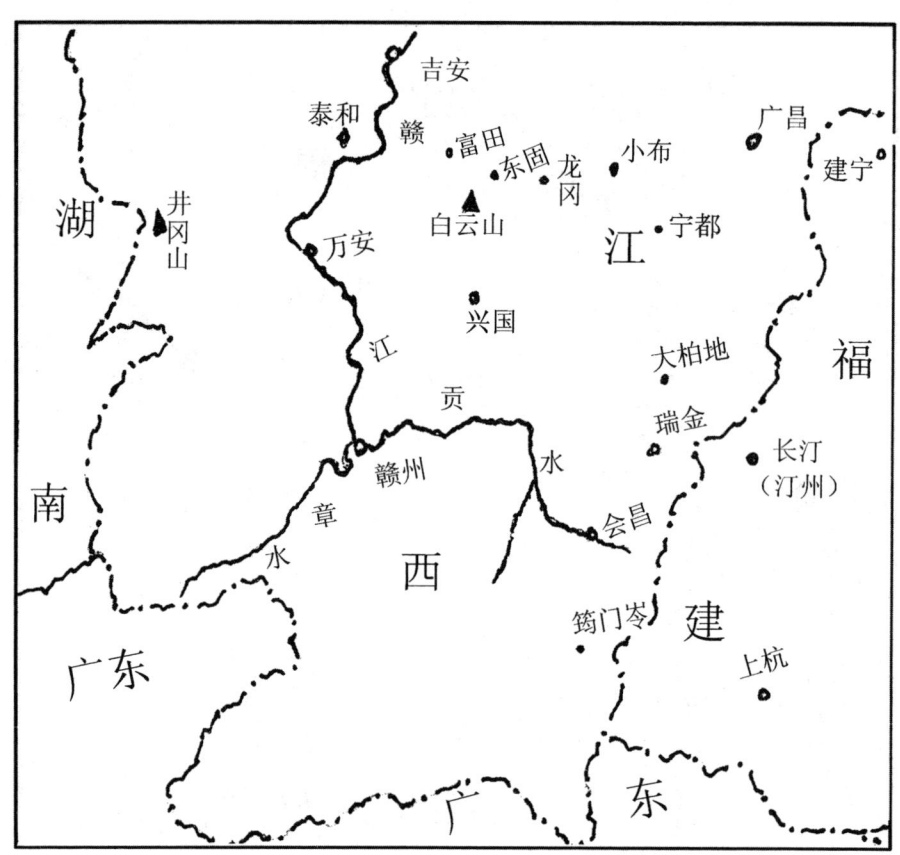

——《减字木兰花·广昌路上》《蝶恋花·从汀州向长沙》《渔家傲·反第一次大围剿》《渔家傲·反第二次大围剿》《菩萨蛮·大柏地》《清平乐·会昌》示读

六、中央红军长征图

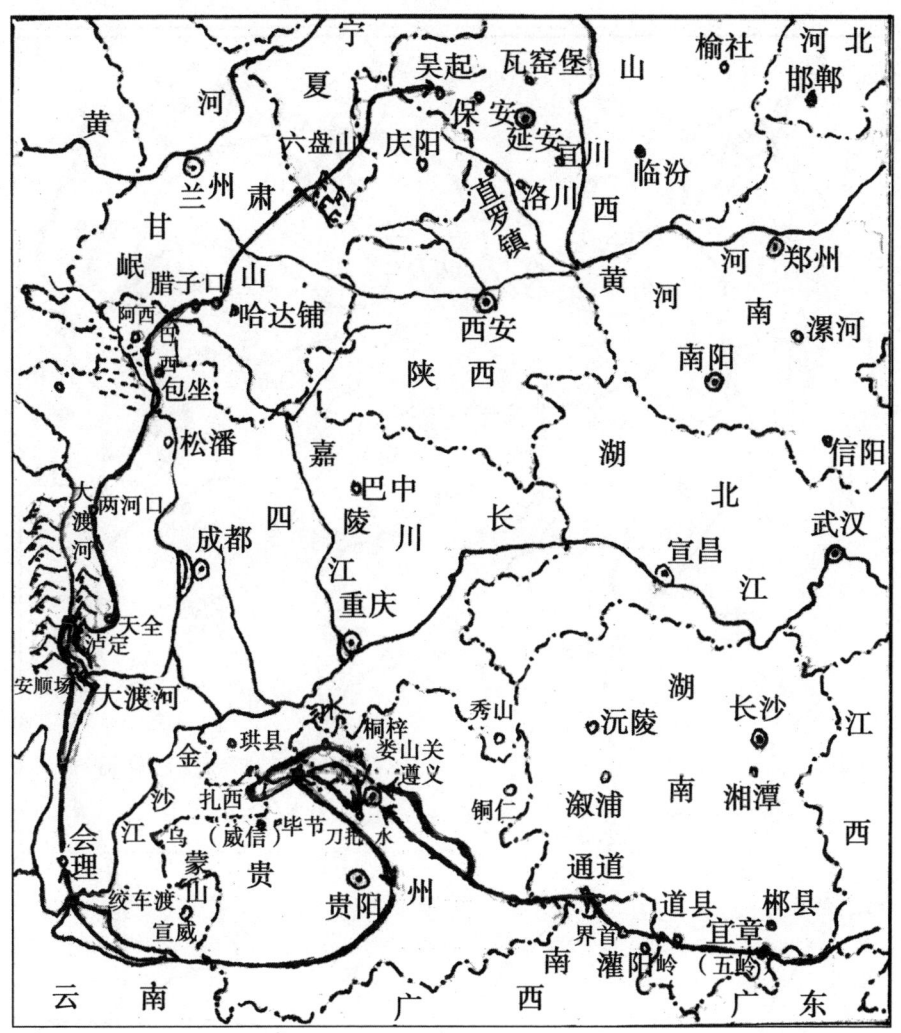

—— 七律《长征》《十六字令三首》《忆秦娥·娄山关》《念奴娇·昆仑》《清平乐·六盘山》示读

七、陕北地区图

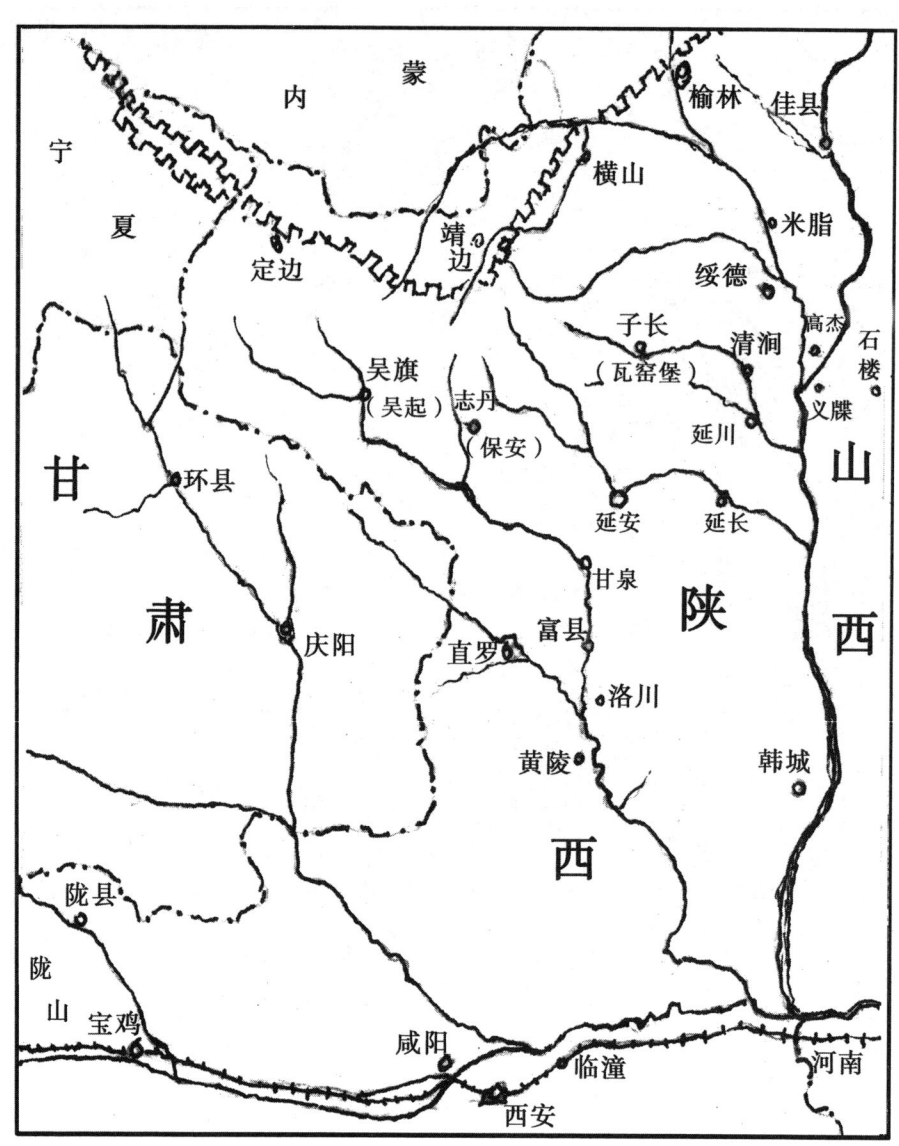

——六言诗《给彭德怀同志》《临江仙·给丁玲同志》《沁园春·雪》示读

八、解放战争陕北战场图

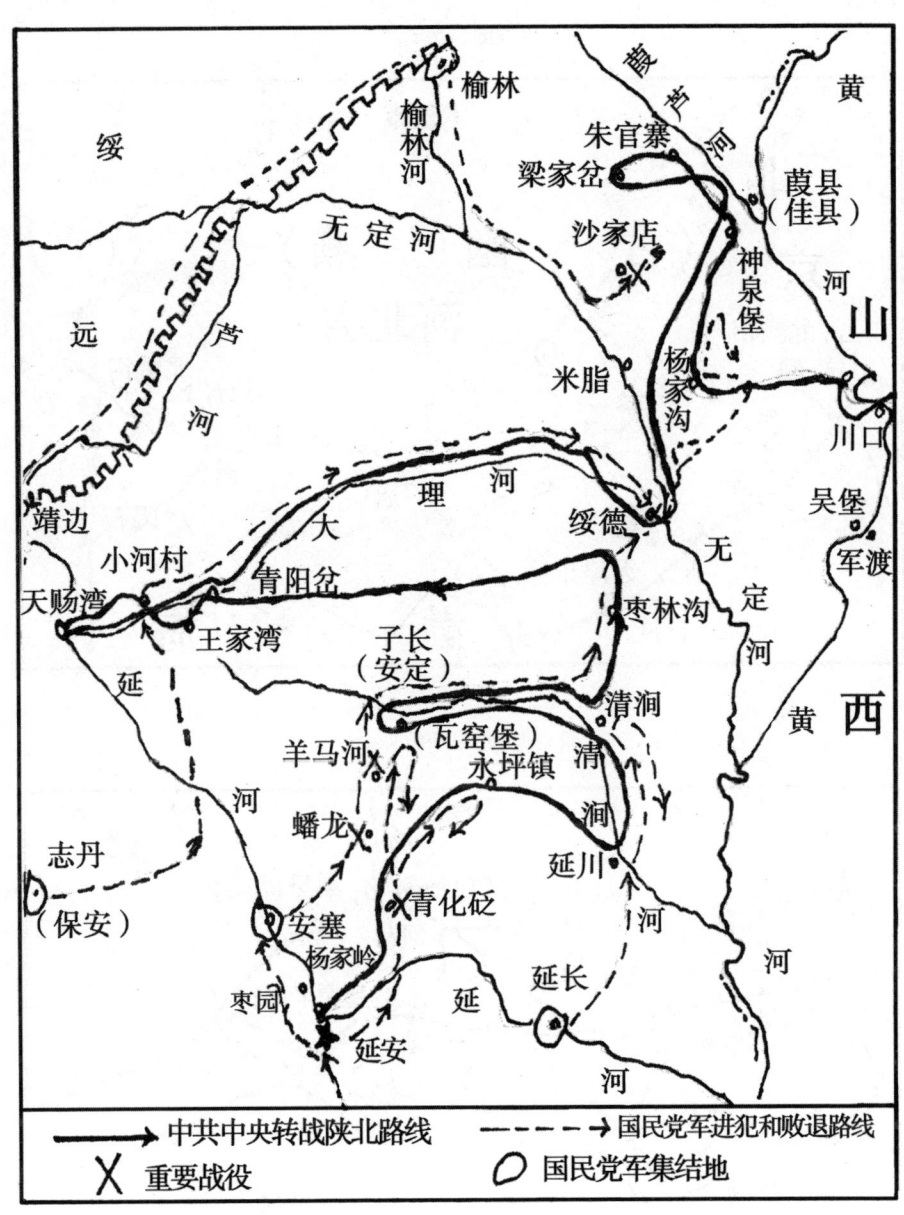

—— 五律《张冠道中》《喜闻捷报》示读

九、古幽燕大地及北戴河海滨图

古幽燕大地

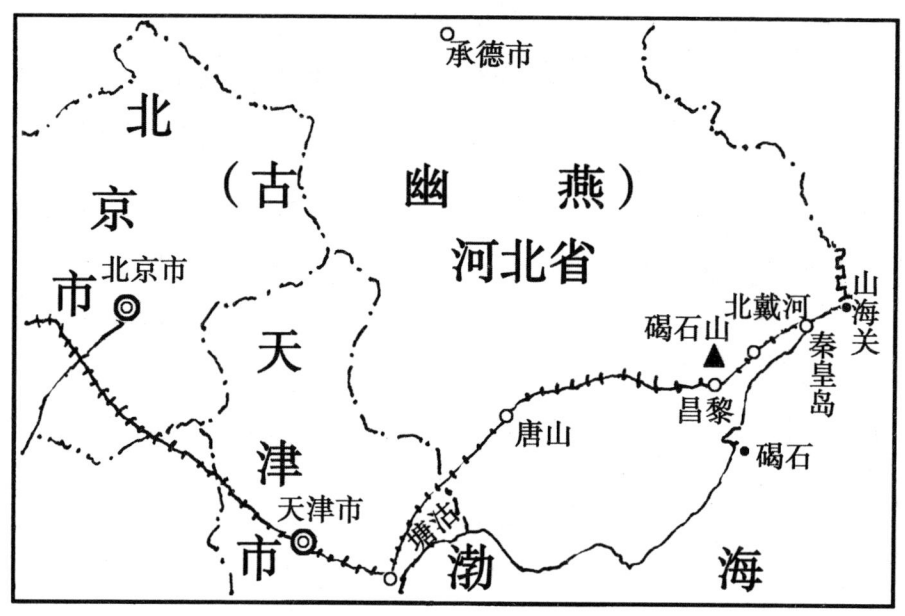

北戴河海滨

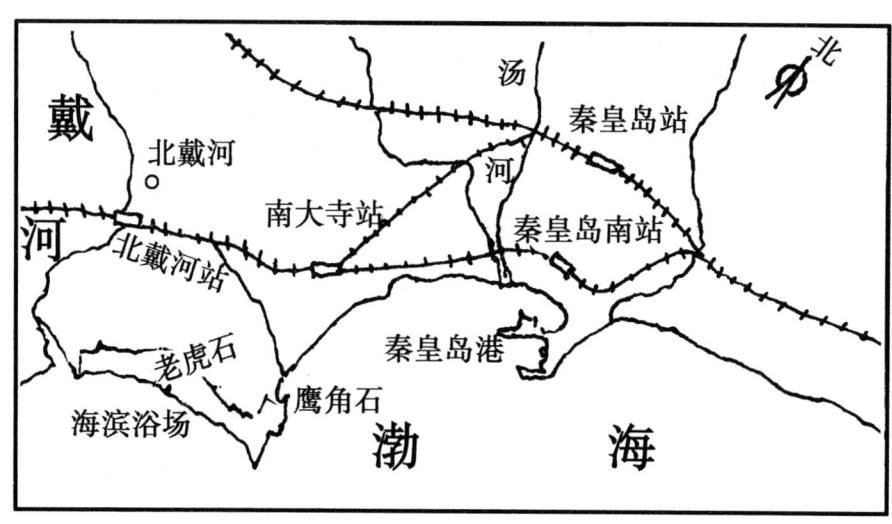

——《浪淘沙·北戴河》示读

十、西湖群峰及杭州周边景观

西湖群峰

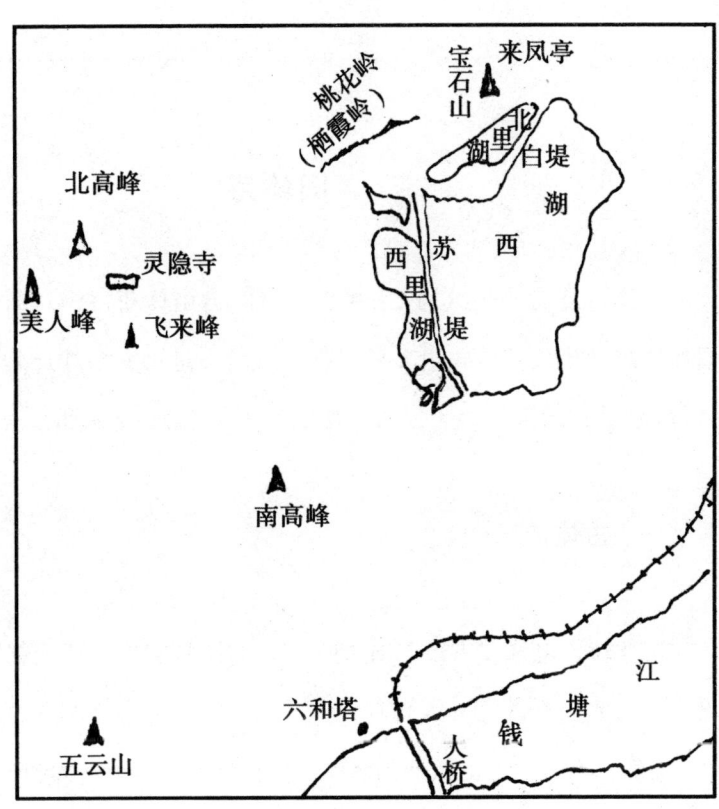

杭州周边景观

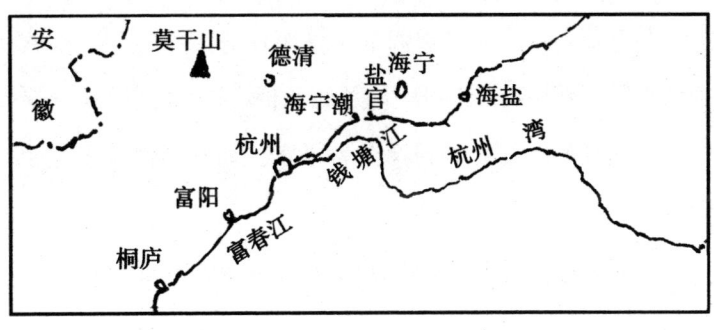

——五律《看山》、七绝《莫干山》、七绝《五云山》、

七绝《观潮》示读

附录三　旧体诗词基本知识

旧体诗

旧体诗是与"五四"以来用白话写的自由体新诗相对而言的。我国的旧体诗源远流长，体式也多种多样。从是不是讲究格律，分为古体诗和近体诗；从诗句的字数，又分为四言、五言、六言、七言和杂言诗等。

一、古体诗

古体诗，也称"古诗""古风"。形式比较自由，不受格律限制。全篇无一定句数，不讲究平仄和对仗，可以换韵，不必一韵到底。古体诗有四言、五言、六言、七言和杂言诸体。后世以五古和七古为多。

毛泽东的四言诗有附录一中的《赠尼克松》。

（一）五古

五古是五言古体诗的简称。每句五字，句数不限。偶句用韵，首句可押可不押。可转韵，也可一韵到底。相近的韵可以通押。不讲平仄和对仗。有的篇幅长的五言古体诗又分若干章。如三国魏徐干的《室思》和曹植的《赠白马王彪》。

毛泽东有五古《挽易昌陶》。全诗分五章。

（二）七古

七古是七言古体诗的简称。每句七字，句数不限。最初的七言诗句句押韵，一韵到底。如曹丕的《燕歌行》。南北朝后多为偶句押韵，首句可押可不押。可转韵，也可一韵到底。相近的韵可以通押。不讲平仄和对仗。唐代李颀的《送陈章甫》和岑参的《白雪歌送武判官归京》都是七言古诗的名篇。

毛泽东有七古《送纵宇一郎东行》。

（三）杂言诗

杂言诗是旧体诗的一种格式。全诗每句字数不固定。七字句为主的杂言诗，一般也算七古。如李白的《庐山谣寄卢侍御虚舟》。

毛泽东有杂言诗《八连颂》。除末两句是七言外，都是每句三言。除个别文言词语外，都是现代白话。

二、近体诗

近体诗又称"今体诗"，是唐代形成的律诗和绝诗（绝句）的通称，同古体诗相对而言。句数、字数和平仄、用韵等都有严格的规定。近体诗最主要的格律因素是讲究平仄和对仗。平仄为汉语汉字所特有。汉字为音节文字，在古汉语中，汉字的声调分平、上、去、入四声。平指四声中的平声（包括现代汉语普通话的阳平与阴平）。仄指四声中的仄声，包括上、去、入三声（现代汉语普通话无入声，古代汉语中的入声，现在分属阴平、阳平和上声、去声）。近体诗中的字音，平声与仄声要互相调节，以增强诗的声韵美。用韵，即押韵，指诗词歌赋中某些句子的末一字用韵母相同或相近的字使音调和谐优美。对仗指诗歌当中按照字音的平仄和字义的虚实作成句型类同的对偶句，用以突出诗的艺术性。有两句相对，也有句中自对，又分工对、宽对和借对、流水对等不同的类型。

（一）律诗

律诗是近体诗的一种，格律严密，故名律诗。按每句字数，又分为五言与七言两体，简称五律、七律，亦偶有六言律。律诗每首八句，每两句成为一联。一首律诗分为四联。第一、二句称为首联，第三、四句称为颔联，第五、六句称为颈联，第七、八句称为尾联。每联上句称为出句，下句称为对句。每联上下两句平仄要"对"，两联之间平仄要"粘"。"对"取相对之义，指同一联内对句与出句平仄必须相反相对，即仄对平，平对仄。如：

"粘"取粘连、粘附之义，即平粘平，仄粘仄。如：

"对""粘"的标志主要看五言第二、四字，七言第二、四、六字平仄是否有误。旧有"一、三、五不论，二、四、六分明"的口诀。特别是最关键位置的五言第二字，七言第二、四字平仄务必分明。

1. 五律

五律是五言律诗的简称。每首八句，每句五字。偶句末一字押平声韵，首句可押可不押，以不押为常。必须一韵到底，句内和句间要讲平仄，中间四句按常规要用对仗。

《毛泽东诗词集》副编收《挽戴安澜将军》和《看山》等五律四首，其中《看山》一首于格律稍有未合。

2. 七律

七律是七言律诗的简称。每首八句，每句七字。偶句末一字押平声韵，首句末字可押可不押，以押韵为常。必须一韵到底，句内和句间要讲平仄，中间四句按常规要用对仗。

《毛泽东诗词集》正、副编共收《长征》和《咏贾谊》等七律十五首（正编十一首，副编四首），只有个别拗句。

（二）绝句

绝句，即"绝诗"，又称"截句""断句"。每首四句，相当于截取律诗的一半。"绝"有截、断义，故称绝句。绝句的平仄和押韵的规律同于半首律诗。绝句一般不用对仗，相当于截取律诗的首尾两联，也有前两句对仗、后两句对仗和全篇对仗的，分别相当于截取律诗的后半、前半或中间两联。绝句又有五绝和七绝两体。

1. 五绝

五绝是五言绝句的简称。全篇四句，每句五个字。五绝又分古体和近体两种。古绝不受律诗平仄规律限制，押韵比较自由。古体绝句一般只限于五绝。近体五绝，又称律体五绝，它的平仄和押韵的规律同于半首五律。一般不用对仗，也有前两句对仗、后两句对仗和全篇对仗的。如孟浩然的《春晓》全篇不用对仗；王维的《鸟鸣涧》前两句对仗；孟浩然的《宿建德江》后两句对仗；而王之涣的《登鹳雀楼》则全篇对仗。

《毛泽东诗词集》未收五绝。本书附录一《〈毛泽东诗词集〉外诗词三首》其二《赞功臣》是一首五言绝句。

2. 七绝

七绝是七言绝句的简称。全篇四句，每句七字。全是近体，相当于半首七律。它的平仄和押韵的规律同于半首七律。一般不用对仗，也有前两句对仗，后两句对仗或全篇对仗的。

《毛泽东诗词集》正、副编收了《为女民兵题照》和《贾谊》等八首七言绝句（正编两首，副编六首），其中也有极个别拗句。

3. 六言诗

六言诗是旧体诗的一种格式，每句六个字，偶句押韵，首句可押可不押。句数和平仄都不像别的律诗那样严格。六言诗在旧体诗中为数不多。

毛泽东的《给彭德怀同志》全篇六言四句，可以看作一首六言绝句。

词

词是隋唐以后新兴的一种抒情诗体。经过晚唐五代至宋而大盛，成为和唐诗并称的一代文学的标志。词原来是歌唱用的唱词，都配有曲调。因此最早就叫作"曲子词"。词最初起源于民间。现有的《敦煌曲子词》大多是民间无名氏的作品。词与诗比起来有一些明显的特点。

一、词牌

词牌就是词调的名称。每首词都有一个表示音乐性的曲调名。如沁园春、菩萨蛮、西江月、采桑子、渔家傲、蝶恋花、念奴娇、忆秦娥、浪淘沙、水调歌头等称为词牌。词牌的数量很多，同一词调又常有不同词牌名。它们表明这首词写作时所依据的曲调乐谱。绝大多数词的曲调都已失传，变得只能吟诵而不能按原调歌唱了。各个词调都是"调有定句，句有定字，字有定声"。后来的词作者大都只按照一定词牌的格律来填写，称为"填词"。最初有一部分词牌是根据词意命名的。如渔歌子、忆江南、如梦令、忆秦娥、鹊踏枝等。后来词意不再与词牌有关，而在词牌之外另标题目。如毛泽东的两首《沁园春》标题分别为《长沙》和《雪》；两首《菩萨蛮》标题分别为《黄鹤楼》和《大柏地》；三首《念奴娇》标题分别为《昆仑》《鸟儿问答》和《井冈山》。毛泽东有些词作尽量选用了与词意相关的词牌。如《浪淘沙·北戴河》和《水调歌头·游泳》等。

二、分片

词分为小令、中调、长调。小令的字数在58字以内，59—90个字为中调，91个字以上为长调。

词和诗一个明显的不同是词有固定的分段。每段称为一片。词以分两片的为数最多，称为双调；仅有单片的小令称为单调。也有分为三段、四段的称为三叠、四叠，为数很少。片是乐曲的段落，分片是由于乐谱的规定。一片就是"一遍"，也就是说乐曲奏过了一遍。乐奏一遍又叫作一"阕"（乐终曰阕），所以片又叫作"阕"（一首词也可叫作一阕）。两段的词的第一段通常称上片或上阕、前阕（也有称上半阕、前半阕的）。第二段称为下片或下阕、后阕（也有称下半阕、后半阕的）。片与片之间在音乐上的关系是暂时的休止而非全曲终了。在文辞上也就要若断若续有着有机联系。从上一片过到下一片必须衔接贯穿，不能割裂词意。词意的段落一般与乐曲的段落一致。下片开头叫作"过片"。其下片首句与上片首句句式不同者称为"换头"，或称"过变"。

长诗也分段落。但诗的分段不是乐曲的段落，而是诗的意思的分段。一首词乐曲的分段是固定的，而诗的意思的分段则没有一定。

三、长短句

句子长短不齐，也是词与诗明显的不同。也有人根据词的句子参差不齐的特点，把词称为长短句。近体诗根本不许句子有长有短。古体诗特别是杂言诗句子虽有长有短，只是根据诗意表达的需要随意而用，并没有一定的格式。而词句的长短都是由词调严格规定的。词调不同，词的字数、句数不同，句子的长短和平仄、韵脚也不相同。

旧体诗词的写作方式

旧体诗词还有一些与新诗不同的写作方式，如联句、酬答、唱和等。

一、联句

两人或多人共作一诗，相联成篇。相传始于汉武帝时《柏梁台诗》（疑为后人伪托）。初无定式，后来习用一人出上句，续者须对成一联，再出上句，轮流相继。毛泽东早年有与肖子升（名瑜）和罗章龙的联句诗。如毛、罗联句《过魏都》：

横槊赋诗意气扬（罗），自明本志好文章（毛）。
萧条异代西田墓（毛），铜雀台荒落夕阳（罗）。

二、酬答

旧时别人作诗词赠送给自己，自己要作诗词相酬答。酬答诗词的内容要与别人赠送的诗词相关联，但体裁不一定相同。如李淑一把自己写的纪念柳直荀的一首《菩萨蛮·惊梦》词寄给毛泽东，毛泽东则写了《蝶恋花·答李淑一》来相答。20世纪60年代初，李达、周世钊、乐天宇先后把九嶷山的泪竹、泪竹竿毛笔、碑帖和诗赠给毛泽东。乐天宇的诗是以"九嶷山人"为落款题为《九嶷山赠润之兄诗》的七言古诗，毛泽东则作了一首七律《答友人》来酬答几位友人。

三、唱和

唱和(hè),亦作"唱酬""酬唱",谓作诗词与别人相酬和。大体又分四种情况:(1)和诗(词),只作诗词酬和。酬和的诗词与被和的诗词体裁相同,内容相关,而不用被和诗词的原韵。如毛泽东的《七律·和柳亚子先生》《七律·和郭沫若同志》《满江红·和郭沫若同志》及《七律·和周世钊同志》等;(2)依韵,亦称同韵,相和的诗词与被和的诗词同属一韵,但不必用其原字;(3)用韵,即用原诗词韵的字而不必顺其次序;(4)次韵,亦称步韵,即用其原韵原字,且先后次序都须相同。如苏轼的《水龙吟·次韵章质夫杨花词》、毛泽东的两首《浣溪沙·和柳亚子先生》。

后　记

　　1957年元月，《诗刊》创刊号集中发表了毛泽东的十八首诗词。当时我正在北京读大一，深为毛泽东诗词的华美绚丽所吸引、所陶醉，更为毛泽东诗词的雄奇豪壮所鼓舞、所震撼，从而与毛泽东诗词结下不解之缘，开始了对毛泽东诗词的诵读、索解、品味和探究的历程。20世纪80年代，我开始从事毛泽东诗词的教学，更有了师生之间教学相长的交流互动。这本《毛泽东诗词精读》就是本人数十年研读教学的心得。

　　这本书能够面世，实有赖于母庚才学兄的鼎力支持和热诚相助，也与热心识家文化艺术出版社领导的努力支持分不开。初版和增订版出版时责任编辑陶玮女士做了不少细致具体的工作，为此书的出版付出了心力，谨向他们表示衷心的感谢。

　　而今修订出版《毛泽东诗词精读》的珍藏版是一件令人高兴的事。经过十来天的超负荷工作，以及夫人马瑞生的尽力协助，终于把珍藏版几十万字的校样校改完了。写作校读的艰辛，使我又想起了平日的烦恼。有的人不尊重编著者的劳动，在他的书中大量袭用本书的原文，甚至连本书初版误排的个别错字也照抄了。前几年网上有关本书的电子读物不少，都未经编著者许可；有时甚至任意删改，弄得面目全非，希望他们遵守学术规范和社会公德。

　　此版责任编辑帅克同志对《毛泽东诗词精读》进行了辛苦细致的编审工作，对原版中的疏误多有所更改，使《毛泽东诗词精读》珍藏版更加完美了。谨向帅克女士表示钦佩和感谢！

　　书中难免有些不尽如人意之处，欢迎同行专家和广大读者批评指正。

丁三省

2016年12月6日